Anos de formação

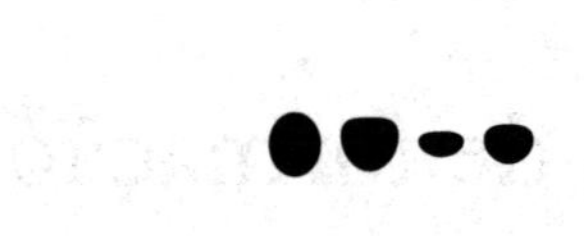

Ricardo Piglia

Anos de formação

Os diários de Emilio Renzi

tradução
Sérgio Molina

todavia

Para Beba Eguía,
a leitora da minha vida

Para Luisa Fernández,
a musa mexicana

Cette multiplication possible
de soi-même, qui est le bonheur.

Marcel Proust,
À l'ombre des jeunes filles en fleurs

Nota do autor

Tinha começado a escrever um diário no final de 1957 e ainda continuava a escrevê-lo. Muitas coisas mudaram desde então, mas ele permanecia fiel a essa mania. "Claro que não há nada mais ridículo do que a pretensão de registrar a própria vida. Você imediatamente vira um *clown*", afirmava. Mesmo assim ele está convencido de que, se uma tarde não tivesse começado a escrevê-lo, nunca teria escrito mais nada. Publicou alguns livros – e talvez ainda publique mais alguns – só para justificar essa escrita. "Por isso falar de mim é falar desse diário. Tudo o que sou está aí, mas não há nada além de palavras. Mudanças na minha letra manuscrita", tinha dito. Às vezes, quando o relê, tem dificuldade de reconhecer aquilo que viveu. Há episódios narrados nos cadernos que ele esqueceu por completo. Existem no diário mas não nas suas lembranças. E por outro lado, certos fatos que persistem na sua memória com a nitidez de uma fotografia estão ausentes, como se ele nunca os tivesse vivido. Tem a estranha sensação de ter vivido duas vidas. A que está escrita nos seus cadernos e a que está nas suas lembranças. São imagens, cenas, fragmentos de diálogos, restos perdidos que renascem a cada vez. Nunca coincidem ou coincidem em acontecimentos mínimos que se dissolvem na confusão dos dias.

No começo as coisas foram difíceis. Ele não tinha nada para contar, sua vida era totalmente trivial. "Gosto muito dos primeiros anos do meu diário justamente porque neles luto contra o vazio. Não acontecia nada, na realidade nunca acontece nada, mas naquele tempo isso me preocupava. Eu era muito ingênuo, estava o tempo todo procurando aventuras extraordinárias", disse certa tarde no bar da Arenales com a Riobamba. Por isso começou a roubar a experiência dos conhecidos, as histórias que imaginava que eles viviam quando não estavam por perto. Tinha uma convicção absoluta, e o estilo não é nada mais do que a absoluta convicção de ter um estilo.

Não há segredos, seria ridículo pensar que há segredos, por isso ele ia expor neste livro, com prazer, os primeiros dez anos do seu diário; vem acompanhado de contos e ensaios que ele incluiu porque em sua primeira versão integravam seus cadernos pessoais.

Esta edição dos seus diários estava dividida em três volumes: *I. Anos de formação*, *II. Os anos felizes*, *III. Um dia na vida*. Era baseada na transcrição dos diários escritos entre 1957 e 2015, sem incluir os diários de viagem nem o que ele havia escrito enquanto vivia no exterior. No final registrava seus últimos meses em Princeton e seu regresso a Buenos Aires, portanto esta trilogia encontra um modo – bastante clássico – de concluir uma história muito extensa ordenada conforme a sucessão dos dias de uma vida.

A quem se interessar por esses detalhes, ele faz questão de informar que as entradas destes diários ocupam 327 cadernos, os cinco primeiros da marca Triunfo e os demais, cadernos de capa preta que já não se pode encontrar, chamados Congreso. "Suas páginas eram uma superfície leve que por muitos anos me levou a escrever nelas, atraído por sua brancura pouco alterada pela elegante série de linhas azuis que convocavam a prosa e o fraseado, como um pentagrama musical ou a lousa mágica de que falava Sigmund Freud", dissera.

Buenos Aires, 20 de abril de 2015

I

I.
Na soleira

— Desde pequeno repito o que não entendo – ria Emilio Renzi retrospectivo e radiante naquela tarde, no bar da Arenales com a Riobamba. — Achamos divertido o que não conhecemos; gostamos do que não sabemos para que serve.

Aos três anos ficava intrigado com a figura do seu avô Emilio sentado na poltrona de couro, ausente dentro de um círculo de luz, os olhos fixos num misterioso objeto retangular. Imóvel, parecia indiferente, calado. Emilio, o menino, não entendia muito bem o que estava acontecendo. Era pré-lógico, pré-sintático, era pré-narrativo, registrava os gestos, um por um, mas não os encadeava; simplesmente imitava aquilo que via os outros fazerem. Então, naquela manhã subiu numa cadeira e tirou um livro azul de uma das estantes da biblioteca. Depois foi até a porta da rua e se sentou na soleira com o volume aberto no regaço.

Meu avô, disse Renzi, abandonou o campo e foi morar conosco em Adrogué quando minha avó Rosa morreu. Deixou a folhinha sem arrancar no dia 3 de fevereiro de 1943, como se o tempo tivesse parado na tarde da morte de sua mulher. E o calendário aterrador, com o bloco dos números fixo nessa data, continuou em casa durante anos.

Morávamos num lugar tranquilo, perto da estação de trem, e a cada meia hora passavam pela nossa calçada os passageiros vindos da capital. E lá estava eu, na soleira, querendo ser visto, quando de repente uma sombra comprida se inclinou para me dizer que o livro estava de ponta-cabeça.

Acho que deve ter sido o Borges, brincava Renzi naquela tarde no bar da Arenales com a Riobamba. Naquela época ele costumava passar o verão no Hotel Las Delicias, e só mesmo o velho Borges para fazer essa advertência a uma criança de três anos, não é?

Como é que alguém se transforma em escritor, ou é transformado em escritor? Não é uma vocação, imagine, também não é uma decisão, mais parece uma mania, um hábito, um vício, você deixa de fazer isso e se sente mal, mas *ter* que fazê-lo é ridículo, e acaba se tornando um modo de viver (como outro qualquer).

A experiência, ele percebera, é uma multiplicação microscópica de pequenos acontecimentos que se repetem e se expandem, sem conexão, dispersos, em fuga. Sua vida, ele compreendera, era dividida em sequências lineares, séries abertas que remontavam ao passado distante: incidentes mínimos, estar sozinho num quarto de hotel, ver seu rosto num instantâneo, entrar num táxi, beijar uma mulher, levantar os olhos da página e dirigi-los à janela, quantas vezes? Esses gestos formavam uma rede fluida, desenhavam um percurso – e desenhou um mapa de círculos e cruzes num guardanapo –, digamos que o percurso da minha vida seria assim, disse. A insistência dos temas, dos lugares, das situações é o que eu quero – falando *figuradamente* – interpretar. Como um pianista que improvisa, sobre um frágil *standard*, variações, mudanças de ritmo, harmonias de uma música esquecida, disse, e se ajeitou na cadeira.

Poderia por exemplo contar minha vida a partir da repetição das conversas com meus amigos num bar. A confeitaria Tokio, o café Ambos Mundos, o bar El Rayo, La Modelo, Las Violetas, o Ramos, o café La Ópera, La Giralda, Los 36 billares..., a mesma cena, os mesmos assuntos. Todas as vezes que me encontrei com meus amigos, uma série. Se fazemos uma coisa – abrir uma porta, por exemplo – e depois pensamos naquilo que fizemos, é ridículo; mas se observarmos sua reprodução do alto de um mirante, não é preciso nada para obter uma sucessão, uma forma comum, até mesmo um sentido.

Sua vida poderia ser narrada seguindo essa sequência ou qualquer outra parecida. Os filmes a que assistiu, com quem foi ao cinema, o que fez depois; tinha tudo registrado de modo obsessivo, incompreensível e idiota, em minuciosas descrições *datadas*, com sua trabalhosa letra manuscrita: estava tudo anotado naquilo que agora decidira chamar de "seus arquivos", as mulheres com que vivera ou passara uma noite (ou uma semana), as aulas que dera, os telefonemas de longa distância, notações, sinais, não era inacreditável? Seus hábitos, seus vícios, suas próprias palavras. Nada de vida interior, somente fatos, ações, lugares, circunstâncias que, repetidas, criavam a ilusão de uma vida. Uma ação – um gesto – que insiste e reaparece, e diz mais do que tudo o que eu possa dizer de mim mesmo.

No bar onde ele se instalava ao cair da tarde, El Cervatillo, na mesa do canto, pegada à janela, tinha colocado suas fichas, um caderno, um par de livros, o *Proust*, de Painter, e *The Opposing Self*, de Lionel Trilling, e ao lado um livro de capa preta, um romance, pelo jeito, com frases elogiosas de Stephen King e Richard Ford em letras vermelhas.

Contudo, tinha percebido que devia começar pelos restos, por aquilo que não estava escrito, ir ao encontro do que não estava registrado mas persistia e cintilava na memória como uma luz mortiça. Fatos mínimos que misteriosamente haviam sobrevivido à noite do esquecimento. São visões, *flashes* enviados do passado, imagens que perseveram isoladas, sem moldura, sem contexto, soltas, e *não podemos esquecê-las*, certo? Certo, disse, e olhou para o garçom que ia atravessando por entre as mesas. Mais um branco?, perguntou. Pediu um Fendant de Sion... era o vinho que o Joyce bebia, um vinho seco que o deixou cego. Joyce o chamava de Arquiduquesa, por causa da cor ambarina e porque o bebia como quem pecaminosamente – *à la* Leopold Bloom – suga o néctar dourado de uma púbere garota aristocrática que se agacha nua, de cócoras, sobre uma ávida cara irlandesa. Renzi frequentava esse bar – que antes se chamava La Casa Suiza – porque guardavam ali, nos frescos porões, várias caixas do vinho joyciano. E com seu pedantismo habitual citou, em voz baixa, o parágrafo do *Finnegans* celebrando aquela ambrosia...

Era uma radiografia do seu espírito, melhor dizendo, da construção involuntária do seu espírito, disse, e fez uma pausa; não acreditava nessas *baboseiras* (frisou), mas gostava de pensar que sua vida interior era feita de pequenos incidentes. Assim, poderia enfim começar a pensar numa autobiografia. Uma cena e depois outra e mais outra, não é? Seria uma autobiografia seriada, uma vida em série... Dessa multiplicidade de fragmentos insensatos, começara seguindo uma linha, reconstruindo a série dos livros, "Os livros da minha vida", disse. Não os que escrevera, mas os que lera... *Como li alguns dos meus livros* poderia ser o título da minha autobiografia (caso a escrevesse).

Primeiro ponto, portanto, os livros da minha vida, mas nem todos os que li, e sim aqueles dos quais lembro com nitidez a situação e o momento em que os lia. Se eu me lembro das circunstâncias em que estava com um livro, isso para mim é a prova de que ele foi decisivo. Não são necessariamente os melhores, nem os que me influenciaram: são os que deixaram uma marca. Vou seguir esse critério mnemônico, como se eu contasse somente com essas imagens para reconstruir minha experiência. Um livro na lembrança tem uma qualidade íntima somente *se vejo a mim mesmo lendo*. Estou do lado de fora, distanciado, e me vejo como se eu fosse outra pessoa (sempre mais jovem). Por isso, talvez, penso agora, aquela imagem – fazer de conta que estou lendo um livro na soleira da casa da minha infância – é a primeira de uma série, e é por aí que vou começar minha autobiografia.

Claro que recordo dessas cenas depois de ter escrito meus livros, por isso poderíamos chamá-las de pré-história de uma imaginação pessoal. Por que nos dedicamos a escrever, afinal? *Seguimos nessa trilha*, por qual motivo? Bom, porque antes lemos... Não importa a causa, claro, importam as consequências. Muita gente deve se arrepender disso, a começar por mim, mas em qualquer bar da cidade, em qualquer McDonald's tem um trouxa que, apesar de tudo, quer escrever... Na realidade, não é que ele queira escrever, quer é ser escritor e quer ser lido. Um escritor *se autonomeia* e se autopropõe no mercado persa, mas por que ele resolve assumir essa postura?

A ilusão é uma forma perfeita. Não é um erro, não deve ser confundida com um equívoco involuntário. Trata-se de uma construção deliberada, pensada para enganar a própria pessoa que a constrói. É uma forma pura, talvez a mais pura das formas existentes. A ilusão como romance privado, como autobiografia futura.

No início, afirmou depois de uma pausa, somos como o Monsieur Teste de Valéry: cultivamos a literatura não empírica. É uma arte secreta cuja forma exige não ser descoberta. Imaginamos o que pretendemos fazer e vivemos nessa ilusão... Em suma, são as histórias que cada um conta a si mesmo para sobreviver. Impressões que não estão em condições de ser entendidas por estranhos. Mas é possível uma ficção privada? Ou é preciso que haja mais de uma pessoa? Às vezes, os momentos perfeitos só têm por testemunha a própria pessoa que os vive. Podemos chamar esse murmúrio – ilusório, ideal, incerto – de história pessoal.

Eu me lembro de onde estava, por exemplo, quando li os contos de Hemingway: tinha ido até a rodoviária para me despedir da Vicky, minha namorada na época, e junto à plataforma, numa galeria envidraçada, sobre uma mesa de saldos, encontrei um exemplar usado de *In Our Time* na edição da Penguin. Como é que esse livro tinha ido parar lá eu não sei, pode ser que algum viajante o tivesse vendido, talvez um inglês de chapéu de explorador e mochila seguindo viagem para o sul tivesse trocado o volume por, digamos, um guia Michelin da Patagônia, vai saber. O fato é que voltei para casa com o livro, me larguei numa poltrona e comecei a ler, e continuei lendo e lendo enquanto a luz ia mudando e acabei quase às escuras, no fim da tarde, iluminado pelo pálido reflexo da luz da rua que atravessava as cortinas. Eu não tinha me mexido, evitando me levantar para acender a luz porque temia quebrar o encanto daquela prosa. Primeira conclusão: para ler, é preciso aprender a *ficar quieto*.

A primeira leitura, a *noção*, frisou, de primeira leitura é inesquecível porque é irrepetível e única, mas sua qualidade epifânica não depende do *conteúdo* do livro, e sim da emoção que se fixou na lembrança. Está associada à infância; por exemplo, no capítulo de Combray, em *Swann*, Proust regressa à paisagem esquecida da casa da infância, de novo transformado em criança, e revive os lugares e as deliciosas horas dedicadas à leitura, desde a manhã até a hora de se deitar. A descoberta está associada à inocência e à infância, mas persiste para além dela. Persiste para além da infância, repetiu, a imagem persiste com a aura da descoberta, em qualquer idade.

Os escritores argentinos sempre dizem, bem, os livros da minha vida, deixe-me ver, a *Divina Comédia*, claro, a *Odisseia*, os sonetos de Petrarca, as *Décadas* de Tito Lívio, navegam por essas antigas águas profundas, mas eu *não* me refiro à importância dos livros, refiro-me simplesmente à impressão vívida que está aí, agora, solta na memória, sem remetente, sem data. O valor da leitura não depende do livro em si, mas das emoções associadas ao ato de ler. E muitas vezes atribuo a esses livros a paixão da época (que já esqueci).

O que se fixa na memória não é o conteúdo da lembrança, mas sua forma. Não me interessa o que a imagem possa esconder, só me interessa a intensidade visual que persiste no tempo como uma cicatriz. Eu gostaria de contar minha vida *seguindo essas cenas*, como quem segue os sinais de um mapa para se orientar numa cidade desconhecida e se encontrar na multiplicidade caótica das ruas, sem saber muito bem aonde quer chegar. Na realidade, procura apenas *conhecer* essa cidade, não ir a determinado lugar, mas se incorporar ao turbilhão do trânsito para um dia poder recordar algo desse lugar. ("Nessa cidade os nomes das ruas remetem aos mártires mortos na defesa de sua fé no cristianismo primitivo, e enquanto eu andava por essas vielas imaginei de repente uma cidade, aquela mesma, talvez, cujas ruas tivessem o nome dos ativistas mortos lutando pelo socialismo, por exemplo", disse.) Eu estive lá, atravessei uma ponte sobre os canais e fui parar no zoológico. Era uma tarde suave, de primavera, e me sentei num banco para observar o passeio circular dos ursos polares. Para mim, isso é construir uma lembrança, estar disponível e ser surpreendido pelo brilho fugaz de uma reminiscência.

Escola nº 1 de Adrogué. Aula de leitura. A srta. Molinari criou uma espécie de concurso: os alunos leem em voz alta e quem erra é eliminado. A competição das leituras acaba de começar. Eu me vejo na cozinha da minha casa, disse Renzi, na noite anterior, estudando "a leitura". Por que estou na cozinha? Talvez minha mãe estivesse tomando a lição. Eu não a vejo na lembrança; vejo a mesa, a luz branca, a parede de azulejos. O livro tem gravuras, posso ver, e ainda lembro de cor a primeira frase que eu estava lendo, apesar da enorme distância: "Chegam barcos à costa trazendo frutos de fora...". Os frutos de fora, os barcos que chegam à costa. Parece Conrad. Que texto era esse? Ano de 1946.

— Aprendemos a ler antes de aprender a escrever, e são as mulheres que nos ensinam a ler.

É meu aniversário, Natalia, uma amiga do meu avô, italiana, recém-chegada. Seu marido morreu "no *front*"... Belíssima, sofisticada, fuma cigarros suaves "americanos", fala com meu avô em italiano (em piemontês, na verdade) da guerra, imagino. Ela me trouxe de presente *Coração*, de Edmondo De Amicis. Lembro com nitidez do livro amarelo da coleção Robin Hood. Estamos no quintal da casa, há um toldo, ela está de vestido branco e me entrega o livro com um sorriso. Diz algo carinhoso que não entendo direito, com um sotaque muito forte, com seus ardentes lábios vermelhos.

O que me impressionou nesse romance (que não reli) foi a história do "pequeno escrevente florentino". O pai trabalha como copista, o dinheiro não é suficiente, o menino se levanta à noite, quando todos estão dormindo, e sem ser visto copia no lugar do pai, imitando – tanto quanto pode – sua letra. O que fixava a cena na memória, pensava Renzi, era o peso dessa bondade sem espectadores, *ninguém sabe* que é ele quem escreve. O invisível escritor noturno: de dia, parece um sonâmbulo.

Há uma série com a figura do copista, aquele que lê textos alheios por escrito: é a pré-história do autor moderno. E há muitos amanuenses imaginários ao longo da história que perduram até hoje: Bartebly, o espectral escrevente de Melville; Nemo, o copista sem identidade – seu nome é Ninguém – em *Black House*, de Dickens; François Bouvard e seu amigo Juste Pécuchet, de Flaubert; Shem (the Penman), o alucinado escriba que confunde as letras no *Finnegans Wake*; Pierre Menard, o fiel transcritor de *D. Quixote*. E não era a cópia – na escola – o primeiro exercício de escrita "pessoal"? A cópia vinha antes do ditado e da "composição" (tema: *Os livros da minha vida*).

Estudo inglês com Miss Jackson, viúva de um alto funcionário da estrada de ferro do sul, que mora sozinha num sobrado e publicou no jornal *La Prensa* duas ou três traduções de Hudson. Ela nos dava aulas particulares (ganhava a vida desse modo porque a pensão, queixava-se, mal cobria suas despesas). A primeira coisa que lemos – com ela – foi o livro de Hudson sobre as aves do Prata. Uma tarde nos levou a visitar Los Veinticinco Ombúes, a casa natal do escritor, que ficava a poucos quilômetros de Adrogué. Fomos de bicicleta, ela, com sua linda saia, parecia ir de perfil, como se montasse a cavalo de lado, a saia de meio-luto ao vento. Ah, a imaginação; ah, as lembranças, recitou Renzi, já um pouco bêbado a essa altura.

Tem a inglesa nostalgia de Londres, mas principalmente da África do Sul (Rhodesia, diz), onde seu marido esteve por uns dois anos. A *savannah* infinita, os macacos de cara branca e os pelicanos de graciosas pernas rosadas. E nos mostrava fotos de seu casarão de toras à beira do rio, junto a um atracadouro; tínhamos que descrever em inglês aquilo que víamos.

Era uma mulher miúda e simpática, irascível, nada convencional: se um de nós soltava um peido – *sorry* –, mandava o grupo todo perfilar e nos cheirava o *ass*. Um por um, até descobrir o culpado, que era imediatamente puxado por uma orelha até o quintal. Parece uma cena de Dickens, uma repentina mudança de tom num romance de Muriel Spark. Ainda conservo a velha edição de *Birds of La Plata*, com anotações de Miss Jackson nas margens. Um círculo envolve a palavra *peewee* e ao lado, com sua diminuta letra de formiga, a definição: *A person of short stature.*

Viajo de trem e estou com o livro aberto sobre uma mesinha junto à janela. Estou lendo *Os filhos do Capitão Grant*, de Júlio Verne. Não lembro como descobri esse romance, que conta uma travessia pela Patagônia enquanto eu atravessava a mesma Patagônia que estava lendo.

Terminado o primário, meu avô me leva com ele a uma longa viagem ao Sul. Viajamos no carro-leito, os beliches viravam bancos, há uma pequena pia que se destaca da parede, prateada, minúscula, com um espelho. No compartimento vizinho viaja, sozinha, Natalia. Há uma porta de correr ligando os dois camarotes. Tomamos o café da manhã e almoçamos no vagão-restaurante, louça inglesa, terrinas de prata.

Natalia no vertiginoso corredor do trem me acaricia o cabelo. Um cheiro inesquecível vem do seu corpo: ela usa um vestido de alças florido e não depila as axilas.

No romance de Verne, o aristocrata escocês Lord Edward Glenarvan encontra uma mensagem numa garrafa lançada ao mar por Harry Grant, capitão do bergantim *Britannia*, que naufragara dois anos antes. A principal dificuldade é que os dados da mensagem lançada pelos náufragos são ilegíveis, exceto a latitude: 37º Sul.

Lord Glenarvan, os filhos do capitão Grant e a tripulação de seu iate *Duncan* partem rumo à América do Sul, já que a mensagem incompleta parece indicar a Patagônia como local do desastre. No meio da travessia, descobrem um passageiro inesperado: o geógrafo francês Santiago Paganel, que embarcou por engano. A expedição circum-navega o paralelo 37º Sul, atravessa a Argentina explorando a Patagônia e boa parte da região pampiana.

Enquanto cruzávamos uma alta ponte de ferro sobre o rio Colorado, eu lia no romance que, ao cruzar uma alta ponte de ferro sobre esse rio caudaloso de águas avermelhadas, se adentrava na Patagônia.

O livro de Verne me explicava aquilo que eu estava vendo. O erudito geógrafo francês classificava e definia a flora e a fauna, os banhados, os ventos e os acidentes geográficos. A literatura popular é sempre didática (por isso é popular). O sentido prolifera, tudo é explicado e esclarecido. O que eu via pela janela, ao contrário, era árido, ventoso, os capinzais, o areal, o mato acachapado, as pedras vulcânicas, o vazio. Sempre existirá um hiato intransponível entre ver e dizer, entre vida e literatura.

"Devemos recordar", dizia Jean Renoir, "que um campo de trigo pintado por Van Gogh pode despertar mais emoção que um campo de trigo *tout court*." Pode ser, depende do uso que se faça do trigal...

À noite eu espiava pela janela e via nas sombras os faróis de algum carro na estrada, as casas iluminadas das cidadezinhas que passavam diante de mim. Ouvia o lento e aflitivo suspiro dos freios nas estações vagamente entrevistas; a cortina de couro, ao ser suspensa, deixava ver uma plataforma deserta, um carregador que empurrava o carrinho de bagagem, um relógio redondo com algarismos romanos, até que, por fim, se ouvia o toque da sineta anunciando a partida do trem. Aí eu acendia a pequena luz na cabeceira da cama e lia. Meu avô estava no compartimento ao lado.

A visão fugaz de Natalia sozinha, ao amanhecer, remexendo em vidros de seu *nécessaire* sobre o veludo cinza de seu compartimento iluminado, é inesquecível.

Viajamos dois dias e duas noites até Zapala, e depois seguimos num carro de aluguel até a sede de uma fazenda no deserto. Visitamos um amigo de meu avô que estivera com ele na Primeira Guerra. Era um homem alto e desmazelado, de rosto vermelho sanguíneo e olhos azuis. Chamava meu avô de Coronel, e juntos relembravam os escorregadios postos de combate nas encostas geladas das montanhas da Áustria e as intermináveis batalhas nas trincheiras. O homem ostentava grandes bigodes de cossaco e não tinha o braço esquerdo. "Este rapaz", disse meu avô, "é muito corajoso, ele me resgatou ferido da terra de ninguém e perdeu o braço na manobra."

Várias vezes pensei em voltar àquela fazenda na Patagônia, viajar para rever o homem que perdera um braço. "Pois bem", ele poderia me dizer, "vou lhe contar a verdadeira história de seu avô na guerra." Mas nunca fui e dessa guerra pessoal só tenho comigo rastros esparsos: uma foto do meu avô vestido de soldado e os papéis, livros, mapas, cartas e anotações que ele me deixou como única herança ao morrer. No entanto, às vezes ainda escuto sua voz.

Em 1960, 1961, quando eu estudava em La Plata, passava muito tempo com meu avô na casa de Adrogué, e inclusive, em um sentido ao mesmo tempo cômico e enternecedor, ele me contratou, me deu trabalho: eu andava sem dinheiro na época, então ele achou que eu poderia ajudá-lo a organizar seus papéis e reconstruir sua experiência na guerra. Ele temia, com a idade, perder a memória e organizara seus documentos *espacialmente*: num aposento estavam os mapas e os planos de batalhas (*O quarto dos mapas*, tinha escrito na porta); no outro, as vitrines e as mesas cobertas com as cartas da guerra; num terceiro, centenas de livros que tratavam exclusivamente da conflagração mundial de 1914-1918. Ele havia lutado no *front* dos Alpes, lá foi ferido no peito e seu amigo e companheiro (cujo nome eu não sei; meu avô às vezes o chamava de Africano, porque ele era natural da Sicília) lhe salvou a vida à custa de perder um braço. Meu avô estivera na guerra e tinha uma profunda cicatriz no peito. Passou três meses num hospital de campanha e depois foi enviado ao escritório postal do Segundo Exército (por saber inglês, alemão e francês), na seção de cartas dos soldados mortos ou desaparecidos em combate. Seu trabalho consistia em reunir os objetos pessoais – o relógio, a aliança, as fotos de família, as cartas não postadas escritas pela metade – e enviá-los aos parentes com uma carta de condolências.

"Morriam muitos, muitíssimos todo dia, as ofensivas contra as defesas austríacas eram um massacre." Que obrigação pode ser mais opressiva que a de classificar cartas mortas e responder à mãe, ao filho, à irmã?

Cartas inacabadas, interrompidas pela morte, mensagens dos desaparecidos, dos aterrados, dos que morreram de noite sem conhecer a alvorada, dizia o Nono, piedade para os que tombaram enregelados, sozinhos, afundados na lama. "Como podemos dar voz aos mortos, esperança aos que morreram sem esperança alguma, alívio aos fantasmas que vagam espavoridos entre os alambrados e a luz branca dos holofotes...?"

Aos poucos, depois de meses e meses lidando com esses despojos, começou a enlouquecer: ficava com as cartas, deixava de enviá-las, estava, ele me disse, paralisado, sem vontade, sem ânimo, não lembrava quase nada dessa época, e quando, por fim, foi repatriado à Argentina com a família, trouxe consigo as palavras dos que iam morrer. Ainda tenho os binóculos de um oficial francês que o Nono me deu de presente quando fiz dezoito anos; num canto se lê *Jumelle Militaire*, mas o número do regimento foi raspado a canivete ou baioneta para que não se pudesse ver seu destino. No anel de metal das duas lentes pequenas está gravado *Chevalier Opticien* e, ao virá-lo, entre as lentes maiores se vê uma pequena bússola que ainda aponta para o venturoso norte. Às vezes vou até a janela e olho a cidade com esses binóculos, do 10º andar: mulheres com a cabeça envolta numa toalha vermelha falam ao telefone num quarto iluminado; os diminutos e ágeis donos do mercadinho coreano da esquina carregam caixas e falam entre si aos brados, como se brigassem num idioma remoto, incompreensível.

Por que ele roubou aquelas cartas? Não dizia nada, apenas me olhava, sereno, com seus olhos claros, e mudava de assunto; eram para ele, imagino, um testemunho da insuportável experiência das intermináveis batalhas geladas, um jeito de honrar os mortos. Ele as guardava como quem conserva letras escritas de um alfabeto esquecido. Estava furioso e sua dicção alucinada continua a soar em meus ouvidos porque às vezes, ainda hoje, parece que o escuto e sua voz volta a mim nas horas de desespero.

— A linguagem..., a linguagem..., dizia meu avô - disse Renzi -, essa frágil e enlouquecida matéria sem corpo é uma tênue fibra que enlaça as pequenas arestas e os ângulos superficiais da vida solitária dos seres humanos, porque ela os amarra, como não? Sim, e os liga, mas só por um instante, antes de voltarem a afundar nas mesmas sombras em que estavam mergulhados quando nasceram e berraram pela primeira vez sem ser ouvidos, numa remotíssima sala branca, e de onde, outra vez no escuro, lançarão em outra sala branca seu último grito antes do fim, sem que sua voz tampouco chegue, decerto, a ninguém...

No quarto dos fundos da casa do meu avô ficava a biblioteca onde encontrei aquele volume azul, agora ao lado do *Diário da guerra*, de Carlo Emilio Gadda. Eu o descobri naquele tempo em que estudava em La Plata e ia visitá-lo, junto a uma edição de *La cognizione del dolore*. Gadda vivera na Argentina, e no seu romance, ambientado num vilarejo de Córdoba, os moradores, apavorados com a insegurança, contratavam uma equipe de vigilância privada, e eles - os seguranças - é que iam assassinando os argentinos do condomínio fechado, um após o outro... Um vidente! Gadda entendeu tudo de uma tacada, num romance de 1953.

Como escrever sobre a Argentina então? A resposta salta aos olhos em *Os sete loucos*, em *Trans-Atlántico* e *La cognizione del dolore*. Os três são escritores extravagantes, intraduzíveis, que não cruzam bem as fronteiras. Não usam a língua literária média, disse Renzi, observam tudo com olhar estrábico, de viés, são gagos, disléxicos, guturais: Arlt, Gombrowicz, Gadda. Quanto a mim, eu, que era filho e neto de italianos, me senti por vezes acima de tudo um escritor ítalo-argentino, não sei se existe essa categoria... mas vejo que a linha secreta da minha vida vai do livro de ponta-cabeça até *Coração* e *La cognizione del dolore*, passando por "Chegam barcos à costa trazendo frutos de fora". Eu gostaria de ter sido sobrinho de Carlo Emilio Gadda, mas tenho que me contentar, dizia Renzi, em ser apenas seu descendente voluntário, mas ilegítimo, e não reconhecido...

Aqui eu deveria concluir a primeira parte da assim chamada história dos livros da minha vida, mas ainda resta um pedaço, um desvio, uma pequena mudança de direção – uma guinada – que posso contar antes de ir embora, disse, enquanto tomava a saideira.

— Jovem – ergueu a mão e fez um círculo no ar –, mais uma rodada, disse.

Algum tempo depois daquela viagem ao Sul, aos dezesseis anos, eu cortejava, digamos assim – disse Renzi –, a Elena, uma linda garota, mil vezes mais culta que eu, minha colega no 3º ano do Colégio Nacional de Adrogué. Uma tarde caminhávamos por uma rua arborizada junto a um muro pintado de azul-claro, que ainda vejo com nitidez, e ela me perguntou o que eu estava lendo.

Eu, que não tinha lido nada de significativo desde o tempo do livro de ponta-cabeça, me lembrei de ter visto, na vitrine de uma livraria, *A peste*, de Camus, outro livro de capa azul, que tinha acabado de sair. *A peste*, de Camus, respondi. Me empresta?, ela disse.

Lembro que comprei o livro e o li numa noite, depois de amassá-lo um pouco, para no dia seguinte levá-lo ao colégio... Acabara de descobrir a literatura não levado pelo livro, mas por esse modo febril de ler avidamente com a intenção de *dizer* algo a alguém sobre o que tinha lido: mas o quê?... Eterna questão. Foi uma leitura diferente, dirigida, intencional, no meu quarto de estudante, naquela noite, sob a luz circular da luminária... De Camus não me interessa *A peste*, mas me lembro do velho que batia no próprio cachorro e que, quando afinal o cachorro foge dele, sai a procurá-lo desolado pela cidade.

Quantos livros comprei, aluguei, roubei, emprestei e perdi desde então? Quanto dinheiro investido, gasto, esbanjado em livros? Não lembro de tudo o que li, mas posso reconstruir minha vida a partir das estantes da minha biblioteca: épocas, lugares, poderia organizar os volumes em ordem cronológica. O livro mais antigo é *A peste*. Depois há uma série de dois: *O ofício de viver*, de Pavese, e *Stendhal par lui-même*. Foram os primeiros que comprei, e a eles se seguiram centenas e centenas. Eu os levei para cima e para baixo como um talismã ou um fetiche, e os coloquei nas paredes de quartos de pensão, em apartamentos, casas, hotéis, celas, hospitais.

Pode-se ver como a pessoa é ao longo do tempo apenas percorrendo as lombadas de sua biblioteca: sobre Pavese assisti a uma conferência de Attilio Dabini e comprei o livro (porque eu *também* escrevia um diário). Encontrei *Stendhal par lui-même* na livraria Hachette da rua Rivadavia. Lembro do trem que me levava de volta a Adrogué e do guarda que apareceu no corredor e não me deixou terminar a frase que eu estava escrevendo no final do livro. Ficou incompleta, e esse rastro (*É difícil ser sincero quando se perdeu...* o quê?) não sei se é uma citação ou uma frase *minha* (dessas que nos vêm à mente quando lemos). Posso ver como mudam as marcas, os sublinhados, as anotações de leitura de um mesmo livro ao longo dos anos. *O ofício de viver*, por exemplo, Editorial Raigal, tradução de Luis Justo. Está assinado com minhas iniciais, *ER*, com a data de 22 de julho de 1957. Anotava impressões nas margens ou na última página: *O diário como contraconquista ou os muitos modos de perder uma mulher*. Anotava *ver p. 65*. E algumas citações: "*Assim termina nossa juventude: quando vemos que ninguém quer nosso ingênuo abandono*". E na primeira folha em branco do livro, antes dos títulos, há uma das muitas listas que sempre fiz na intenção de concretizar o que havia escrito: *Ligar pro Luis*, *Latim II* (*terças e quintas*) e, logo abaixo, uma das minhas muitas notas supersticiosas. Naquela altura eu estava escrevendo meus primeiros contos, me interessava "vivamente" saber *quanto* tempo um escritor levava para escrever um livro e reconstruí a cronologia da obra de Pavese partir de seu diário:

27 de novembro de 1936 a 15 de abril de 1937: *Il carcere*.

3 de junho a 16 de agosto de 1939: *Paesi tuoi*.

setembro de 1947 a fevereiro de 1948: *A casa na colina.*
junho a outubro de 1948: *Il diavolo sulle colline.*
março a junho de 1949: *Tra donne sole.*
setembro a novembro de 1949: *La luna e i falò.*

Naquele tempo, escrever um pequeno conto de cinco páginas me levava três meses.

A peste e *O ofício de viver* foram meus primeiros livros próprios, por assim dizer, e meu último livro eu o consegui ontem à tarde, foi *The Black-Eyed Blonde* (*A Philip Marlowe novel*), de Benjamin Black, presente do Giorgio, um amigo. Você precisa escrever sobre isso, disse – contou Renzi –, é Chandler, mas lhe falta… O que lhe falta?, perguntou meu amigo. O *touch*, pensei, a sujeira – *la mugre*, como dizem os tangueiros quando um tango só está "bem tocado"…

Renzi abriu o livro e leu: "*It was one of those Tuesdays in summer when you begin to wonder if the earth has stopped revolving*". Começa assim; é a mesma coisa, mas não é a mesma coisa (talvez porque *saibamos* que não é Chandler…).

Pastiches demais nessa temporada, velho, disse agora, paródias demais, prefiro o plágio direto…

Me empresta?, a Elena disse. Não sei o que foi feito dela depois, mas, se não tivesse feito essa pergunta, quem sabe o que teria sido de mim… Já não há destino, não há oráculos, *não é verdade* que tudo na vida está escrito, mas penso às vezes que, se eu não tivesse lido esse livro, ou melhor, se não o tivesse visto na vitrine, provavelmente não estaria aqui. Ou se ela não o tivesse pedido emprestado, não é? Quem sabe… Exagero, retrospectivamente, mas recordo com ardor essa leitura, um quarto de fundos, uma luminária de mesa, o que dizer a uma mulher sobre um romance? Contá-lo de novo? O livro também não era grande coisa, demasiado alegórico, um estilo pesado, profundo, exagerado, mas, enfim, aí aconteceu alguma coisa, houve uma mudança… Nada de especial, uma bobagem, na verdade, mas naquela noite voltei a estar, falando em sentido figurado, na soleira: sem saber nada de nada, fazendo de conta que lia…

— Ah, o acaso, os ocasos, as meninas em flor… Tenho setenta e três anos, velho, e continuo lá, sentado com um livro, esperando…

Meu pai, ele me contou depois, passou quase um ano na prisão por ter saído em defesa de Perón em 55, e de repente a história argentina lhe parecia um complô tramado para destruí-lo. Estava acuado e resolveu escapar. Em dezembro de 1957 abandonamos Adrogué meio clandestinamente e fomos morar em Mar del Plata. Nesses dias, em meio à debandada, num dos cômodos desmantelados da casa, comecei a escrever um diário. O que eu procurava? Negar a realidade, recusar o que estava por vir. Ainda hoje continuo escrevendo esse diário. Muitas coisas mudaram desde então, mas me mantive fiel a essa mania.

Não há evolução, mal nos movemos, agarrados às nossas velhas paixões inconfessáveis, a única virtude, acho, é persistir sem mudá-las, seguir fiel aos velhos livros, às antigas leituras. Meus velhos amigos, ao contrário, à medida que envelhecem, aspiram a ser o que antes odiavam, admiram tudo aquilo que detestavam, já que não pudemos mudar nada, pensam, mudemos de parecer, bibliotecas inteiras enterradas no quintal, queimadas no incinerador de lixo, é difícil se desfazer dos livros, mas e do modo de ler? Eles continuam os mesmos, leitores dogmáticos, literais, agora dizem outras coisas com a mesma sabedoria empolada dos velhos tempos. Vivemos no engano de pensar que nossos velhos amigos estão conosco. Impossível! Lemos os mesmos livros e amamos as mesmas mulheres – como o Junior, por exemplo – e conservamos algumas cartas que nem mesmo fomos capazes de enviar ou de queimar na fogueira do tempo, e portanto é disso que vai tratar a minha autobiografia, se um dia eu também resolver escrever uma...

Meu avô (já que comecei com ele) morreu em 1968, quase cinquenta anos depois do fim da guerra em que lutara, e o homem sem um braço nos acompanhou no enterro, mas Natalia não, sabe-se lá o que foi feito dessa mulher, era linda como uma deusa e cantava, lembro, quando estava contente...

Já era quase noite. Lá fora o asfalto brilhava sob as luzes quentes da cidade. Era hora de ir embora, voltar para casa.

— Melhor a gente ir.

Saímos para a rua e enquanto nos dirigíamos à Charcas (ex-Charcas), caminhando devagar porque o Emilio tinha um probleminha na perna esquerda ("consequência dos vícios privados, da crise econômica, do peronismo, das noites ruins"), resolvemos parar e tomar um cafezinho em pé no Filippo, na esquina da Callao com a Santa Fe, e aí o Emilio decidiu acrescentar àquilo que tinha me contado um epílogo, um arremate, *uma visita*, frisou enquanto saboreava o café. Um encontro que podia ser entendido, com um pouco de boa vontade e de vento a favor, como o final de sua aprendizagem literária, ou algo assim, uma ponte, disse, um rito de passagem.

— Uma vez, no diretório estudantil, organizamos um ciclo de conferências e decidimos, claro, começar com o velho Borges. Telefonei para lhe fazer o convite, e ele aceitou no ato. Me recebeu na Biblioteca Nacional, amável, com seu tom vacilante, parecendo sempre a um triz de perder a palavra que queria dizer.

Logo começou a me falar de La Plata, onde vivia seu amigo e poeta Paco López Merino, que ele costumava visitar e receber com frequência. Um domingo em casa, me disse Borges, contava Renzi, depois de almoçar e antes de se retirar, seu amigo insistiu em cumprimentar o pai de Borges, que, conforme o costume dos antigos *criollos*, estava fazendo a sesta. Depois de certa tensão, resolveram acompanhá-lo até o quarto.

Doutor, queria me despedir do senhor, disse López Merino.

Todos se sentiram constrangidos, mas como gostavam muito dele aceitaram a amistosa e imperativa resolução, e o dr. Borges, com um sorriso, tranquilo, cumprimentou-o com um abraço... Ao sair, López Merino viu o violão de Güiraldes, que o autor de *Don Segundo Sombra* tinha obsequiado à mãe do Borges antes de ir a Paris, e López Merino acariciou suas cordas.

Está desafinado; esse violão nunca foi muito bom, disse o poeta com malícia, contou Borges, e acrescentou, disse Renzi, parece uma maldade, mas era só uma brincadeira de rapazes.

O fato é que López Merino se matou com um tiro no dia seguinte, e então todos entenderam o porquê daquele imperativo e sóbrio cumprimento final.

Bonito, não?, disse Borges com um sorriso cansado, como se a elegância da despedida secreta o tivesse comovido.

Tinha um jeito imediato e caloroso de criar intimidade, o Borges, disse Renzi, sempre foi assim com todos os seus interlocutores: era cego, não os via e lhes falava como se fossem próximos, e essa proximidade está em seus textos, nunca é paternalista nem se dá ares de superioridade, dirige-se a todos como se todos fossem mais inteligentes do que ele, com tantos subentendidos comuns que não é preciso ficar explicando o que já se sabe. E é essa intimidade que seus leitores sentem.

Ele adorou a proposta de ir a La Plata, pensava falar sobre os contos fantásticos de Lugones, o que eu achava?, me perguntou. Perfeito, respondi, além disso, Borges, olhe, vamos lhe pagar, não sei quanto dinheiro era nesse momento, digamos uns quinhentos dólares.

— Não - respondeu -, é muito.

Fiquei sem ação. Olhe, Borges, eu disse, o dinheiro não é nosso, não é dos estudantes, a universidade é que nos deu.

— Não importa, vou cobrar 250.

E continuamos falando, ele continuou falando, já não me lembro se de Lugones ou de Chesterton, mas o fato é que me senti tão à vontade, tão próximo dele, com aquela sensação de leveza, de inteligência plena e de cumplicidade, que dali a pouco, quase sem perceber e falando do final dos contos de Kipling, eu lhe disse, encorajado pelo clima de intimidade e grato pela sensação de estar falando com alguém de igual para igual:

— Sabe, Borges, que eu vejo um problema no final de "A forma da espada"?

Ele ergueu o rosto na minha direção, alerta.

— Um problema? - disse. — Caramba, quer dizer um defeito...

— Algo que está sobrando.

Agora fitava o ar, jovial, expectante.

O conto narra com uma técnica que Borges já usara em "Homem da esquina rosada" e usaria depois: é contado por um traidor e assassino, como se fosse outro. Aquele que conta tem o rosto atravessado por "uma cicatriz rancorosa" e circular. A certa altura do conto ele enfrenta um rival que lhe marca o rosto com uma espada curva. O leitor percebe que quem conta é o traidor porque a cicatriz o identifica. Borges, no entanto, estende a narrativa e a encerra com uma explicação. "Borges", diz, "eu sou Vincent Moon, agora me despreze." Ele escutou meu resumo do conto com gestos de afirmação e repetiu em voz baixa a frase, "Sim..., agora me despreze".

— O senhor não acha que essa explicação está sobrando? Na minha opinião, é desnecessária.

Seguiu-se um silêncio. Borges sorriu, compassivo e cruel.

— Ah - disse. — O senhor também escreve contos...

Eu tinha vinte anos, era arrogante e mais idiota do que agora, mas via que a frase do Borges queria dizer duas coisas.

Habitualmente, se alguém o abordava na rua para lhe dizer "Borges, sou escritor", ele respondia "Ah, eu também", e deixava o interlocutor no vazio. Um pouco dessa delicada maldade e um pouco de tranquila soberba estava contida na frase "Esse mocinho impertinente pensa que escreve contos...".

A outra afirmação implícita era mais benévola e talvez quisesse dizer: "Você já lê como um escritor, entende o modo como os textos são construídos e quer ver como são feitos, ver se consegue fazer algo parecido ou, no melhor dos casos, algo diferente". Escrever, era o que ele estava me dizendo, muda antes de mais nada o modo de ler.

Continuamos conversando mais um pouco, eu já estava atordoado, envergonhado e meio adormecido. Borges ainda quis me mostrar a escrivaninha redonda de Groussac que ele percorria com sua mão esplêndida e pálida, a mão com que escrevera "Tlön, Uqbar, Orbis Tertius" e "A supersticiosa ética do leitor".

Entendo que Borges sempre foi um contista clássico, seus finais são fechados, explicam tudo com clareza; a sensação de estranhamento não está na forma - sempre clara e nítida - nem nos finais ordenados e precisos, mas na incrível densidade e heterogeneidade do material narrativo.

Acompanhou-me amável até a porta e antes de se despedir me disse, como para que eu não esquecesse sua lição sobre as histórias bem fechadas:

— Consegui um desconto considerável, não? - disse, divertido, o velho Borges.

Enfim, ele arrasou comigo, mas me reconheceu como escritor, não é verdade?, disse Renzi. Eu tinha escrito dois ou três contos, horríveis, mal-acabados, mas, enfim, as ilusões devem ser confirmadas por outro, mesmo que seja por meio da humilhação e do horror. Por isso os jovens - e os nem tão jovens - andam por aí com seus escritos procurando alguém que os leia e lhes diga "Ah, você também escreve", claro que agora sobem tudo na *web*, mas mesmo assim precisam da chancela, que alguém - pessoalmente - lhes diga "você também está deste lado"...

Falo demais, assumo um tom sentencioso e apodíctico, como corresponde a um homem da minha idade, ficou pensando. Já estávamos na porta do prédio da rua Charcas (ex-Charcas), na altura do 1.800. Talvez tenha pensado que ia morrer nessa guerra, meu avô, mas mesmo assim ele foi a ela. Um ato de heroísmo, ir, eu não teria coragem, disse Emilio enquanto abria o portão, o segurava com o corpo e se virava, sorrindo.

— Qualquer dia desses termino a história... A gente se vê, meu querido - disse, e entrou no *hall* com passo incerto à procura do elevador.

Já era noite fechada e eu o vi subir envolto numa luz amarela, com os olhos radiantes e um sorriso de satisfação que lhe iluminava o rosto, como se, digamos, continuasse a pensar na garota que lhe pediu emprestado o livro de Albert Camus.

2.
Primeiro diário (1957-1958)

Quarta-feira

Partimos depois de amanhã. Resolvi não me despedir de ninguém. Acho ridículo se despedir das pessoas. O cumprimento é para quem chega, não para quem deixamos de ver. Ganhei no bilhar, fiz duas tacadas de nove. Nunca joguei tão bem. Tinha o coração gelado e o taco batia com absoluta precisão. Pensei que conseguia as carambolas com o pensamento. Jogar bilhar é simples, basta manter a frieza e saber prever. Depois fomos à piscina e ficamos até tarde. Pulei do trampolim alto. Lá de cima as luzes da quadra de tênis boiavam na água. Tudo o que faço parece que faço pela última vez.

Sábado

A mudança, no meio da noite. Saímos de madrugada, furtivos, envergonhados. Havia uma luz acesa na cozinha do iugoslavo, do outro lado da rua Bynon. O caminhão carregado de móveis, a casa desmantelada. A mansidão idiota da planície, no céu um ximango com os esporões apontados para a frente, como espetos, quase sentado no ar, apanha um preá, no seu voo rasante, e o carrega num lento e profundo bater de asas. Fazemos uma parada para o almoço junto a uma pequena mata, o cachorro zanza pelo campo. Meu pai diz: "Está vendo esse buraco? Algum andarilho acendeu sua fogueirinha aqui", toca as cinzas com as costas da mão. À sombra, ele toma nota em seu caderno de capa preta, sentado na grama, as costas contra um álamo. Ergo a vista do caderno e, ao longe, como um ponto escuro na imensa claridade, vejo avançar a remota figura do andarilho, caminhando através do campo em busca de outra mata onde fazer uma fogueira para esquentar a água do seu mate. Esse evento mínimo (e a palavra do meu pai) volta várias vezes à minha memória ao longo do dia, sem relação com nenhum acontecimento do presente, nítido na lembrança, inesperado, como uma mensagem cifrada que escondesse um sentido secreto.

Segunda-feira

Passamos a véspera de Natal na casa do Carranza, um companheiro do movimento, como diz meu pai. Tudo muito sombrio. Mamãe quase não fala e só faz ler romances e usar palavras insólitas (como sempre que não está bem). "Esta salada ficou meio *desengonçada.*" Durante a noite se levanta duas ou três vezes para ver se estou dormindo ou se preciso de alguma coisa (e me acorda!). Está nervosa, quase não sai, sofre, mas nunca se queixa. Seu mundo desabou (suas irmãs, suas amigas), mas seguiu o marido por "solidariedade" mais do que por outra coisa. ("Não ia deixar esse *mequetrefe* sozinho.") Na ceia de Natal ela se negou a brindar, dizendo que "lhe dava *arrelia*".

Terça-feira

A casa tem dois andares, embaixo fica o consultório; na frente, a sala de espera; numa das laterais, um salão que dá para a rua, dois quartos, a cozinha e um quintal. No andar de cima ficam meu quarto e uma sala, uma minicozinha e um terraço. Já me instalei lá em cima e levei os poucos livros que trouxe comigo. A janela do meu quarto dá para as flores azuis do jacarandá da calçada. Por aí eu poderia fugir, em caso de necessidade.

Quinta-feira

Penso que eu devia voltar, morar com o vovô Emilio. Escrevo à Elena para anunciar meus planos e me armar de coragem, mas ela não me leva a sério. ("Se você vier, venha e pronto, mas não fique anunciando a cada cinco minutos.") Não é a cada cinco minutos, eu lhe escrevo toda noite (hoje não) contando as novidades do dia e meus estados de espírito. No final de suas cartas ela desenha o gato de Landrú e escreve: "Tenho saudade e mais saudade de você. Vivo chorando pelos cantos, como a perfeita idiota que sou".

Segunda-feira

Na praia: ontem, anteontem e hoje. Não é a mesma coisa nadar no mar e nadar numa piscina, a mesma diferença entre viver e ler. "O que você prefere? Você, o que *prefere*?" (sublinhado). As perguntas da Elena.

Terça-feira
Meu pai, do seu consultório, toda vez que saio para a rua me pergunta se estou levando meus documentos. Mamãe, que está no quintal, sempre lendo seus romances, levanta os olhos: "Vão te levar preso só por ser *descendente* dele". Descendente, penso, em queda livre.

Sexta-feira
Elena, oh, Elena... Ela me escreve: "Sonhei com você duas vezes, um sonho ontem e outro esta noite. Estávamos saindo de casa para pegar o ônibus San Vicente, mas sempre acontecia alguma coisa e não saíamos (você me fazia uma trança, no jardim). No fim, justo quando conseguíamos sair, acordei. Fui beber água, estava com o cabelo no rosto. Esta noite voltei a sonhar e já estávamos juntos no ônibus! Não é genial? Um sonho continuando no outro. A Andrea diz que é um ótimo sinal, mas fiquei assustada. Hoje acordei superenjoada (Será que estou grávida, Emilio?)".

Quinta-feira
Alarme falso (Galli Mainini).

Estou lendo *Os sete enforcados*, de Andreiev. Os condenados do livro são todos livres-pensadores, *niilistas*: serão executados ao amanhecer, o tempo não passa, porém é sempre mais tarde – ou mais cedo – do que eles imaginam. Impossível *descrever* essa espera. "Ainda não era a morte, mas já não era a vida." Uma revolucionária, a heroína, pensa: "Eu queria que fosse assim: sair sozinha ao encontro dos soldados, com um leve revólver na liga; a morte não me importa, mas não quero morrer como uma galinha...". (Não é incrível o símile? Mas *leve* revólver é perfeito.)

Segunda-feira
Meu pai ainda recorda de alguns trechos das cartas que seu pai lhe mandava do *front*, quando ele (meu pai..., ah, os pronomes) era garoto e a mãe as lia em voz alta junto à lareira: "Eu chorava, o general Gialdini chorava, todos os soldados estavam chorando", o que me deixa intrigado quanto ao conteúdo da carta. É lógico que um garoto recorde para sempre de um parágrafo assim; é inesquecível descobrir na infância que o pai chora, que os homens choram, e que até um valente general do exército pode chorar...

A maravilha da infância é que tudo é real. O homem crescido (!) é que vive uma vida de ficção, preso às ilusões e aos sonhos que o ajudam a sobreviver.

Por isso são tão impressionantes os fiapos de experiência do passado que recordamos sem entendê-los por completo, são leves e agudos como um florete que atravessa o coração de uma estocada. Por isso essas lembranças são tão nítidas e incompreensíveis, já que depois, agora, na juventude, nós nos extraviamos. No meu caso estou no meio do rio, perdi a sensação de plena certeza da infância e não tenho nenhuma ilusão que me sustente.

Terça-feira

Levamos uma estante de livros para o andar de cima, porque mamãe montou um tear na sala. Diz que vai tecer uma colcha vermelha e amarela, de lã fina, "pro teu pai se espertar". Aprendeu tecelagem quando jovem, no colégio de freiras. "Essas manualidades", ela gosta da palavra e a repete, "essas manualidades, filhinho, a gente nunca esquece, é como andar de bicicleta ou fazer o sinal da cruz, sai sem pensar"...

Domingo

Já escrevi minha carta do dia para a Elena, a greve dos correios é como uma ponte levadiça. Então estou fora da cidade sitiada...

Segunda-feira

Minha mãe tem um bruxo particular, que ela chama de dom José, mas eu, para perturbá-la, me refiro a ele como Yambó. Não gosto nem um pouco do tipo, pele pálida, olhos de peixe, deve ser meio umbandista (um pai de santo). Mamãe já o visitava em Buenos Aires; o sujeito lhe avisou em setembro que papai seria preso, mas ele não deu a menor importância, e ela não o perdoa por isso. Agora veio especialmente a Mar del Plata, tem algumas clientes por aqui, está hospedado no hotelzinho perto de casa, na rua España quase esquina com a Moreno. O sujeito fala e faz previsões. Não tira o tarô, não lê a bola de cristal, diz o que lhe vem à cabeça. De noite, durante o jantar, mamãe conta que ele lhe disse que ela ia morar em um lugar frio. Em Ushuaia, enquanto o papai estiver em cana, digo. Ela dá risada. "Não diga *patranhas*" (quando está esquisita, ela usa essas palavras rebuscadas). Agora está lendo Knut Hamsun (na coleção de encadernação azul da Aguilar, em papel-bíblia, que reúne cinco ou seis romances por volume). "*Fome* é o que deviam ler (ela fala sem se referir a ninguém em particular), para verem (pluraliza) o que é dar duro." Quando não está lendo um romance, fica nervosa e briga com papai ("Vocês podem me dizer o que viemos fazer nesta cidade *oprobriosa*?"). Cidade oprobriosa, nada mal.

Quinta-feira

A greve dos correios continua, portanto não recebo cartas da Elena e não posso mandar as que lhe escrevo (já tenho três). Interlúdio inquietante. Será que ela sabe que é por causa da greve? (Vou lhe telefonar à noite.) A greve acumula tanta correspondência não entregue que é inútil pensar que as cartas que lhe mandei ainda vão chegar.

Lista de interferências possíveis na correspondência amorosa: o carteiro a queima; sequestro violento do mensageiro, as cartas que não chegam ao destino, quantas serão? Os apaixonados interrompidos pelo movimento sindical: tema interessante para um romance. A história política não deixa que se amem...

Segunda-feira

O engraçado é que papai se reuniu no consultório com um dos delegados da comissão interna do Correio Central da avenida Luro (o fulano pediu hora como um paciente qualquer e esperou sua vez na sala); deve ter lhe transmitido as ordens de Perón (agora que nos acertamos com o Frondizi, temos que "chamar na chincha"...). Pode deixar, doutor, não vamos entregar nenhuma carta para esses traidores etc. (Mas e as do meu filho, os companheiros não podem entregar?, ele devia ter perguntado.) As cartas só saem na quarta-feira...

Quinta-feira

Quando fico entediado e passo o dia sem falar com ninguém, me deixo levar por impulsos assassinos. Hoje empurrei um velho meio manquitola com que esbarrei na rua Mitre. "Quer fazer o favor de sair da minha frente?", esbravejei, e enquanto ele se desculpava gentilmente lhe encaixei uma cotovelada de canto, estilo judô, e ele ficou boqueando meio encurvado ao lado da igreja; agora há pouco atirei o gatinho contra a parede, ele quicou feito uma bola e deu um berro de pavor, com o pelo todo arrepiado e as quatro patas abertas a um metro do chão, e assim que caiu disparou para debaixo da cômoda (continua lá), isso que ele é meu gato de estimação, Fermín, e gosto de ver como ele olha longamente para o teto. Para mamãe eu nem respondo, e ela fica furiosa. Olhe, Emilio, acho bom você não bancar o engraçadinho comigo. Quando está zangada, ela me chama *Emiiliiio*, como se riscasse um vidro (*Emiiliiio*), do contrário me chama de Filho, ou *Nene*, ou "Em", e me trata de "o senhor" (e aí quem se enfurece sou eu). Na minha família é muito comum as pessoas se tratarem assim, como se sempre estivessem caçoando. "O senhor de vez em quando nos envie seus pareceres", disse meu tio Mario ao se despedir.

Quinta-feira

Na casa do Julio encontro o Jorge; passamos algum tempo discutindo. O narrador deve ser obscuro ou distante? Obscuro: Dostô, Faulkner; distante: Hemingway, Camus em *O estrangeiro*. Chega o Eduardo G., com seu jeito de bamba. "Tenho grana viva", anuncia, e armamos uma partida de pôquer. Eu perco sem parar (com um *full*), perco a tarde inteira, e no final ganho com uma sequência até o ás, e o bolo é grande, porque o Eduardo pensou que eu estava blefando (ele tem uma trinca de reis e aposta tudo). Vai embora furioso porque *pensa* que trapaceei; não diz nada, quer que eu *acredite* que me flagrou roubando (continuamos nisso, na rua e depois no bar da Independencia com a Colón, a *jukebox* tocando Frankie Laine). Quando o Eduardo – como diria o Dostô – acredita, pensa que não acredita, e quando não acredita, pensa que acredita... e perde tudo. Quem me dera ser mesmo um *trapaceiro*. Um jovem malandro desencantado (que conhece todas as manhas), viaja de trem pelas províncias, salta em estações perdidas, pousa no hotel da praça central, faz alarde, paga a bebida, tem ar de viajante entediado, meio ingênuo, pega as viuvinhas do lugar; na noite antes de seguir viagem, aceita participar de uma partida de pôquer no clube social...

Domingo

No bar do Ambos Mundos, em meio ao pessoal do cineclube está o Inglês: alto, de chapéu e gabardine branca (um disfarce), fala com muito sotaque, trabalha no porto numa companhia norte-americana de exportação de peixe; embarcou no Alasca, dizem que é um escritor conhecido em Nova York, Steve M. Sempre fala em tom de brincadeira. Ontem à noite nos mostrou uma carta de seis páginas e disse que era de Malcolm Lowry. Parece que ele escreveu uma tese sobre *Under the Volcano*, em 53, na Universidade de Columbia (a primeira tese do mundo sobre esse romance, disse como se fosse uma façanha). Aqui ninguém conhece o livro, só o Oscar Garaycochea, que é um gênio, se lembrou de *The Lost Weekend*, o filme de Billy Wilder, porque na resenha da revista *Sight and Sound* havia uma referência a Lowry. "É verdade", disse o Steve, "Lowry quase enlouqueceu quando o filme estreou." Ele o conheceu pessoalmente, foi visitá-lo no Canadá, e Lowry passou uma semana no apto. do Steve no Brooklyn. Precisava esconder o uísque dele, conta o Steve, enquanto se embebeda aos poucos. Lowry bebeu o frasco de loção pós-barba. Será invenção dele? Pode ser, é brilhante, muito divertido e já ganhou todas as garotas do 5º ano do colégio que aparecem aqui de tarde.

Anotei algumas coisas que ele disse: "Lowry não era um romancista, era um escritor autobiográfico puro, escrevia vários diários pessoais, um frenético escritor de cartas". Fez sete versões de *Under the Volcano*. Disse que vai nos dar o romance, mas só se o lermos no bar. "Eu o alugo", disse, "proibido emprestar." O romance se passa no México.

Sábado

Comparar Holden Caulfield e Silvio Astier: os dois têm dezesseis anos (*like me*), o primeiro se queixa, tem problemas existenciais, quer viver sozinho na floresta; o outro não tem dinheiro, rouba livros numa escola, quer ser escritor e resistir na cidade. Ver a cena de Astier com o rapaz que usa meias de mulher no hotel de camas a um peso, na Talcahuano com a Tucumán, em *O brinquedo raivoso*, e a cena de Holden com Carl Bruce no Wicker Bar do Seton Hotel, em *O apanhador no campo de centeio*. Holden é lírico, rebelde, sensível (a irmãzinha); Silvio está desesperado, sem saída e é um delator. Em Salinger a oralidade é leve, lexical, autocompassiva; em Arlt é áspera, antissentimental, sintática.

Segundo o Steve, Lowry teve que mudar o nome do personagem do cônsul, de início chamado William Erikson, ao tomar conhecimento do assassinato de um norte-americano com esse mesmo nome, morto da mesma maneira que o protagonista de seu romance.

Quarta-feira

Notícia nos jornais de hoje (21 de maio de 1958). Lado A: "Um submarino de nacionalidade ignorada foi atacado pela marinha de guerra argentina em

Golfo Nuevo. A embarcação avariada conseguiu desaparecer". Lado B: "O Almirantado britânico anunciou que o submarino *Avhros* foi avariado em águas do oceano Atlântico por um avião não identificado". Os únicos que acreditam nas notícias dos jornais, diz meu pai, são os jornalistas. É verdade, diz minha mãe, só acredita naquilo que lê a pessoa que o escreveu. Ultimamente anda genial, a Ida, mais contente, muito perspicaz. Outro dia ela disse: "Meu cérebro funciona frio por conta própria, como se estivesse na *frigidaire*".

Domingo

Em Mar del Plata os cinemas continuam funcionando fora da temporada e para atrair o público passam três filmes diferentes por dia, com ingresso mais barato. Vou de ônibus e pego a sessão das duas no Gran Mar da avenida Colón, a das quatro no Ópera da rua Independencia, a das seis no Ocean da Luro, a das oito no Atlantic e a das 22 no Cine Belgrano, na esquina de casa. Eu vivo no cinema de segunda a sexta, como um louco que tivesse sido privado de filmes, um mendigo que só quer se sentar em paz nas salas escuras ou um cinemaníaco nômade. Nos fins de semana não renovam a programação, e aí eu fico em casa. O cinema é mais rápido que a vida, a literatura é mais lenta.

Nas últimas semanas, assisti aos seguintes:

OSS 117, baseado no romance de espionagem de Jean Bruce; *Barrabás*, de Alf Sjöberg, sobre o romance de Pär Lagerkvist; *Detrás de un largo muro*, de Lucas Demare; *Os viúvos também sonham*, de Frank Capra; *A fortaleza escondida*, de Kurosawa; *O.K. Corral*, de John Sturges; *Ugetsu Monogatari*, de Mizoguchi; *Punhos de campeão*, de R. Wise; *Os boas-vidas*, de Fellini; *A harpa da Birmânia*, de Ichikawa; *A princesa e o plebeu*, de W. Wyler; *Janela indiscreta*, de Hitchcock; *Cidadão Kane*, de Wells; *Marcados pelo destino*, de J. Lee Thompson; *O verdadeiro final da Grande Guerra*, de Kawalerowicz; *Depois do vendaval*, de John Ford; *Férias de amor*, de Joshua Logan; *O pequeno fugitivo*, de Morris Engel; *Horizonte de glórias*, de Nicholas Ray; *A condessa descalça*, de J. Mankiewicz; *Um condenado à morte escapou*, de Bresson; *Noites de Cabiria*, de Fellini; *O denunciante*, de John Ford.

Segunda-feira

Estamos em greve na escola pela revogação do artigo 28, que dá às universidades livres o direito de outorgar diplomas reconhecidos pelo Estado. Todas elas são católicas. Laica ou livre.

Terça-feira

Descubro que a maior elegância do estilo depende da invisível precisão das construções preposicionais. Segundo minha mãe, Arlt sempre escorrega. Os defeitos são virtudes, replico. E "versa-vice", diz minha mãe, quando elas são "conduzidas" ao limite e se repetem. Passo a tarde em casa inventando frases. A pancada fez os binóculos caírem *ao* chão. O carteiro tinha um daqueles narizes *de* cuja ponta parece estar sempre *a* ponto *de* cair um pingo. Meu pai tinha alcançado um êxito não apenas involuntário mas também inútil *para* sua vida. Elena tinha horror *pela* água turva. Ela e sua irmã estavam horrorizadas *ante* a sujeira do charco maligno.

Quinta-feira

O colégio continua ocupado. Passo a noite na sala de química, vigiando a rua Hipólito Yrigoyen. Não se veem policiais nem Tacuaras da direita católica. Dormimos nos corredores, alguns tomam mate, discute-se o tempo todo. Armas, não vi nenhuma, talvez um estilingue, bombinhas *molotov*. As meninas estão conosco. Quem esses gorilões pensam que são, diz Elena (outra Elena), peituda, de tranças, pernas de deusa, com uma saia xadrez que tem um grande alfinete de segurança justo na altura do púbis.

Sábado

Fui até a casa do Julio. Discutimos Laica e Livre. Que Laica?, pergunta. A cadela russa? Sou um livre-pensador cético, diz. Uma contradição, respondo. Certo, então sou ácrata, e além disso acredito que existe vida no universo. Ah, bom, digo, um anarquista esotérico. Ouvimos *O príncipe estudante*, com Mario Lanza. Gostamos de operetas. A Alejandra Achipenko vai nos emprestar *Die Dreigroschenoper*, de Bertolt Brecht e Kurt Weill, cantada por Lotte Lenya. De tarde, cinema com o Julio e o Jorge, assistimos a *Quando voam as cegonhas*, de M. Kalatozov, russo, tipo Walt Disney, mas com soldados que voltam da guerra.

Quarta-feira

Fui ao colégio, me recusei a carregar a bandeira. Na aula de francês, a professora me emprestou *A náusea*, de Sartre. Leio metade do livro de uma sentada, na saída, no bar. Notável a cena do trinco, Roquentin o olha como se fosse um bicho, tem vida e é uma coisa (morta). Não tem coragem de tocá-lo.

Domingo

O Steve se aproxima ao saber que meu pai é médico e que esteve na prisão. Só quem já esteve preso pode falar de doenças, diz. Quer que meu pai seja seu médico pessoal. Os dois iniciam uma conversa fantástica sobre o álcool. Incidentalmente, diz meu pai, tudo o que se escreveu sobre a bebida é absurdo. É preciso recomeçar do início. Beber é uma atividade séria, desde sempre associada à filosofia. Quem bebe, diz o Steve, tenta dissolver uma obsessão. Primeiro é preciso definir a magnitude da obsessão, diz meu pai. Não há nada mais belo e perturbador do que uma ideia fixa. Imóvel, parada, um eixo, um polo magnético, um campo de forças psíquico que atrai e devora tudo o que encontra. O senhor já viu uma luz imantada?, pergunta o Steve. Ela suga todos os insetos que se aproximam, tratando-os como se fossem de ferro. Vi uma mariposa voar interminavelmente sem sair do lugar até morrer de exaustão, diz meu pai. Todos falam de obsessões, diz Steve, ninguém as explica como elas são. A obsessão é construída, diz meu pai, vi obsessões serem construídas como castelos de areia, basta um acontecimento que nos altere a vida de forma drástica. Um acontecimento ou uma pessoa, diz meu pai, daqueles que não conseguimos saber se mudaram nossa vida para melhor ou para pior. A estrutura de um paradoxo, diz Steve, um acontecimento dúbio ou vacilante em sua essência. Algo que nos marca, mas é moralmente ambíguo. As pessoas avançam em direção ao futuro, diz meu pai, descentradas, sem orientação, fora do caminho que trilharam no passado. Uma amputação, diz meu pai, do senso de orientação. A obsessão nos faz perder o senso do tempo, confundimos o passado com o remorso.

A prisão é uma fábrica de histórias, diz meu pai. Todos contam, repetidas vezes, as mesmas coisas. O que fizeram antes, mas sobretudo o que vão fazer depois. Ouvem uns aos outros, compassivamente. O que importa é narrar, não importa se a história é impossível ou se ninguém acredita nela. O contrário da arte do romance, diz o Steve, que se funda na ilusão de converter os leitores em crentes.

Seria preciso estar fora do mundo da prisão, diz meu pai, para interessar-se pelas histórias dos presos. Mas essas histórias se destinam justamente àqueles que dividem a prisão. Também nisso se diferenciam da arte do romance, diz o Steve, as histórias pessoais só devem ser contadas aos estranhos e aos desconhecidos.

Alguém faz algo que ninguém entende, um ato que excede a experiência de todos. Esse ato não dura nada, tem a qualidade pura da vida, não é narrativo, mas é o único que faz sentido narrar.

No colégio, greve desde quarta-feira, todos vêm e vão enfurecidos pela (inesperada?) investida de Frondizi em defesa do artigo 28, contra a escola pública, baluarte do passado liberal. É uma espécie de afronta a Sarmiento e a outros pais fundadores, que nenhum de nós parece disposto a suportar. De onde vem essa decisão? De uma pose "modernizante" que na Argentina sempre foi o argumento da direita. Um jeito de enterrar uma cultura e fazer outra, mais "realista", mais "moderna" e, principalmente, mais cínica.

Sexta-feira

Ontem à noite discuti com um comunista e com o Julio até as duas da manhã. O comunista, um estudante do colégio industrial, simpático, nega qualquer arte que não venha do povo ou não vá para o povo. E quem decide onde está o povo?, pergunto. O Julio se esquiva da questão, para ele dá na mesma, é um niilista. Não fiz nada de especial, a não ser escrever para a Elena (a de lá). A outra, a daqui, é Helena com agá.

3.
Primeiro amor

Eu me apaixonei pela primeira vez aos dez anos. No meio da aula apareceu uma menina ruiva que a professora apresentou como a nova aluna. Ela estava em pé ao lado da lousa e seu nome era (ou é) Clara Schultz. Não lembro nada das semanas seguintes, mas sei que nos apaixonamos e que tentávamos esconder isso dos outros porque éramos crianças e sabíamos que queríamos uma coisa impossível. Ainda me doem certas lembranças. Quando enfileirados no pátio, os outros nos olhavam e ela ficava mais vermelha ainda e eu aprendi o que é sofrer a cumplicidade dos idiotas. Na saída eu brigava no campinho da Amenedo com os alunos mais velhos que a seguiam para jogar carrapichos no seu cabelo, porque ela o usava solto até a cintura. Uma tarde voltei para casa tão arrebentado que minha mãe pensou que eu tinha enlouquecido ou estava tomado de uma febre suicida. Eu não podia contar para ninguém o que sentia e parecia carrancudo e humilhado, como se estivesse sempre com sono. Escrevíamos cartas um para o outro, só que mal sabíamos escrever. Lembro de uma sequência instável de êxtase e desespero; lembro que ela era séria e veemente e que nunca sorria, talvez por saber o futuro. Não guardo comigo nenhuma fotografia dela, só sua lembrança, mas em cada mulher que amei estava Clara. Ela partiu assim como veio, imprevistamente, antes do fim das aulas. Uma tarde fez um ato heroico e quebrou todas as regras ao entrar correndo no pátio dos meninos para me dizer que a estavam levando embora. Guardo a imagem de nós dois no meio das lajotas pretas e do círculo sarcástico dos outros nos olhando. O pai dela era fiscal municipal ou gerente de banco e estava sendo transferido para Sierra de la Ventana. Lembro do horror que me causou a imagem de uma serra que era também uma prisão. Por isso ela chegara no meio do ano e talvez por isso tivesse me amado. A dor foi tão grande que lembrei da minha mãe dizendo que, quando a gente gosta de alguém, tem que colocar um espelho embaixo do travesseiro, e se a gente vê a pessoa refletida no sonho é porque vai se casar com ela. Então de noite, quando todos na casa já dormiam, eu ia descalço até o quintal e pegava o espelho em que meu pai se barbeava todas as manhãs. Era um espelho quadrado, com moldura de madeira marrom, pendurado em um prego na parede com uma correntinha. Eu dormia entrecortado, tentando ver o reflexo dela ao sonhar e às vezes imaginava que a via aparecer na beirada do espelho. Muitos anos mais tarde, uma noite sonhei que sonhava com ela no espelho. Eu a via exatamente como ela era quando menina, com o cabelo ruivo e os olhos sérios. Eu era outro, mas ela era a mesma e vinha ao meu encontro, como se fosse minha filha.

4.
Segundo diário (1959-1960)

2 de novembro, 1959

Vamos à praia antes de o verão começar; nada como o final da primavera, quando os dias escuros do inverno ficaram para trás e a orla ainda está vazia. Vou sempre a La Perla, sigo reto pela avenida Independencia até o mar. Fiz amizade com o Roque, um salva-vidas aposentado que continua indo à praia e vigiando para que ninguém corra perigo. É levemente coxo e caminha bamboleando um pouco o corpo, mas quando entra na água nada feito um golfinho, é elegante e rápido. "Devíamos viver na água", diz, e fica ruminando. "Viemos daí e cedo ou tarde vamos voltar a viver nos oceanos."

Ele toma conta de um hotel vazio que fica na ladeira em frente ao parque, um grande prédio pintado de azul: o Hotel del Mar. Fui visitá-lo algumas vezes, há quartos e mais quartos desocupados ao longo de um corredor. Vai dormindo em diferentes camas, segundo ele, para manter os aposentos arejados. Anda sempre com um radinho de pilha Spica, que escuta o tempo todo. Diz que quando era jovem foi cantor, me mostra um cartão em que aparece vestido de *gaucho*, de chapéu e ponteando um violão; acima, no canto esquerdo, há uma pequena bandeira argentina. A legenda diz: *Agustín Peco, Cantor Nacional.* Isso foi nos anos 40, quando havia "número vivo" nos cinemas e artistas de diversos campos subiam ao palco para entreter o público no intervalo entre uma sessão e outra. O Roque cantava o repertório de Ignacio Corsini, milongas e canções de campo com letra de Héctor Blomberg, sobre temas da época de Rosas. Uma vez na praia, um pouco alto depois do almoço, ele cantou ao sol e a capela "La pulpera da Santa Lucía", uma das canções favoritas do meu pai.

Outro dia entrei mar adentro e na hora de sair caí num canal de correnteza e a força da água não me deixava avançar; as ondas altas antes da primeira arrebentação me puxavam de volta. Eu não estava assustado nem nada, mas comecei a ficar sem fôlego, e o Roque foi me guiando da margem com gritos e gestos. Não entrou na água, mas me ajudou a sair indicando que eu nadasse na diagonal escapando da faixa fria, sempre na direção do quebra-mar maior. Quando fiquei ao seu alcance, ele mergulhou e me tirou nadando com uma só mão.

4 de novembro

Ontem uma garota, deitada sobre uma esteira amarela, na praia vazia, ficou me olhando. É de Buenos Aires, veio com a mãe por alguns dias. Logo nos entendemos. O nome dela é Lidia, é bonita e simpática. Eu a beijei na escadaria ao pé de uma casa onde tínhamos sentado. "Calma, broto", disse, e pouco depois, como se falasse sozinha: "Um beijo de quando em vez não provoca gravidez".

Quinta-feira

Estive esses dias todos com a Lidia na praia de La Perla, nos encontramos de manhã e ficamos conversando até o sol se pôr e ela voltar para casa. Está hospedada no edifício Saint James, na avenida Luro. É inteligente e divertida. Eu lhe contei que minha família tinha se mudado para Mar del Plata para fugir da polícia, porque meu pai tinha contas pendentes com a justiça. Isso me permitiu falar com ela com muita liberdade, porque não falava de mim, sou outro quando estou com ela (eu me sinto outro, um desconhecido, e isso não tem preço), disse que era escritor, enfim, que queria ser escritor. Ela ri com uma risada jovial e contagiante e me fez prometer que a levaria ao baile de formatura no Hotel Provincial.

Dezembro

Passei essas últimas semanas com a Lidia e a apresentei ao Roque, e assim pudemos ir para a cama nos quartos vazios, mas mobiliados e misteriosos, do hotel. Ela foi embora no final do mês e antes de partir disse que gostava muito de mim, que tínhamos passado dias inesquecíveis. E depois, com um gesto encantador, afastou a franja dos olhos e disse que estava voltando a Buenos Aires para se casar. Gelei. Ela vai se casar daqui a pouco e veio a Mar del Plata em busca de uma aventura para seus últimos dias de solteira. Você não sabe como me chamo nem quem sou, você disse que se chama Emilio e que é escritor. A gente conta mentiras quando está apaixonado e vive um caso passageiro. Fiquei sem ação. Isso foi na segunda-feira, e ela não quis que eu fosse me despedir na estação. Ela ria como se tudo fosse muito divertido. Vou sentir tua falta, disse, e não vou te esquecer. Mentia. Mas não faz mal, as mentiras, como ela disse, tornam a vida mais fácil.

Domingo

Encontro no bar com mesas na calçada, na diagonal com o Hotel Nogaró. Ela, meiga e compreensiva, procura um jeito de me livrar da tristeza, sem ver que para mim é um salto no abismo voltar às tardes em casa ou na praia, escondido atrás de um romance.

Encontro intenso com a mulher, vivido por mim com seriedade e por ela como quem brinca. Vai se casar em março.

Agora como sempre, espero por ela. "Eu volto. Te ligo. Me espera", palavras vazias para amenizar a despedida. Ela não sabe o que significou para mim. Quando encaro as coisas friamente, penso: o que se poderia esperar? Uma paixão repentina, de verão, com o primeiro sujeito que aparece na praia vazia de novembro. A três meses de seu casamento com um advogado amigo da família.

Para não lhe trazer problemas, não perguntei seu nome verdadeiro nem seu endereço em Buenos Aires. Muito elegante, mas na verdade não perguntei para não ouvi-la dizer que não me daria seus dados.

Quarta-feira

O Roque dá risada quando lhe conto a história do meu romance com a Lidia. As mulheres são mais valentes que os homens, são fiéis àquilo que querem e não se preocupam com as consequências. Não fiquei com nada dela, nem uma foto, nem uma lembrança. Eu gostava do jeito como ela afastava o cabelo do rosto com um gesto que parecia iluminá-la. Eu lhe dei meu telefone e ela guardou o papel num estojo de maquiagem. Estranho, claro, não quer que o marido encontre provas de seu adultério.

Adultério é uma palavra intrigante.

Quarta-feira

Na minha outra vida as coisas vão ficando claras. Assisti por acaso a um bate-papo com estudantes mar-platenses em La Plata, onde entendi imediatamente que esse era meu ponto de fuga. Lá alugam quartos baratos em pensões para estudantes e é possível comer no refeitório universitário a cinco pesos a refeição. Já está decidido, vou viver em La Plata, só não sei ainda o que vou fazer lá.

Comprei os três volumes de *Os caminhos da liberdade*, de Sartre, por 260 pesos na livraria Erasmo. Fui ao estádio com o Cabello e o Dabrosky para ver o Boca Juniors. Fui ao cinema: *Quanto mais quente melhor*, de Billy Wilder. O corpo da Marilyn Monroe cantando com um banjo minúsculo no corredor do trem. Dois homens vestidos de mulher numa orquestra de senhoritas.

A Helena (com agá) me deu um *aktemin*, uma anfetamina que me manteve a noite inteira acordado, com ideias incríveis que esqueci imediatamente. Estou estudando trigonometria.

Comprei sapatos, saí caminhando com eles pela Rivadavia, seguro de mim. Meia hora depois comecei a reagir e me refugiei num cinema para não pensar. Assisti a *Alta sociedade*, um musical.

Apego às previsões felizes, confiança cega no futuro; espero romper a espera, passar o verão em paz.

Ontem à noite li "O capote", de Gógol ("todos viemos do capote de Gógol", disse Dostoiévski), com seu tom de oralidade raivosa, inesquecível. Mas também Kafka vem daí: o drama cômico gira em torno de um casaco. Lembra aqueles sonhos em que um objeto insignificante – perdido, encontrado, entrevisto – produz efeitos devastadores. A mínima causa tem consequências brutais. Grande estratégia narrativa: não importam os fatos, importam suas consequências. Aqui a espera nas repartições públicas é narrada com o horror alegre de uma épica lendária.

Não acho que eu seja um cara-pálida nem um pele-vermelha, mas as garotas mesmo assim se interessam por mim. Eu as seduzo com a palavra.

Um amigo de Adrogué, o Ribero, que jogava bilhar muito bem, era um solteiro empedernido, vivia dizendo que a maior façanha de sua vida fora levar uma mulher para a cama sem tocá-la. "Só com a voz e as palavras eu a seduzi", dizia.

Quando releio o que já escrevi da monografia, me dá vontade de morrer. De onde eu tirei que sou escritor?

Telefonei para a Helena. Não sabia muito bem o que dizer. Estou desesperado. Não quer ir para a cama comigo? O telefone tocou várias vezes (onze vezes). Eu pensava: "Se eu não respirar, ela atende". Nada. Desliguei. Voltei para meu quarto com a respiração presa. Consigo prender a respiração durante um minuto e meio, fácil. Venho ensaiando o numerozinho de não respirar desde os quinze anos. Seria muito elegante cometer suicídio apenas prendendo a respiração. Vou lhe telefonar de novo amanhã ou depois.

Agora há pouco passei um minuto e quarenta segundos sem respirar. O coração dispara feito uma batedeira. Se eu estivesse agora com uma mulher, diria para ela pôr a mão no meu peito e ver como bate forte. Sou um sentimental, eu lhe diria, está sentindo meu coração?

Quinta-feira 7

Invenções para aplacar a tristeza nas quais eu também acredito: volta da Lidia, amores clandestinos sob o sol. Custo a reconhecer a realidade. Tento não perder pé.

O escritor que escreve uma obra-prima. Em 1930, quando estudava em Cambridge e trabalhava em *Ultramarine*, segundo o Steve, Lowry se alistou como ajudante de foguista num navio para a Noruega para conhecer o escritor Nordahl Grieg, porque havia chegado às suas mãos um romance do autor norueguês com tema similar, se não idêntico, ao do que ele estava escrevendo. Daí surgiu *In Ballast to White Sea* e o retrato de Erikson, um *alter ego* com o qual chegou a sentir uma afinidade especial.

Sábado 9

Volto a me refugiar no mar e no cinema para não pensar. Ontem o *Otelo* de Welles, hoje *Estranha compulsão*. Entro bem fundo no mar e olho a cidade de longe, plana e quieta como se fosse uma foto. Eu me deixo levar, mas não sei para onde.

Terça-feira 12

Também assisti, em outro cinema, a *Cinzas e diamantes*, de A. Wajda. É sensacional. Terrorista de direita, nietzschiano, mata "porque a vida sem ação, além de não ter sentido, é chata". Por que sempre usa óculos escuros?, lhe perguntam. "Porque minha pátria está de luto", responde.

Segunda-feira

Falei com a Helena por telefone, tentei lhe contar que agora estava usando óculos de sol para que ela me perguntasse por quê, e eu pudesse responder: "Porque a pátria está de luto". Mas não tive como, além de ser difícil explicar pelo telefone que eu estava de óculos escuros. Mas tanto faz, porque tudo o que digo ela acha romântico. Eu gosto da Helena porque tem olhos claros e é meio boba. Sempre me convida para tomar chá, e com ela nunca fico introspectivo.

Ontem, antes de dormir, reli *O grande Gatsby*, os usos da técnica de Conrad, uma versão romântica de Lorde Jim: homens que querem mudar o passado. O melhor do romance é o começo, com Gatsby oculto, as histórias que circulam em torno dele. O mais fraco é justamente a explicação, talvez não tenha ousado deixar tudo em suspenso e não esclarecer se Gatsby era um gângster ou um homem de sorte.

Fitzgerald foi capaz de realizar melhor do que ninguém a fantasia de ser escritor. Nunca chegaria a ser famoso como um ator de cinema, mas a notoriedade que alcançaria seria provavelmente mais duradoura; também não teria o poder de um homem de ação, mas sem dúvida seria mais independente. Claro que na prática desse ofício estamos sempre insatisfeitos, mas eu, por exemplo, não escolheria outro destino por motivo algum.

Quinta-feira 21

Assisti no cinema a *O diário de Anne Frank*. Na hora de maior tensão (o gato está brincando com um funil de lata, empurra-o com o focinho e está a ponto de derrubá-lo da mesa enquanto os nazistas revistam o prédio, à procura da família que está escondida no subsolo), um extintor de incêndio explodiu – espontaneamente – com um estrondo brutal e uma labareda. Pânico e gritos, as pessoas se amontoando no corredor escuro, mas eu permaneci calmo, preocupado em não perder a linha, como se alguém estivesse filmando a cena.

Domingo 24

Fui à praia sozinho, de novo aquela junto ao porto. Ao meio-dia, confuso tumulto entre salva-vidas e banhistas que acabou com a cavalaria investindo contra a multidão. Indignação compartilhada com senhoras e senhores do lar, que também insultavam a polícia, mas por outros motivos.

Quarta-feira 27

Todas as manhãs, o rosto no espelho. Envelheço, mas a imagem continua jovial e engraçada. Eu devia usar uma máscara de gesso.

Ontem fui ao cinema, hoje fui ao cinema. Não importa o que vejo, procuro apenas a escuridão, o esquecimento.

Encontrei o Rafa. Está totalmente convencido de que é um cara impecável. Faz ginástica todas as manhãs e tira dez em todas as matérias. Demos uma passada na casa do professor Jiménez. Logo se pôs a ler para nós trechos de Ortega y Gasset, tem todos os livros amarelos numa estante à parte, como se pensasse que esses livros de um jornalista espanhol bastassem para ser um homem bem informado. Eu lhe disse que sou anarquista. Ele sorriu com seu sorriso canalha de sujeito que sabe tudo.

Fui caminhar pela orla com a Helena com H. O vento fazia vibrar a lona das barracas. A praia vazia, o mar bravo, as ondas batiam com fúria contra o quebra-mar e a água chegava até a rua. Sentamos num degrau da escada que desce até Playa Grande. Um vento terrível, o ar salgado. "No meu caso, a única coisa que me interessa é escrever", declarei. "Eu sei, meu bem, não precisa me dizer isso a cada dois minutos." "Não falei por tua causa", respondi. "O.k.", disse ela. "Para de posar de diferentão. Vem cá", disse, "vamos tirar uma foto." Havia um lambe-lambe, com sua câmera quadrada, numa bicicleta, e um cartaz que dizia "Fotos artísticas". Sentamos na mureta que dá para o mar e ele apontou a câmera para nós, a cabeça coberta com um pano preto. "Vamos lá, casalzinho", disse o fotógrafo.

Ela sorriu com cara de resignação. Curiosamente, fiquei com a sensação de que a ofendi. Como se, ao entrar no hotel clandestino perto do Ocean Club, eu devesse ter mostrado outra atitude. Devesse ter mostrado ou tivesse que mostrar...

Sentado numa cadeira de metal, no consultório, sob a luz cinzenta. Papai viaja hoje à noite para Viedma, um assunto político ligado à velha história da fuga de um grupo de dirigentes peronistas da penitenciária do Sul. Entre eles, Guillermo Patrício Kelly, o nacionalista, que saiu vestido de mulher.

Quinta-feira 28

Fui pela primeira vez a um estranho escritório retangular com mulheres sentadas diante de máquinas de escrever, batendo ritmadamente sem olhar para as teclas. Eu também fui ter aulas de datilografia, para aprender a escrever usando todos os dedos. Me puseram na frente de uma grande Underwood, mas não fiz nada. E não penso em voltar.

Telefono para a Helena. Ela se oferece para passar a limpo a minha monografia. Um anjo, coitada... Amanhã vou à sua casa. Ela me desperta certos instintos cruéis, vontade de lhe mostrar quem sou. Será uma surpresa para ela me ver assim. No fundo, a única coisa que me preocupa é isso, senão tudo iria muito bem.

É muito cedo e não sei o que fazer.

Segunda-feira 25 de janeiro

Carta para a Elena (sem H). Dificuldade para encontrar o que dizer, fazer um resumo "decente" desse tempo em que rompi com o monopólio da sua amizade para inventar novas - e ambíguas - sociedades. Carta presunçosa que escrevi com má-fé para provar meus "progressos". Fiz um fetiche - um totem - dos sentimentos espontâneos, da sinceridade. Resumi a minha escolha condicionada (e cega) de estudar em La Plata e não em Buenos Aires. Quero morar sozinho, longe da família, embora seja meu avô Emilio quem vai pagar meus estudos, porque rompi com meu pai, que me ameaçou de um modo absurdo quando soube que eu não pensava estudar medicina como ele. Meu avô vai me pagar um salário para que o ajude a organizar seu arquivo com materiais de sua experiência na Primeira Guerra

Mundial. Viver em La Plata, pelo que consegui apurar nestas semanas de estadia, é muito mais barato do que morar em Buenos Aires.

Quarta-feira 27

Tento me isolar, não pensar, não há futuro, vivo num presente sem limites. A Lidia tem que sumir da minha vida.

Sábado 30 de janeiro

Tema. Artista que trabalha numa obra monumental e morre antes de terminá-la. Final inesperado; nos jornais, notícia do suicídio. Encontram seu quarto cheio de fichas. Na máquina de escrever, uma página em que estava escrito somente: "História sentimental da humanidade. Capítulo 1". Não havia mais nada e ninguém encontra as páginas do livro anunciado, só aquelas fichas mostrando um longo trabalho de pesquisa em fontes muito variadas. Escritos com uma caligrafia elegante, os cartões numerados incluíam citações, frases soltas, biografias mínimas, planos de organização dos capítulos etc. Ninguém sabe se – como parece – ele nunca começou a obra ou se depois de escrevê-la se decepcionou e sumiu com ela um dia antes de se matar.

Tarde com a Helena. Ela é mais cínica do que eu. Posterga, se exibe. Enquanto fala de banalidades, se abaixa de modo que eu possa ver que está sem sutiã. Com essa mulher não existe tédio. A melhor parte são as despedidas. Estávamos na cozinha, cheia de luz, flutuando entre os azulejos brancos. No andar de cima, ouvíamos o vai e vem de sua mãe.

Fascinado com um detalhe: no final, ela tirou uma toalhinha não sei de onde. Quer dizer que ela havia previsto tudo.

Pensei nela, subíamos ao seu quarto no meio da noite. Pela porta entreaberta, víamos seus pais dormindo. Falávamos num sussurro, que agora recordo como algo muito erótico. Ela mordia a palma da mão, estava muito perto de mim, no silêncio e com a respiração agitada e leve.

O problema de ter pouco dinheiro é achar um lugar onde se isolar para ficarmos juntos. Um canto próprio para fazer amor: precisava escrever um ensaio sobre a deriva dos jovens pela cidade mendigando um quarto onde se fechar.

Segunda-feira 8 de fevereiro

Há vários dias que não tenho sossego, sem saber por quê. Já não penso nela. Passo a manhã na praia e a tarde na biblioteca pública, lendo velhos números da revista *Martín Fierro*. Meu consolo é pensar que daqui a um mês, daqui a um ano tudo isso que parece insuperável será - quando muito - uma lembrança. Pensamentos compensatórios, subterfúgios.

Quarta-feira 24

Continua por aqui, rondando, o bruxo pessoal da minha mãe. Ela brinca dizendo que é muito mais barato que um psicanalista e que ele costuma prever exatamente o que ela quer que aconteça. Don José, que eu apelidei de Yambó como se fosse um feiticeiro africano, tem a pele muito branca, um jeito de sorrir avançando o corpo, joias nos dedos e no pescoço, maneiras perigosamente suaves e certa loucura oculta que o envolve como um tule. Hoje se sentou à mesa para almoçar conosco e, durante a conversa, começou a pregar e a prever meu futuro em La Plata: segundo ele, comecei o ano passado muito bem e neste ano as coisas vão melhorar ainda mais. Ele tem certeza de que meu interesse central não é somente o estudo, mas também um rio oculto que vê com nitidez mas que não pode nomear. Devo tomar cuidado com os ativistas políticos e ser amável com as mulheres. Eu lhe agradeci o diagnóstico e disse que logo tomaria nota de tudo, hoje mesmo, no meu caderno, para consultá-lo daqui a alguns anos (e é isso que vou fazer). Espero que o rio subterrâneo seja uma metáfora da literatura, mas não tenho muita certeza disso.

Quinta-feira 25 de fevereiro

Acabo de ver a Lidia na entrada do Sao. Não seria exagero dizer que saí correndo. Depois voltei, mas ela já não estava lá. Se for mesmo verdade o que ela me disse em dezembro, não faz sentido eu me aproximar agora. Sempre que passo pela avenida Luro a caminho do mar e vejo o edifício Saint James, imagino que vou encontrá-la, mas topar com ela assim, de repente, no bar aonde vou todos os dias me pegou de surpresa. Como se a Lidia tivesse que estar sempre no lugar onde relembro dela.

Eu fui à livraria Atenas para comprar *Brighton Rock*, de Graham Greene, na Belgrano com a 14 de Julio, mas não tinham o livro. Fui até a rua San Martín, passei pela livraria Erasmo e, ao sair, resolvi ir a pé até a orla e mudar de calçada para ir à livraria Salamanca. Na porta, encontrei minha prima Celia. Precisão matemática, se eu tivesse chegado cinco segundos antes e entrado na livraria, ela teria virado a esquina e passado reto sem me ver. A Celia me convidou para tomar um sorvete, fomos lá e voltei sozinho. Atravessei para não voltar a passar na frente da Salamanca (porque não queria ter que cumprimentar o vendedor de novo), procurei a feirinha de livros na galeria da San Martín com a Córdoba, segui pela mesma calçada, virei, e ela, a Lidia, estava parada na frente do Sao, olhando para dentro. Tenho certeza de que era ela, principalmente por causa das calças. Quando a vi pensei que ia cair duro, fiquei atordoado, sem saber aonde ir.

Agora procuro os significados ocultos no interior de uma série indiscriminada de eventos. Digo: no dia 16 uma mulher me telefonou. Era ela. Eu não estava em casa. Tentando não voltar a pensar na Lidia, deixei de ir à praia da avenida Luro, onde ficamos de nos encontrar. Tivemos um caso no início do verão (fim de novembro, começo de dezembro) até as festas de fim de ano. Tudo muito bem, passamos as tardes no hotel de La Perla, até que um dia ela se vira e com a maior naturalidade me diz que ia voltar a Buenos Aires para se casar. Eu não podia acreditar. Ela me disse: assim não estou traindo ninguém, porque ainda não me casei, e uma aventura não é uma coisa muito complicada. Claro que assumi uma pose de homem experiente e disse que a entendia muito bem, ela então me disse que talvez voltasse depois de casada e que, se eu continuasse indo à mesma praia, ia vê-la. E foi isso que aconteceu, só que em outro lugar.

Amanhã vou à praia da Luro. Sou um idiota. Quero viver no ano passado. Vou sair para caminhar... E se não fosse ela? Mas por que voltou a me ligar? Ela não me "convém", mas as mulheres que não me convêm são justamente as que me atraem.

Sexta-feira 26 de fevereiro

Estou encrencado, passo o tempo todo pensando nas consequências dos meus gestos mais cotidianos e casuais. Os percursos que faço sem saber o que pode acontecer comigo. Pensamentos impossíveis, sem solução: "Se aquele carro não tivesse me obrigado a parar ao atravessar a rua, se eu não tivesse virado a esquina...". A vida é uma cadeia de encontros casuais, mas tentamos nos explicar a nós mesmos como se escolhêssemos tudo desde o início. Caminhos que "parecem" casuais mas são o resultado de toda uma maneira de viver. É só pensar no que aconteceu desde novembro, quando conheci a Lidia, até hoje, e fica bem claro que as coincidências foram rigorosamente programadas por mim para chegar a esses mesmos resultados.

Obviamente fui procurá-la por toda a cidade, numa espécie de caminhada dostoievskiana que terminou na esquina do hotel aonde costumávamos ir. Depois, ao voltar para a praia, diante do prédio de jardins suspensos, tornei a vê-la atravessando a rua, vestida de branco e como que ausente. Moral da história: ela existia para mim em todos os momentos do dia desde que foi embora, vê-la era secundário. Eu "deixei de ser" para ela desde o momento em que partiu: era lógico que hoje ela olhasse "através de mim", sem me ver, como se eu fosse uma cadeira ou uma árvore, porque eu estava imerso na contingência, já que ela decidira se casar e mantinha com o mundo uma relação "necessária". Para mim, ao contrário dela, o que importava era sua presença em mim.

O que não suporto é pensar que no dia 16 a Lidia me ligou enquanto eu estava lendo bobagens na biblioteca. Claro que ela podia ter telefonado de novo. Mas prefiro pensar nas chances perdidas por acaso. Já disse que ela não me convém (afinal, acabou de se casar), mas quem consegue me fazer entender isso? Se eu pudesse fazê-la sumir e ficar sem nenhuma esperança, deixaria de pensar nela e viveria somente o dia presente. Por outro lado, hoje eu não devia ter saído à sua procura, mas saí. Fui às quatro da tarde e de novo às seis e por último agora há pouco, tentando encontrá-la.

Que me importa agora tudo o que li? Que me importa escrever e saber, se não estou com ela?

Sábado 27

Sonhei com a Lidia, eu a encontrava na praia, ela parecia não gostar de me ver lá. Dali a pouco o salva-vidas se aproximou e perguntou nossos nomes. Não sei como, nem se por causa disso, mas a levavam presa. Então ela se agarrava a mim, para que a defendesse.

Eisenhower veio visitar Mar del Plata, acompanhado do ex-nacionalista Frondizi. Só os vi de costas, de pé num conversível, com muita polícia, gente nas calçadas, bandeirinhas. Vi um carro com dois homens postados no meio e sempre sorrindo, como se tivessem acabado de contar uma piada. Logo me lembrei da imagem do general Eisenhower herói da Segunda Guerra, e do *slogan I like Ike*. Caminhada de volta com as mãos nos bolsos e um duplo jogo de fantasias. Me jogar embaixo dos cavalos com uma bomba escondida no corpo. Ou então atirar nele, correndo ao lado do carro, seguir pela Luro, entrar no Saint James, morrer no elevador que a Lidia pegaria no décimo terceiro andar.

Trinta mil idiotas e canalhas turistas dando voltas pela rua San Martín, é mais fácil atravessar o mar a nado e sair numa rua vazia.

Domingo 28 de fevereiro

Recebi um telefonema das minhas priminhas (ex-priminhas), Erika e Elisa, que querem sair para dançar. Ficamos de sair amanhã ou terça-feira e ir ao Gambrinus. De tarde fui parar numa espécie de *jam session* na casa do Julio, escutando vários discos do Quinteto do Hot Club da França com Django Reinhardt ao violão.

Segunda-feira 29

Fui com a Elisa e a Erika ao Maxim's, música, dança, papo. Dali a pouco chegou o Jorge, que tirou a Elisa para dançar, e eu fui com a Erika tomar uns *manhattans* no balcão. Lembramos dos bons tempos passados, ela está cursando linguística na Universidad del Salvador, interessada nas formas iniciais da linguagem: metáforas, ditados, charadas, cristalizações gramaticais. Depois fomos jantar na Taberna Baska e fechamos a noite no cassino, onde ganhei quinhentos pesos. Azar no amor, sorte no jogo, comentei com a Erika, que no mesmo instante assumiu um ar protetor e quis que eu lhe contasse minhas mágoas. Eu lhe contei de Lidia com a pose de um homem bem habituado a sair com garotas que vão se casar na semana seguinte. A Erika continua sozinha, tem interesse nos homens, mas não no casamento, espera, disse, fazer um doutorado "fora".

Quarta-feira 2 de março

Fui à praia com a Erika. Sua irmã seguiu com o Jorge até o farol. A Erika e eu tivemos um verão inesquecível em Bolívar, a cidadezinha onde tempos atrás passávamos as férias. Ela era de lá, e para mim servia como justificativa para largar meus amigos e passar uma temporada no campo. Ela era – e continua sendo – divertida, inteligente, levemente obscena e sempre engraçada. Agora conversamos como se fôssemos um casal que viveu junto durante muitos anos, depois de se divorciar. Ela leva bastante a sério minha decisão de estudar história e me dedicar à literatura. Acha natural e muito mais inteligente – diz sorrindo – do que me enterrar num desses cursos "sérios" que não servem para nada. Ela disse uma coisa bem sensata: "Não importa o curso, o que importa é o grau de inteligência da pessoa que estuda. Um historiador inteligente e de primeiro nível se sai muito melhor do que um advogado medíocre, de segunda classe".

3 de março de 1960

Desejos abstratos de continuar escrevendo nestes cadernos apesar de – no fundo – não ter nada a dizer. Passei dois meses sem fazer nada e agora não tenho vontade de contar o que aconteceu. Eu me agarro à ilusão de uma volta de Lidia, invenções privadas, como se eu não soubesse que, enquanto escrevo isto aqui, ela vive sua própria vida, paralela à minha, também à espera de outra coisa. Como continuar um diário que tem por objeto as ilusões de quem o redige e não sua vida real? Primeira reflexão possível: como definir a vida real?

Sexta-feira 4

Hoje de novo na praia com o Jorge e minhas duas primas. Quando "penso" na Lidia, tudo vai bem, instalo uma racionalidade em que os fatos têm uma ordem. Mas se paro por um instante e deixo de estar alerta, tudo desmorona e a saudade toma conta. É mais ou menos isso que eu disse à Erika, os dois deitados de bruços à sombra de uma barraca, conversando bem perto. Ela então se sentou segurando os joelhos com as mãos entrelaçadas e falou: "Você está perdido, Emilio, se apaixonou por uma mulher casada", bom, casada não, respondi, quando a conheci era solteira. Ela sorriu de um jeito pérfido e disse que me entendia perfeitamente. Depois da praia passamos o fim de tarde no terraço do Maxim's escutando Carnevale, um pianista ótimo que, quando há pouca gente, toca *jazz* no estilo de Erroll Garner.

Sábado

Penso que foi sorte eu não estar em casa quando a Lidia me ligou: teria corrido para me encontrar com ela, com o resultado previsível, já que ela deve ter vindo com o marido.

Segunda-feira 7

Ontem no balneário de Alfar desde cedo, com o Jorge e minhas primas. Longas caminhadas pelas praias que se estendem intermináveis para o sul. Depois com a Erika entre as árvores esperando o ônibus para voltar à cidade.

Quarta-feira 17

A suprema impostura está no próprio fato de escrever estes cadernos. Para quem escrevo? Não acho que seja para mim, mas também não gostaria que alguém os lesse.

Domingo 27 de março

Fui votar. Ambiguidades da consciência. Entrei no colégio decidido a votar em branco, como os peronistas e meu pai, que seguem a "ordem de Perón". Quando estava sozinho na cabine tive a certeza, ou melhor, a convicção de que eu era um socialista, e aí resolvi votar na lista da esquerda.

Terça-feira 6

Surpresas que apronto para mim mesmo. Inventar uma causalidade, um destino feito de encontros casuais, coincidências, escolher o futuro, inventar os dias que seguirão a esta tarde.

Repetir as "maneiras", deixar o terreno livre. Porque estou dentro da armadilha que eu mesmo soube construir, inventar uma mulher, sugerir uma história entre nós. Viver de modo ambíguo é essa miragem, tão preocupado em que não se dissipe que acabo deixando a mulher de lado, esquecendo-a, no meu empenho, de me prevenir dos outros.

Desde que fiquei sabendo, peguei a mania de caminhar pelo centro, em círculos. Encontrei o Rafael e o Raúl C., fomos visitar o professor Jiménez, sempre tão compreensivo: "Você se entrega demais, Renzi, por isso depois se sente no direito de pedir tudo às pessoas". Falou frisando o *tudo*.

Está claro o motivo pelo qual voltei a escrever nestes cadernos, em fevereiro, quando a vi. Desses fatos poderíamos extrair uma poética. Para escrever é preciso não se sentir à vontade no mundo, é um escudo para enfrentar a vida (e falar disso).

São dez horas da noite, escuto Lester Young com Oscar Peterson. A noite é fresca e clara, eu pairo em uma espécie de vida neutra. Na janela, os galhos da árvore são um refúgio.

Uma história familiar. Repentino sumiço da mulher do meu primo Claudio. Fugiu com um soldadinho, um recruta de vinte anos, abandonando os dois filhos. O clã Maggi está em assembleia permanente.

A tarde toda caminhando de um lado para o outro. No Montecarlo me encontrei com o Jorge e com o Roberto Sanmartino.

Segunda-feira

Quando quero me tranquilizar, busco refúgio no futuro: daqui a dez anos vou rir de tudo isso.

Maxim's. Fiz amizade com o pianista que ganha a vida distraindo casais de turistas e mostra seu talento tocando *jazz* para o grupo de nativos que vai escutá-lo no inverno, quando não há ninguém. Hoje, com o Jorge e minhas primas, fomos os únicos que o aplaudimos. O nome dele, do pianista, é Juan Carnevale, mas o conhecem por Johnny.

Sexta-feira

Inesperadamente, dou uma escapada da cidade. Fui com o Morán, o livreiro que dirige o cineclube. Viajamos juntos para Buenos Aires e o carro enguiçou, tivemos que esperar umas seis horas numa cidadezinha do caminho até consertarem o radiador. Sentados no bar do hotel que ficava em frente à praça principal, o Morán começou a falar do Steve. Sempre vou me lembrar dessa viagem, do tédio da espera naquela cidadezinha ridícula, nós dois sentados à mesa do bar, no hotel onde pousavam inspetores de escola e leiloeiros de gado, suspendendo a cortina de pano cru para olhar as trilhas de piçarra vermelha da praça e o monumento a algum assassino fardado.

Tínhamos saído às sete da manhã na esperança de chegar antes do meio-dia, mas o carro começou a esquentar e tivemos que deixar a estrada e pegar um caminho lateral para entrar em Hoyos, uma cidadezinha a menos de cem quilômetros de Mar del Plata. Achamos uma oficina mecânica atendida por um sujeito conhecido como El Uruguayo, que levou um bom tempo para aparecer e antes de examinar o carro fez um comentário sobre a situação política. Parece que Vítolo está para renunciar, disse, como se o tivéssemos procurado só para ouvir essa notícia. Depois, pediu para o Morán dar a partida e se inclinou para escutar o barulho, e sem tocar no carro nem examiná-lo disse que precisaria de no mínimo quatro horas de trabalho para aprontá-lo.

Fomos caminhar pelo povoado, que era igual a todos os povoados da província, com caminhos que se perdem entre o mato e casinhas baixas com portões de ferro. Demos algumas voltas e batemos de volta na oficina do Uruguayo, mas ainda faltavam mais de duas horas para o carro ficar pronto, então fomos ao bar do hotel em frente à praça principal e começamos a beber genebra. E dali a pouco, do nada, o Morán voltou a falar do Steve. Ele não disse como ficou sabendo daquilo, simplesmente começou a me contar os fatos e sua interpretação. A história era tão estranha que acreditei imediatamente. O Morán erguia a voz e contava várias vezes os mesmos episódios e tudo estava envolto em suspeitas e sarcasmos.

Segunda-feira

Daqui a poucos dias estarei vivendo em La Plata, mudando de assunto, mudando de amigos e de endereço. Hoje falei por telefone com o Jorge S., que já está na cidade e me conta as notícias da faculdade e dos programas deste ano. Às vezes penso que devia estudar filosofia.

Segunda-feira

De noite, cena estranha com mamãe. Comprei passagem para o ônibus da uma da manhã. Jantamos juntos e ficamos sozinhos porque papai está em Buenos Aires. Ela passou o jantar inteiro ironizando minha "vida nova", como a chama, mas no fim, pouco antes de eu sair, me abraçou chorando e disse que a deixava sozinha. Como se eu estivesse embarcando para um país remoto, e ela tem certa razão, porque sabe que não vou voltar para casa.

É com os escritores imaginários que eu aprendo o que quero fazer. Por exemplo, Stephen Dedalus ou Nick Adams. Leio suas vidas como um modo de entender do que se trata. Não tenho interesse em me inspirar nos escritores "reais". O desprezo de Dedalus pela família, pela religião e pela pátria será o meu. Silêncio, exílio e astúcia. Ele escrevia um diário (como eu). Lia filosofia (Aristóteles, Santo Agostinho, Giordano Bruno, Vico). Tinha uma teoria extraordinária sobre *Hamlet*, que ele discute no capítulo do *Ulisses* na biblioteca. Gostava de meninas más (assim como eu). Foi a Paris para escapar do mundo familiar (como eu estou indo a La Plata), queria ser um escritor e que seus contos e epifanias fossem enviados a todas as bibliotecas do mundo (se ele morresse). Admirava e foi visitar Yeats, um grande poeta, como eu admiro e quero conhecer Borges. Quer dizer, via como mestre um escritor que podia ser não seu pai, mas seu avô. Por fim, admirava a admiração que seu pai tinha por Parnell, assim como admiro a admiração do meu pai por Perón, embora nem Dedalus nem eu tenhamos interesse na política paterna.

5.
Uma visita*

Fazia meses que os serviços de informação do governo o vigiavam, censuravam sua correspondência, monitoravam suas visitas e, de vez em quando, uma voz noturna o ameaçava pelo telefone. Não se tratava de uma ameaça, na realidade ele mantinha com essas pérfidas vozes uma conversa filosófica e teórica sobre o sentido do dever civil e da responsabilidade moral. Esses homens eram os novos intelectuais, os pensadores do futuro, qualquer argentino sabe que ao dissentir põe na própria vida uma marca que em algum momento do futuro pode ser invocada para persegui-lo e encarcerá-lo. Os serviços tinham se transformado na versão policial do oráculo de Delfos, decidiam em segredo o destino de populações inteiras. São as bruxas de Macbeth que agora controlam o poder! Suprimem tudo o que pode ameaçar a vida média e medíocre, atacam a diferença em todos os seus aspectos, controlam e ficham tudo, escrevem nossas biografias. O conformismo é a nova religião e eles são seus sacerdotes.

Tinha chegado a um ponto em que discutia diretamente com o Estado, com os porta-vozes da *inteligência* do Estado. Diálogos de alta voltagem no fundo da noite, as vozes indo e vindo pelos circuitos e cabos. Eles o assediavam, o encurralavam, queriam transformá-lo num fora da lei psíquico. Sabem que eu sei, querem anular meu pensamento.

* Um colega do Colégio Nacional de Mar del Plata que era sobrinho de Ezequiel Martínez Estrada me disse que seu tio às vezes ia visitar a família na cidade. Pedi que me avisasse, e numa tarde de 1959 o escritor me recebeu numa casa em frente à praça Dorrego. Fiquei impressionado com sua fragilidade e seu aspecto cadavérico, entrou na sala segurando-se nas paredes, mas assim que se sentou e começou a falar, seu tom foi o mesmo das extraordinárias diatribes que escrevia naqueles anos (*¿Qué es esto? Catilinaria, Las 40*) e que eu lia com persistente fervor. Ao voltar para casa, tentei registrar o que me lembrava da entrevista, e alguns anos depois escrevi – a partir daquelas anotações – o relato que publico aqui pela primeira vez.

Tinha tomado a decisão de se desterrar. Agora estava preparando o Discurso à Universidade em que anunciaria sua decisão. Planejavam uma homenagem à sua obra; ele usaria esse ato como cenário para a invectiva final. Eu não queria assistir? Estava convidado. Tinha começado a delinear seu discurso, não seria intempestivo nem arrogante: "Senhores, permitam-me desta vez falar de mim e empregar o pronome de primeira pessoa", diria. Era obrigado a fazer um circunlóquio pessoal, diria em seu Discurso à Universidade. Tinha estado muito doente, uma doença desconhecida, de pele, que poderíamos chamar de peste branca. Cinco anos sem poder ler nem escrever! Crostas claras que soltavam cinzas como mariposas pálidas e cheiravam e tinham a cor da morte. Seu corpo adquirira uma tonalidade cinza. Mas o pior, o mais ridículo e ofensivo, tinha sido a contínua comichão, uma coceira insuportável durante as 24 horas do dia.

Nos anos de sua doença não pudera dedicar-se a nada que não fosse pensar. Deitado na cama, em clínicas, em hospitais, em sanatórios, em sua residência, com a pele em estado de doce putrefação, com uma infinidade de diminutos pontos ardentes espalhados por todo o corpo, deixava os pensamentos fluírem. Ao longo desses anos tinha pensado em tudo, nenhum novo pensamento poderia agora surpreendê-lo. Minha situação era muito parecida com a de Jó, mas em vez de discorrer sobre o bem e o mal me pus a ruminar sobre meu país. Porque, se eu padecia de uma doença pequena, ele padecia de uma doença grande e, se eu pude cometer pequenas falhas na vida, ele cometera uma enorme. Eu e meu país estávamos doentes. Naqueles anos de puro pensar ele afiara a inteligência até o ponto mais extremo a que um homem cultivado podia chegar. Várias vezes comprovara que seu pensamento era como um diamante que atravessava os cristais mais puros. Porque a realidade era transparente, clara como o ar, mas invisível. Era preciso atravessar essa claridade transparente, sem se deter nos nós enigmáticos diante dos quais se aglomeravam dezenas de pensadores que se recostavam no ar. À medida que avançava, em cada muralha de cristal os pensadores recostados rareavam. Sempre se abriam ante a adaga de sua inteligência novos corredores e passagens transparentes. O primeiro ponto em que ele teve de usar sua inteligência, em meio à mais extrema fraqueza, quando já estava a ponto de ser vencido, foi na escolha de uma tática para impedir que o tratassem como um louco. Senhores, pensavam que minha doença era psíquica, uma agressão esquizofrênica, a realização real do corpo despedaçado dos lunáticos. Quando na realidade não era mais que uma exasperação de minha conexão com meu país. Meu corpo era o representante explícito da situação geral de minha pátria, não uma metáfora nem uma alegoria. Os condicionantes econômicos, geográficos, climáticos e históricos podem, em situações muito especiais, concentrar-se e agir em um indivíduo. Já o dissera e o estudara e demonstrara antes de sua doença. Havia trabalhado com essa hipótese aplicada a Sarmiento; seu livro sobre Sarmiento, escrito em onze dias, num surto de inspiração, a um ritmo de três páginas por hora de trabalho, na sua chácara em Pedro Goyena, com os pés enterrados na poeira do pampa, diz que um homem pode representar um país. E não falo aqui em mediações, não acredito nas mediações, acredito no choque das constelações analógicas, nas relações diretas entre elementos irreconciliáveis.

Aprendera com a música a pensar sem mediações. Porque era um exímio executante do violino. E a música é uma arte sem mediações: tons, ritmos, contrastes, contrapontos. Um determinado indivíduo, condicionado, afetado - de modo direto e imediato - pelo estado de um país. Se pudermos encontrar numa vida pessoal a cifra condensada do destino político de uma conjuntura específica, entenderemos o movimento da história. Dissera isso em vários de seus livros. Mas agora decidira tomar a si mesmo como objeto de pesquisa e assim completar sua obra, iniciada havia mais de trinta anos, aquela meditação argentina que a comunidade acadêmica queria homenagear às vésperas de seu desterro.

Esse livro que hoje anuncio a vocês tratará de minha própria vida, a vida de um poeta e pensador privado que reproduz em sua existência as tendências profundas de seu país. Esse livro será ao mesmo tempo uma autobiografia, um tratado de ciências, um manual de estratégia e a descrição de uma batalha. A história do último anarquista e do último pensador.

Nos anos de sua doença, havia penetrado num território de absoluta escuridão. Território abandonado aos feiticeiros e aos neuropatas, mas também habitado por seres vivos, entre a miséria inerte e a vastidão da planície. Não pensara nesse território como um supersticioso, e sim como um desenganado. E *chegar a ser* um desenganado pode ser um trabalho de toda a vida. Há uma lucidez extrema na extrema doença. Não por seu conteúdo, mas por sua forma. Existem pensamentos doentes por serem falsos e existem pensamentos sãos que, no entanto, têm a forma de uma doença. Senhores, o conhecimento é *como* uma enfermidade abstrata produzida por um órgão que não é destinado a pensar, diria em seu Discurso à Universidade. Mas não é uma metáfora, é uma enfermidade corporal, a peste branca. Como a pérola e a ostra, se quiserem que mais uma vez me expresse com metáforas.

Para pensar, deve-se parar de tomar decisões. Deve-se forçar a inteligência no exercício inútil do pensamento puro. A indecisão já é uma doença do pensamento. E essa é a origem da filosofia. Por isso o pensamento é da ordem da doença e da paralisia. Entendo a doença como a suprema indecisão. Depois de trinta anos praticando o pensar perfeito, meu corpo foi tomado pelo pensamento e adquiriu a forma do pensar *localizado*. Todo o meu corpo se transformou no pensamento puro da pátria.

Sou o último pensador argentino, mas ainda não fui aniquilado; estive a ponto de ser aniquilado mas consegui me salvar.

Quando conseguiu entender o sentido teórico de sua doença, pôde ingressar nesse mundo povoado de matéria e morte com suas incríveis e variadas transformações, extirpando – dos materiais da civilização – os preconceitos, a crueldade e os interesses que foram se acumulando como um detrito – como cinzas brancas – no meio da construção da engenharia e do alarife, e lá ficou sepultada a obra do homem: a presença da terra, da água e dos ventos, e as vozes queridas sobrevivem a duras penas fechadas em cápsulas transparentes em meio a um pampa de cinzas, um cristal sonhador perdido nas grandes salinas.

Agora pensava nos teares. Eu conhecia o tear *criollo*? Linha, nó, cruz e nó, vermelho, verde, linha e nó, linha e nó. A mãe de Sarmiento, à sombra da pereira, tecendo no tear das penas. A sentença de Fierro: é um tear de desdita cada *gaucho* que se vê. Ver como as coisas são tecidas no tear das aranhas incognoscíveis é arrepiante até a medula. Sua maior preocupação era flagrar o segredo desse jogo. Justamente no livro que estava escrevendo no desterro, o último livro do último pensador, e que já começava a chamar de *El libro de los telares*, tentaria desenhar a máquina do acontecer impessoal. A fiadura e a escrituração mecânica do destino! Antigamente se acreditava que era indispensável saber um pouco de mecânica, de física, para explicar os fenômenos sociais, hoje é a biologia, recortada do mundo físico, a única coisa que pode nos auxiliar. Por exemplo, o senhor imagina o que seja uma metamecânica coloidal? Claro que imagina! Pois aí está o achado das grandes formas dos embriões sociais daquilo que eu disse há pouco: os teares. São tecidas em algum lugar, é preciso descobrir onde! E nós vivemos tecidos, floreados na trama. Ainda se verá que uma instituição tem forma de vespa, outra de caranguejo, outra de águia e que só existe uma única fábrica para tudo! Ah, se eu pudesse voltar a penetrar, ainda que por um instante, para ver mais uma vez a oficina onde funcionam todos os teares, depois disso perderia meu tempo olhando os tecidos com lupa? A visão dura um segundo. Depois caio no sono bruto da realidade. Tenho tantas coisas pavorosas para contar.

Sou o último anarquista e o pensador privado por excelência. Ninguém mais privado que eu (de tudo). Estava trabalhando em seu livro definitivo que seria uma exposição detalhada de sua descoberta, sobreposta e tecida e entremeada a uma história musical de sua vida.

Por pura decisão testamentária, decidira que seu livro fosse publicado numa determinada data que deixava guardada num envelope a ser aberto 25 anos depois de sua morte. Nem antes nem depois. A verdadeira legibilidade é sempre póstuma. Escrevemos para os mortos e também para os investigadores. Porque eles leem tudo, registram tudo. No fundo escrevemos para a inteligência do Estado. Como impedir que nos leiam? Queria tornar-se inédito. Em seu Discurso à Universidade insinuaria que estava pensando em publicar seu livro sob pseudônimo, ou não exatamente pseudônimo, sob outro nome que ninguém pudesse, nem de longe, associar ao seu. Ninguém saberia com que nome ele pensava em publicar seu livro. Já pensara, por exemplo, em publicá-lo como um livro anônimo, mas isso chamaria a atenção. Não seria melhor publicá-lo como um livro inédito de um escritor conhecido, atribuí-lo a outra pessoa, deixar que o lessem como se fosse de autoria de outra pessoa? Gostaria que qualquer livro publicado depois de sua morte pudesse ser lido como obra dele. Essa era sua herança à embrutecida juventude argentina. Esse era o enigma que deixava aos investigadores. Nada melhor que mudar de nome e se perder na planície como os filhos de Fierro. Um livro perdido no mar dos livros futuros. Uma charada lançada à história. Uma obra pensada para, digamos, passar despercebida. Para que alguém a encontre por acaso e entenda sua mensagem. Essa era sua estratégia em face da política de desconhecimento, isolamento, ameaça e guerra que a intelectualidade dominante entabulara com ele.

Onde todos enriquecem e se cobrem de honrarias, eu construo um plano para me aniquilar. Essa decisão é simétrica àquela que havia tomado em seus primeiros tempos: quando recebeu as máximas honrarias e foi reconhecido como o maior poeta argentino e o mais virtuoso dos mestres da língua, parou de escrever poesia. A obra-prima voluntariamente desconhecida, cifrada e escondida entre os livros.

Às vezes, ele disse, imaginava aquela noite, pouco antes de iniciar seu Discurso à Universidade, já se encaminhava para o estrado, já escutara com resignação os elogios de seus inimigos. Galgaria os degraus com elegância e naturalidade. Em pé defronte à multidão, quando os aplausos amainassem, as luzes contra o rosto, sem enxergar ninguém, ofuscado e lúcido, começaria dizendo:

Vim aqui, esta noite, senhores e senhoras, para lhes falar de uma descoberta única e também para me despedir de vocês. Pensei até em fazer uma pequena interpretação musical com meu violino. Uma excelente maneira de sintetizar meu pensamento seria executar para vocês um discurso feito de música. Poderiam ver minha mestria na arte do violino como uma repetição de minha mestria no pensar. Contudo, descartei essa possibilidade porque assim não poderia fazer certos anúncios que quero fazer esta noite, anúncios estritamente pessoais. Estamos em guerra. Minha tática bélica pode ser resumida a dois princípios. Primeiro, só ataco coisas que triunfam, às vezes espero até que triunfem. Segundo, só ataco quando não vou encontrar aliados, quando estou só, quando comprometo exclusivamente a mim mesmo.

Penso, e isso não muda nada. Estou só. Estou confortável na solidão. Nada suave me pesa. Sou roubado pela dor. Estou aqui por gratidão. Não seria então oportuno atrever-me a apontar o último traço de minha natureza?

Vivi por muitos anos exposto à luz crua da língua argentina para não padecer de queimaduras na pele. Porque a luz da língua é como um raio químico. Essa luz clara, a água puríssima da língua materna, mata os homens que se expõem a ela. As manchas na pele foram a prova de meus pactos alquímicos com a chama secreta da linguagem nacional. Essa luz é como o ouro. A luz da língua destila o ouro da poesia. Foi esse outro traço de minha doença, que muitos consideraram um sintoma de loucura. O excesso de exposição à luz da língua argentina, essa claridade, poucos a conheceram e todos pagaram seu preço com o corpo, porque a luz da língua martiriza quem se expõe à sua sutil transparência.

Assim vou começar, e assim por diante, disse, expondo com humildade meu pensar àqueles que se reunirem para me escutar no Salão Nobre da universidade, à beira da Patagônia, na sede do pensamento austral. E terminarei assim: Renuncio à minha cátedra, que chamei Sociologia da Planície. Não lhes chama a atenção esse título tão sugestivo? É o espaço pleno, é o deserto, é a intempérie sem fim, como disse o poeta, e é aí, senhores, onde penso me perder. Muito obrigado.

6.
Diário 1960

29 de março

Tédio, incerteza. Escrevo sentado no carro, na frente de uma oficina onde vão consertar o motor. Entramos nesta cidadezinha perdida de beira de estrada. O Morán me dá algumas explicações sobre o Steve enquanto matamos o tédio num café.

31 de março

Chegamos depois do almoço. Hoje na faculdade me matriculei no curso de História. Tudo ainda é muito confuso, as ruas largas demais. A cidade é muito tranquila. Como sempre, sensação de precariedade, de estar de passagem. Custo a aceitar que vou viver vários anos aqui sozinho. Voluntária falta de ancoragem que se transforma em saudade retrospectiva (sempre: pensar em Adrogué). Perto de mim alguém fala ao telefone. Queixa-se de não ter sido esperado e de ter viajado inutilmente. Estou vazio e neutro, distante, como sempre. Estranha sensação de liberdade.

Ontem, reencontro com a Elena, e a senti muito mais distante do que quando estava realmente longe dela. Preciso romper para me livrar da consciência de que para ela sou o mesmo que era nos meus tontos dezesseis anos. No fundo, mantenho a relação como se procurasse mudar essa imagem antes de partir.

Tudo o que vem é novo, impor-me um código e segui-lo. Tornar-me outro diferente do que sou: começar do zero, sem lastros nem rancor. O fundamental é resistir, tentar viver o que vier sem pensamento, atento ao presente. Prender-me às pequenas coisas, aos ritos mínimos capazes de me salvar da vivência do vazio. Estar aqui, transformado num estudante, é somente um jeito de escrever durante alguns anos sem muita interferência.

Abril de 1960

Assisti à primeira aula na universidade, História Constitucional, com Silvio Frondizi. Recordou as hipóteses de Max Weber sobre o protestantismo e o capitalismo. O lema, segundo ele, passou a ser: *laborare est orare*. A riqueza pessoal como prova da graça de Deus.

Ontem passei a noite na pensão, num quarto que dá para um pátio gradeado, com porta de duas folhas.

Sábado 2 de abril

A tarde inteira escrevendo cartas. É meu exercício de escrita mais habitual, mais até do que este diário. Poderíamos imaginar um homem que se mantém em relação com o mundo somente por meio de sua correspondência, escreve cartas a diversos destinatários e também a desconhecidos, a quem escreve com o mesmo entusiasmo que aos velhos amigos. De minha parte, hoje carta para minha mãe, carta para o Julio, carta para o Jorge, carta para a Helena (com H). De um telefone público conversei trabalhosamente com o vovô Emilio, que insiste que eu vá morar com ele em Adrogué. Desconversei com piadas, brincadeiras e queixas.

Domingo

Fui ao estádio. Boca 2 x 1 Estudiantes. O futebol me leva de volta à infância, ao mundo do meu pai, dos meus tios, que aos domingos iam comigo ao estádio, até onde minha memória alcança.

Segunda-feira 4

Na faculdade, Introdução à Filosofia. Eugenio Pucciarelli falou dos pré-socráticos. À tarde fui à biblioteca da universidade fazer meu cartão de leitor (Já sou leitor de carteirinha, querida, estive a ponto de dizer à funcionária). Depois, assembleia de História na sede do diretório estudantil. Jovens com jaqueta de couro e cara amarrada. Um tal de Papaleo me perguntou com quem eu me alinhava politicamente, eu me declarei anarquista e tratei logo de entrar em contato com o grupo que os identifica.

O conceito em Sócrates. Assim como os geômetras, que reduzem os modos complicadíssimos de existência da realidade sensível a formas puras como polígonos, triângulos, quadriláteros e círculos, Sócrates faz o mesmo com o mundo moral. Aplica a intuição intelectual para dizer o que são as ações, os propósitos, as resoluções, os modos de conduta do homem e reduz tudo a certo número de formas concretas, por exemplo, a justiça, a moderação, a temperança.

Perguntar-se perante uma coisa o que ela é, para os gregos, significa dar razão dela, encontrar a razão capaz de explicá-la. Essa razão que a explica é o que eles chamam *logos* (daí a lógica). Em sua tradução latina, *logos* quer dizer *verbum*, e antes para Sócrates queria dizer conversa. O nome que se dá para algo é o que hoje chamamos conceito.

8 de abril

Vamos pela primeira vez ao Arquivo da Província de Buenos Aires. Fica no subsolo da galeria Rocha. Enrique Barba nos conduz entre os documentos infinitos e múltiplos que cobrem as paredes.

Aprendemos a copiar os papéis, a indicar com precisão a mudança de página e a inserir um *ilegível* entre colchetes quando uma palavra ou um parágrafo está deteriorado pela umidade ou pelo tempo, ou porque a letra de quem o transcreveu ou escreveu diretamente era um grafismo incompreensível. A gente nunca sabe o que vai encontrar, o Barba disse, procura às tontas, seguindo pistas incertas, guiado pelo instinto, que deve ser a primeira virtude de um historiador. Procuramos porque temos uma hipótese, mas nunca vamos escrevê-la enquanto não tivermos a certeza documental. E depois disse uma frase que adorei: "Qualquer livro de história que não tenha cinco notas de rodapé por página", fez uma pausa teatral e concluiu: "é um romance". (Achei uma excelente definição do gênero romance.)

O Barba vive no arquivo, passa mais tempo nessa galeria subterrânea do que na sua casa, e se especializou e se concentrou em saber como Rosas chegou ao poder, ou seja, trabalhou como um mergulhador de grande profundidade em três anos de história argentina, apenas três anos que ele conhece melhor que sua própria vida. Quase trinta anos dedicados a entender três anos. Extraordinário, ele sabe tudo desse período, sabe se choveu nos campos de Rosas em certo dia de fevereiro de 1829 e quantos homens formavam sua guarda pessoal, além do nome de cada um deles e como se vestiam, o que comiam e de que modo se dirigiam ao caudilho.

Sexta-feira 15

Amizade com Luis Alonso, que se autodeclara poeta, discípulo de Luis Franco, e é de Catamarca. Vive numa pensão na esquina da 6 com a 50. As "afinidades" são, na verdade, discussões. Sua agressividade política questiona meu esteticismo (que me caracteriza, segundo ele).

Segunda-feira 18

Não tenho interesse em registrar aqui minha vida cotidiana, minhas atividades e as aulas a que assisto. Sempre pensei que estes cadernos deveriam ser a história do espírito absoluto de um indivíduo qualquer. Espírito porque o que importa existe fora da materialidade imediata, porque assim é minha decisão de me tornar escritor.

Em Sócrates, o logos tem por objeto a moral. Platão estende o campo de conhecimento - o logos - a toda a realidade, a qualquer coisa do mundo. Platão recebe de Parmênides a teoria dos dois mundos. Aparência e essência, erro e verdade são dois mundos diferentes.

Ideia (neologismo), palavra inventada por Platão a partir da raiz de um verbo grego que significa "ver". Ideia = visão, intuição, definida do ponto de vista do sujeito que enxerga e intui. Ideia entendida 1. Como essência, unidade de todos os caracteres de uma coisa; 2. Como algo que tem existência real. As ideias são as essências existentes das coisas do mundo sensível.

Quinta-feira 21

Subo no bonde depois de esperá-lo na diagonal e me deixo levar pela cidade enquanto leio. É o jeito que encontrei de não ficar parado e de não perder minha vontade de ler vários livros por semana.

Os gregos têm dois termos para o tempo. Um, época da vida, tempo da vida, duração da vida (individual). Dois, duração do tempo. O tempo em todo seu conjunto de tempo infinito. Eternidade: totalidade do tempo.

Platão. O tempo é a imagem móvel da eternidade.

O conceito de tempo está ligado ao conceito de eternidade. Eternidade: algo que não pode ser medido pelo tempo, pois transcende o tempo. A eternidade é sempre. Vem daí que não se pode dizer que a eternidade é uma projeção do tempo ao infinito. O tempo é uma imagem perdurável da eternidade porque se move de acordo com o número. A eternidade não nega o tempo, mas o apanha, acolhe-o em seu seio, o tempo se move na eternidade, que é seu modelo.

Domingo 24

É fato, os domingos são idiotas. Pelas ruas os casais passeiam com suas crianças, os bares perto da faculdade estão tomados por desconhecidos. Volto para casa e me tranco no quarto para escrever algumas cartas a meus amigos.

Quarta-feira 27

Perdi a vida interior, afinal. Realizo assim uma ilusão que alimentei durante anos. Viver sempre sem pensar, agir com o estilo simples e direto dos homens de ação. Enquanto isso, vou e venho da faculdade, individualizo alguns rostos na multidão e eu mesmo começo a ser reconhecido. Isso quer dizer que já começaram a me pedir coisas: que empreste anotações de classe, que participe de uma reunião no diretório estudantil etc.

5 de maio

Deixo aqui assentado meu plano de estudos. Estou cursando cinco matérias, resumindo, três são de história, uma de filosofia e outra de literatura. Tenho tantas coisas a fazer e as faço com tanta leveza e inteligência que tudo me parece simples. Procuro fazer muitas coisas ao mesmo tempo, me manter ocupado. Faço aqui uma lista para novamente deixar um registro da minha experiência verdadeira.

Acabar de passar a limpo as anotações de História Argentina.
Ler sobre a cultura na época de Luís XIV.
Resumo de *A essência da filosofia*, de M. Scheler.
Cortar o cabelo.
Biblioteca.
Fazer a barba.

Aos poucos vou descobrindo a cidade. Atravesso a praça Moreno e pego a Diagonal 74. Ao atravessar a praça todos os dias pelo mesmo lugar, estou deixando uma trilha na grama. Digamos então que estou traçando meu caminho.

Para Kant, o espaço e o tempo são formas de nossa capacidade ou faculdade de perceber, são formas da intuição. O tempo é *a priori*, não provém da experiência, é independente da experiência, não é conceito de coisa real, e sim, como intuição, não uma coisa entre as coisas, mas uma forma pura de todas as coisas possíveis. Podemos conceber o tempo sem acontecimentos, mas não o acontecimento sem o tempo.

O tempo não é um conceito, é uma intuição, não se pode pensar por meio de conceitos. É uma forma da nossa sensibilidade, das nossas vivências.

Espaço e tempo são formas de pensamento, são ideias que existem em nossa mente antes de qualquer observação de fenômenos. Moldes nos quais vertemos os resultados da experiência. São subjetivos, não independem do observador. O tempo é uma necessidade do pensamento.

Estou escutando Marian McPartland, uma pianista de *jazz* que toca com uma entonação lírica e ao mesmo tempo furiosa.

Sábado 7 de maio

Antonio, o irmão da dona da pensão, é um homem derrotado, celibatário, apaixonado pela Cultura (com maiúscula). Vive se queixando dos livros que ainda não leu. Tem uma namorada que conheceu ao completar cinquenta anos. Temos em comum o interesse por Martínez Estrada. Mantém sua biblioteca na casa da irmã para ter certeza de que não vai perdê-la se um dia chegar mesmo a se casar, como ele diz, e depois, ao se divorciar, tiver que partilhar os bens. Coleciona os programas do Teatro Colón, com anotações absurdas que buscam reter a gravidade da música escutada.

O melhor até agora foram as aulas de Silvio Frondizi, de Enrique Barba e principalmente de Boleslao Lewin. Ele fala com um sotaque pedregoso, um ar de judeu erudito que, segundo ele mesmo, choca os liberais de esquerda (e os outros também, acrescenta). Erudito em rebeliões (escreveu um grande livro sobre Tupac Amaru), é um anticlerical militante. Um de seus temas principais é o horror da Inquisição espanhola na América. É cheio de manias e tiques, e tem todas as qualidades de um intelectual europeu: erudição e insolência. É, de longe, o melhor entre os "respeitáveis catedráticos", o único que consegue nos cativar porque tem paixão pelo que faz.

Além disso, conta histórias como essa. Guillén Lombardo, irlandês, vem à América no século XVI. Preso pela Inquisição, consegue fugir; é um dos pouquíssimos casos em toda a história de alguém que se safa dos grilhões clericais, como ele diz. Escreve um manifesto e o prega na praça central da Cidade do México. Entra na câmara do vice-rei, o acorda e lhe entrega uma cópia. Vai viver com os índios. Por fim o encontram, é preso e queimado na fogueira.

Segunda-feira 9 de maio

Ontem morreu minha tia Verónica. Me acordaram no meio da noite e viajei de ônibus para ir ao velório. Na Casa Lasalle, gente amontoada, eu de cabelo bem curto, e todos pareciam contentes por isso. O Roberto me abraçou chorando, sentimental demais para que eu não me emocionasse também (apesar da minha nova gravata de seda e cores vivas que coloquei sem pensar e me fez sentir o tempo todo constrangido, como se estivesse rindo enquanto todos se entreolhavam penalizados). Me lembrei da tarde em que minha mãe me levou no colo até a sebe de folhas redondas e me contou que o tio Eugenio tinha caído de um trem. E minha mãe me disse: "Você não tem pena do titio, que logo vai morrer?". Claro que desatei a chorar. Devia ter uns quatro anos, imagino, mas essa lembrança voltou numa rajada quando o Roberto me abraçou chorando e disse em voz baixa "Ela nos deixou". Depois fizeram um churrasco e comemos no pátio, com muito frio. Muitos parentes que eu não via há anos, discussões em voz baixa e alterada em torno da herança. Do enterro recordo de uma sucessão ridícula de figuras tirando automaticamente o chapéu enquanto passamos com o cortejo.

Passei essa noite em casa com o vovô Emilio, ele não falou da morte da Verónica, que amava e admirava por ter "aberto cancha", como disse, quando o Gerardo, seu marido, parou de trabalhar para se dedicar à política, como ele dizia. Na realidade, segundo meu avô, era um capanga dos conservadores, um cabo eleitoral, um caudilho menor em Turdera. Meu avô ria ao contar que o Gerardo, sempre muito elegante, de terno cruzado e chapéu, era um parasita muito zeloso de sua reputação, e quando ia pedir dinheiro à mulher, dizia: "Verónica, você tem miúdo?". E o Nono dava risada, porque o sujeito fazia de conta que só tinha dinheiro graúdo no bolso e precisava de trocado.

Sábado 14

Vejo com frequência o Luis Alonso, ele encarna todos os mitos da província. Vida natural, experiência vivida, consciência política, churrascadas folclóricas. Fomos a uma conferência de Silvio Frondizi. Previu uma crise econômica, falou da impossibilidade de saída real para o país, exceto o caminho do socialismo. O Alonso, sentado ao meu lado numa das poltronas do Salão Nobre que dão para a rua 6, me disse: "Eu quero trabalhar para poder ascender à classe operária. Não quero ser um burguês esclarecido". Quando escutei aquilo, achei tão ridículo que me deu um ataque de riso e todos pensaram que eu estava louco, porque nesse momento Silvio Frondizi estava respondendo muito seriamente a uma pergunta sobre o estado do mundo.

Agora há pouco discuti com o Oscar G., que mora num dos quartos da casa. De forma maldosa e deliberada, destruí nele uma ilusão. Está apaixonado por uma garota, e demonstrei com lógica implacável que é besteira a gente se iludir antes do tempo. Em seguida me corrigi, toda ilusão é antes do tempo, disse, é preciso viver lucidamente. Eu agora consegui construir para mim, disse, um olhar desencantado e frio. Mais nada.

Domingo 15

Fui assistir à peça *El centroforward murió al amanecer*, de Agustín Cuzzani. Uma espécie de farsa alegórica e em alguns momentos divertida sobre o mundo do futebol. Saí pela rua 44, escura, entre as árvores, e voltei pela cidade até meu quarto de estudante solitário.

Terça-feira 17

Estou lendo *O homem revoltado*, de Camus. Referindo-se a quem atribui à história o papel de um tribunal transcendental que decide a justiça das decisões, escreve: "A história como um todo só poderia existir aos olhos de um observador exterior a ela mesma e ao mundo. Em última instância, só há história para Deus".

Quarta-feira

A universidade está em greve, começou na Faculdade de Medicina e as outras aderiram. Eu faço um trabalho sobre Luís XIV.

O ser grego é um ser sem tempo. Para Heidegger, o ser com tempo, em que o tempo não está em volta e como que banhando a coisa (como na astronomia). Na astronomia, o tempo está em volta da coisa e a transforma, mas a coisa é o que é, independentemente do tempo que transcorre junto a ela.

Na existência, o tempo está dentro da própria coisa; a própria essência da coisa consiste em ser temporal, ou seja, em antecipação, em querer ser, em poder ser, cujo limite é a morte. Isso é a não indiferença, a angústia, que é o caráter próprio e trágico da vida. Ansiedade de ser e temor do nada.

Sábado 21 de maio

Da leitura dos cadernos surgem algumas conclusões. Certo romantismo um tanto idiota, excesso de sensibilidade e autojustificação. À primeira vista não me aconteceu nada, exceto a sucessão ininterrupta de catástrofes. O lema dos anos passados era "tenho que mudar, virar outro". Encarar verdadeiramente a realidade. Se eu voltar a pensar no que escrevi sobre o vovô Emilio, que ficou em Adrogué quando nos mudamos, poderia ver que, de fato, fiquei com ele, em todo caso, espiritualmente. Claro que é ele que me paga os estudos depois do conflito com meu pai...

Domingo 22

Peço a palavra numa praça, durante um ato político não programado, e me somo às críticas ao governo Frondizi. Curiosamente, fiz tudo com muita frieza, como se fosse outro que falasse por mim, outro que eu escutava sem concordar por completo com o que dizia.

Hoje joguei pôquer no Clube Universitário e ganhei quarenta pesos.

Euforia nacional pelos 150 anos da Revolução de Maio. Frondizi encobre o país com a história do país. Somos todos argentinos, para que pensar no presente?

Continuo escrevendo aqui, na cama, refúgio e não campo de batalha.

Segunda-feira 30 de maio

De volta a La Plata. Choveu a viagem inteira, na praça Italia consegui um táxi e aqui estou. Dor nas costas terrível, isso me preocupa.

Nítida metáfora da minha relação com o corpo: dor nas costas. Vou dormir numa cama dura. Na pensão, consigo uma tábua que estava num galpão nos fundos da casa. Deito e durmo, quando me levanto, a dor continua, mas estou com os dedos amarelados. Crise de fígado. Ponho a casa em polvorosa. Dali a pouco descobrem que, na realidade, meus dedos se mancharam com a pátina da tábua ou talvez com ferrugem, o fato é que consigo entender que não tenho nenhum problema hepático e que possivelmente a dor foi causada pela viagem de ônibus, e me curo. A dor passa etc. Mitologias que nascem de vigiar meu corpo como se fosse um estranho, um inimigo.

Junho

Falar do quarto onde moro, o espaço sempre influencia o modo de pensar. Falar da luz que me isola e me coloca em outra realidade, mais uma vez a necessidade de traçar limites, de me instalar numa zona sagrada dentro da qual é possível olhar o mundo. Refugiar-me então num espaço frágil e luminoso, quer dizer, deixar a escuridão do outro lado. Seria preciso detalhar as regiões, fazer um mapa pessoal dos diferentes lugares em que vivo. Há espaços neutros, como uma continuação do meu corpo, como se minha própria figura terminasse na fronteira entre a luz e a penumbra; aí escrevo; aqui a lucidez, fora a realidade.

A solidão é um momento amável quando tem alguém na periferia, a única solidão insuportável é a de não "contar" para ninguém. Para mim, o solitário não é Robinson Crusoé, mas alguém em meio à multidão de desconhecidos.

Aula do Pousa sobre o mito e a noção de excesso na cultura grega, a desmesura como mal. Em contrapartida, o equilíbrio e a harmonia são o princípio da filosofia.

Quinta-feira 2

Eu poderia fazer uma pesquisa sobre os moradores da pensão. Para começar, o marido da senhoria, com seu ar de Vincent Price, ex-contador que perdeu o emprego em um frigorífico de Berisso. Zanza de um lado para o outro, aflito com o tempo ocioso, faz o mercado, varre o chão para justificar seu tempo livre. Todos nós sabemos que está liquidado e ele sabe que nós sabemos.

Sexta-feira 3

Na faculdade, as aulas de filosofia são para mim as mais intrigantes. Em história passamos muito tempo no arquivo. Quanto à literatura, propus escrever a monografia no final do seminário sobre literatura argentina, tomando como tema os contos de Martínez Estrada.

Segunda-feira 6 de junho

Passei alguns dias em Adrogué com o vovô Emilio. Pegamos um carro e fomos ao parque Pereyra Iraola para arejar um pouco. O vovô está sempre de bom humor e faz piadas sobre si mesmo e sobre o resto do gênero humano. A experiência da guerra, tão remota, perdura nele como um sonho sonhado na noite anterior. Igualmente confuso, igualmente sem sentido, mas, de qualquer maneira, de vez em quando ele tenta construir uma versão coerente. O vivido, para ele, se divide em duas etapas: o ano que passou no *front*, onde foi ferido e viu o horror de perto, e o tempo em que ficou à frente do serviço postal do Segundo Exército. Foi aí que ele teve consciência real do que estava acontecendo. Cuidava das cartas que deviam ser enviadas aos familiares dos soldados mortos, bem como da classificação dos papéis e objetos pessoais que se encontravam na mochila das vítimas, mortas em combate. Minha opinião é que essa segunda experiência lhe deu um olhar totalizante sobre a guerra e seu inusitado e cruel desenrolar.

Terça-feira 7

Estou lendo o *Sócrates*, de Rodolfo Mondolfo.

Recordo a posição crítica de Nietzsche a respeito de Sócrates, como o culpado pela crise da tragédia. Tenho que trabalhar nessa linha para o ensaio final.

Quinta-feira 9

Choveu o dia inteiro, passei a tarde no arquivo. Depois telefonei para a Elena e por fim fui à Faculdade de Belas-Artes e me infiltrei entre os estudantes de cinema para assistir a uma série de curtas argentinos. Vimos: *Los pequeños seres*, de Jorge Michel; *El muro*, de Torre Nilsson; *El cuaderno*, de Dino Minitti; *Buenos Aires*, de David J. Kohon; *Diario*, de J. Berendt; *Luz, cámara, acción*, de Rodolfo Kuhn; *Moto perpetuo*, de Osías Wilenski. Os melhores foram *El muro*, com certo expressionismo na iluminação e uma narrativa fragmentária e hermética, e *Buenos Aires*, uma espécie de documentário lírico sobre a cidade. Estavam presentes Berendt e Kohon, que falaram da necessidade de renovar o cinema argentino e promover o cinema de autor.

Venho sempre aqui, porque abriram a Escola de Cinema e vivem passando filmes que eu queria ver. Sou amigo do Edgardo Cozarinsky, um ótimo crítico, e do Armando Branco, que estuda montagem com o Ripoll. Aqui conheci também o Eduardo Rollie, que leciona estética e deu várias aulas sobre a vanguarda russa dos anos 20. É um *designer* gráfico muito influenciado por - ou muito atento à influência de - Malévich, Lissitzky e Rodchenko. Divide a cadeira com o Manolo López Blanco, com quem também fiz amizade. O Manolo tenta desenvolver uma estética a partir de certas hipóteses do marxismo, ou talvez, melhor dizendo, do trotskismo.

Sexta-feira 10

Todos os dias são iguais, agora estou sentado numa poltrona no pátio. De manhã fui à faculdade. Melhor não pensar. Deve-se tentar fazer com que tudo deslize imperceptivelmente.

Voltando às anotações de ontem sobre meus novos amigos, eles se dividem em várias categorias. O mais chegado é o José Sazbón, que estuda filosofia e que conheci no primeiro dia na universidade. Procurei o diretório estudantil para me informar um pouco, e um dos responsáveis apontou para um rapaz que parecia um boxeador peso-mosca, dizendo: "Ele sabe Leibniz". Então me aproximei do José e disse: "Me disseram que você conhece a obra de Leibniz". Ele sorriu e respondeu: "Só conheço o que dá para conhecer da obra de Leibniz".

Sábado

De volta a Adrogué, estou no trem. Os encontros com o vovô Emilio são o melhor dessa época para mim. Ele me pediu que, em troca do salário que me paga, eu me dedique a organizar seu arquivo. Combinamos que vou passar os fins de semana com ele. O que ele chama de "o arquivo" é uma coleção desordenada de pastas e caixas com diversos materiais dedicados à campanha italiana na Primeira Guerra. Quando eu lhe pergunto como os conseguiu, responde: "Todos estavam muito ocupados com o trabalho de sobreviver nas trincheiras para se preocuparem com os documentos e papéis que eu subtraía para que não se perdessem".

Passei a tarde jogando baralho no Club Adrogué com meus primos da infância: o Horacio e o Oscar. Eles se reúnem toda sexta à noite e jogam pôquer até a madrugada do domingo. Contratam um cozinheiro que lhes prepara pratos especiais durante o fim de semana. O mais engraçado e insólito é que essa parte do clube é conhecida como O Soviete. É um galpão transformado em salão de jogos, que eles ocupam em troca de algum dinheiro para a cooperativa mantenedora do clube. Baixei por lá perto das dez da noite e me cumprimentaram com um leve aceno, como se eu estivesse ali jogando com eles. Fui embora por volta da uma, e eles continuavam lá sentados com dois parceiros e vários outros em volta esperando sua vez de jogar. E continuam lá agora enquanto escrevo estas linhas. Ia me esquecendo de registrar que ganhei 175 pesos.

Durmo no quarto dos fundos da velha casa onde moramos até três anos atrás, que agora parecem um tempo remoto e estranho. O vovô mantém o que eu, brincando, chamo de "a rotina do exército". Deita às dez e acorda às seis. Meio adormecido, eu o escuto fazer ginástica no quintal e cantar canções patrióticas italianas com sua voz de barítono.

Domingo

Mais uma tarde jogando baralho com o Horacio e o Oscar, que seguem firmes como sempre. Os que jogam pôquer com eles às vezes vêm de outras localidades próximas, e as partidas têm espectadores que costumam apostar, eles também, como se assistissem a uma rinha de galos.

Tempo. Heidegger: a temporalidade como a vivência interior do homem. Temporalidade como categoria. A existência como tal contém o tempo. É preciso fazer uma distinção entre o tempo que há na vida e o tempo que a vida é. Na vida está o tempo da física, que vem do passado. O tempo que a vida é vem do futuro. Um tempo que começa no futuro. O presente é a realização do futuro. O presente é um futuro que deve ser. E esse é o tempo da vida. O tempo que a vida é consiste no investimento do tempo que está na vida. O que a existência tem de particular é que quando ela foi já deixa de ser. Quando aconteceu e está em pretérito, converte-se em matéria solidificada, em algo que tem em si a qualidade do ser, do que já é, do que é idêntico. A existência não é isso: é antecipação, desejo de querer ser.

Segunda-feira 20 de junho

Dia patriótico, sem aulas. Longa conversa com o vovô sobre o tema mais constante nas cartas dos soldados mortos. "Todos anunciavam o iminente fim da guerra", disse, e começou a desfiar uma espécie de ladainha: estaremos juntos no Natal, me esperem para a próxima colheita, a guerra não passa deste verão. Todos queriam que a guerra acabasse, disse, mas ninguém sabia como pôr um fim nela. O demoníaco, disse, é que todos nós começamos a perceber que as armas que usávamos eram tão mortíferas que ninguém estava pronto para lidar com elas. E as armas por si sós não iriam deter a matança. Cavávamos trincheiras que inundavam, e então cavávamos uma segunda linha de trincheiras, e uma terceira. Mas era inútil, porque de quando em quando precisávamos sair a campo aberto. Fez uma pausa: para morrer, disse.

Quarta-feira 22

Apaixonado pelos *Diálogos* de Platão, que leio de modo fragmentado na versão original e em diversas traduções. Quando vou ver, já são três horas da manhã.

Quinta-feira 23 de junho

Conversas com o José Antonio, um estudante de filosofia muito – demais para o meu gosto – interessado em Heidegger. Temos discussões irônicas sobre seu estilo, que a meu ver soa muito amaneirado e um pouco *kitsch*. Claro que ele fica indignado, e aí abro outra frente de batalha e digo: "Bom, além disso era um pouco nazista". Aí sua indignação é total, fica furioso e me diz que não pensa discutir comigo essas posições demagógicas e externas à filosofia. "Todos os filósofos que vale a pena ler, a começar por Platão, eram autoritários, protofascistas e também homens gentis." Muitas vezes a conversa para por aí, e passamos o resto do tempo falando besteiras.

Sexta-feira 24

Ontem fui assistir aos curtas de Resnais – *Noite e neblina* e *Toda a memória do mundo* – na Belas-Artes e topei com o Julio A., que veio de Mar del Plata estudar cinema aqui. Fiquei contente e comovido com o encontro. Fomos comer alguma coisa e conversamos até tarde. Seu plano é avançar no curso o máximo possível, mas, ao mesmo tempo, não quer deixar a mãe sozinha em Mar del Plata. O Julio tem aqui um bom círculo de amizades, a começar pelo Oscar Garaycochea, que continua editando sua revista *Contracampo*. O Julio me fala animadíssimo de *Mabuse*, o filme de Fritz Lang que ainda não vi.

Terça-feira 28

Lembro da conferência de Attilio Dabini sobre Pavese. Para mim foi importante, porque ele escreve um diário intitulado *O ofício de viver*. Ele se matou, mas antes deixou o livro pronto para edição.

Comecei a sair com a garota de cabelo ruivo do grupo que foi a Buenos Aires, sábado passado, para entrevistar, na Faculdade de Filosofia e Letras da rua Viamonte, o professor Rubén Benítez, autor de um romance (*Ladrones de luz*) que discutimos em classe. O nome dela é Vicky e é muito simpática. Combinamos de nos ver na faculdade depois das férias.

Quarta-feira 29

Hoje me encontrei com a Vicky por acaso, no bar da esquina da faculdade, e ficamos juntos. O engraçado é que depois ela quis ver os contos que estou escrevendo, e eu lhe entreguei o caderno dizendo que ela podia ler os textos com calma e me devolver depois da semana de recesso.

Quinta-feira 30

Estou arrasado. Por engano (?), entreguei à mulher de cabelo ruivo um destes cadernos, achando que era aquele onde estou escrevendo meus contos. São meus lamentos em torno e por causa da Lidia, do ano de 59. Será que eu queria que ela lesse essas coisas? Não posso aceitar a "coincidência" desses enganos. Tenho horror só de pensar que agora ela pode estar lendo tudo aquilo.

O quiproquó começou quando, ao procurar os contos que tinha escrito, revirei todos os cadernos. Imagino que sem querer peguei um que não devia e ontem, na pressa, o levei para a faculdade. O mais engraçado é que estou numa armadilha. Não posso virar para ela e dizer "me devolve o diário que te entreguei por engano". A melhor coisa seria dizer que o diário é um romance e fingir indiferença pela opinião dela. Está escrito em primeira pessoa, mas acho que não pus meu nome em lugar nenhum. Acho que não escrevi "Emilio foi para lá ou para cá".

Também não posso esperar até que ela o leia e depois apareça na faculdade dizendo "isto não são as tuas anotações"; aí eu poderia responder "são anotações, sim, mas de outra coisa". Também imagino uma situação em que ela me diz: "Não. Não sei ler. Sou cega. Não entendo castelhano. Esqueci o caderno no ônibus. Não tive tempo de abri-lo. Eu te amo, esse caderno mostra que você é o homem que eu estava procurando". Ou então ela o vende, e acaba sendo publicado no jornal *El Día* de La Plata, como folhetim.

Para piorar, não tenho a menor ideia de que tipo de garota ela é, enigmática e lindíssima. Passamos só uma noite juntos. Vicky, me devolve o caderno sem abrir.

Medo do ridículo.

Parece até que eu o escolhi de propósito, justo o mais melodramático e mais idiota. Mas será que foi mesmo? E se eu tiver perdido o caderno? Isso quer dizer que eles me parecem impossíveis, não enquanto os escrevo, mas depois.

Penso nela agora morrendo de rir de mim.

Volta e meia vasculho o quarto, espalho todos os papéis e o procuro mais uma vez. Nunca o encontro. Sou responsável por esse encadeamento quase diabólico. Escrever os contos, querer mostrá-los, revirar tudo à sua procura, jogar tudo em cima da cama. Ficar nervoso, guardar *esse* no armário junto com as anotações da faculdade. Dizer a ela "tudo bem, vou te dar os cadernos para que você encontre os finais". Me atrapalhar com o horário e sair muito antes, mas apressado. Folhear o outro caderno (e não esse) no bonde. Não abri-lo durante a aula do Aznar. Entregá-lo às pressas, sem conferir. Demasiadas coincidências juntas.

Também digo a mim mesmo "não é para tanto". Ou eu quero mesmo acreditar que escrevo estes cadernos só para mim?

São nove horas da noite, acabei de jantar. Antes fui à faculdade, me encontrei com a Vicky. Falei do diário. Sorrindo, ela me disse que não o olhou (mentiu). Perguntou o que era, e eu lhe disse: "Bom, uma coisa muito pessoal, não apta para senhoritas ruivas". Aí ela caiu na risada e disse: "Eu li e me diverti muito".

Fiz hora na biblioteca da faculdade com as janelas que dão para a rua 7, sentado a um canto da mesa, lendo os contos de Pirandello. Depois fiz alguns fichamentos no Instituto de Filosofia para a aula de Pensamento e Platão. E fechei a noite assistindo ao *Trem noturno*, do polonês Kawalerowicz.

Sábado 2 de julho

Vim a Mar del Plata aproveitando o recesso.

Domingo 3

Ser irreal. Essa é a pretensão da filosofia. Não é digno aceitar a realidade como ela é. Se a aparência do mundo e sua verdade fossem visíveis, não seria preciso pensar. Trata-se, parece, de excluir as necessidades, o corpo, e ingressar no mundo das ideias platônicas.

Segunda-feira 4

Idiota de mim, seja como for. Preso aos falsos resultados da minha vida, me deixo levar, perdido numa cidade, num país, onde ninguém me conhece, onde ninguém choraria por mim. Eu exagero como modo de pôr bem às claras meu estado atual.

Quando estou diante da escrivaninha contra a janela, parece que o tempo não passa.

Quarta-feira 6

Se eu chegasse até o final das minhas ideias, deveria ser capaz de inventar uma poética baseada na arte entendida como perda da realidade.

Trabalho na monografia sobre os contos de Martínez Estrada.

De um tempo para cá comecei a jogar moedas para o alto sempre que preciso tomar uma decisão. Não acho que exista algo de reprovável num método de pensamento – ou de ação – com base no acaso. Esse deveria ser meu modo de viver, ficar de cara para a parede, que assim ninguém me surpreenderia, e jogar uma moeda para o alto para saber o que fazer. Me deixar levar.

Muita dificuldade para encontrar a forma de contar o que estou vivendo. A única coisa que me faz continuar anotando os dias nestes cadernos é a tentativa de encontrar um sentido que rompa a opacidade das horas sem vestígios.

Estou lendo Mallea e Murena, pensamentos sombrios, prosa pesada.

Fidel Castro anuncia novas nacionalizações. Os Estados Unidos cortaram as compras de açúcar dos cubanos. Pressões, dificuldades, conflitos.

Sábado 9 de julho

Ontem o Roberto e a Alicia, ou seja, um dos meus primos mais queridos e sua mulher, vieram morar aqui.

A Rússia anuncia que vai apoiar Cuba com seus foguetes.

Quarta-feira 20 de julho

Tomo banho e faço a barba, a esta altura essas atividades me tomam a manhã inteira. Olho meu rosto no espelho enquanto me barbeio, é a primeira piada do dia. Acho graça nas minhas próprias cicatrizes, faço caretas.

Preciso escrever o ensaio sobre os contos de Martínez Estrada. Estou "empacado", não me decido a começar. No momento não faço outra coisa além de ler Eduardo Mallea. Estou lendo *Chaves*, uma versão de Bartleby; o personagem só diz "Não", é a negatividade direta, fala pouco e é – para quem convive com ele – indecifrável.

Todos os personagens de Mallea são pessoas *sérias*. Na realidade parecem estar meio dormindo.

Procuro mulheres inteligentes, porque a inteligência é o que tenho de melhor. Na realidade, pareço um personagem de Mallea. Uma vida lenta que se move numa tarde lenta como esta. Faço frases.

Assisti a *Pépé le Moko*, de Julien Duvivier, que passa a vida matando árabes nas ruas estreitas e íngremes da casbá. A melhor coisa do filme é a morte de Pépé (Jean Gabin). Agonizante, olha para a mocinha: "Tchau, menina", diz. "Reze por mim."

Tive um bom dia hoje. Fui ao cinema. Terminei o *Simbad* de Mallea. Ele escolheu esse título para não chamá-lo *Ulisses*, mas era isso que ele queria contar. Todos os personagens estão destruídos e falam a sério de seus defeitos. Não há um canalha nem um invejoso, todos têm grandes fraquezas. Todos querem se matar, viver na selva, abandonam a mulher de sua vida por questões éticas. São todos introspectivos.

Tenho o rosto cheio de marcas, cicatrizes recentes, rastros avermelhados, queria ser negro.

Escrevo na cama. Certeza de que passei a vida lutando contra mim mesmo. Há pouco tive uma ideia, mas já não me lembro o que era. Gostaria de voltar para casa, nunca devíamos ter ido embora. Minha mãe não quis deixar meu pai sozinho, veio com ele e não o perdoa. Agora vou apagar a luz.

Terça-feira 26 de julho

Aniversário da revolução cubana. Castro continua resistindo. Só tem o apoio do México e da Venezuela. Nós estamos prestes a romper relações.

Continuo com a monografia. Ontem terminei a primeira parte. A única coisa que se salva é o capítulo sobre "Marta Riquelme". Tentarei terminá-la. A melhor parte é trabalhar as ideias: quando escrevo, me deixo levar e sempre sai outra coisa. Eu devia passar a vida pensando. Ou melhor, eu devia ter a faculdade mágica de que ao pensar alguma coisa ela se escrevesse sozinha.

Terminei o trabalho. A última frase diz: "O homem que vive apesar da realidade é maior do que quem vive graças a ela".

Notas preliminares para um prólogo. Um homem sem personalidade. O homem vazio. Fala sempre com frases feitas. Leituras, citações, palavras alheias, uma espécie de dom Quixote perdido no emaranhado de frases lidas. Vida normal. Deixa-se levar pelos livros. No mais, ninguém nota esse delírio. Foi professor de literatura no colégio secundário. Parece sempre distraído. Solteiro, aposentado. Mora sozinho.

Passo a manhã escrevendo a monografia. O trabalho está quase pronto. Falta um índice dos personagens. Poderia talvez colocá-lo em ordem alfabética. Espero terminar ainda esta noite.

Sábado

Cansado de escrever. Trabalhei a manhã inteira. Ainda me falta muitíssimo. Visita do Rafael V., despedida, nostalgia do passado. A viagem de formatura a Tandil. O Rafael, uma intuição extraordinária para a matemática, pensa por meio de fórmulas e figuras geométricas. Leio para ele dez páginas do ensaio. Elogios etc. Depois falamos do suicídio. Ele vai se mudar para Rosario para estudar física.

Segunda-feira 1º de agosto

Tudo continua igual por aqui, como se nada tivesse acontecido. Nunca acontece nada. E o que poderia acontecer? É como se eu tivesse passado todo o mês de julho embaixo d'água. Sentado no pátio diante de uma mesinha baixa, o sentimento de sempre: as grandes lutas por vir. As provas. Por ora mantenho em segredo a decisão de me tornar escritor.

Fui à faculdade. Faz meses que estou aqui e já conheço mais gente do que poderia imaginar. Em Filosofia, o Pucciarelli continua com Sócrates e Platão. As ideias puras, as essências são materiais e concretas e estão no alto da realidade (como um espelho). Sou um caráter tipicamente platônico (vivo no ar). Em Literatura, apresentei o plano do trabalho final sobre os contos de Martínez Estrada. E assim volto a ler Kafka.

Passei a me encontrar com o Luis, temos grandes planos para o futuro. Irmos juntos a Paris, estudar com Bachelard. Hesito entre me declarar platônico ou hegeliano. Entre as Ideias e o Espírito Absoluto estão os rios onde vou navegar.

Cinema: *Noites de circo*, de I. Bergman. A cena do palhaço que fala com sua mulher no espelho.

Dia vazio, inútil. Não fiz nada. Como se não tivesse chegado a hora de trabalhar. Sentado nos bares, olho as moças passarem.

Quarta-feira 3 de agosto

Vou ao cinema da rua 7 para ver *A cabeça contra a parede*, de Georges Franju. Acabou a luz. O filme parou na melhor parte. Recusei o ingresso de volta porque queria acabar de ver o filme hoje mesmo. Tudo se passa em um hospício, rostos indecifráveis, tudo muito sensacional. Passei duas horas no saguão, esperando inutilmente com dois ou três coitados como eu, que não tinham mais o que fazer. Acabei me cansando e voltei para casa. Nunca vou saber como esse filme termina.

Sexta-feira 5

De tarde fui à faculdade, entreguei a monografia. Falei de Martínez Estrada e de Kafka.

Conferência de Alfredo Palacios no Salão Nobre da Faculdade de Direito. Apinhado de gente. Palacios com seus bigodes pontudos, cabelo comprido e penteado com brilhantina, parece um personagem de quadrinhos, um misto de Coronel Cañones e Doctor Merengue. Estava acompanhado de uma morena espetacular. Falou sobre Cuba, onde esteve a convite do governo e passou três semanas percorrendo a ilha. Reforma agrária, cada trabalhador do campo recebe quatrocentos hectares, educação popular, luta contra o analfabetismo. "Não são comunistas, são humanistas." Eu me inclinei para a Vicky: "Se for mesmo verdade que são humanistas, não aguentam mais do que três meses", ela deu risada, nada a pega desprevenida. É rápida e muito sagaz. "Podíamos usar a violência política como forma de educação", disse com sua voz doce. "Para cada dez camponeses que aprenderem a ler, fuzila-se um oligarca." "O terrorismo", acrescentou logo em seguida, "é a forma política da educação popular."

Sábado

Encontro com a Elena e duas velhas amigas do colégio, a Lucrecia e a Olga. Fomos ao teatro (*Seis personagens à procura de um autor*, de Pirandello), na saída tomamos um café num bar com espelhos e mesas encostadas nas paredes. Discutimos os jogos imaginários de Pirandello com as identidades, e não sei por que acabamos na política clandestina e daí na situação de Cuba e nos fuzilamentos dos sicários (de Batista). "A justiça", eu disse, "é igual ao poder. Quem tem o poder é a justiça. A quem não tem só resta acreditar." Voltamos de madrugada. Tudo o que havia com a Elena se diluiu. Já não a amo, é verdade, mas quanto a amei! A vontade de ir para a cama continua, mas quando estamos lá é como se fôssemos dois irmãozinhos enjoados de estar juntos. Éramos tão jovens, eu era jovem demais para entender o que era a história com ela, por isso preferimos deixar tudo em suspenso. Fomos juntos de trem a Temperley, e aí ela pegou outro trem para Adrogué e eu segui viagem até La Plata.

Segunda-feira 8 de agosto

Estou espantado, a professora de Introdução à Literatura disse em classe que meu trabalho sobre Martínez Estrada era o melhor que ela tinha lido desde que leciona na faculdade. Será publicado na revista da Faculdade de Humanidades. Escrevê-lo me deu muito trabalho e não acho que esteja tão bom assim. Ao mesmo tempo, indiferença diante do elogio, eu a escutei como se estivesse falando de outra pessoa. Primeira comprovação pública de uma capacidade que dei como certa. (Primeiro ser escritor e *depois* escrever.) A Comissão de Publicações do Departamento de Letras me pediu para cumprimentá-lo, disse a professora, e pensei que isso melhoraria minha relação com as garotas nos corredores, especialmente com a Vicky.

Vou me deitar, queria acordar daqui a um ano (ou, pelo menos, daqui a seis meses).

Terça-feira

Tarde e noite no cinema. Assisti a *O último par a sair*, de Alf Sjöberg, e também a *Porto* e *Sede de paixões*, de Bergman. A arte cinematográfica se instalou na Suécia. Fazem filmes muito dramáticos. Passei seis horas no cinema.

Fui me despedir do José Antonio, o fanático por Heidegger, que vai passar um semestre estudando nos Estados Unidos. Vê se traz o Faulkner, digo enquanto o ônibus parte. Ele responde alguma coisa e gesticula, mas já não o escuto.

Quinta-feira 11

Assembleia de estudantes para discutir uma moção de apoio a Cuba. Aceitar o fato de que a União Soviética respalda e sustenta a revolução é admitir que Cuba se transformará em um satélite soviético, mas repudiar a ajuda dos russos é entrar no jogo dos americanos. Como fazer? Propusemos um repúdio aos planos de invasão norte-americana, mas sem incluir na declaração nenhuma observação sobre a interferência soviética, como pediam os anarquistas. A proposta foi aceita por 60 a 40.

Sexta-feira 12

Estou me sentindo tão leve que queria ser um gato. O céu escureceu às dez da manhã. Um temporal furioso, chove a cântaros, como se diz.

No cinema: *Sindicato de ladrões*, de E. Kazan. Brando diz à mocinha que ele matou seu irmão, e nisso se escuta uma sirene de navio. Primeiro plano do rosto e depois os terraços.

Sábado 13

Fui a Adrogué, passei a tarde com o vovô Emilio. Continua às voltas com o projeto de organizar os papéis que trouxe da guerra. Encontro a velha turma. Meu primo Horacio, Tagliani, López. Foram ao clube. Não os acompanhei e peguei o trem para Buenos Aires. Sensação de dificuldade para "entrar" na cidade.

Domingo

De repente comecei a escrever uma carta à Elena para lhe dizer que não vou mais me encontrar com ela. Na realidade, nós dois não temos mais nada a fazer. Não digo isso tão diretamente, mas é essa a questão. Dizer tudo o que não dissemos nos últimos meses. Somos amigos, mas estamos em mundos diferentes. Escrevi em uma tacada, sem pensar. Pedi um envelope para o Nono, fechei bem e depois o rasguei em muitos pedaços e joguei na privada. Não se pode escrever uma carta de despedida ou de ruptura sem ser ridículo. A partir daí entrei no vazio. Não penso em nada, não posso dizer nada. O vovô me procura e me leva até o quarto onde guarda as cartas nunca enviadas. Aquilo tudo lhe tira o sono, não o deixa em paz.

Terça-feira 16

Zunino, professor-chefe de práticas de Filosofia, está um pouco intimidado na turma só de mulheres (menos eu). Análise do impulso moral em Scheler. Relação entre filosofia e "conhecimento vulgar". A distinção reside no objeto a que o juízo se refere. O senso comum generaliza, o pensamento é sempre concreto e focado num caso. Não existe ciência do singular.

Sexta-feira 19

A professora Campos volta a elogiar minha monografia sobre Martínez Estrada. "Acuidade, finura e estilo." Por pouco não sumo embaixo das cadeiras.

Percebo que na minha discussão com o Luis sobre marxismo eu sigo Camus. E a tradição anarquista: é moralmente inaceitável o reducionismo do marxismo, ou suas explicações que reduzem tudo a interesses materiais. Toda a argumentação de Camus consiste em reduzir o marxismo ao que está acontecendo na União Soviética.

Quinta-feira 25 de agosto

Ontem levaram à faculdade um espetáculo do Novo Teatro. Apresentação para os estudantes interessados em se dedicar ao estudo do teatro. Alejandra Boero e Pedro Asquini, *La farsa del cajero que fue hasta la esquina*, de Ferreti. Uma espécie de Kafka misturado com Roberto Mariani.

Sábado 27 de agosto

Ontem, assembleia na faculdade, o grupo anarquista defendeu a retirada de todos os símbolos religiosos, especialmente o Cristo Crucificado do Salão Nobre. Grande discussão, por volta das dez horas da noite o Pacheco apareceu, um líder anarquista muito conhecido que acabava de chegar de avião de Córdoba. "Abaixo o Cristo", disse, "temos que estudar, não rezar." Os humanistas vaiaram e bateram os pés.

Domingo 28

Estou me sentindo pesado e ausente, tirei uns cochilos ao longo da tarde. Bebi demais. Boca seca, pernas adormecidas. E agora, o quê? O dia inteiro à frente, várias opções, nenhuma muito atraente.

Fujo para o cinema, assisto a *Kanal*, de A. Wajda. Saio às nove da noite, meio perdido. Vou ao teatro: *O tempo e os Conway*. Interessante, distorções provocadas pela temporalidade e pelos saltos cronológicos. A obra repete os cortes e as mudanças bruscas do romance, Virginia Woolf está muito presente. Matar o tempo, seria melhor estar morto. Por outro lado, penso: será que eu – assim como os Conway – serei um fracassado daqui a vinte anos? 1980, daqui a vinte anos, depois de vividos, parecerão pouco tempo? Será que vou pensar - como hoje - que tenho a vida pela frente? Talvez a tenha, ainda, mas não há dúvida de que tudo será diferente. Sei disso, ou acredito nisso, mas como será? Também não saberei nesse momento, porque então vou querer - como agora - conhecer meu futuro. (Ou estarei morto?)

Quarta-feira 31 de agosto

Vários encontros inesperados com a Vicky, uma noite dessas a encontrei no teatro, depois, no dia seguinte, voltamos a nos ver na rua 7 e fomos tomar um café. Terça-feira, na faculdade. Tem dezoito anos. Ruiva (como as mulheres que amo), sutil, "viva" - em todos os sentidos. Eu, deslumbrado, também ela deslumbrada. Bosque, nada vulgar. Número 13. Bazar.

Sexta-feira 2 de setembro

Ontem à noite, na praça Moreno, tive a impressão de ver a Elena. Pensei: "Veio me procurar". Comecei a correr porque a moça ia atravessando a rua em direção à parada do bonde. Eu a alcancei na esquina, na luz vi que não era ela, olhou para mim surpresa. "Desculpa", falei, "você é igualzinha a uma amiga." Aí ela sorriu. "É mesmo?", respondeu, "um expediente bem conhecido... mas eu já te conheço." Acontece que ela faz Direito e por isso me viu na faculdade. Estava impressionada porque eu sempre a olhava como se a conhecesse. Talvez todo mundo tenha um duplo, uma pessoa igual a nós e também uma pessoa que é a réplica de algum dos nossos amigos.

Terça-feira 6

Continuam as manifestações e os conflitos. Os caras do Tacuara invadiram a universidade, pintaram suásticas, quebraram o retrato de Alfredo Palacios e picharam "Judeus a Moscou". Como resposta houve um ato de repúdio à direita católica. A isso se soma o conflito na Faculdade de Medicina. Estávamos marchando pela rua 7 quando fomos atacados pela polícia. Gases, coquetéis *molotov*. "Os governos passam e a polícia fica", como disse Martínez Estrada.

Na faculdade, situação crítica. Assembleia para eleger os delegados do 1º ano para a Federação Universitária. A Vicky me indica como candidato, quer me politizar, é meio trotskista. Faz um pequeno discurso sobre mim, elogiando minha capacidade oratória. Na primeira votação, empate. Cinquenta e dois votos para cada um. Meu oponente é uma menina de Pedagogia com cara de *polpetta*, apoiada pelo PC (90% dos ativistas do PC na faculdade estudam Pedagogia). Vamos para o desempate e na minha vez de votar eu me abstenho. A garota vota nela mesma e ganha por um voto. Todos queriam me matar. O Luis quase me insulta. "Você é louco?", "Tenho meus princípios", digo. "Você não tem salvação."

A Vicky veio me consolar. Tomamos um café no Don Julio, o bar da faculdade. Os estudantes iam e vinham, e eu com a impressão de que me olhavam e me reconheciam como o anarquista que não quis votar em si mesmo. Um idiota, pensam todos (às vezes eu também). A Vicky se segura para não rir. "Que aconteceu?", disse, e ficou me olhando como se eu fosse um marciano. "O menino ficou com vergonha de votar em si mesmo", ria. Eu me defendi dizendo que não estava disposto a entrar no jogo deles. "Para piorar", ela disse, "a menina do PC votou primeiro, então você viu que votava nela mesma." O mais engraçado é que depois todos foram abraçá-la, como se ela tivesse ganhado na loteria. "Você é mesmo um cavalheiro", a Vicky ria.

Por que não votei em mim? Por incrível que pareça, fiz isso para impressionar a Vicky, para que ela me dissesse exatamente o que disse. Você é um idealista. Também é verdade que não votei em mim porque não quis me envolver na política universitária. Mal cheguei, não quero perder meu tempo em reuniões. Então por que aceitou ser candidato?, a pergunta de Vicky, a indomável.

Quarta-feira 7

Recebi uma carta do José Antonio, de Nova York. Não gosta da comida, está fascinado com a biblioteca. O país está em guerra ou quer estar em guerra com quem entrar na sua mira. Eu queria ser Robin Hood, diz, mas não levo jeito. Os americanos pedem "força" a seus futuros governantes. Os doentes pedem saúde quando estão morrendo. Nunca deixe de ver as sete faces do mundo, recomenda, porque viver na incoerência é algo que devemos invejar nos loucos.

Depois da aula vou ao bar com a Vicky, confissões sentimentais. Ela tem um noivo na sua cidade (General Belgrano), que já não ama, mas se lhe disser isso ele vai sofrer. Ela não quer vê-lo sofrer etc. Eu a consolava, pior é sustentar a mentira, disse. E comecei a avançar. Emilio, ela reagiu, estou te contando essas coisas como amiga, e você responde me cantando? Mas claro, devolvi, você já sabe tudo de mim, já leu meu caderno, portanto nem preciso te contar minha história, é melhor e mais rápido. Ela ri com uma risada que me enche de alegria. E é ruiva! Aí lhe conto a história da menina por quem eu era apaixonado no primário, e depois a primeira vez que estive com uma mulher, aos catorze anos, ela era ruiva, uma vizinha, uma senhora casada, amiga da minha mãe. Eu a rondava sem saber muito bem por quê. Sempre a espiava, subia no telhado de casa, via perfeitamente pela bandeira da janela quando ela estava com o marido na cama, com o abajur aceso. Portanto estava em cima dela, com essas imagens, como um lobo solitário. Até que uma tarde, na hora da sesta, eu estava sentado na calçada e ela me chamou, falou para eu entrar, e quando atravessei o corredor eu a vi: estava nua, no banheiro de porta aberta, tinha acabado de tomar banho. Eu lhe contei a história mais ou menos assim, e ela ria. Tem uma risada inesquecível. Então, disse ela, você quer me incluir na série de meninas ruivas da sua vida. Vem, me disse, vou te mostrar o apartamento onde eu moro.

Quinta-feira 8

Passei a manhã na biblioteca da universidade, é o lugar onde me sinto melhor, a salvo. Lá tem tudo o que procuro, e além disso o José Sazbón trabalha meio período na hemeroteca e consegue o que eu quero. Hoje, por exemplo, a revista *La Torre*, da Universidade de Porto Rico. Mergulhado naquele silêncio, com todos os livros à mão, pouco me importa a vida exterior. Leio Jaspers, as situações-limite são quatro: 1. Não é possível viver sem lutar contra a contingência. 2. Vamos morrer. 3. Nossa experiência empírica é enganosa. 4. A vida é uma escolha permanente. A decisão. Fiquei pensando que devia construir um sistema para eludir essas quatro verdades. Elas resistem ao conhecimento e só podemos percebê-las existencialmente. Viver nas situações-limite e existir é a mesma coisa. Ou, dito de outro modo: eu como existente só chego a meu ser potencial enfrentando – para além da razão – as situações-limite. Consequência: o trágico-heroico.

Há pouco me aconteceu uma coisa estranha. Vi alguém acenando para mim na porta da sala de leitura. O sol me ofuscava e demorei a perceber que era Vicky. Quando me aproximo, ela está meio sem jeito e me estende um pacotinho. Dentro há um Buda esculpido em osso (duvido que seja marfim). A primeira coisa que pensei é que ela estava me gozando e me dava o Buda porque eu não quis votar em mim mesmo. Mas não. Era para mim, disse, porque eu precisava de proteção e sorte. Surpreso, não soube muito bem o que fazer nem o que dizer, e quando vi ela já estava indo embora. Não pude segui-la porque estou com os livros da biblioteca e meu caderno na mesa. Agora faz meia hora que não faço mais nada além de pensar nas frases que deveria ter dito. Ela me disse: isto é para te dar sorte. Será que é budista?

Sexta-feira

Tirei 10 na prova de Filosofia. Na saída, a Vicky estava me esperando. Ela me disse: o Buda te deu sorte. Eu a convidei para um cinema, mas ela disse que não podia. Mal ficou comigo e logo foi embora, como se não houvesse nada entre nós.

Sábado 10

De novo na biblioteca. Leio um artigo de Martínez Estrada na revista *Sur*. Fala de invariantes históricas. Situações que se repetem no tempo. Por exemplo, observa a violação da índia, da jovem nativa, pelo espanhol, o conquistador analfabeto. Considera a figura da violação uma chave persistente. Será possível descobrir invariantes históricas na vida pessoal? Por exemplo, acho que hoje vim à biblioteca para ver se a Vicky aparecia de novo na entrada e me fazia gestos e sinais. Cada vez que a porta do salão se abre, levanto o rosto...

Segunda-feira 11

Ah, as mulheres. Ontem fui ao cinema assistir a *Sorrisos de uma noite de verão*, de Bergman, de manhã, no ciclo que os estudantes de cinema montaram para levantar dinheiro e publicar uma revista. Na calçada, esperando na fila, vejo a Vicky com o Jorge Becerra. Cumprimentos, leve tensão, frases soltas. O Jorge está surpreso. Pensava que você tinha ido a Adrogué. Mudei de ideia, respondi. E a Vicky me olhou de frente, ladina, sabia que você estava na cidade, me disse. Continuamos conversando, mas o papo não prospera. Curiosamente, eu me sinto eufórico (por estar com ela, imagino), com a mesma euforia de quem descobre o assassino antes de chegar ao final de um romance policial. Ela não para de me olhar, eu falo com o Becerra, que parece estar na lua. Finalmente entramos e nos sentamos no escuro, ela no meio. O filme é uma comédia de erros muito divertida. Alguém diz que alguém está apaixonado pelo amor. Depois volta a luz e saímos e vamos tomar um café. A Vicky se levanta para ir ao banheiro. O tempo passa e ela não aparece. Foi embora, diz o Jorge. Como assim?, digo. Acontece que o Becerra é do mesmo lugar que a Vicky, e dali a pouco está me contando a história do noivado dela com um bacana do campo.

Na faculdade, quando saio, a Vicky me alcança no corredor do pátio que dá para a rua 6. Você já vai?, diz, e antes que eu possa responder, acrescenta: Quando vamos conversar, você e eu? Estamos conversando, digo. Amanhã, a que horas você vem?, ela continua. Te espero no bar, diz. Está bom, digo. Segue-se um silêncio estilo partida de pôquer. Você está mudando, digo. Ela sorri. Antes, quando a gente conversava, você ficava vermelha, digo. Eu sou vermelha, diz. Nos vemos amanhã.

Terça-feira

Quando entro no bar, a Vicky está me esperando, sentada à mesa junto à janela. A essa hora o barulho é muito alto, todos falam ao mesmo tempo e não se escuta nada. Por isso dali a pouco lhe digo: é melhor a gente sair daqui. Ela me segue, dócil, bancando a boa moça. Lá fora, na rua, o ar me limpa, imagino que à Vicky também, porque antes de chegarmos à esquina ela volta à história confusa do noivo que a espera em sua cidade. Eu sou má, disse de repente. Sempre fui má. Eu tentei lhe explicar que, se era por mim, não precisava se preocupar, mas ela continuava falando em geral, se recriminando e de repente também rindo às gargalhadas de si mesma, do paspalho que a esperava (e de mim mesmo, imagino).

Quarta-feira

Ontem acordei às duas da manhã, efeito do meu encontro com a Vicky. Fui para o pátio, no escuro, e me sentei na poltrona de vime, descalço, com os pés sobre as lajotas vermelhas. Estive lá por uma hora pensando na Vicky e no encontro no hotel aonde fomos à tarde. Agora estou metido em outra história, mas nunca chego a ficar sozinho porque sempre mantenho dois ou três "engates", por via das dúvidas.

Quinta-feira 13 de outubro

Leio o que escrevi nestes cadernos, desordem de sentimentos. Procuro uma poética pessoal que aqui não se vê (ainda). Um diário registra os fatos à medida que acontecem. Não os recorda, apenas os registra no presente. Quando leio o que escrevi no passado, encontro blocos de experiência e só a leitura permite reconstruir uma história que se desloca ao longo do tempo. O que acontece é entendido mais tarde. Não se deve narrar o presente como se já fosse passado.

Domingo 6 de novembro de 1960

Escuto a partida de futebol no rádio (Independiente 2 x 0 Boca), um relato que acompanhou, como uma música distante, os domingos da minha infância. Há uma irrealidade verbal no relato de ações que não vemos e devemos imaginar. Interessa-me o fato de a narração ser acompanhada pelos "comentários", quer dizer, pela explicação teórica do que acontece no jogo. O relato e o conceito que o define vêm juntos.

7.
No bar El Rayo

Eu tinha passado o sábado inteiro lendo *O idiota* porque estava escrevendo um conto sobre um joalheiro que eu gostava de imaginar como uma espécie de príncipe Míchkin, mas dali a pouco já tinha me esquecido de tudo e estava mergulhado no romance de Dostoiévski. O caráter destrutivo da bondade fazia a história avançar com a violência metálica de um trem que sai dos trilhos e arrasa tudo o que encontra pelo caminho. A compaixão anula o Príncipe e Natasha Filippovna, que se confrontam em cenas de incrível intensidade. Fui fisgado pela intriga, e quando dei por mim já era mais de meia-noite e tinha me esquecido dos meus amigos e especialmente da Vicky, uma linda ruiva com quem eu namorava na época.

Era sábado, eu estava sozinho e cansado demais para ligar para quem quer que fosse. Saí à rua e fui ao bar El Rayo, em frente à estação de trem, e me dediquei a olhar o mundo. A cidade parecia outra, mais sombria e obscena, com desesperados saídos do hipódromo rondando como gatos pela zona. Num reservado do bar ficavam as garotas de programa, que conversavam com quem lhes pagasse uma bebida – ou duas – e no fim o sujeito podia levá-las a um dos hotéis que abundam perto do terminal. A qualquer hora há homens procurando uma mulher, atravessam furtivamente até os *dancings* que de noite derramam uma música doce sobre a cidade. Na entrada, um rapaz alto, abatido e coberto com um longo sobretudo preto tinha parado com ar espectral e fazia sinais para uma das garotas, que estava em um canto escutando um bolero de Agustín Lara no *jukebox*. Parecia um estudante crônico que, assim como eu, tinha saído de sua toca e rondava com ar de lobo solitário.

Pedi uma genebra e depois outra; sentia uma estranha euforia, como se afinal sentisse o sabor áspero da vida. Tinha dezoito anos, morava sozinho e, como sempre que estava com dinheiro, me sentia calmo e seguro ao apalpar as notas no bolso, podia entrar na estação e comprar uma passagem para qualquer lugar e viajar durante dias rumo ao norte num trem de longa distância; podia abordar uma mulher e lhe pagar para que passasse a noite comigo. Encontrar uma altiva Natasha Filippovna que vendesse o corpo como ela fazia no romance. Míchkin tinha participado do leilão porque queria salvá-la, mas no fim, quando o vilão Rogozin aumenta o lance para um valor inconcebível, Natasha concorda em ficar com ele. O tempo parece parar nessa cena magistral: todos olham para ela, que pega o grosso maço de notas, dá uns passos e, com um doce sorriso malicioso, joga o dinheiro no fogo da lareira. Ouvem-se gritos, vozes e depois um silêncio que parecia tão entranhado na trama que me deixei uma vez mais me arrastar pela loucura da história. Os homens se entreolham atordoados por esse ato insano, Rogozin a insulta e tenta resgatar o dinheiro das chamas, enquanto o Príncipe chora desconsolado. De repente as luzes se apagaram e imediatamente reacenderam, iam fechar o bar, os garçons punham as cadeiras sobre as mesas vazias, já não havia garotas no reservado. Eram quase três da manhã, a cidade estava quieta.

Saí ao frio da noite e afundei no casaco para me defender do vento gelado. Algumas luzes ainda brilhavam na estação, mas resolvi voltar para o meu quarto e cruzei a esquina em direção à diagonal procurando o ponto de táxi. E aí, como se estivesse me esperando, vi uma das garotas do bar refugiada numa marquise.

— Aonde você vai, broto? Me leva com você? - disse ela.

Era loira, miudinha, os olhos muito pintados, devia ter minha idade, ou até menos, e se cobria com um casacão branco de pele de carneiro.

— Você é uma das meninas que trabalha no Rayo.

— Não sou *uma* e não trabalho, eu *paro* no Rayo. E você, o que te deu? Está parecendo um fantasma - ria. — Vamos juntos.

— Não estou com vontade, guria.

— De me levar? Mas que emplastro...

— Aí vem vindo um táxi, vem. - Ela não se moveu e o táxi seguiu reto, então me juntei a ela sob a marquise.

— Estou sem grana - disse, e esfregou a ponta dos dedos. — Me dá um cigarro.

Fumamos abrigados, protegendo-nos do sereno da madrugada. Eu sentia o cheiro áspero de couro curtido do casaco de pele e a ouvia falar com sua voz infantil, sem parar, como se estivesse assustada. Contou que era de Chivilcoy, que seu nome era Constanza, mas a chamavam de Coti, vivia no bairro de Tolosa, disse que tinha muita energia interior e que era devota de Nossa Senhora do Carmo. Mexeu o corpo sob a luz, pensativa, e parecia estar se oferecendo a quem quisesse comprá-la.

Ela me pegou por um braço e se apertou contra meu corpo, se eu não a levasse ia ter que dormir ali mesmo até abrirem a estação para o trem das seis. Olhou para seu relojinho de pulso com a figura do Mickey Mouse.

— Estou acostumada a dormir aqui - disse -, os caras fazem suas coisas e depois não me levam, mas eu não ligo, eu estudo teatro e Stanislavski diz que o ator tem que se acostumar a tudo, e que tudo serve para construir uma memória afetiva.

De repente percebi que desvairava um pouco, de perto parecia mais nova, devia ter quinze anos, dezesseis... Esse pensamento me excitou e aí, quase sem pensar, me afastei um passo e a Coti recuou como se tivesse visto algo de mau no meu rosto.

— Não me bate... - Recuou.

— Que é isso?... Você é tão bonita, toma. Preciso ir. Pega aqui. Isso dá para uma corrida. - E enfiei o rolo de notas no bolso do seu casaco.

Um táxi descia pela rua e fiz sinal.

— Que é que você está me dando? - disse ela e deu um passo para o lado, com o monte de dinheiro na mão. — Grana por nada, seu pervertido, está querendo me humilhar - disse e começou a jogar o dinheiro no chão. — Pensa que sou uma mendiga? - disse e foi rumando para o táxi enquanto eu juntava as notas na calçada.

— Toma. Deixa eu te ajudar...

— Você está bêbado, quem te conhece?

Entrou no táxi, que estava encostado no meio-fio com a luz de dentro acesa.

— Deixa de ser tonta... Não está vendo que ganhei nas corridas?... Baixa o vidro.

Já estava lá dentro, como se se exibisse numa vitrine iluminada, e agitou a cabeça, mas vi que estava rindo.

— Me dá um beijo - falei.

Abri a porta, e o táxi arrancou enquanto eu me sentava com ela e começava a beijá-la e a apalpá-la sob a blusa com o chofer nos olhando pelo retrovisor.

— Apaga a luz - falei. Ela tinha se aconchegado no meu peito. — Aonde você quer ir? - perguntei.

— Para o hotel - disse ela.

— Melhor no meu quarto.

Passamos a noite juntos, parecia uma menina, na verdade era uma menina, mas se movia e falava como se já tivesse vivido tudo. Deixou a cama nua e vasculhou o quarto, abriu o livro de Dostoiévski.

— Que é que você está lendo? Ui, esse aí sim que é um emplastro... Não conhece a motivação emocional, todos os personagens parecem loucos, fazem qualquer coisa, sem nenhuma memória afetiva. Eu estudo teatro com o Gandolfo...

— Como? Você vai até Buenos Aires?

— Não, eles vêm aqui na Belas-Artes, ele e o Alezzo dão aulas, quero fazer um show no Rayo, estou ensaiando, você não me viu hoje? Se tivesse dinheiro ia para Buenos Aires, tenho uma amiga que trabalha no Bambú..., é contorcionista, faz *strip-tease*, está superbem... - Olhou a foto de Faulkner na parede, vasculhou o guarda-roupa e a escutei mexer no armário do banheiro comum no corredor.

Na hora do almoço, fomos para o pátio e ela logo começou a seduzir os provincianos que moravam na pensão, incluindo o Bardi, que era extremamente tímido. Ficou alguns dias conosco, toda noite passando de quarto em quarto. Eu a ouvia rir ou gritar com sua voz de boneca enquanto lia o romance de Dostoiévski. A segunda parte não é tão boa como a primeira.

8.
Diário de um conto (1961)

Terça-feira

Estou em Adrogué desde domingo. O vovô me viu chegar como se o tempo não tivesse passado.

— Fica no quarto dos fundos, filho, mais à vontade. Temos muito que fazer...

Desde que começou a perder a memória (diz) está preocupado e quer organizar seus papéis. Os médicos o proibiram de sair, e é isso que o deixa mais nervoso.

— Se não me perdi no vale do Isonzo, imagine se ia me perder (ele diz "extraviar") aqui. - Fica pensativo. — Já te dei o dinheiro, não é?

Ele me deu o dinheiro. Tem medo de perder seus mapas, as fotos, as cartas; me contratou para organizar seu arquivo, com um salário etc., aprendi com ele a dizer *etcétera* quando quero mudar de assunto, mas ele pronuncia a palavra em italiano de modo mais taxativo: *etchétera*, diz, e faz um gesto com a mão como se dissesse não penso continuar com isso. Na verdade, ele me paga os estudos. "Não quero que você seja um sovaco ilustrado", disse o filho da puta do meu pai.

— Queria que eu fosse advogado...

— Para que você o tire da cadeia - ri o Nono com seus olhinhos de raposa. Prefere que eu fique morando aqui com ele, para terminar de organizar seus documentos. Sugeri que se mudasse para La Plata, mas ele deu risada ao ouvir minha proposta.

— Aí eu teria que vender a casa, comprar outra lá. - Ficou pensando. — Toda mudança é demoníaca - disse. É uma citação, mas não se lembra de quem. Está perdendo a cabeça, diz, mas sabe de cor uma infinidade de poemas e muitas canções e às vezes as canta, sozinho, no quintal, com sua bela voz, leve e frágil, de barítono.

Susy, a mulher que cuida dele, prepara um ensopado de lentilha e almoçamos no pátio, embaixo da parreira.

— Coronel - a Susy diz -, estou lá em cima. Qualquer coisa, me chame.

O velho bebe vinho com soda e fuma seus pestilentos charutinhos toscanos de um peso.

Ficamos um bom tempo calados. Estava bonita a noite.

— Meu filho - diz, e lê meu pensamento mais uma vez -, estamos bem aqui fora, no sereno... Ainda bem que você veio. Está morando em La Plata, não é?

Tem a memória capturada pela guerra e não sabe muito bem o que fazer com esse tumulto de imagens e cenas. Às vezes pego o gravador e registro o que ele conta, ou então o deixo falar; ele acha que nada vai se perder só porque o escuto.

— Muito perto das linhas alemãs, o oficialzinho Di Pietro - ele diz, por exemplo - se arrastava à maneira dos escoteiros para observar e escutar o inimigo nas trincheiras. A luz branca dos holofotes era como um tule... - recorda de repente, e se interrompe, confuso.

É sempre assim, ele narra pequenos fragmentos, muito vívidos, mas que se cortam, não concluem. Eu os anoto, na esperança de que ele os retome e possam ser completados... Participou da grande ofensiva contra os austríacos encastelados no alto dos desfiladeiros escarpados, entre o Monte Nero e o Monte Mirzli.

— Foi uma tentativa de suicídio em massa... - fica pensando. — Uma vez na Patagônia vi centenas de cachalotes brancos se jogando contra a praia para morrer, nós os empurrávamos de volta para o mar e eles tornavam a nadar com fúria para a costa, onde ficavam boqueando durante horas... Algo assim... (Isso ele disse em inglês: *Something like that.*)

Foi ferido no peito e passou a noite toda afundado na neve, lúcido, congelado. O sangue foi se espalhando e de manhã a ladeira da montanha estava vermelha, mas o frio extremo o salvou. Se eu lhe pergunto alguma coisa, ele se atrapalha e não me responde. São como estilhaços, *flashes* luminosos, perfeitos, sem ilação. É assim que se deve narrar, penso às vezes.

Quinta-feira

Quando acordo, vejo o vovô no jardim, lendo ao sol. Senta-se numa cadeira de lona, descalço, o magro torso nu, com elegantes calças de linho azul, a cicatriz no peito é uma feia serpente vermelha. O sol o ajuda, segundo ele, a assimilar a vitamina E que impede a oxidação, e além disso toma umas cápsulas brancas que fortalecem, ao que parece, os neurônios e drenam, diz, sua lacuna amnésica, o *surmenage*. Por isso também toma altas doses de Nervigenol e faz contínuos exercícios mentais: recita o número de recrutamento dos soldados de seu pelotão ou repete o sobrenome dos marinheiros que emprestam seu nome às ruas de Adrogué: Bouchard, Norther, Bynon, Espora, Grandville.

— Quem será que teve essa ideia, são todos marinheiros, ingleses, franceses, nativos, eram piratas, corsários, navegavam à procura de um butim... - Parou, cegado pelo sol. — *Le trincee, dove sono?, domandò l'ufficialetto Di Pietro appena arrivato sul San Michele. "Trincee, trincee...", fu la mia risposta. "Non ci sono mica trincee: ci sono dei buchi."* - Olhou para mim como se despertasse. — Buracos, valas, isso eram as trincheiras.

Antes que eu pudesse dizer qualquer coisa, ele se levantou, pegou a cadeira de lona e se movimentou pelo jardim procurando o calor do sol, ainda ágil.

Primeiro se senta ao ar livre para se fortalecer, em seguida, Susy o ajuda a fazer sua ginástica e depois ele passa a maior parte do dia nos cômodos internos, e eu o escuto cantar (*Bella ciao, bella ciao, ciao, ciao*) ou murmurar nomes e datas, numa reza monótona, para não pensar. Estou perto, caso ele precise de mim, e assim passamos o dia, por isso agora à noite escrevo um conto enquanto ele dorme ou finge dormir.

Conheci a Lucía no início de março, se bem que conhecer é modo de dizer, eu já a tinha visto e me aproximei aos poucos, de viés, diria, como quem acompanha uma imagem na janela de uma casa iluminada. Estávamos na sala-auditório da Faculdade de Humanidades, no curso do Rovel, e fomos nos aproximando à medida que a leitura de *O grande Gatsby* avançava.

Quando o Rovel analisou a [extraordinária] cena da casa aberta para a baía, com [as cortinas brancas balançando e] Jordan e Daisy deitadas no sofá, antes da aparição de Tom Buchanan, eu a vi aparecer, vestida ela também de branco porque era o fim do verão e as tílias estavam floridas. Chegou atrasada, com a aula já em andamento, loira, lindíssima, clara no ar claro da tarde. Ficou parada no corredor olhando para o Rovel, que estava desenhando na lousa uma planta da casa de Gatsby em Great Neck.

— Tudo se move, e Tom vai e fecha as vidraças, tentando pôr fim à desordem - disse, e se virou para a Lucía. — E a senhorita, por que não se senta? Faça o favor.

Confusa e afobada, ela se sentou imediatamente numa das fileiras do canto depois de abrir passagem entre os alunos. O mundo se deteve por um instante, porque ela era linda demais [e chamava muito a atenção] e dominava como ninguém a arte da interrupção [a arte de estar fora de lugar], como a heroína de um romance de quem mal sabemos informações superficiais, levada para cima e para baixo pelo tênue movimento da narração. Claro que ela não era heroína de nenhum romance, porque senão eu a salvaria.

Quarta-feira

Ontem trabalhamos o dia inteiro no quarto das cartas, ele as relê e classifica. Primeiro ficamos na copa, mas agora estamos na sala dos arquivos, onde ele guarda cartas e mais cartas em pastas numeradas. Os objetos, que às vezes estavam nos envelopes, eles os colocou numa vitrine. Quando eu era pequeno, ele me deixava brincar com os binóculos de um oficial francês da cavalaria. Como ele os conseguiu, nunca lhe perguntei. Eu olhava o mundo com aqueles binóculos ao contrário, e as coisas, inclusive meu avô, jovem naquele tempo, apareciam minúsculas e distantes dentro de um círculo, como figuras de uma história em quadrinhos.

Agora o vovô só quer falar do período em que esteve à frente do serviço postal do Segundo Exército. Foi destinado para lá depois de passar uma temporada no hospital militar de Trieste, recuperando-se do ferimento no peito que recebera durante a alucinante ofensiva do Isonzo (um milhão de mortos), e não voltou mais ao *front*.

Era encarregado de escrever aos familiares dos soldados mortos anunciando a morte de seus entes queridos e de enviar-lhes os objetos encontrados com o cadáver. Sobretudo cartas escritas pela metade, ainda não enviadas ou interrompidas pela morte.

Mamma carissima, Esta noite estou bem agasalhado e te escrevo com as mãos aquecidas pelas luvas de lã que você fez para mim, só abri um pequeno orifício com a baioneta na ponta do dedo indicador e do polegar para liberar os dedos e poder segurar o lápis para te escrever. Estou com muita roupa, uma por cima da outra, e com o gorro alpino fico parecendo o anão gordo da Branca de Neve. A trincheira é funda e quase consigo esticar as pernas para dormir, são três horas da madrugada, a noite está cinza porque é lua cheia, estreamos o novo relógio de pulso, uma novidade aqui, é preso ao pulso com um cintinho de couro. Tem o mostrador e os números luminosos, e assim podemos ver a hora sem levantar a cabeça e correr riscos, como era antes com o relógio de bolso do Babbo, que levo bem guardado na mochila para te devolver quando voltar. O relógio de pulso é uma invenção nova, o exército mesmo está distribuindo e eu recebi o meu logo na primeira entrega; todos vêm olhar e se admiram com ele, parece uma pulseira de dama, mas é bonito e seguro, de quando em quando o encosto na orelha para ouvir o tique-taque ou olho a hora, mas faço tudo quase sem me mexer, quando retornar a casa vou dar esse reloginho de presente para o Giuseppino. Agora mesmo vou...

Estavam escritas com trabalhosas letras de camponês e muitas vezes eram interrompidas - e manchadas de sangue - pela explosão de uma granada ou por uma bala invisível e mortal. Nas pastas havia também rascunhos dos improvisados epitáfios rabiscados nas lápides de madeira erigidas sobre os corpos ou os membros despedaçados dos camaradas enterrados de qualquer maneira sob o incessante fogo inimigo.

À afetuosa memória deste desconhecido soldado da infantaria italiana.

E numa vala comum onde jaziam os defensores que cobriram a retirada da última linha do Segundo Exército em território austríaco, estava escrito:

Estrangeiro, vai e diz aos italianos como morremos, combatendo até o fim, e aqui jazemos.

Quinta-feira

Daí em diante comecei a ouvir histórias sobre a Lucía, diziam que tinha largado a faculdade e que agora estava retomando o curso, que estivera internada, que havia se casado com um primo do pai, um almofadinha vinte anos mais velho, e morava no campo.

[Dizia-se que ela se casara e separara do marido, que o ex-marido morava no campo, que estivera internada - sussurrava-se a palavra eletrochoque.] A Lucía tinha se casado aos dezessete com um primo trinta anos mais velho.

— Não era primo dela. Era primo do pai...

Um homem do campo. [Retomou o curso porque se separou. Era um pouco mais velha que nós.] Havia algo estranho nesse casamento, um ponto secreto que ninguém entendia.

Ela era mais velha do que nós, tinha largado e retomado a faculdade várias vezes, casou-se aos dezessete e teve uma filha e agora rondava os trinta e retorcia seu rumo de volta, como ela mesma dizia ("Retorcida como um pavio"). A essa idade era alguém com muita experiência e todos andavam em torno dela como se tivesse luz própria.

[Era luminosa e inteligente demais para que alguém pudesse fazer outra coisa senão imitá-la. Principalmente suas amigas, que seguravam o cigarro como ela, com displicência, entre o indicador e o polegar; se vestiam como ela, falavam igual. Apesar da complexidade de sua inteligência, a Lucía mostrava uma naturalidade muito convincente, por isso podia se permitir muitas coisas que outras pessoas são incapazes de fazer impunemente. A própria rapidez do seu entendimento parecia completamente natural à luz da sua intensa sinceridade.]

Sábado

— Uma mulher elegante - disse hoje o Nono - que me passasse suavemente uma *mano pulita* por baixo da camisa..., assim eu recuperaria no ato a memória que perdi - ria com seus olhinhos azuis.

E pouco depois:

— Sou criticável somente no marco da ideia que faço de mim mesmo.

Fala como se sempre estivesse traduzindo a si mesmo de uma língua esquecida.

Segunda-feira

[Quando Gatsby faz a festa e convida Nick, eu já a acompanhava até a rodoviária porque ela morava em City Bell.]

— Estou pensando em vir morar em La Plata - disse -, na casa da minha irmã. — Tinha se separado, disse. Seu marido continuava morando na fazenda.

A partir de então começamos a nos ver com mais frequência. Nos encontrávamos em El Rayo ou La Modelo, evitávamos os bares do centro, passávamos a noite com amigos conversando sobre o que fosse. Ela se sentia confortável e feliz naquele ambiente.

A Lucía era a única que tinha nascido em La Plata, sua família estava lá desde a fundação da cidade. Nós éramos gente de passagem, estudantes morando em pensões, professores que viajavam de Buenos Aires só para dar aula.

Na hora do almoço e do jantar, ela me acompanhava ao refeitório universitário na esquina da 1 com a 50, na entrada do Bosque. Fazia fila e se sentava à mesa comum, e falava da guerra da Argélia e do peronismo, mas sempre parecia estar com a cabeça em outro lugar. Às vezes, quando tínhamos que fazer campanha para as eleições do diretório estudantil, ela aparecia no carro do pai, uma BMW esporte, caríssima. Com esse carro íamos resolver as coisas e depois tínhamos que devolvê-lo para o pai na porta do Jockey Club ou na entrada do Hipódromo.

Passávamos o tempo todo juntos, mas não acontecia nada. Não era só que ela fosse reservada (ou que mentisse). Havia algo que ela escondia (que ocultava de si mesma, decerto). [Por exemplo, demorei a perceber que ela ia ao médico ou que tinha deixado de ir e interrompera a medicação, segundo o marido.] E fiquei sabendo dessas coisas por comentários ou fofocas a seu respeito nos corredores da faculdade e nos bares.

Os comprimidos. Equanil. Para ser equânime, disse. ("Deviam inventar o Flagelol", brincava, "para que teus amigos pudessem sofrer à vontade e serem bem profundos.") Actemín para ficar sempre acordada. Antidepressivos, antipsicótico... (lítio). Sua aliança com a pedra preta da loucura...

Não dorme. Ela se entregava como nunca vi ninguém se entregar nem falar daquela maneira na cama.

As pessoas fracas expõem a fraqueza dos outros.

[Tomava muitos remédios, vários por dia. Uma vez vi que eram antipsicóticos.]

— Eu não devia beber - disse. — Amanhã eu paro.

Gostava de reter informação, e seu modo de fazer isso era deixando que eu conhecesse a fundo tudo aquilo que não tinha importância. Me levou à casa dela, me apresentou a irmã, o pai. Chegou a me levar à fazenda para que eu conhecesse o Patricio, seu marido (um janota vestido com a típica jaqueta de camurça dos paspalhos do campo). Ela me contou sua história várias vezes, o avô tinha sido um dos fundadores da cidade.

— Ainda bem que em La Plata as ruas não têm nome - dizia. — Se não, veria meu sobrenome por toda parte, e o sobrenome do meu pai e da minha mãe. Em vez disso - completou -, têm números, eles eram sóbrios, oligarcas mas tranquilos, não como os portenhos, que fazem coisas só para que ponham seu nome numa praça. Eu, claro - dizia ela -, sou um desvio. De La Plata eu só gosto do hipódromo. — Vinha de família, seu tio mais querido era um famoso advogado criminalista, dono de um haras chamado "Mate e venha"...

Já começavam a se manifestar os sintomas do que ela mesma chamava de xícara lascada.

— Sem cabo - disse.

Uma daquelas xicrinhas de porcelana cuja asa se solta e é colada [se vê a cerâmica branca, mas o encaixe é perfeito, fica só uma estria depois que se consegue juntar as partes, só que aí não se pode mais pegar a xícara de chá por esse braço cortado].

— Estou estragada, colada. Partida. É preciso ter cuidado para lidar comigo - mexeu um braço, como se fosse uma asinha. — Porque descolo.

Estávamos numa mesa de frente para a janela, em La Modelo, uma cervejaria na rua 59, ampla e tranquila, na época líamos *The Crack-Up* e foi daí, claro, que surgiu a metáfora do prato quebrado. É preciso cuidado para lidar com a louça.

Mas ela não tinha nada que ver com essas imagens domésticas (louça, pratos, xícaras de chá). Naqueles dias de maio vivia no diretório estudantil às voltas com as discussões, as assembleias. A política socialista, o peronismo, os anarcas de Berisso.

Sexta-feira

A certa altura meu avô parou de enviar as cartas, começou a guardá-las num baú no almoxarifado e a despachá-las clandestinamente para sua casa em Pinerolo, onde morava minha avó Rosa e onde meu pai nascera em setembro de 1915.

Por quê? Não me explicou, um delírio como outro qualquer. Perdeu a cabeça, mas dissimulou as ações com sua brilhante capacidade para manter as aparências.

— Alguns soldados escondiam dinheiro, outros guardavam cartões de racionamento… - disse. — Ninguém pensa que vai morrer.

Um dia, em Turim, onde ele trabalhava na Fiat como engenheiro depois do fim da guerra, meu avô leu no jornal que o governo italiano estava repatriando os soldados que tinham se alistado como voluntários no exterior. Mandou para a Argentina cinco baús com os documentos e os objetos que confiscara no serviço postal do Segundo Exército; ninguém os revistou porque ele era um ex-combatente e estava vestido com seu elegante uniforme de coronel de artilharia.

[Na hora do almoço e do jantar, ela me acompanhava ao refeitório universitário na esquina da 1 com a 50, na entrada do Bosque. Ficava na fila e se sentava à mesa comum, e falava da guerra da Argélia e do peronismo, mas sempre parecia estar com a cabeça em outro lugar.]

[Era mordaz. Aquilo me feriu. O temível instinto das mulheres para desmascarar a farsa masculina.]

[Relação entre o prato rachado de *The Crack-Up* e *A taça de ouro*, de Henry James. O material não se quebra, apenas racha "em finas linhas e conforme suas próprias leis". Uma trinca é uma trinca, e um presságio é um presságio, alguém diz no romance de James. "Estou trincada, broto", a Lucía disse, "sou a que se parte... Sou a partida."]

Quinta-feira

Hoje me ligaram de madrugada. Encontraram meu avô na praça Espora, sentado em um banco, desnorteado, com um saco de lixo na mão. Tinha saído de pijama e chapéu, mas descalço.

— Não o ouvi quando se levantou - a Susy diz.

— Ele não está louco, só que é muito velho - digo ao enfermeiro que o trouxe.

— Calma, Coronel - diz o rapaz.

— Eu estou calmo - responde, e se vira para mim. — Olha, filho - diz -, desde meus vinte anos me chamam de Nono, porque sempre tive o cabelo branco.

Escrevo sobre a Lucía no quarto que dá para o jardim, onde perduram os sinais do passado, o perfume dos jasmins da infância, uma prateleira com os livros policiais em grande formato da série de Mister Reeder, de Edgar Wallace, que eu comprava na banca da estação; a luz circular sobre a mesa vem da velha luminária de escritório do meu pai, de braço articulado.

Sábado

— Na certa, meu pai deve ter me falado alguma vez - disse a Lucía -: "Filha, você tem que terminar alguma faculdade", e é por isso que estou aqui, professor, assistindo às suas aulas, para poder me formar.

Foi assim que a Lucía tinha comentado, no final do curso, o começo de *O grande Gatsby*. Estávamos na sala-auditório da Faculdade de Humanidades de La Plata, no curso de Literatura Norte-Americana, uma tarde. O professor era Ernesto Rovel, ele sempre seduzia suas alunas mais rebeldes, e ao ouvir o que a Lucía disse pensei que tinha entrado no jogo dele.

De pé no estrado, ao lado da mesa onde o Rovel estava sentado, a Lucía começou a desenhar na lousa alguns diagramas com o nome dos personagens e setas indicando as relações entre eles.

— Repare no que acontece com as mulheres do romance – continuou ela –, com Daisy, com Myrtle Wilson, são todas um desastre, perdidas, estereotipadas, ou são mortas, ou estão loucas, ou se revelam umas dondocas ridículas.

O Rovel olhava para ela, fumando, com seu rosto pesado, alcoólico, cético.

— As mulheres... – ele a interrompeu, deixando as reticências no ar. — Você se refere ao uso dos pronomes femininos no livro. Não há mulheres num romance, apenas palavras.

— Ah, se a literatura fosse feita só de palavras... – a Lucía disse, e, como não encontrou as palavras para continuar, optou por sorrir com um sorriso arisco, deslumbrante. — Os homens transmitem uns aos outros esses conselhos idiotas, e são as mulheres que cortam a corrente. – Fez uma pausa; agora era o Rovel quem sorria.

— Mas Gatsby não segue nenhum conselho.

— Por isso é um herói.

— Gatsby somente tenta mudar o passado. Quer voltar atrás e retomar a vida no ponto em que começou a errar... – disse o Rovel. — Muito bem, Reynal – disse em seguida. — Pode voltar ao seu lugar. Mas me diga – olhou para ela com ironia – que outro conselho do seu pai pensa ter vivido.

Ela estacou no estrado.

— "Filha, você tem que aprender inglês", acho que ele deve ter dito. "Você tem que estudar filosofia, tem que ser socialista." Digo isso – ela disse – porque são as coisas que eu fiz...

Houve um instante de silêncio, como se algo íntimo tivesse atravessado o salão. O Rovel e a Lucía se olharam por um momento, e depois ela, serena, sem pressa, desceu do tablado e se sentou ao meu lado. Tudo se deteve porque a Lucía era linda demais, luminosa demais, e até o Rovel fez uma pausa, como se uma luz tivesse interferido no ar.

A Lucía dominava a arte da interrupção, e apenas mexendo a mão produzia um deslocamento dos corpos [era como a heroína de um romance levada para cima e para baixo pelo movimento da intriga. Claro que ela não era heroína de romance nenhum, mas bem que eu gostaria que fosse, para mudar seu destino].

Era mais velha que nós, tinha largado e retomado várias vezes a faculdade; casou-se aos dezessete anos com um parente distante, mais velho que ela, um primo com terras em Pehuajó; tinha uma filha e morava em City Bell, e todos andávamos em volta dela como se tivesse uma música própria.

— Que tal me saí? – perguntou.

— Perfeita.

Sorriu e acendeu um cigarro, sua mão tremia um pouco e a segurou com a outra, como se não quisesse esconder que estava nervosa.

O Rovel já estava de pé no estrado e consultava umas fichas.

— Na próxima aula - disse -, vamos ver "Absolution", o conto que Fitzgerald escreveu como prólogo ao *Gatsby*.

Os alunos se apinharam em volta dele, pedindo esclarecimentos. O Rovel desceu do estrado e se aproximou de nós.

— Querem tomar um café? - disse falando para todos os que estavam lá, mas olhando para ela. — Tenho um tempinho até a hora do trem.

— Vamos, sim - a Lucía disse.

Fomos em cinco ou seis, e a Vicky, que naquele tempo estava comigo, foi na frente. Descemos a rua 6 e caminhamos até a confeitaria París.

O Rovel morava em Buenos Aires e viajava de volta no último trem da noite. Era um daqueles homens de certa idade que perduram até a geração seguinte por serem impermeáveis à experiência. Tinha publicado alguns artigos na *Sur* e era um bom tradutor; suas versões da poesia de Robert Lowell ainda são lendárias. "Melhores que as do Girri", ele mesmo dizia. Lembro que nessa noite ele pegou com desdém o livro que eu tinha sobre a mesa.

— Vocês leem Gramsci em vez de estar lendo Montale. Por acaso são sociólogos? - Repetiu o título do livro em voz alta e acrescentou: — Não há nada mais melancólico que a vida nacional.

— Só a literatura nacional - a Vicky disse.

A mesa estava cheia de xícaras de café, e o Rovel com seu segundo uísque na mão. A Lucía tinha pedido uma genebra.

— Com gelo, querido - disse ao garçom. E depois olhou para o Rovel. — Desculpe, professor, o senhor critica o que nós lemos agora... mas continua agarrado ao que estava na moda no seu tempo de estudante. Ou não foi uma moda toda aquela bosta formalista do New Criticism? - concluiu com um doce sorriso.

— A senhorita é casada com um fazendeiro, não é?

— Com um médico.

— Então diga a *doença* formalista - riu o Rovel.

Eu me amargurei no ato. Naquele tempo, eu era incapaz de pensar sobre a natureza das relações alheias, porque só me preocupava a atitude que os outros tinham comigo - e me abalou ver que o Rovel sabia que ela era casada. Como ele sabia que a Lucía era casada? Isso me distraiu das hipóteses e piadas que se entrechocavam na mesa.

Os ricos são diferentes de nós, escreveu Fitzgerald. "Sim, eles têm mais dinheiro", Hemingway lhe respondeu. Segundo o Rovel, a resposta de Hemingway é uma prova de que ele não era um romancista.

— Sem diferença social não há bons romances - concluiu.

— Mas diferença... que diferença? - disse a sardenta neurastênica que estudava línguas clássicas.

— Puro *name dropping* - a Lucía disse. — Listas de lugares, grifes de roupa, joias, cavalos de polo, carros europeus, hotéis de luxo. A experiência como um reclame.

Conversas ao anoitecer de um dia agitado. [Conversávamos assim naquele tempo] nos bares abertos a noite toda, e o Rovel se divertia e nos provocava, era cínico, o único que pensava há dois anos o que todos pensam agora. E a Lucía o enfrentava, ela também destoava um pouco, mas destoava ao contrário, fazia com que todos nós destoássemos.

Estava sentada de frente para ele e se inclinou para lhe pedir fogo. Segurava o cigarro entre o indicador e o polegar; com certa afetação, que as meninas começaram a copiar assim que a viram.

A Lucía estava provocando o Rovel (pensei na época), mas estava me provocando (penso agora) e entre nós estava a Vicky, uma ruiva de Entre Ríos, pequenininha e ativa, de quem eu gostava muito e com quem eu devia ter me casado se a Lucía não tivesse aparecido. A Vicky era inteligente, otimista, serena, direta e sempre disposta a experimentar todas as fantasias sexuais que pudessem passar por sua cabeça (ou pela minha). Mas a gente nunca fica [nunca ficamos] com a pessoa certa, senão a vida seria mais fácil. A Vicky estava tão entediada aquela noite no bar e tão farta do afetado entusiasmo do Rovel que de repente pegou no sono, e ele a olhou, inquieto.

— Mas essa menina está dormindo - disse.

A Vicky acordou no mesmo instante e sorriu, sem pedir desculpas nem nada parecido, simplesmente abriu os olhos e disse:

— Sofro de narcolepsia literária, professor, pego no sono quando o estilo da conversa não me agrada.

Assim era a Vicky, ria de si mesma e de todos nós, mas depois dessa noite já não quis mais saber de mim.

Ficamos mais um pouco no bar, até que o Rovel começou a guardar os cigarros enquanto chamava o garçom. Saímos para a rua em grupo. A noite era fresca, as luzes da praça Rocha iluminavam as árvores e as tílias já estavam floridas. A Vicky tinha se demorado e estava um pouco afastada, acendendo um cigarro contra a parede, protegendo a chama do vento. A Lucía estava ao lado do Rovel.

— Não me acompanham até a estação? - ele disse falando com todos os que estavam lá, mas olhando para ela. — Ainda tenho um tempinho até a hora do trem.

A Lucía veio na minha direção, calorosa.

— A gente precisa ir - disse, e pegou na minha mão. Depois se apertou contra meu corpo, era um pouco mais baixa que eu e tinha um corpo ágil e firme.

A Vicky se aproximou e, ao nos ver, deu meia-volta e se afastou sem dizer nada, sem se despedir.

[No reflexo da vitrine iluminada da livraria que fica na esquina do correio, vi a Vicky partir, com tranquilidade, enérgica, decidida. Mais ao longe, vi o Rovel rodeado de alguns alunos que o seguiam a caminho da estação.]

E foi essa a noite em que a Lucía foi para a cama comigo pela primeira vez.

Domingo

Meu avô está de novo sentado ao sol cantando em voz baixa sempre a mesma canção, como um mantra (*Bella ciao, bella ciao, ciao...*).

— Não creio que eu volte a viver no campo - me diz agora. — Não gosto daqui, mas já não quero viver no campo. Ontem à noite eu me perdi ("extraviei", diz), não pense que não sei... Tenho lacunas - diz, e toca a testa. — E teu pai, como está? Eu deixei de falar com ele, não gosto de médicos nem gosto dos filhos diretos, sabe?, prefiro os filhos indiretos. Teu pai passa a vida me dando conselhos médicos, acredita?, me dá conselhos, me dá amostras grátis, sempre carrega algumas nos bolsos, que ele ganha dos propagandistas médicos, essa escória de mendigos e servos com suas maletas de amostras, tranquilizantes, ampolas de morfina; já não tínhamos morfina para os feridos, e eles nos pediam para morrer, são traficantes domésticos, os *propagandistas*, pousam nos hotéis do interior, eu já vi muitos deles pelo campo, de terno e gravata entre as chácaras, os viajantes com seus carros imundos; por isso não sabe o que dizer quando está comigo, teu pai, mas ele sabe muito bem o que penso, e como sabe não pode conversar, e prefere me dar *recomendações*, como se ele fosse não um médico, e sim um *propagandista médico* - ri -, e eu tomo isso como uma afronta..., entende? O pior era ver os cavalos e mais cavalos e mulas mortos, largados na beira da estrada, e os cachorros carniceiros correndo através dos arames farpados para comer carne morta de bichos e cristãos...

Bella ciao, bella ciao, ciao, canta o Nono, ao sol, sentado na cadeira de lona, no jardim florido.

Segunda-feira

De pé ao lado da cama, a Lucía tirou os brincos e começou a se despir. Loira, os seios firmes, os mamilos escuros, o pelo do púbis quase raspado, como se fosse púbere. Tinha umas manchas brancas na pele, uma leve tatuagem pálida que lhe atravessava o corpo. Eram marcas de nascença, rastros de sua vida passada que a embelezavam ainda mais.

— Você quer assim, broto? - disse, e se inclinou para mim.

— Não preciso que ninguém me ensine nada...

— Gosto dos homens que fazem o que querem.

Era como se ela sempre estivesse rindo de mim. Eu me aproximei e comecei a beijá-la. Uma sensação de intimidade que nunca tinha sentido.

No dia seguinte, a claridade da manhã nos desvelou e já não conseguimos dormir. Tínhamos passado a noite inteira acordados; tínhamos saído do sono para conversar, para fazer (como a Lucía dizia). Vamos fazer agora.

— Minha filha também tem essas marcas e não me perdoa por isso.

Seu corpo tinha um brilho lunar, parecia se dissolver quando eu entrava nela.

— Quando eu era pequena isso também me complexava, mas agora me orgulha. Minha mãe não tem, mas minha avó, sim.

— Mulheres de pele pálida.

— Minha avó dizia que tínhamos um antepassado esquimó. Imagina, um esquimó, na brancura do Ártico... Pintam a pele com óleo de baleia, listras e listras pretas e vermelhas. Nunca dizem o próprio nome, é um segredo, e só o revelam quando sentem que vão morrer.

— Porque senão suas almas não têm paz - improvisei...

— Quer fumar? - ela disse depois.

— Estou fumando.

— Um baseadinho, seu tonto.

Ela tinha o cigarro já enrolado na bolsa. Fechado numa ponta e com um finíssimo filtro de papelão na outra, que ela mesma devia ter feito com muita paciência, para que a erva não se molhasse ao contato com a boca.

— O Rovel é simpático. Quando a Vicky dormiu na cara dele, quase morreu.

— Ele aspira à audiência perpétua..., mas como ele sabe que você é casada?

— A gente se viu uma ou duas vezes em Buenos Aires.

Eu não disse nada. O vento balançava as cortinas brancas, a luz era suave e calorosa.

De baixo vinha uma música solene, era o Bardi, o noctâmbulo que estudava engenharia e passava as horas escutando música. Um estudante crônico, muito introvertido, de quando em quando mandava um telegrama para a família, no Chaco, dizendo que tinha sido aprovado em algum disciplina, mas em vários anos não tinha terminado nenhuma. [Enquanto eu lhe contava essas coisas,] a Lucía acabou de se vestir. Descemos para almoçar; a casa estava tranquila, silenciosa. Ela foi para o pátio, olhou a roupa estendida, os vasos, o cartaz do Club Atenas.

Lembro que ela preparou fígado acebolado. Como não tínhamos vinho, acompanhamos o almoço com genebra. Ela a misturava com soda.

— Não devia beber - disse. — Amanhã eu paro.

O Bardi se aproximou muito cerimonioso e depois de certa hesitação e vários pedidos de desculpas se sentou para comer conosco, porque já era tarde para ir ao refeitório, que fechava às duas. Ele vivia na Belas-Artes, infiltrado nas aulas de composição musical. Era muito sistemático e muito apaixonado, foi o primeiro que me fez escutar Olivier Messiaen e o primeiro que me falou de Charles Ives. Reconstruía a história da música seguindo uma ordem e escutava todas as obras dos músicos que lhe interessavam do Opus 1 até o final. Não tocava nenhum instrumento, mas em mais de uma ocasião o surpreendi regendo no ar a orquestra da peça que estava escutando. Agora voltava a Mahler. Tirava os LPs na discoteca da universidade, três por semana. Queria se esquecer de tudo. Odiava o pai, um político do Chaco, um perfeito canalha, o Bardi dizia com voz suave.

O Bardi nunca se formou, e no ano seguinte arranjou um emprego na Casa América, em Buenos Aires. Lembro que uma noite, ao descer do trem, topei com ele na estação Constitución, na zona do michê perto dos banheiros, e ficou muito constrangido. Passados dois ou três meses, se trancou em seu apartamento e não saiu mais, dizem que jogava pela janela uns papéis que diziam "Socorro", mas ninguém ligou nem leu seus apelos, e o encontraram morto.

Mas nesse dia ele estava tranquilo e parecia contente por almoçar conosco. Estava escutando a 5ª de Mahler, muito alto, como era seu costume. Acho que nesse dia eu o aconselhei a ir a Mar del Plata na temporada para trabalhar em algum bar, em algum restaurante ou hotel, pois durante os meses de verão era possível tirar um bom dinheiro extra e com isso viver o resto do ano. Ele estava muito sério e me escutava com muita atenção, e eu me ofereci para lhe arranjar um lugar onde viver durante alguns meses. A Lucía também lhe dava conselhos, e os dois logo chegaram à conclusão de que era possível viver sem dinheiro, quase sem dinheiro, como os monges trapistas ou os andarilhos. E estávamos lá conversando, na cozinha, tomando café, quando o telefone tocou. A Lucía ficou pálida e se levantou.

Saiu para o pátio. Eu também não atendi. A Lucía, em um canto perto da escada, estava de costas e fumava. O Bardi foi até o telefone e quando voltou não explicou nada... [Não era ninguém, esclareceu, engano.] Era discreto e tinha entendido tudo sem falar. Ela voltou para a cozinha e se encostou na parede. Como tinham descoberto que estava lá?, pensei. Ela ficou quieta, como que ausente.

Foi um exemplo do que a própria Lucía chamava de sintoma da xícara lascada. [Uma daquelas xicrinhas de porcelana cuja asa se solta e é colada, e se vê o risco branco do lado.]

— É preciso ter cuidado para lidar comigo - mexeu o cotovelo como se fosse uma asa. — Porque descolo.

Estávamos em La Modelo, ampla e tranquila naquela hora da tarde, e foi aí que surgiu a metáfora da louça quebrada.

— Eu era muito nova quando tive minha filha, e agora ela está mais apegada ao pai do que a mim.

Aos cinco anos, a filha já tinha aulas de equitação. O marido achava chique, segundo a Lucía.

Depois me disse que tinha a sensação de que o tempo escorria entre seus dedos, as horas perdidas a agoniavam. Não isto aqui, disse, isto é o contrário, quanto tempo fazia que estávamos juntos?..., uma noite, e pareciam semanas. Quem dera poder parar o tempo, disse de repente.

Levava tudo a sério, menos sua própria vida. Queria fazer uma tese sobre Simone Weil, com o Agoglia. Eu estava pensando em ir morar em Buenos Aires, ainda trabalhava com meu avô, mas podia arranjar um emprego no jornal *El Mundo*. Ando escrevendo pequenos artigos e tenho um amigo na redação...

— O que você está escrevendo?
— No suplemento literário...
— Pornografia de classe média - disse ela.
Sempre dizia a verdade, dizia o que pensava. Já tínhamos contado um ao outro nossa história pessoal, a síntese da vida de cada um, aqueles fatos que acreditamos terem sido decisivos. Eu começava a escrever contos nessa época e estava um pouco perdido, quase terminando o curso, sem muitas perspectivas, a não ser aquele trabalho no jornal. Não é assim a história que faço de mim agora, daquele tempo, mas era o que pensava da minha vida nesses dias.
— Eu queria ter estado com um único homem, para não ter que contar minha vida mais uma vez - a Lucía dissera. Tudo o que ela dizia me fazia sofrer. E ela percebia. Pegou na minha mão.
— Por que não vamos a Punta Lara por uns dias?...
— Claro, vamos, sim, agora que está começando o verão.
— Na beira do rio. Eu conheço um lugar lá.
Voltei a sentir a febre do ciúme.
— Não, vamos no Dipi, ele tem uma casa lá, e vai me emprestar.

Aí fomos à casa do Dipi, perto da estação, um longo corredor e dois quartos [dormitórios] de pé-direito altíssimo e quase sem móveis, mas com livros amontoados por toda parte. O Dipi estava na cama, tomando mate e lendo com sua nova namorada, uma japonesa que parecia ter treze anos, como todas as namoradas do Dipi.
— Não é japonesa, é euro-asiática - o Dipi disse. — A mãe dela é de Kuban, deserto tártaro, não é mesmo, guria?
A moça sorria e fazia que sim. O Dipi de vez em quando, entre um mate e outro, bebia genebra, mas também fumava e acariciava a menina.
— Lucía, vem cá, deita com a gente - disse, e fez um lugar para ela na cama. Uma de cada lado. — Você pode ir embora, viu?... - o Dipi ria.
Passou o mate para a Lucía.
— Difícil tomar mate deitada - disse ela, e se sentou comigo na poltrona.
— Trilce é o nome dela, bom, não é seu nome, eu que a chamei assim porque é linda e hermética. No deserto, escutem só, no deserto os tártaros se sentam em volta de um olho-d'água para conversar, como os *gauchos* se sentam em volta do fogo.
— Que *gauchos*? - perguntou Lucía.

— Os vagabundos são os únicos *gauchos* que restam - disse o Dipi, que ria como se escutasse as piadas de outra pessoa.

Lembro que essa noite ele nos fez escutar o primeiro compacto dos Beatles, com "Love Me Do" e "P.S. I Love You". Era um presente da Lolita euro-asiática, que tinha passado o verão em Londres com o pai, como o Dipi contava, empolgado. Todas as suas namoradas e os seus amigos eram fora de série, segundo ele, todos gente de primeira, que lhe traziam as últimas novidades e as últimas notícias, e o mantinham a par do movimento do universo sem que ele precisasse sair da cama ou deixar o quarto.

De repente o Dipi se levantou, nu, virou de costas e vestiu a calça. Cerimonioso, com um brilho astuto nos olhos, se aproximou da japonesa e depois me disse, olhando para a Lucía:

— Quer trocar?

— Melhor assim: eu fico com ela, e você fica com o Emilio - a Lucía disse.

— Ele é muito feio - disse o Dipi.

— Eu o acho muito belo - disse a japonesa. — Tão belo que não consigo olhá-lo.

— *Graziosissime donne* - disse o Dipi. — Estamos sempre no *Decameron* - acentuando o primeiro "e", à italiana. — Olhem só o que tenho aqui. - Era um guia de Roma. — Aqui nasceu meu avô, perto do túmulo de Nero.

— É belo o túmulo - disse a japonesa, e aí notei que esse "belo" era uma expressão própria dela, como quem diz "oi" ou "pois é".

A Lucía parecia contente de estar lá, divertida vendo a japonesinha com suas expressões rebuscadas e aquele "belo" no meio das frases.

— Mas que túmulo, se ele foi enterrado no campo, na sua vila?

— Foi construído no século III - disse o Dipi. — Porque o espírito de Nero vivia assombrando o papa Ludovico III e não o deixava em paz. Não é genial? Pô, mas que bom que vocês vieram nos visitar, querem comer alguma coisa?

— Vim te pedir um favor.

— Dinheiro eu não tenho.

— Aquela casa em Punta Lara, dá para usar?

— Mas claro, velho, agora mesmo já dou a chave para vocês, e a moto está lá, a moto do Ferreyra, com *sidecar* e tudo. Vocês podem se mandar para a Patagônia com essa moto.

A Lucía agora tinha se sentado ao lado da japonesa, que continuava nua na cama; falava com ela de perto e lhe acariciava o cabelo e o ajeitava atrás da orelha, porque a menina tinha um cabelo preto muito belo.

— Você viu o que é isso? - disse o Dipi apontando para a música que estava tocando na sua Winco. — Já viu o que esses caras fazem? São *working class.* Que Perry Como, que nada, acabou a classe média musical, meus caros, estamos com Chango Nieto, com Alberto Castillo e com os Beatles *ragtime* dos bairros operários de Liverpool.

Eram quase seis horas da tarde, tinha começado a escurecer, eu queria ir direto com a Lucía para Punta Lara, mas ela insistia em passar pela pensão.

— Deixei umas coisas lá, uns livros.

— A gente compra tudo de novo.

Mexeu na bolsa.

— Deixei o baseado e uns remédios.

Então fomos até lá.

A casa estava em silêncio. O Bardi parecia dormir de porta fechada, não havia movimento em parte alguma. Assim que entramos, a Lucía ficou esquisita, parecia nervosa, de repente sumiu, e percebi que tinha descido e estava falando ao telefone na cozinha. [Ela que havia ligado, e eu não quis escutar.] Tive a impressão de que discutia com alguém.

Pouco depois apareceu no quarto, parecia sem graça, meio ausente enquanto procurava suas coisas.

— Preciso ir - ela disse.

— Como ele sabia que você estava aqui?

— Eu avisei que estaria com você - respondeu. — Quero que a menina sempre saiba onde estou...

— As pessoas fracas expõem a fraqueza dos outros - eu disse.

Replicou com uma frase precisa e seca, que não vou repetir. Tinha o infalível instinto das mulheres inteligentes para desmascarar a farsa masculina. Penso nisso agora. Naquele momento fiquei sem ação. Não quis lhe perguntar mais nada, não queria que se justificasse.

— É uma pena - falei.

A rodoviária era uma esplanada com grandes ônibus estacionados nas beiradas, junto à rua. O Río de la Plata para City Bell demoraria um pouco para partir. Sentamos num banco de madeira. Comprei uma garrafa de cerveja num quiosque. Ela acendeu o baseado e fumou sob o feixe de luz. Uma música estridente descia dos alto-falantes por onde também anunciavam a partida dos ônibus. Ficamos lá, quietos, quase sem falar.

— Nunca tenho descanso...

Ela disse isso? Não tenho certeza, não era do seu feitio. Só me falta agora ouvir vozes, pensei, me lembro.

Parecíamos dois mortos-vivos. O que tinha se passado? Ela já estava no passado. O presente não durara nada. A Lucía e seu marido faziam estragos e depois voltavam a ficar juntos. Basta um gesto e o mundo inteiro se transforma.

De repente, do nada, apareceu um mendigo, alto, jovem, coberto com um sobretudo, sem camisa, os sapatos estropiados, as canelas nuas.

— Não tem uma moeda sobrando, senhor? - me perguntou.

Ela olhou para ele. Era loiro, a pele lívida, uma espécie de Raskólnikov juntando dinheiro para comprar um machado.

— Preciso tomar um vinho.

A Lucía abriu a bolsa e tirou um bolo de notas. Deve ter lhe entregado todo o dinheiro que tinha. O mendigo ficou quieto por um bom tempo, movendo-se sem sair do lugar e murmurando frases desconexas em uma espécie de cantarola suave. Depois remexeu nos bolsos e estendeu uma moeda para Lucía, como se também quisesse lhe dar uma esmola.

— Encontrei em um navio afundado - disse. — É um dracma. Dá sorte. - Olhou sério para ela. — Sempre estou por aqui, se precisar...

Afastou-se, murmurando, com as duas mãos nos bolsos do casaco, e se perdeu no escuro da noite.

Nesse momento chegou o ônibus, a Lucía se levantou e caminhou até o motorista, que recebia as passagens postado junto à porta aberta. Ela esperou um momento e antes de subir me deu um beijo.

— As coisas são assim, broto - disse.

Depois abriu minha mão e me deu a moeda grega. O ônibus deu a partida e começou a se afastar, e eu fiquei lá.

O mendigo voltou a entrar na estação e deu umas voltas antes de abordar outro casal sentado no fundo e lhes pedir algo.

Ainda guardo a moeda comigo. A moeda da sorte, segundo o Raskólnikov. Eu ainda a jogo para o alto, às vezes, quando preciso tomar uma decisão difícil.

II

9.
No estúdio

O apartamento era amplo e luminoso e estava cheio de livros. Não havia quadros, mas apoiada na parede do corredor, no chão, via-se uma pintura do seu amigo Freddy Martínez Howard, um retrato de grupo, composto à maneira de um quadro holandês do século XVI, onde se podia identificar o Emilio, a Beba Eguía, o León Rozitchner e sua companheira Claudia, e num canto da tela se via Gerardo Gandini, pálido, com meio sorriso, segurando uma rosa vermelha na mão. Todos estavam ao redor de uma mesa com uma posta de carne vermelha resplandecente no centro, uma espécie de natureza-morta muito argentina. Todos tinham passado alguns dias do verão na Costa Azul, um balneário uruguaio perto da fronteira com o Brasil. Nesse lugar costumavam passar as férias os poetas surrealistas amigos do pai do Freddy, portanto andavam por lá o Enrique Molina, o Edgardo Bailey e o Francisco Madariaga, mas quando eles chegaram, contava o Emilio, o único que ainda estava por lá era o Madariaga. Uma tarde, Freddy pintou o quadro e o presenteou ao Gerardo, com a condição de que, em troca, o músico escrevesse uma sonata para ele, a sonata Howard. Dito e feito, o Gandini escreveu a sonata numa noite e a trocou pelo quadro, que acabou indo parar nas mãos do León, que não conseguiu suportar a imagem da sua cara (de *boludo*,* como dizia o filósofo) e, resignado, o entregou ao Renzi, que o colocou no chão de seu estúdio.

Não havia outros enfeites, exceto uma foto emoldurada de William Faulkner, que aparecia caminhando ao lado de um amigo pela 104 Nassau Street, em Princeton, aonde Faulkner ia, conforme o Renzi esclareceu, ia a Princeton

* Tonto, idiota. (N. E.)

porque lá costumavam estudar os filhos da aristocracia sulina, seus amigos ou, melhor dizendo, os descendentes dos seus conterrâneos, e de passagem, quando ia, Faulkner aproveitava para mandar fazer seus paletós de *tweed*. Os livros e os papéis e as revistas e as pastas estavam espalhados sem ordem sobre as mesas, nas poltronas e também no chão. O Emilio se encontrava comigo no bar e às vezes me pedia para subir com ele ao estúdio porque gostava de ter a companhia de alguém quando não conseguia escrever.

Fomos até o cômodo que ficava no final do corredor e que era o escritório propriamente dito, onde havia uma ordem aparente que só o Renzi parecia conhecer. Várias caixas de papelão se amontoavam de um lado e também se viam fotografias espalhadas pelas prateleiras da estante. Sentamos em volta da mesa de trabalho e o Emilio serviu duas taças de vinho branco, em seguida, me mostrou o caderno que estava aberto num atril de arame e me pediu que copiasse o que ia ditar. Estava mal de uma mão e tinha dificuldade para escrever. Leu, com voz tranquila, uma entrada de seu diário escrita cinquenta anos antes.

Terça-feira 7 de março de 1962

De fato, várias vezes nos anos seguintes passei dias inteiros lendo as cartas e os cartões-postais e as anotações do meu avô, e até escutando as gravações com a voz do Nono dando sua versão dos fatos.

Não escrevi aqui, neste caderno, diz agora o Renzi, minhas fichas e notas de trabalho sobre o arquivo da Guerra, mas as anotei à parte, como fazia na época com as histórias que eu imaginava que no futuro poderiam me servir para escrever alguma coisa. Não escrevia tudo no meu diário, não estava louco, não achava que cada coisa que eu vivia devesse ser registrada, antes me deixava levar pela intuição e anotava aquilo que suspeitava que não guardaria na memória, detalhes supérfluos (à primeira vista), dados incertos da minha vida. Por exemplo, disse, nesse momento, no meu segundo ano na universidade, quando já começava a escrever meus contos, em 1961, era o relato do meu caso com a Lucía, que, para dizer a verdade, foi o primeiro de todos os contos da minha vida, e que nunca publiquei, mas que agora decidi, disse, incorporar sem alterações à versão do meu diário que penso publicar.

Nesse ano, por "motivos de segurança", como se dizia, quase não registrei nada da minha evolução política, vamos chamá-la assim; havia passado do tênue anarquismo da minha juventude ao marxismo, incentivado pelos meus estudos de história e, principalmente, por um curso de História Moderna a que assisti, ministrado por Nicolás Sánchez Albornoz, um espanhol próximo ao Partido Comunista que fugira de uma prisão franquista junto com outros ativistas, entre eles uma mulher, Barbara Johnson, uma norte-americana que deu um jeito de ser presa de propósito para organizar a fuga de dentro da prisão. E Sánchez Albornoz acabou em Buenos Aires, onde seu pai, o eminente hispanista Claudio Sánchez Albornoz, era naquele tempo, se não me engano, presidente ou primeiro-ministro ou chanceler do governo republicano espanhol no exílio, um cargo imaginário, porque Franco estava muito firme no poder e controlava o país com mão de ferro e apoio dos norte-americanos. Portanto, Don Claudio só se reunia com os melancólicos exilados espanhóis nos bares da avenida de Mayo, em Buenos Aires, enquanto seu filho viajava toda semana a La Plata para lecionar História Moderna na Faculdade de Humanidades. Chegava às terças de manhã, dava sua aula no Departamento de História para três ou quatro estudantes, eu entre eles, e à tarde voltava de trem para a capital. Suas aulas me marcaram de forma definitiva, porque ele decidiu, naquele ano de 1962, centrar o curso na passagem – ou no trânsito – do feudalismo ao capitalismo e nos mandou ler, com o resto da bibliografia, o extraordinário capítulo de *O capital* de Marx sobre a acumulação primitiva, ou seja, sobre a origem do capitalismo. Uma história de dimensão épica lendária, porque os camponeses e as relações feudais no campo começaram a ser arrasados pelo capital comercial, quer dizer, pelo dinheiro, que foi liquidando o poder da nobreza rural e levando uma massa cada vez maior da população camponesa a perder tudo e a não ter mais nada a vender além de sua força de trabalho. Foucault, disse o Emilio, Michel Foucault disse que todo historiador é fatalmente levado a utilizar as categorias marxistas em sua análise. "Dizer", segundo Foucault, "historiador marxista é um pleonasmo, como dizer cinema americano." Portanto eu, nesse curso, tomando notas freneticamente e lendo Marx e os grandes historiadores marxistas ingleses até altas horas da noite, fui esquecendo o peronismo do meu pai e o vago anarquismo da família da minha namorada Elena (sem H). A política universitária também influenciou na minha decisão, e minha amizade com o Luis Alonso, um provinciano que tinha chegado à universidade sendo – ou dizendo que era – um revolucionário, também influenciou, como influenciaram em mim, e em todos os meus contemporâneos, a revolução cubana e a figura do Che Guevara, que tivera uma atuação deslumbrante na OEA, perto de nós, na reunião de Punta del Este, com sua farda verde-oliva, sua barba rala e sua estrela de cinco pontas na boina, que parecia um terceiro olho no seu rosto tão argentino. Mas, como sempre aconteceu em minha vida, o que realmente me convenceu foram os livros. Uma vez, não faz muito tempo, uns amigos me convidaram a pescar no Tigre e aí, para entrar no clima, eu, que nunca havia pescado nem me interessado por essa atividade tão particular de ficar parado e em silêncio com uma vara na mão esperando um peixe fisgar, comprei um par de manuais de pesca (um deles, *Como pescar peixes de rio*) e no dia seguinte, na ilha do Tigre, pesquei mais peixes que todos os meus amigos, que praticavam a arte da pesca desde pequenos. Fui o campeão absoluto daquele torneio amistoso de pesca no rio Paraná. Então virei marxista depois de ler alguns livros no curso de Sánchez Albornoz sobre a origem do capitalismo na Inglaterra.

Fizemos uma pausa para tomar um café na cozinha do estúdio e depois voltamos para a mesa de trabalho, e o Renzi continuou contando as aventuras do seu segundo ano como estudante na cidade de La Plata.

Atuava no movimento estudantil e sua percepção da política o fez tomar de imediato a decisão de sempre se opor, como marxista, às posições do Partido Comunista Argentino, em particular, e à política da União Soviética, em geral. Portanto, foi naturalmente se aproximando, junto com seu amigo Luis Alonso, das posições, digamos assim, trotskistas. Primeiro porque os trotskistas se opunham frontalmente ao Partido Comunista, e segundo porque são muito teóricos, ultraintelectuais e pouco práticos. Portanto, sob medida para mim, que era acima de tudo, e continuo sendo, um intelectual abstrato. O mais curioso é que me aproximei do grupo de Silvio Frondizi, uma pequena seita trotskista, muito antiperonista e muito pouco prática. Uma prova disso é que quem me "filiou" ao movimento da esquerda revolucionária, Praxis, como se chamava o pequeno círculo de militantes, foi o Tito Guerra, um estudante crônico muito divertido, que me convenceu a entrar naquela minúscula organização clandestina. Lembro que tivemos nossa última conversa no bosque de La Plata, em frente ao lago, e nessa tarde de outono decidi me engajar na política e entrar no grupo. O detalhe mais engraçado é que, no dia seguinte, depois de ter me convencido, o Tito Guerra se afastou de seu cargo na organização e largou a política.

Aí começou minha experiência política, orgânica, minha vida não mudou muito, eu ia a algumas reuniões, militava na faculdade, fui candidato a presidente do Diretório, mas, felizmente para mim, perdi a eleição por três votos (teriam sido dois, se eu tivesse votado em mim mesmo, coisa que não fiz, claro). Enquanto isso estava começando a escrever os contos de *A invasão*, e com um dos primeiros, "Meu amigo", que na realidade foi o segundo que escrevi, ganhei o concurso organizado por uma revista de bastante peso entre os escritores jovens daquele tempo. O mais engraçado é que fiquei sabendo do resultado em uma tarde, na conferência da escritora Beatriz Guido, que fora a La Plata dar uma palestra na faculdade e falou de Salinger, e no meio da conferência disse que tinha lido um conto muito bom porque integrava o júri do concurso de contos da revista e começou a fazer alguns comentários sobre uma revelação literária e a falar de mim, que estava na plateia naquela tarde no Salão Nobre, e elogiou meu conto "Meu amigo", e eu percebia, surpreso, que aquele era eu, e senti uma emoção contraditória que sempre me acompanhou, nas boas e nas más, de que não era eu, aquele que estava lá sentado entre meus colegas, que tinha escrito aquele conto, mas outro, diferente de mim, mais introvertido e mais valente, enquanto eu naquele tempo andava bem perdido, afastado emocionalmente de tudo. Não tive coragem de falar com ela, achei que era impossível me levantar e dizer que sou o escritor jovem desse conto etc. Um verdadeiro horror, muito real, a literatura é muito mais misteriosa e mais estranha que a simples presença física do assim chamado autor; portanto fiquei lá sentado, acho que estava mais ou menos na 10ª fileira, ou seja, perto dela, que podia me ver mas não me conhecia, e eu preferi continuar lá sentado, anônimo, ainda que depois tenha feito amizade com a Beatriz Guido e ela sempre tenha sido generosa, entusiasmada comigo e com as coisas que eu escrevia. Fiquei quieto, e ela continuou falando, e quem me conhecia deve ter pensado que eu não estava ali naquele dia ou que não percebi que ela estava falando de mim. O fato é que minhas ações dispararam depois que uma escritora consagrada mencionou a mim como uma das mais sérias promessas da jovem literatura argentina. As garotas começaram a se interessar imediatamente por mim, e tratei de estar à altura da minha fugaz e fulgurante fama.

Talvez por isso os dirigentes do grupo trotskista tenham me convidado para assumir a secretaria de redação da revista que estavam pensando em publicar. E assim foi; durante uns dois anos estive à frente da revista *Liberación*, uma publicação legal, de superfície, como se dizia no jargão conspiratório daquele tempo. O diretor era um operário trotskista, José Speroni, um dirigente sindical de grande peso ligado ao grupo de militantes revolucionários que seguiram a orientação de Nahuel Moreno, que secretamente, como membro da IV Internacional, havia traçado a tática do "entrismo", ou seja, a infiltração de militantes trotskistas no peronismo, como agentes ocultos da revolução internacional trabalhando em diversas categorias sem revelar sua verdadeira posição política. Essa tática foi tão eficaz que dez anos depois, já perto de voltar ao poder, o general Perón insistia em condenar e acusar os trotskistas da IV Internacional, os quais ele apontava como responsáveis pelo controle da ala esquerda do movimento justicialista, como Perón chamava sua força política. Speroni tinha feito um trabalho de toupeira no movimento sindical peronista, chegando assim a secretário-geral do sindicato dos têxteis. Contudo, foi descoberto como agente oculto e se viu obrigado a entregar seu cargo e a atuar abertamente como militante trotskista. Era muito inteligente, muito vivo, tinha muita experiência, e como diretor da revista era uma figura decorativa. O outro integrante da redação era o grande filósofo Carlos Astrada, que tinha estudado com Heidegger na Alemanha e era um dos discípulos preferidos do autor de *O ser e o tempo*, mas que, depois de estar mais ou menos perto espiritualmente do, digamos, peronismo entendido como essência fenomenológica do ser nacional, bandeou-se para o marxismo. Naquele tempo, escreveu um artigo memorável explicando como o livro de Lukács *História e consciência de classe*, sobretudo seu capítulo sobre o fetichismo da mercadoria, tinha influenciado diretamente o melindroso filósofo da Floresta Negra. Quem cuidava da parte gráfica da revista era Eduardo Rotllie, um artista plástico de La Plata muito interessado na vanguarda russa dos anos 20. Por tudo isso a revista em que publiquei artigos, entrevistas e pequenos textos foi uma escola para mim e uma experiência inesquecível. Minha atividade política naqueles anos se limitava às reuniões da revista. Enquanto isso, os ativistas do grupo andavam pelos bairros operários de Berisso e Ensenada levando a palavra de Trótski de casa em casa, usando o sistema copiado dos pastores evangélicos: tocavam a campainha ou batiam na porta das casas (quando não havia campainha) e entregavam aos surpresos trabalhadores dos frigoríficos, ou a suas mulheres ou filhos, o jornal do grupo, que por incrível que pareça se chamava *El militante*. As pessoas do bairro pensavam que era uma publicação do exército, porque deviam confundir a palavra *militante*, que desconheciam e nunca tinham ouvido, com *militar*. Achavam que *militante* era outro jeito de dizer "militar". Exceto os simpatizantes do peronismo, que logo viam que se tratava de uma publicação trotskista, e aí, seguindo as diretrizes de Perón, os insultavam e chamavam de epítetos pesados enquanto fechavam a porta na sua cara. Nunca participei de nenhuma dessas tarefas evangelizadoras, e isso parece ter criado certa hostilidade em relação a mim na organização. O fato é que uma tarde, numa reunião da "célula", como se dizia, da qual participava meu amigo Luis Alonso, a namorada dele, Margarita, e um estudante peruano que dormia, no meio das discussões, no meu quarto de pensão, lembro como se fosse hoje, meu amigo e camarada Luis Alonso pediu a palavra e, como se a história falasse pela sua boca, defendeu que a organização me punisse desvinculando-me da responsabilidade de ser o secretário de redação da revista, já que eu não mostrava "têmpera" (foi essa a palavra que ele usou, *temple*) de revolucionário. Na verdade, ele queria tomar meu lugar na revista, mas não o disse abertamente, preferindo em vez disso descrever a diferença entre um intelectual revolucionário (por exemplo, ele) e um intelectual pequeno-burguês (por exemplo, eu), que ele chamava, para piorar, de *pequebu*, e com isso me via transformado numa espécie de bicho, um exemplar dos pequebus, talvez parente dos pecaris. Respondi pedindo que a proposta fosse a votação: o Luis e sua namorada votaram contra mim, o peruano se absteve, ou votou contra, e eu não me lembro se votei a meu favor ou me abstive. Ele então levou a decisão ao tribunal, quer dizer, da célula para instâncias superiores da organização, nas palavras dele. Não ligaram a mínima para sua alegação, e continuei à frente da revista, mas daí em diante nunca mais lhe dirigi a palavra, passei a tratá-lo como se fosse invisível. A situação é insignificante, mas aí me dei conta de que, se meu camarada Luis tivesse poder, teria me condenado ao *gulag* em nome dos interesses do proletariado mundial. Falava e estava convencido de falar em nome da verdade da História e do socialismo. Achei que essa situação ridícula concentrava uma experiência que se repetia nos grupos revolucionários e nos Estados socialistas. Alguém é acusado de não obedecer às leis da História e é condenado ao exílio ou à prisão. Para mim foi uma experiência reveladora e também um modo de perceber a carga de profundidade e o rancor que se escondem nas chamadas "amizades argentinas".

Já naquele tempo tão remoto eu vivia uma vida dupla e praticava a esquizofrenia que caracterizou minha atitude diante da realidade. Por um lado, em La Plata, eu me dedicava a uma prática política, muito teórica, com um grupo de avançados intelectuais de esquerda e, por outro lado, viajava toda semana para Buenos Aires, onde passava dois ou três dias frequentando o mundinho literário, certa boemia juvenilista, e me reunia com escritores jovens no bar Tortoni todas as sextas-feiras e aí, nessas noites, fiquei muito amigo do Miguel Briante, que tinha ganhado junto comigo o concurso de contos da revista literária mais conhecida de Buenos Aires naquele tempo.

Em paralelo, estava enredado numa típica – para mim – relação triangular com uma mulher casada com um amigo muito querido, que além disso era um tio distante. A política, a literatura e os amores envenenados com a mulher alheia foram a única coisa realmente persistente na minha vida. Por que, eu não sei; muitos anos depois fiz análise por bastante tempo com um médico lacaniano e a questão dos meus amores edipianos era tão óbvia e eu estava tão preso nessa obscura combinação que meu analista me disse, com voz sombria: "Olhe, Renzi, vamos deixar esse assunto de lado porque é evidente demais para não ocultar ou deslocar ou encobrir *outra coisa*". Disse sublinhando com um gesto o final da sua, digamos, interpretação. Mas que coisa era essa outra coisa? Nunca descobri. Eu gostava de mulheres ruivas e também gostava de mulheres casadas, e me apaixonava ora por uma ruiva, ora por uma casada, e assim foi minha vida sentimental. No caso do *affaire* que ocupou várias páginas dos meus diários de 1962, devo dizer que era além disso uma das histórias típicas da minha família. Um homem jovem que perdia a cabeça por uma mulher de má vida, se casava com ela e a impunha à família. Só que nesse caso meu tio Tonho foi banido, digamos assim, da tribo e, apoiado pelos meus pais, se mudou para Mar del Plata, sozinho e perseguido ou desprezado pelo núcleo duro da família Maggi.

E aí o Renzi abriu um caderno e foi lendo algumas entradas para que se pudesse ver que essa história de adultério ocultava o germe de um dos seus contos mais conhecidos, "O joalheiro", porque seu tio era um grande ourives e o Emilio, quando estava em Mar del Plata, passava as noites conversando com ele enquanto o observava, admirado, esculpir as joias extraordinárias e valiosíssimas que fazia com grande destreza durante meses na oficina que tinha instalado no terraço de seu apartamento em Mar del Plata.

12 de fevereiro

Abalado pela ruinosa, inesquecível, experiência com a Lucía, voltei ao rebanho. Estou pensando em passar algum tempo em Mar del Plata. Joguei a moeda grega para o alto. Cara ou coroa. E agora estou aqui porque ninguém foge de seu destino. E estou metido numa situação simétrica. A repetição é minha musa mais fiel.

Terça-feira

Ontem passei a tarde com o Antonio, na oficina que ele montou no terraço de sua casa, onde trabalha como artista nas joias que confecciona olhando vagas figuras desenhadas com compasso sobre papel Canson. Vai polindo o ouro e laminando o diamante, facetando-o como um mineiro numa galeria minúscula que ele ilumina com uma pequena lanterna. Conversamos com calma e fiquei o tempo todo pensando nela, que estava lá embaixo. Por fim descemos para os quartos e ela saiu do banho, o cabelo envolto numa touca vermelha e o corpo nu mal coberto por um roupão atoalhado. Estava descalça e usava, como sempre, uma pulseirinha no tornozelo. Depois ficamos na sala que dá para o jardim, eu sentado na poltrona (individual) e eles no grande sofá de almofadões brancos. A Alcira se retraía (a olhos vistos) quando ele às vezes tocava nela por acaso. Quando eu ia saindo com o Antonio, que queria me apresentar o colombiano que tinha lhe prometido um trabalho em Nova York, ela me pediu para ficar, com um pretexto que ninguém escutou. O Tonho saiu sozinho e, assim que fechou a porta, ela começou a chorar. "A única coisa que eu quero é ficar com você", disse, antes de insistir que não devíamos magoar o Tonho. Não pude ficar e nos despedimos com promessas de irmos juntos a Buenos Aires quando eu voltasse para La Plata.

Sexta-feira

Caminhada com o Tonho. Triste papel, um jovem amante da mulher do amigo, que ainda por cima é primo-irmão da sua mãe. Conselhos, vagos elogios. "A Alcira tem certeza de que tudo vai dar certo na tua vida." Nós dois nos olhávamos indecisos, tateando o jogo. Ele de repente começou a me falar de todas as mulheres com quem "decidiu" não se deitar, porque "não conseguiria, não conseguiria" (repetiu duas vezes a frase, tentando parecer sincero). Mulheres que lhe telefonavam para se chocar com sua férrea negativa. Aos poucos caímos no melodrama. "Você sabe que eu deixei tudo pela Alcira." Estávamos na esquina da Luro com a Hipólito Irigoyen e ele me convidou para tomar um café. Sentamos no Ambos Mundos. Instalou a atmosfera rarefeita e sombria das confidências e da sinceridade "entre homens" (ele, que poderia ser meu pai). Falou comigo como se estivesse um pouco além dos fatos, falava da Alcira, do quanto ela podia ajudá-lo se eu fosse seu amigo (dela). "É que ela não é minha amiga, e não acredita em nada do que eu lhe digo." Pensei que eu tivesse enlouquecido e que o Antonio estivesse prestes a me assassinar, mas antes queria ver até onde eu era capaz de chegar. Dupla metáfora dessa rarefeita realidade em que eu me dedicava – como sempre – a reeditar minhas melhores representações. Eu não disse nada porque não tinha nada a dizer que não fosse uma infâmia e fui embora sem conhecer o atacadista colombiano que, segundo o Tonho, ia levá-los, a ele e à sua mulher, para viver como reis em Nova York.

O melhor da história é que, depois dessa caminhada insana, resolvi escrever uma carta para a Alcira perguntando até onde ia esse jogo. Deixamos o café. Ele fez questão de pagar (fez mal, e mal de uma maldade que eu nunca tinha visto). "Bom, da próxima vez eu pago", falei. Tudo parecia ter outro sentido, qualquer frase que eu dissesse podia ser entendida como uma canalhice. Acho que essa situação me ultrapassa, escrevi, eu gosto desse homem e o respeito. Se fosse outro... Mas, se fosse outro, você não teria feito nada.

Ontem, estranho pesadelo em que eu me esforçava para chegar a tempo ao lugar onde seria preso. De noite saí para beber com o Horacio, meu primo. Ele é meu irmão. E conhece como eu as tormentas e a épica familiar. Contei o que estava me acontecendo com o Antonio, ele me olhou tranquilo, sem surpresa, como se aquilo fosse natural. Apenas me lembrou que ele, Antonio, tinha enfrentado toda a família por causa da Alcira, mulher de vida fácil – segundo as tias – que tivera um filho com um homem que estava na prisão. No início o Tonho se gabava de sua conquista, mas acabou se apaixonando por ela e rompeu com tudo o que sempre amara e veio viver com ela e seu filho em Mar del Plata, amparado pelo meu pai, que lhe arranjou um lugar onde instalar sua oficina de joalheria. Vista assim, minha posição na história era ainda pior. Mas não era isso o que o Horacio queria me dizer, parecia antes indicar que o Tonho também não é flor que se cheire. "Você sabe, ele sempre foi muito mulherengo", como se quisesse indicar que na verdade era o Antonio que estava dominando a situação. Depois mudamos de assunto e relembramos dos bons tempos da infância e dos maus tempos da adolescência (tão próxima).

O eterno retorno de Nietzsche é uma tentativa de fundar uma ética imanente. Viverias cada dia da vida com cuidado se soubesses que ele se repetirá eternamente. Inverte o imperativo categórico kantiano, e diz: faz de cada dia um dia perfeito porque repetirás cada dia infinitamente. Trata-se de um postulado moral, não importa se Nietzsche acredita ou não no eterno retorno, o que importa é que o risco da repetição nos obrigaria a tomar cuidado ao viver cada momento. Freud, nietzschianamente, fundou a pulsão de morte – ausência de memória – na repetição. Traiu Nietzsche, que baseara a pulsão de vida – pura vontade de poder – no eterno retorno. De resto, Nietzsche postula a memória como o lugar da culpa e do remorso no qual se funda a moral cristã – moral de escravos, segundo ele. O sujeito de Nietzsche não tem memória, portanto não conhece a culpa, vive no presente, convencido de que cada ato realizado se repetirá no futuro, de forma circular.

Quarta-feira

A Alcira me ligou e nos encontramos no Hotel del Bosque. Passamos a tarde juntos. Ela garantiu que nunca amou o Tonho e que não escondeu isso dele. Sabe que voltarei a La Plata daqui a uns dois meses. "O verão pode ser interminável", disse. Mandou o filho para um acampamento, portanto está, segundo ela, livre como na sua juventude.

Quinta-feira

O Tonho me telefonou e nos encontramos no Montecarlo. Está tranquilo, comenta que ela não conseguiu se acostumar a viver longe de Buenos Aires e que pode ser que ele resolva voltar. "Por que você está me contando essas coisas?", perguntei, e ele sorriu. "Porque ela está enchendo a tua cabeça, você é o único amigo que ela tem aqui." Ficamos calados por algum tempo e depois nos despedimos. Penso nela e sinto uma dor no peito. Preciso me encontrar com ela amanhã e lhe dizer que estou indo embora.

Terça-feira

Renovado furor pela invasão familiar, confabulações no clã Maggi para resgatar o Antonio de sua difícil situação. Nenhum deles diz no que isso consiste, e quando comentam alguma coisa comigo é porque nem desconfiam que faço parte do problema. A única pessoa que parece saber é minha mãe. Outra noite, quando eu estava prestes a sair para me encontrar com ela, minha mãe me pediu para esperar porque queria me contar uma coisa. Conheço seu estilo, ela nunca diz nada às claras, tudo é implícito. Falou da tristeza que sentia por eu voltar a La Plata (como se eu estivesse indo para o Congo) e depois de enrolar um pouco me disse, como se até então não tivéssemos falado de outra coisa: "Melhor você não ir, sabe que o Antonio está em Buenos Aires...". E me olhou de um jeito tão sagaz que desisti de sair. Parece que ela adivinha, que lê meu pensamento. Não continuamos a falar no assunto. Minha mãe começou a jogar uma partida de paciência muito difícil e eu a ajudei a resolvê-la.

A família é solidária com quem compartilha o espaço comum. Excelente domínio da presença e da função dos sujeitos da tribo, que sempre transforma o ausente em culpado. Tribunais permanentes, julgamentos sumários, verdades contundentes. Mas minha mãe tem um critério moral que eu admiro. Ela nunca julga um membro da família, ou melhor, sempre o absolve e compreende seja lá quem for, contanto que pertença ao clã. Por exemplo, se houvesse um *serial killer* na família, minha mãe diria: "Bom, ele sempre foi um rapaz nervoso". Dela aprendi que um narrador nunca deve julgar os personagens de sua história. E para minha mãe, e seus irmãos e irmãs, o fundamental é voltar a contar várias vezes os casos familiares. É impossível para mim sintetizar todas as histórias que se amontoam entre os corpos dessas testemunhas da tribo. Mas talvez esteja aí o fundo – a água clara – de onde podem sair todos os meus livros. Por exemplo, o Marcelo, que se apaixonou por uma mulher que conheceu quando ela era garçonete num *dancing*, que foi também um modo de esquecer o fantasma de sua primeira esposa, mulher frágil e neurótica que morreu sem ver a escuridão porque sempre dormiu com o abajur aceso. Mulher que a morte canonizou com um movimento simétrico à rejeição da intrusa que todas as mulheres do clã – exceto minha mãe – condenaram ao nada. Ou eu mesmo, por exemplo, metido numa relação triangular com a mulher do meu heroico tio distante, o Antonio, que largou tudo por essa mulher de má vida, que imediatamente o traiu com seu amigo mais próximo. Portanto, eu também passei a ser uma figura (menor) da saga familiar.

Por isso a história da Alcira, moça de vida fácil, como o Tonho a chamava, que no entanto se casou com ela (talvez por isso mesmo), e que foi repudiada pelas erínias, incluindo sua doce mãe, e que recebeu a ajuda de Ida e de meu pai, e se mudou para esta cidade para que ela, como se diz, iniciasse uma relação clandestina com o sobrinho do marido (quem escreve a história).

Terça-feira

Fui me encontrar com o Tonho e zanzamos pela cidade até de madrugada entre turistas desequilibrados que sonham em ganhar no cassino. Sentamos no Montecarlo, onde o Antonio parece o dono, e paulatinamente vai se aproximando da sua mesa um conjunto variado e fascinante de homens e mulheres da noite. Sem dúvida, o Tonho joga o jogo de me iniciar nas verdades da vida sem nunca dizer nada sobre o detalhe de eu me deitar com sua mulher há quase um mês. Ontem à noite ele inventou, com um dos crupiês do cassino, um *martingale* infalível. Eram quase duas horas da manhã, portanto só restavam duas horas para jogar, mas todos nós que estávamos com o Antonio no bar o seguimos até o cassino. Ele pagou os ingressos do seu séquito, esperou que o porteiro me arranjasse uma gravata e um paletó emprestados para que eu pudesse entrar vestido "como se deve". (Tive que mostrar minha identidade para provar que tenho mais de dezoito.) Fomos a uma mesa da pesada, no fundo do salão, onde se jogava bacará. O Antonio deu dinheiro a um sujeito para que lhe conseguisse uma cadeira e aí se sentou à mesa e começou a apostar forte, seguindo ao mesmo tempo sua intuição e as jogadas "científicas", como ele dizia. Às quatro da manhã tinha ganhado quatrocentos mil pesos. Distribuiu gorjeta a todos os funcionários do cassino e saiu como um rei acompanhado de seu séquito, e fomos com ele esperar a manhã nos bares da orla, sentados sob os guarda-sóis nas mesas ao ar livre para ver o amanhecer no mar bebendo champanhe.

Anotava essas versões um pouco imaginárias de sua vida, Renzi me disse, e ao mesmo tempo refletia nos cadernos, quer dizer, procurava pensar sobre a experiência de estar cativo de uma paixão. Sua história com a Alcira tinha começado assim, conforme registrara em suas anotações.

8 de janeiro de 1962

Uma grande reunião em casa para celebrar as festas e também a chegada do Antonio e sua mulher Alcira, que vieram morar em Mar del Plata, com o pequeno Camilo, filho dela, fugindo de Buenos Aires e do repúdio da família, e que meu pai ajudou, solidário como sempre com os expulsos do clã Maggi. Estávamos lá na festa, em casa, e subi ao meu quarto para ter um pouco de sossego, e lá estava eu quando a Alcira, que deve ter uns trinta anos e é linda, de cabelo muito preto e a pele bem branca, apareceu no topo da escada e me olhou com olhos úmidos e um sorriso nos lábios, como se quisesse me dizer alguma coisa. O sorriso era incrível, um tanto obsceno, penso agora, mas naquele momento pensei que tivesse subido para olhar a noite do terraço. Quando nos aproximamos, ela pegou na minha mão e a colocou no peito, minha mão, entre os seios, e me disse, falando do seu coração: "Sente como está batendo".

Logo nos beijamos e eu estava muito excitado e muito confuso porque naquela noite sempre havia alguém, no terraço, olhando os fogos que explodiam no céu. Ela e eu tínhamos nos visto muito poucas vezes. Cheguei a Mar del Plata faz um mês, estive na casa deles e passei vários dias com o Antonio, que está desolado e não se adapta à nova cidade. Perdeu tudo, seus contatos nas joalherias de Buenos Aires, seu lugar como mestre ourives na Ricciardi, e se mudou para cá com ela para começar de novo. "Você é igual ao Dante quando era jovem." Dante é seu ex-marido, que está preso em Sierra Chica, e por isso, ela disse, tinha se "enrabichado" por mim. Porque eu era como ele (estou sempre me parecendo com alguém).

Começamos uma aventura que durou todo o verão, resumiu o Emilio, e que foi importante para mim porque ela era uma mulher muito vivida, com um toque cínico e desumano que me fascinou. A gente se atracava em qualquer lugar, no banheiro da casa dela, enquanto o Antonio polia suas joias e escutava música no rádio, no sótão onde havia instalado sua bancada de trabalho. Ela se excitava, eu percebia, com a sensação de perigo e de risco iminente, porque podíamos ser flagrados a qualquer momento. Ela me acariciava com os pés descalços por baixo da mesa, com o Antonio do lado. Ele tinha abandonado tudo por ela, depois de conhecê-la como mulher da vida, e durante meses, ter pagado para se deitar com ela. E se apaixonou e a apresentou aos amigos e à família, mas ela foi repudiada, e agora, pondo sua vida em perigo, ia para a cama com o sobrinho do marido. Sempre me deslumbrou a coragem das mulheres para pôr tudo em risco por causa de uma paixão ou um capricho, sem medir as consequências de seus atos.

E com ela me dei conta de que arriscar tudo por uma relação clandestina era justamente o que a fazia se sentir viva (como ela me dizia), porque para ela viver era correr perigo.

Também naquele tempo, junto com minhas vidas paralelas, encontrei um amigo com quem passei algumas provas decisivas desses anos de aprendizagem e educação (sentimental). Avançava fluidamente no curso e no ano seguinte, em 1963, consegui trabalho como assistente de cátedra em duas disciplinas e comecei, pela primeira vez, a ganhar a vida e também - talvez como resultado de ter um trabalho - a viver com uma mulher uruguaia, a Inés, o que chamei de "meu primeiro casamento", ainda que obviamente não tenhamos nos casado nem nada parecido, apenas estabeleci uma relação estável durante vários anos com uma mulher.

10.
Diário 1963

10 de julho

Ando preocupado com minha predisposição a falar de mim como se estivesse cindido e fosse duas pessoas. Uma voz íntima que monologa e divaga, uma espécie de trilha sonora que me acompanha o tempo todo e que às vezes se infiltra naquilo que leio ou escrevo aqui. Ontem pensei que devia ter dois cadernos diferentes. O A e o B. No A entrariam os eventos, os acontecimentos, e no B, os pensamentos secretos, a voz silenciosa. Por exemplo, hoje no bonde comecei a pensar que devia saltar e fugir para longe, tenho o pagamento do meu avô no bolso, podia ir ao Uruguai no vapor de carreira, alugar um quarto num hotel barato na 18 de Julio e me perder para sempre, sem ter que prestar contas a ninguém do que faço ou deixo de fazer. Não era tão coerente como o que acabo de escrever, meu pensamento não tinha sintaxe, mas apenas blocos de palavras. Por exemplo, fugir, uns dias, Hotel Artigas, uma garota uruguaia, uma *chiruza*, uma oriental, a rua 18 de Julio, CX8 Sarandí, Montevidéu, tribuna da imprensa do estádio Centenario. Será que estou louco?

Em vez disso, assisto à aula de História Argentina I, turma sem prova, basta não faltar e no final escrever uma monografia.

12 de julho

Com ela, a garota de cabelo escuro, Graciela Suárez, muito joyciana. Comecei a seduzi-la ou a tentar seduzi-la sem lembrar, sem notar que ela estava saindo com meu amigo Yosho, e no primeiro encontro, quando a levei comigo a Adrogué para apresentá-la ao meu avô e dormirmos juntos, ela me disse: E agora, como é que a gente vai contar para o Yosho?, e só então me dei conta de que eu tinha afanado a mulher de um amigo. Isso é o que eu chamo de *ato suicida*, não vejo nada, só vejo o objeto desejado.

Talvez existam anos em que a pessoa se recolhe, se fortalece, vive de costas para o mundo exterior. Como se estivesse em um trem viajando para La Pampa – digo "La Pampa" porque não há nada para se ver na planície –, pensei: tenho que escrever um romance sem descrições, isso bastaria para lhe dar uma agilidade que só muito raramente consigo nos meus contos.

Sábado 3 de agosto

Vou a uma reunião da revista. Nos últimos dias me esqueci de registrar, ou talvez tenha feito isso por precaução ou para manter a clandestinidade política, que no movimento agora sou o secretário de redação da revista *Liberación*. Dirigida por José Speroni, um sindicalista que fez "entrismo" no peronismo e chegou a secretário-geral. Também participa Carlos Astrada, o maior filósofo argentino, discípulo de Heidegger.

6 de agosto

É notável a experiência de temporalidade que surge de qualquer livro de história que nos ponhamos a analisar. Aparecem os clássicos problemas de toda narração: os *racconti* para explicar situações que ocorrem no presente e reconstruir suas condições. Por outro lado, a necessidade de narrar fatos acontecidos na mesma época em diferentes lugares. Por fim, a decisão de deter a reconstrução dos fatos para elaborar hipóteses. As interpolações analíticas fazem parte do relato. Um livro de história é tempo puro. Essas ideias derivam de minha experiência em narrar certos fatos ocorridos na Banda Oriental a partir de alguns documentos apresentados pelo historiador Pivel Devoto. Inclusive uma história tão abstrata como a da passagem do feudalismo ao capitalismo pode ser vista como a narração épica de uma catástrofe sideral.

Quinta-feira 8 de agosto

Uma bela frase escrita por Sartre em *O ser e o nada*, p. 630: "A morte é uma anulação sempre possível das minhas possibilidades, que está fora das minhas possibilidades".

Sexta-feira 9

Num bar da rua Suipacha.

As melhores coisas que escrevi até agora surgiram de uma situação mínima autobiográfica transformada numa história diferente, em que o vivido persiste apenas sob a forma dos sentimentos e emoções que se expressam na narrativa.

Segunda-feira 12

Na época em que os homens – e às vezes também as mulheres – andavam armados, as relações sociais eram mais amáveis porque o risco de conflito era excessivo. No século XIX, na Argentina, os duelos eram coisa corriqueira. O mau humor ou o mal-entendido logo viravam um drama.

Um belo poema da tradição popular: "Desprovido do ferro pela dura, se internou na milonga, e estava triste". A maneira de contar como o homem foi desarmado pela polícia se baseia na linguagem carcerária e numa gíria quase hermética (embora o verbo que abre o poema seja um achado e uma escolha muito acertada: "desprovido" é talvez o melhor verbo que se poderia usar para tirar qualquer subjetividade do fato narrado). A partir daí, o poema adquire uma forma clássica: o *malevo* não entra no baile, mas se interna ("se internou"), o cenário é resumido numa palavra que condensa múltiplos sentidos ("milonga") e termina com uma melancólica e bela conclusão. Construída com um verbo em suspenso ("estava"), que parece manter o homem triste a noite inteira (porque já não está armado).

Segunda-feira 19

No sábado, depois de uma conferência coletiva com o resto da revista no Mapam,* numa chácara perto de La Plata, voltamos à noite caminhando pela beira da estrada e de repente um corpo me roçou as pernas e se escutou um baque surdo. Um carro tinha atropelado o Vicente Battista, que estava estirado no chão como morto.

Visito o Vicente na clínica onde está internado.

Quarta-feira 28 de agosto

No sábado passado estreou no Nuevo Teatro um espetáculo chamado Festival de Buenos Aires, que incluía vários sainetes breves de Enrique Wernicke e também meu conto "Meu amigo", transformado por Héctor Alterio

* Braço político do movimento sionista juvenil Hashomer Hatzair. (N. E.)

num formidável monólogo dramático. É estranho ver algo que escrevi ser representado no palco; também é curiosa a sensação de ver o público, muito numeroso nessa noite da estreia, reagindo com risadas, silêncios comovidos e aplausos às palavras de uma ficção que eu escrevi. Estava junto com a Graciela, mas sempre sou tomado pela indiferença e nunca chego a me alegrar o bastante com aquilo que vou conseguindo.

2 de setembro

Passo a tarde com o Dipi Di Paola, muito divertido. Ele, assim como o Miguel Briante, tem um domínio muito eficaz do estilo e escreve com muita elegância. Formamos uma espécie de trinca que se opõe a tudo o que vemos atualmente na literatura. Na revista, uma espécie de frente anticonservadora, formada por mim e pelo Briante. Basicamente não gostamos da imposição de uma poética muito antivanguarda.

Outras divergências. O que é estar no presente? Em todo caso, não é algo que um escritor deva definir. Não gosto da ênfase com que todos na revista se autodenominam e se escudam num pertencimento geracional. Acho bem cômica a maneira como todos cultivam uma espécie de genialidade juvenil e anti-intelectual.

17 de setembro

Ludovico, o Mouro: "Mantinha os vassalos afastados atrás de uma barreira, os quais eram assim obrigados a gritar para serem ouvidos".

A virtude em Maquiavel é a afirmação da autonomia do homem perante as forças – e desordens – naturais (ou da natureza... humana, muitas vezes). Mas devemos entender essa virtude como necessidade ou como possibilidade?

Setembro 21

Fomos a Mar del Plata com a revista para uma leitura de contos. Sempre estranho a experiência de ler um texto em voz alta. Há uma facilidade enganosa nesse ato: a leitura verdadeira, ao contrário, é silenciosa, pessoal, requer isolamento e uma paixão secreta. Ler em voz alta diante de um público é diferente da experiência literária.

Encontro com a Alcira no hotel da costa. Tudo continua igual, mas tudo é diferente. Nesta viagem não fui visitar o Antonio.

Outubro 3

Já escrevi em outro lugar os motivos do rompimento com a Vicky (com quem cruzei hoje na faculdade). Tentei contar essa história de outra maneira, já que havia começado com ela lendo (por engano) um dos meus cadernos. Por isso tentei mantê-la fora destas notas.

Reunião difícil e letárgica no Diretório Estudantil.

Outubro 19

Definição surpreendente de Ezequiel Martínez Estrada: "O sistema socialista é a forma política e econômica mais racional, equitativa e afim aos avanços da civilização tecnológica e da cultura humanista", revista *Marcha*, maio de 1963.

Dezembro 10

Talvez se trate, enfim, de contar a história familiar. O Cholo, largado pela mulher, que foge com um recruta de vinte anos, abandonando também o filho de meses. E antes o Marcelo. E depois o Antonio. Cada um deles é um mundo, o clã dá lugar à má vida, através das mulheres. Os homens se rebelam e rompem as convenções, arrastados por uma paixão (vil, como costumam chamá-la).

Alguém, um homem superior, pode escolher uma vida fora da lei. Não é um artista, portanto não conta com o pretexto da criação para justificar sua maldade. O poeta maldito já é um produto de consumo que permite aos seus leitores, vicariamente, ter uma experiência excepcional e perigosa. Nesse caso, ao contrário, trata-se de ficar anônimo. Ninguém, exceto o círculo íntimo de seus amigos e cúmplices, conhece as aventuras arriscadas desse aspirante a santo. O sujeito pode decidir virar ladrão ou assassino potencial, como quem escolhe uma carreira ou uma profissão à qual dedicar a vida. Conheci o Cacho Carpatos quando éramos estudantes secundaristas em Mar del Plata. Ele estava no colégio industrial e eu cursava o 5º ano do nacional. Pertencíamos a dois planetas separados por distâncias siderais, mas nossas órbitas se chocaram por acaso no bar do Ambos Mundos.

Tínhamos amigos em comum, e ele era igual a mim e meus amigos. Ele se interessava por tudo e tinha uma inteligência luminosa, mas dirigia toda sua energia às motocicletas de alta cilindrada. Corria feito um alucinado pela beira-mar tentando quebrar não lembro qual recorde de velocidade ou que marcas suicidas; era igual a nós, arrogante, ambicioso, ávido por viver a vida, sem fazer caso dos limites. Deixei de vê-lo quando me mudei para La Plata, mas este ano o reencontrei. Continuava frequentando o bar, mas seu interesse tinha mudado. Caminhando pelas ruas baixas de Playa Grande, cruzando o túnel, ele me contou que ao terminar o colégio tinha decidido virar ladrão profissional. Achava que era um homem superior, intelectualmente superior, e também, acrescentou, moralmente superior. As leis e a defesa da propriedade privada, disse, não faziam parte de sua experiência. Não pensava em trabalhar e queria viver bem, portanto, fazia três anos, desde que terminara o secundário, vinha se dedicando a estudar e aprofundar os métodos para se apropriar da fortuna de homens e mulheres que, por seu turno, durante décadas se apropriaram da riqueza e das terras e campos e dos bens da sociedade. Pensei que estivesse tentando me impressionar, mas com um gesto me mostrou as mãos e me fez ver a verdade de sua condição. É um jovem loiro, magro, de olhos claros, vestido com elegância displicente, mas suas mãos são as de um operário. Castigadas, disformes, com um aspecto um tanto brutal, porque, disse, ele entrava para roubar nas casas dos ricos forçando grades e janelas, e essa ação deixava seu rastro em cada uma de suas mãos. Alguns homens, concluiu, excepcionais e algumas mulheres muito bonitas podiam viver fora da lei porque suas qualidades excediam as normas sociais. Tínhamos chegado ao Torreón e ali, inesperadamente, ele parou um táxi com um aceno, sorriu, disse que estava atrasado para um encontro, despediu-se e foi embora. Estava morando em Buenos Aires e podíamos nos encontrar na cidade ou até em La Plata. E aí ficamos de nos ver. Está passando o verão em Mar del Plata porque na temporada os endinheirados vêm para cá, disse. Parecia um caçador que segue atrás das presas quando elas migram, e por isso agora fazia seu trabalho nos chalés e nas casas residenciais de La Loma, o bairro nobre local.

Dezembro 11

Telefono de Adrogué, do telefone público na mercearia do López, e marco encontro com a Inés, a moça uruguaia que veio para Buenos Aires estudar filosofia. Saímos juntos, qualquer coisa para começar.

Quinta-feira 12

Fomos juntos ver *La terra trema*, de Visconti, numa sala experimental, poucos convidados, um espaço íntimo. A Inés vem de Piriápolis, na outra banda, como ela diz. Fomos jantar no El Dorá e depois passamos a noite juntos. Estranha mulher, muito parecida comigo, muito descomedida. "É estrangeira, você, uruguaia, uma mulher que dá vontade de conhecer um pouco mais", eu lhe disse. Ela sorriu, maliciosa. "Para escrever um conto, tu", disse. O fato é que imediatamente construímos uma linguagem comum, um idioleto, um idioma privado que só é falado por duas pessoas e que para mim sempre foi a condição do amor.

Sexta-feira 13

Tenho um horror que vem do passado por todo excesso retórico. Trata-se, para mim, da primeira das virtudes, usar a linguagem com precisão e clareza.

Sábado 14

Inés, possuída – segundo ela – pelo passado. Um passado que ela sempre imagina diferente. Eu a recordo sempre sorrindo. Nos encontramos no Tortoni, ela estava me esperando. "Não sabia se tu vinhas mesmo", disse.

Sexta-feira

Faz vários dias que estou junto com a Inés aqui em La Plata. Para ela, esta cidade geométrica e tranquila é um alívio. Buenos Aires a atordoa e ela sente muita saudade do mar, que não é um mar, diz, e sim um rio com grandes ondas e água salgada. Quer fazer uma tese sobre a província na filosofia. Vive querendo voltar para o Uruguai, mas resiste, porque respeita suas convicções, que para ela, como diz, são instáveis.

Terça-feira

Seria preciso trabalhar a relação entre o diário de Pavese e o *Diário de um sedutor*, de Kierkegaard. O sofrimento escapa do saber enquanto é vivido apesar do conhecimento, que não pode transformá-lo nem evitar que aconteça. Uma frase de Sartre pode ter a ver com isso que estou dizendo: "A consciência não é conhecimento das ideias, e sim conhecimento prático das coisas. Não basta conhecer a causa de uma paixão para suprimi-la; é preciso vivê-la, é preciso opor-lhe outras paixões, combatê-la com tenacidade".

Quinta-feira

Talvez eu devesse fazer um resumo de minha situação porque durante vários meses descuidei destes cadernos. Este ano, entrei em cena pela primeira vez, como se diz, e deixei de ser inédito. Publiquei na revista um ensaio sobre o diário de Pavese e um conto ("Desagravo") dedicado ao meu amigo José Sazbón, o tema é o bombardeio da praça de Mayo, misturado com uma história privada (um homem mata uma mulher).

Essas novidades foram, afinal, a realização, menor talvez, dos projetos ou das fantasias que tenho comigo desde os dezesseis anos. Além disso, este ano comecei a ganhar a vida com as duas cátedras nas quais trabalho como auxiliar estagiário.

Todas as sínteses são tristes; neste caso, não vou fazer mais do que deixar assentado um resumo, por enquanto sem todos os dados e circunstâncias.

II.
Os diários de Pavese

Para a glória, como alguém já disse, não é indispensável que o escritor se mostre sentimental, mas é indispensável que sua obra, ou alguma circunstância biográfica, estimule o pateticismo. Esse epigrama serve, sem dúvida, para explicar a presença de Cesare Pavese na literatura contemporânea. Nenhum de seus livros favoreceu tanto sua glória ambígua quanto os acontecimentos daquele 25 de agosto de 1950 em que um homem de óculos e expressão distante aluga um quarto anônimo num hotel anônimo de Turim (o Albergo Roma, na Piazza Carlo Felice). Ele pede um quarto com telefone – narra seu biógrafo Davide Lajolo em *Il vizio assurdo* –, e o hospedam no 3º andar. Pavese se tranca no quarto. Durante o dia faz vários telefonemas. Fala com três, quatro mulheres. Convida cada uma delas para sair, para jantar. Todas recusam. Por último liga para uma moça que conheceu poucos dias antes, uma dançarina de cabaré. Pouco se sabe desse diálogo de um escritor de quarenta e dois anos, recentemente consagrado com a máxima distinção da literatura italiana (o Prêmio Strega), com uma mulher que ganha a vida divertindo os homens: é o último diálogo que Pavese mantém em vida, e a telefonista do hotel recorda o final: "Não quero sair com você, porque é um velho e me aborrece", diz a dançarina. Pavese desliga. Não desce para jantar. No dia seguinte (domingo 27 de agosto), ao anoitecer, um camareiro, preocupado com aquele hóspede que não apareceu durante todo o dia, bate na porta. Como ninguém responde, decide forçar a entrada. Pavese está estirado na cama, morto, impecavelmente vestido, tirou apenas os sapatos. Sobre o criado-mudo há vários frascos de soníferos, vazios, e um exemplar de seu livro mais comovente: *Diálogos com Leucó*. Com sua letra de aranha, Pavese escreveu na primeira página sua última frase: "Perdoo a todos e a todos peço perdão. Tudo bem? Não façam estardalhaço".

Há uma beleza ao mesmo tempo corriqueira e trágica nesse final; certo ar "fim de século" que seduziu, e ainda seduz, os cultivadores da lenda de Pavese. A solidão, o anonimato, a busca impossível de uma mulher, o tédio de um fim de semana de verão e esse homem procurando a salvação numa dançarina que não quer se aborrecer; a dignidade teatral desse suicídio tem tudo para transformar Pavese num símbolo daquilo que alguém chamou, falando dele (sem metáforas), "a doença do século". Hoje Pavese é escutado – já que não lido – por ser um dos que falam (e a frase é de Fitzgerald) com "a autoridade do fracasso". Sua vida se tornou exemplar porque prova que toda escrita tem um segredo e é o lugar de uma vingança. O segredo é sempre uma falha (a impotência, o álcool, a autodestruição); a vingança é o castigo que a vida cobra de quem escreve. O poeta consome sua vida até as últimas consequências e no sofrimento paga o preço da beleza que produz. Estranha química que precisa da dor para purificar as palavras, o escritor é o herói que descobre o uso do sofrimento na economia da expressão, do mesmo modo que os santos descobriram a utilidade da dor na economia religiosa.

Uma sociedade que escora no sucesso os motivos de sua economia é capaz de reconhecer as qualidades "estéticas" do fracasso. A perfeição na morte constitui, como se sabe, um mito aristocrático, a beleza se alimenta de todas as formas do desgaste e da destruição, e especialmente do sofrimento desse sacerdote a ela consagrado, o artista. Se sofre como homem, como escritor é capaz de transformar seu sofrimento em arte. Nessa sublimação compensatória o fracasso é sempre necessário para o êxito "profundo" de uma obra.

Pavese é um dos mártires dessa superstição, e nas circunstâncias de sua biografia se renova a lenda da solidão do poeta e de sua inadaptação ao mundo. Em última instância, seu suicídio é um símbolo porque vem confirmar a ideologia (tão na moda, por outro lado, desde o tempo do fascismo) da impotência do intelectual, de sua inutilidade perante as singelas "verdades da vida". O próprio Pavese – deve-se dizer – abraçou esse clichê. Não por acaso, em seu diário, ele assimila o escritor à mulher: identificação paradoxal, vinda de um misógino, mas que se sustenta na ideia da sensibilidade feminina, passiva do escritor e na oposição entre vida ativa e vida contemplativa. A biografia de Pavese na realidade não tem muito sentido se não se introduzir nela sua vontade de fracasso, sua "mania de autodestruição", e se ao mesmo tempo não se levar em conta o herói (romântico) que toma a literatura, o escritor como "homem de letras" em sentido literal, como o *raté*, o frustrado, que sempre fracassa na empresa de viver, em tudo oposto ao "homem simples", ao homem de ação, detentor de um saber direto e triunfal sobre a vida.

O ofício de viver

"No meu ofício sou rei. Em quinze anos fiz tudo", escreve Pavese no final de seu diário. "Se penso nas hesitações da época... Estou mais desesperado e perdido em minha vida agora do que então. A diferença é que conheço meu mais alto triunfo – e esse triunfo carece de carne, carece de sangue, carece de vida. Não resta mais nada a desejar nesta terra, a não ser aquela coisa que quinze anos de fracassos excluíram. Este é o balanço do ano por terminar, que não terminarei." Trata-se do balanço de uma vida, como se vê: o sucesso que ele sempre buscou e que celebra não vale nada. Também aqui há uma metáfora: no mesmo momento que sua literatura é reconhecida, ele descobre a gratuidade e o vazio desse trabalho inútil. "O que você preferiria?", parece que Stendhal escreveu num exemplar de *A cartuxa de Parma*, "escrever um livro como este ou ter três mulheres?" Desnecessário dizer qual teria sido a resposta de Pavese. Ele sabe bem que são esses "quinze anos de fracassos" que fizeram seu triunfo: "aquela coisa excluída" é a falha que a escrita tenta em vão cobrir.

Pavese condensa sua vida no lapso que vai de 1935 a 1950, essas duas datas são a fronteira, o limite no qual sua vida se reflete como num espelho. Em 1935, Pavese está recluso no sul da Itália, condenado pelo governo de Mussolini por causa de sua ligação com os círculos de intelectuais antifascistas de Turim. Nesse ano ele termina seu primeiro livro (os poemas de *Trabalhar cansa*), começa a escrever seu diário, uma mulher ("a mulher de voz rouca" que aparece nos poemas) o abandona para se casar com outro. Em 1950, escreve um romance que o consagra (*A lua e as fogueiras*), coroando assim uma produção densa e variada em que se destaca um conjunto de quatro novelas (*O belo verão*, *A casa na colina*, *Mulheres sós*, *O diabo nas colinas*) que constituem, como aponta Italo Calvino, "o ciclo narrativo mais complexo, dramático e homogêneo da Itália de hoje". Filiado ao PC desde 1945, está inserido ativamente na vida intelectual italiana. Diretor de coleção na Editora Einaudi, desenvolve uma intensa atividade como tradutor, crítico e ensaísta. Nesse ano é abandonado por outra mulher, Constance Dowling, jovem atriz norte-americana a quem ele dedica os melhores poemas de seu último livro (*Virá a morte e terá teus olhos*).

Uma simetria quase perfeita rege os acontecimentos. No começo e no final há uma mulher perdida, há o isolamento e a solidão, a escrita, o fracasso vital. "Aquilo que mais secretamente tememos sempre acaba acontecendo", escreveu Pavese no início e na última página de seu diário. Essa frase escrita duas vezes é um oráculo, é a escrita do destino. Nesses quinze anos Pavese tentará descobrir qual é o segredo que se encerra nesse oráculo; quer saber o que é isso que mais secretamente se teme para poder, então, realizá-lo.

A tentação do suicídio

O deciframento desse enigma produziu um dos livros mais belos da literatura contemporânea, *O ofício de viver*. Hieróglifo cheio de silêncio e de escuridão, nesse diário, que começa no isolamento da reclusão e termina no isolamento de um quarto de hotel, podemos dizer que está todo o Pavese. Romance moral, monólogo que avança sem mencionar os acontecimentos, atento somente à lógica perversa da repetição, esse livro admirável está carregado de uma tensão ao mesmo tempo lúcida e trágica. "Quando um homem se encontra no meu estado", escreve nas primeiras páginas, "só lhe resta fazer exame de consciência. Não tenho motivos para rechaçar minha ideia fixa de que tudo que acontece a um homem é condicionado por todo o seu passado; em suma, que ele o merece. [...] Só assim se explica minha atual vida de suicida. E sei que estou condenado a pensar sempre em suicídio diante de qualquer contratempo ou dor. É isso que me aterroriza: meu princípio é o suicídio, nunca consumado, que nunca consumarei, mas que acaricia minha sensibilidade." Nessa frase há uma doutrina e uma fatalidade, a ênfase está posta, como se vê, na *ideia* do suicídio, aí estão a tentação e o terror, aquilo que Pavese chamava seu "vício oculto". Basta reler sua correspondência para encontrar a mesma obsessão desde o início, "penso no suicídio", escreve em 22 de outubro de 1926; e em setembro de 1927, "faz um ano que penso sempre no suicídio". Obsessão secreta, paixão solitária, o suicídio é um vício do pensamento, mania do intelectual que pensa demais, que está condenado a pensar.

O percurso que vai dessas cartas, escritas aos dezoito anos, até o quarto de hotel onde se fechará para morrer é narrado no diário. *O ofício de viver* (que alguém chamou, sem malícia, de o ofício de morrer), no fundo, não é mais que uma lenta construção desse trânsito: um trabalho obstinado para transformar o pensamento em ação.

A função do diário é tornar possível o suicídio, de fato (escreveu Stendhal), "um diário é sempre uma espécie de suicídio". Esse movimento explica a técnica que sustenta sua escrita. Muitas vezes Pavese se desdobra, fala de si mesmo em segunda pessoa, joga com o duplo. O texto é um espelho, e nele se tenta convencer o "outro". Daí resulta essa paixão gelada, esse ar de manual do perfeito suicida que levou um homem otimista como Davide Lajolo a dizer, em *L'Unità*, que *O ofício de viver* "não é um livro para ser lido".

Relato vazio, relato no qual só se registra o pensamento (da morte), ao mesmo tempo Pavese escreve o diário para postergar o suicídio. Nesse sentido o trabalho com o duplo é, como sempre, um modo de esconjurar a morte. Texto-limite, o desejo que o percorre é o de estar morto e ao mesmo tempo poder escrever sobre essa morte. É essa contradição que o mito do duplo fascinado com a ideia do suicídio resolve imaginariamente. A última frase do texto, implacável, deixa claro que a escrita era sua única (última) defesa: "Basta de palavras. Um gesto. Não escreverei mais". No futuro desse verbo está a morte: o que virá quando já não se escrever.

Livro em que a morte e a escrita se entrelaçam, o diário de Pavese é um desses estranhos documentos (como o *Diário* de Kafka; *The Crack-Up*, de Scott Fitzgerald; *The Inquiet Grave*, de Cyril Connolly ou *L'Âge d'homme*, de Michel Leiris) para os quais a literatura não consegue encontrar um lugar. Treze anos depois de seu fim, a leitura desse livro quase perfeito assegura a única lembrança de Pavese que interessa. Ele é esse livro, e quando em futuros aniversários o esquecimento tiver apagado as circunstâncias biográficas que tornaram possível sua escrita ou quando a memória tergiversar sua biografia a tal ponto que até seu suicídio seja transformado numa circunstância feliz, Pavese deverá ser visto, sem dúvida, como o homem que escreveu em *O ofício de viver* algumas das páginas mais memoráveis da literatura contemporânea.

12.
Diário 1964

Janeiro

Um ano que começou com uma caminhada pela Diagonal, fresca à sombra das árvores, com uns guardas bebendo genebra da garrafa atrás de um tablado, e a imagem de um homem com muletas, ao sol, e ao seu lado um mendigo na esquina fitando a chama de um isqueiro que segurava na mão esquerda, porque era canhoto, e por fim dois homens velhos, a dois metros de distância um do outro, ambos com um tabuleiro pendurado no pescoço tentando vender a mesma guloseima para um grupo indiferente de pessoas no ponto de ônibus. Imaginei que nenhum dos dois queria abandonar o território e portanto passariam horas observando um ao outro.

"A linguagem é a realidade imediata do pensar", Marx.

Domingo 5 de janeiro

O Cacho e a Bimba vêm me ver e ele me conta de seu confronto com a polícia, fugiu num carro roubado. Ela é uma loira muito bonita e provocante, mas por trás de sua atuação de mulher fatal é uma moça simples, diz tudo o que lhe vem à cabeça. Não tem filtro. Uma de suas expressões favoritas é "me parece". O que lhe parece é sempre um tanto obsceno e insólito. Por exemplo, hoje na Boston ficou meio ausente enquanto conversávamos e de repente disse: "Aquele homem de camisa florida foi meu cliente. Me parece que não devo ir cumprimentá-lo". É prostituta, ou melhor, como ela diz, "trabalho na rua". Não diz *trabalhei*, a profissão lhe parece uma atitude e um modo de vida impossível de abandonar. Não trabalhava na rua, ficava numa casa fina, como ela diz. Era uma *call-girl*, a cafetina recebia os telefonemas dos clientes e os encaminhava à garota, que o sujeito já conhecia ou escolhia num *book*. A Bimba não tratava direto com eles, a cafetina ligava para ela e lhe dizia que às cinco horas da tarde ia receber a visita de um senhor muito distinto etc. O mais chato do trabalho, dizia ela, é ter que ficar esperando o telefone tocar. Conheceu o Cacho num bar da Córdoba com a San Martín e foi embora com ele. Imagino que o Cacho pensa que sua vocação exige que sua mulher seja uma puta. Para tornar a vida mais crível (para o próprio Cacho).

A frase deve ser capaz de criar situações. Uma frase condensa um ato. A imagem deve ser narrativa. A imagem narrativa. O exemplo de Wittgenstein, estamos dentro de um quarto e vemos pela janela um homem que caminha com dificuldade, movendo os braços como se remasse. A imagem muda quando sabemos que lá fora há uma tempestade com uma ventania que vem do mar.

O pessimismo cósmico é uma doutrina consoladora (vide Martínez Estrada).

O forasteiro, ao chegar a um lugar, incita a pensar para além do que se vê.

Não existe outra maturidade, disse, que não seja a consciência dos próprios limites.

O que se aprende na vida, o que se pode ensinar é tão limitado que caberia numa frase de dez palavras. O resto é pura escuridão, tatear num corredor na noite.

Segunda-feira 1º de julho

Muitas vezes prefiro o presente, um prazer fugaz, como para não desconfiar do meu projeto. É paradoxal, mas fazer as coisas de modo imprevisto, pensando na última hora, é um jeito de conseguir chegar à calma e à tranquilidade.

É curioso, mas descubro certo naturalismo em Cortázar, ali, na cor local e no costumbrismo ele reforça o efeito fantástico. Lembrava a frase de Aragon: "Só eu posso saber o quanto sacrifico e abandono para fazer literatura realista".

Minha história se resume desta maneira: agora vou fugir, depois veremos.

Terça-feira 2

Sarmiento: "Se ele matar gente, não diga nada; são animais bípedes de tão perversa condição que não sei o que se possa conseguir tratando-os melhor". Em 1863, determinou que se aplicasse a pena de açoite a quem estragasse as armas do Estado. A Constituição Nacional tinha abolido essa pena bárbara, mas Sarmiento sustentava sua permanência em virtude de velhos regulamentos espanhóis ainda vigentes no exército. A medida tinha como alvo os *montoneros** que cortavam as armas para adaptá-las ao seu modo de lutar (Sommariva, *Historia de las intervenciones federales en las provincias*, p. 210).

"E de fato este é o segredo da felicidade: adotar uma atitude, um estilo, ao qual devem adaptar-se todas as nossas impressões e expressões", C. Pavese.

Narrar quer dizer centralmente cuidar da distância entre o narrador e a história que ele conta. Essa distância define o tom da prosa e também seu ponto de vista. Um exemplo simples é a passagem brusca para o presente (da narração), que deixa os acontecimentos transcorrendo no passado.

Sem pensar já decidi ir à faculdade, para vê-la. O que me importa é o puro presente, e não as consequências. "Não posso ficar sem ir", pensei, e vi a frase escrita no ar com sua sintaxe deslocada.

Sexta-feira 3 de julho

De novo, ninguém além de mim entende o que aconteceu. Da próxima vez saberei como agir. Foi o que pensei ontem à noite na festa na casa dos Villarreal. Porque fui lá. Trata-se de uma metodologia, não é um erro isolado. Estive com ela das dez da noite às três da manhã. A clareza veio no final quando todos tinham assumido a postura essencial. É para isso que serve a genebra. Uma moça loira e corpulenta, deitada no chão, tentava seduzir um jovem muito amaneirado, falando de política. O fracasso do socialismo de vanguarda foi usado como uma forma de conquista erótica. Por seu lado, Celia H., hierática, o olhar vazio. E acabei ficando com ela, porque a outra, minha amiga, demorou muito para entender as mensagens cifradas.

* Aqui no sentido primeiro de integrantes da *montonera*, como se chamavam os grupos irregulares da cavalaria que participaram das guerras civis. O nome seria retomado pelo grupo político-guerrilheiro fundado em 1970. (N. T.)

Domingo 5 de julho

O capitão Ahab não é um personagem (como Madame Bovary, por exemplo), e sim uma força verbal que não existe sem a baleia branca. Mais do que um indivíduo, é um composto de energias, que ofusca todos os demais protagonistas que giram ao seu redor, sem vontade, presos à obsessão de Ahab. O navio, os arpões, são também parte de seu corpo. Só Ismael, que é quem narra a história quando ela já terminou, tem vida própria.

Segunda-feira 6 de julho

A divergência do grupo Pasado y Presente com o PC é perfeitamente assimilável às diferenças entre o PC italiano e o argentino.

Ela só me pede que passemos uma semana juntos. Eu repito sempre a mesma coisa, mudam as circunstâncias, as pessoas, os fatos, mas a sintaxe é sempre a mesma. Vou protelando e esperando que a vida decida por mim. Minha relação com a V. é apenas um exemplo. Eu me aferro a ela sem pensar, ou melhor, eu me aferro a ela para não pensar.

Quarta-feira 8

Tudo o que faço tem "*status* público", não há segredos e não tem por que haver.

Dezembro 3, 1964

De certo modo, para mim, este ano não terminou. Um ano estranho e fecundo. Talvez o mais importante, até onde me lembro.

Faulkner toma distância não mais da recordação, e sim de uma nova visão tida por quem recorda. Introduz um segundo ponto de vista no interior da memória. Eu vivi algo. Depois o recordo. Mas quando, anos mais tarde, volto a recordar aquilo, eu o modifico. Nesse sentido Faulkner coloca dois tempos no ato mesmo de recordar. Estabelece um tempo intermediário que altera a própria recordação e talvez também o fato vivido.

Sexta-feira 4

Estou lendo *O intruso*, talvez o escrito mais barroco e intrincado de Faulkner. Esconde não somente o que aconteceu, mas o que será narrado: "Esse cheiro que, não fosse por algo que lhe ocorreria dentro de um espaço de tempo incomensurável em minutos, teria ido ao túmulo sem refletir nele". Um modo de anunciar. O estilo empastela os gestos cotidianos, os entorpece com uma magnificência de epopeia e os faz ir a pique como se fossem objetos de chumbo.

Tentarei narrar o que fiz ontem. Como sei que o importante é aquilo que define o dia e que esse ato aparece depois, devo me ater aos fatos. Encontro com o Germán García, minhas conversas sobre Cortázar no bar da Callao, minha perambulação pela Corrientes. A cansativa insistência do Briante na sua própria literatura. Então devo avaliar as coisas que aconteceram ou as coisas que pensei sobre o que tinha acontecido.

Segunda-feira 7

Muito calor, ontem e desde sábado zanzando por lugares perto do rio. Passei a noite no Tigre. Mas só quando o olhei do trem, na viagem de volta, tive um panorama completo da imagem do rio, porque enquanto estava nele via apenas fragmentos e restos instáveis de algo que só depois, de fora, pela janela de um trem, eu pude ver no conjunto.

Ontem à noite me encontrei de novo com o Casco (esse não é seu nome), que eu via todos os dias em La Plata faz alguns anos. Sempre lúcido, sempre muito radical. Desta vez apareceu com o Francisco Herrera para me dizer que eu tinha razão ao insistir na necessidade de um trabalho específico na Frente Cultural. O projeto é fundir-se ao grupo Pasado y Presente. As diferenças estão em toda parte.

Em *El incendio y las vísperas*, Beatriz Guido tenta narrar o peronismo, mas na realidade narra a história da oposição ao peronismo e, nessa oposição, um conflito entre os setores tradicionais da direita e o que poderíamos chamar de intelectuais liberais. Esse é o tema do livro, portanto o peronismo aparece como um fantasma tenebroso que incendeia igrejas e reprime com ódio qualquer gesto de liberdade. Em certo sentido, o peronismo invade a realidade inteira e a transforma no reino do mal. Está bem narrado, com uma prosa limpa e contida, às vezes próxima do "objetivismo". Depois, quando nos reunimos na livraria Falbo para discutir o livro, ficou claro que ela, assim como o Pedro Orgambide, é cheia de preconceitos que nem chega a perceber. Também estavam lá a Syria Poletti e outros escritores, e eu me esforcei para defender a Beatriz, insistindo no fato de que seu romance não tem nada a ver com o peronismo porque ali ele é visto exclusivamente da perspectiva da oposição, que na realidade era o tema do livro.

Escritores como Beatriz Guido, Sabato e o próprio Viñas veem o peronismo como um apocalipse contínuo e cotidiano, como se o país tivesse subido a um palco em que tudo é representação e falsidade. Não conseguem entender os motivos pelos quais o peronismo foi apoiado maciçamente e consideram que só a corrupção e a infâmia explicam essa adesão. As massas peronistas são vistas como uma multidão de ingênuos e malvados crédulos enganados pelo poder. Num ponto, eles repetem o modelo que Mármol usou em *Amalia* para narrar a época de Rosas, pareceria que o modelo do romance romântico e folhetinesco sobreviveu até hoje.

Saí com o Cacho e quando passávamos por San Fernando não pude deixar de pensar na Inés tomando sol com seus amigos no rio, que tem a desmesura do mar. Não se trata do passado, mas de algo que acontece onde não estou e que não posso controlar.

O sistema de comparações de Faulkner tende a ser narrativo, ou seja, a relação se estabelece não com um conceito ou uma imagem estática, mas com uma ação. Por exemplo, "como se tivesse ficado muito tempo deitado no chão sem poder mudar de posição". O símile é uma pequena ação, um microconto que poderia ser isolado e juntado a outros para construir uma rede de narrações microscópicas. Por exemplo, como quem apalpa uma mesa no escuro sabendo que nela há uma perigosa série de cacos de vidro. Muitas vezes o fato que se quer narrar é ofuscado pelo poder da comparação.

Terça-feira 8

Uma reunião com Szpunberg e Herrera, de onde pode sair um projeto. Se bem que sou cético quanto às associações ou ligas de intelectuais. Implica acreditar que um campo específico por si só gera interesses comuns. Seria mais lógico organizar os escritores segundo sua poética literária e a partir daí ver suas posições políticas.

Curiosamente, Faulkner distingue na população negra do Sul certa aristocracia que se opõe aos novos negros. Em *O intruso*, Lucas diz: "Não pertenço à gente nova, pertenço aos mais antigos". E nunca tira o chapéu diante dos brancos. No limite, é por isso que Lucas é castigado pela sociedade, por não acatar as regras que enquadram a atitude dos negros, é meio branco e de fato é castigado por pensar que já não é igual ao resto de sua raça.

A temporalidade em Rulfo e Faulkner não é psicológica, mas épica.

Quarta-feira 9

Afundado na abulia e no calor. Há vários dias que não faço nada além de mudar de projeto e de tema. Só me passam coisas pela cabeça, não leio nem escrevo. Como sempre, minha ação básica é protelar, deixar "para depois", de modo que tudo fica pela metade, como se a realidade estivesse a um metro de distância de mim.

Encontro um certo *professor* Caldwell da Universidade da Califórnia que trabalha com a nova narrativa argentina. Ele disse duas coisas interessantes, que Faulkner é um narrador que cria mitos e que por isso está perto da tradição oral. E depois disse que Borges é um poeta inglês do século XVII (definição que teria alegrado o sujeito da frase).

Quinta-feira 10

A desmesura, a avidez e o violento desespero do Cacho Carpatos o tornam atraente para mim, que tento ajudá-lo. É um *outsider*, como eu mesmo ou como os escritores e os heróis que admiro. Está afastado do social, não quer entrar aí, faz questão de se manter à parte, mas o fato de viver do roubo o coloca numa situação estranha e está sempre inquieto, não apenas pelos riscos que corre cada vez que sai para fazer "seu trabalho" (em geral só "sai" aos sábados), mas também pelo tempo vazio, pelo tédio que o leva a agir por impulso. É um "alheio" (com todos os sentidos que a palavra carrega, entre outros o de viver do alheio), e o que mais me atrai nele é sua capacidade de arriscar a vida. Essa mesma capacidade é o que o destrói. Já o vi pegar uma curva de moto correndo a toda a velocidade para provar que era possível passar por ela a mais de cem por hora. A mesma coisa quando nas noites de sábado se veste com elegância, toma uma anfetamina para se preparar e ficar bem ligado, se despede da turma de amigos, indicando três ou quatro pontos onde vai estar se tudo correr bem, e parte para roubar somente mansões do subúrbio norte, em Olivos ou San Fernando. Outro dia escapou por pouco e conseguiu trepar numa árvore e dali vigiar os policiais, que o procuravam na outra esquina iluminando os jardins e quintais com suas lanternas. Esse constante perigo em que ele vive o sensibiliza de tal maneira que praticamente já nem consegue dormir à noite, está sempre à espreita, como quem vê em todos um potencial inimigo. É o perseguido essencial, em qualquer situação pode ser surpreendido ou morto.

Um dia ainda vou escrever um conto (fantástico) com a história do engenheiro (ou do enfermeiro?) que se encontra com o imortal, e quando vai revelar sua condição, os dois sofrem um acidente e só o engenheiro sobrevive. Esse fato me atrai, ele é o único que conhece quem foi imortal e seu testemunho é único, mas quando tenta relatá-lo ninguém acredita. O bom da história é pensar que os imortais, por circunstâncias que desconhecemos, podem também morrer num acidente. Em certo sentido, parece um conto de fantasmas e, em outro sentido, é a história da minha relação com o Cacho e o relato verídico da madrugada em que quase nos matamos ao entrar a toda a velocidade nos Bosques de Palermo, quando o carro derrapou e durante um tempo infinito estivemos a ponto de morrer. Lembro das coisas que pensei, não só que íamos morrer, também que eu poderia sobreviver e que aí teria problemas para explicar por que estava com o Cacho num carro roubado. A dedicatória do conto seria *Para Enrique Gaona, que essa noite resolveu saltar.*

Saímos da faculdade com o professor Edwards, que nos levou para conhecer sua amante, uma loira vistosa para quem ele montou casa e com quem vive uma realidade paralela à que mantém com a mulher e os filhos. O mais engraçado é que nas suas aulas de História Social ele descreve a vida dupla ou, como ele chama, a esquizofrenia de classe que, na Argentina do século XIX, os homens da classe dominante viviam. Ou seja, ele vive aquilo que nos explica, como se fosse um trabalho prático.

Vamos ver se aos poucos consigo dominar esse calor e a moleza que estou sentindo e voltar ao conto para terminá-lo. Falta apenas uma cena: no final da festa, ela se aproxima quando ele cruza o jardim e os dois saem juntos. Preciso de uma cena violenta, com ação, em que ele repita sua fuga da cidade. Tem que perder sua falsa liberdade, sua disponibilidade.

O *Baudelaire* de Sartre é uma execução, quer dizer, um processo em que se condena o poeta recorrendo à sua biografia. Como se Sartre quisesse dar a entender que a decisão de ser poeta (ou de viver como tal) é condenável porque implica a opção pelo imaginário.

Sábado

Na literatura, acho, o fundamental é ter um mundo próprio. No meu caso, esse material é secretamente autobiográfico e depende da infinidade de histórias familiares que fui escutando ao longo da vida. Portanto, o romance trabalha a partir de uma realidade já narrada, e o narrador tenta recordar e reconstruir as vidas, as catástrofes, as experiências que viveu e lhe contaram (e para mim o vivido e o contado são a mesma coisa).

Domingo 13

Acompanhar a experiência cotidiana de alguém que – como o Cacho – vive sempre em risco é uma experiência reveladora. Entendo que só existem atos decisivos ou momentos heroicos depois que eles aconteceram, quando são narrados. Antes disso são uma sucessão confusa de pequenos gestos, de acasos e emoções. Por exemplo, ajustar o coldre sovaqueiro, ajustar o revólver, esconder uma chave de fenda e um pequeno pé de cabra nas dobras de uma gabardine branca muito elegante. Sair num carro roubado, que ele pôs para funcionar fazendo uma ligação direta embaixo do volante, e avançar pela cidade sabendo que a polícia está à procura desse carro. Pegar a Libertador na direção norte, deixar-se levar pela intuição e de repente virar numa transversal e parar para ver se está sendo seguido. Ficar por algum tempo ali no escuro com os faróis apagados. Depois seguir bem devagar observando as casas, tentando descobrir em quais delas os donos não estão e vão demorar algumas horas para voltar. Pular a grade, procurar os alarmes, desativá-los, arrombar uma janela e entrar na casa.

O engraçado é que para o Cacho o risco já virou uma rotina, e ele reclama porque é sábado e "precisa ir trabalhar" (como, por exemplo, o Puchi Francia, que se lamenta toda vez que precisa ir para seu trabalho no jornal *La Pensa*). É por isso, acho, que o Cacho assume riscos cada vez maiores, procurando algo que ele não sabe muito bem o que é, "se salvar", quem sabe, dar o golpe, receber uma informação que lhe permita enriquecer de uma só vez e depois se aposentar (o que duvido que ele faça). A coragem é um modo de ser, algo que também aparece depois, quando ele narra os fatos ou quando já os viveu, mas que faz variar os gestos, tomar decisões sem pensar, guiado pelo instinto e pela paixão pelo risco. É isso, enfim, o que o determina.

Por alguns momentos estou em outro tempo, não se trata de uma lembrança, e sim, antes, de voltar a viver as emoções do passado. Por exemplo, aquela noite com a Elena na frente do colégio, ou com a Vicky na praça entre as árvores e com a Amanda na saída da rádio. Talvez esteja delirando, mas vejo a mim mesmo na cena e aí vejo que conservo a razão porque imagino que estou narrando aquilo que vivi. O curioso é que não recordo – ou não consigo ver – o conteúdo da situação, não escuto os diálogos, não sei muito bem o que está acontecendo, ainda que às vezes tenha uma vaga lembrança. Enfim, queria estabelecer uma distinção entre recordar e viver – ou ver-se viver – no passado. A única certeza de verdade são os sentimentos e as emoções, que no presente parecem corresponder ao que eu sentia naquele tempo.

Quarta-feira 16

Ontem, longo giro pelos bares. Com a Beatriz Guido, assistindo ao raro fenômeno de uma pessoa que é mais lúcida ao escrever do que ao falar. (Mas será que é tão raro assim? Sinto a mesma coisa só que ao contrário com o David Viñas, ele é muito melhor do que seus textos.) Quero dizer que há mais coerência no romance que a Beatriz escreveu do que nas coisas que ela diz quando fala de política. Por outro lado, ela trabalha – e nisso é igual ao Viñas – sempre a um passo do jornalismo. Sabe "se situar" e está preparando um romance sobre o "fato histórico" do caso Pinedo e a alta fictícia do dólar. Cambaceres ou Martel deviam fazer algo parecido quando "escolhiam" seus temas.

Preparei com o Oscar Garaycochea um guia sobre "Os autos do processo" em três partes. 1. Meu conto, narra o soldado; 2. Visão da filha; 3. López Jordán. Pensamos numa espécie de "Rashōmon" meio histórico, a narrativa passa de uma versão a outra sem tomar partido sobre os fatos.

Depois, na casa da Inés, ela me conta o que a Isabel lhe contou sobre Rosario e certo esteticismo provinciano acompanhado por uma política sempre ligada aos interesses pessoais. No Uruguai, a Inés disse, as coisas não são assim. Não disse como são, só tomou distância do estado de coisas, que é seu modo de nomear a realidade. Um estado do mundo, ela diz às vezes, contingente, instável e pleno em seu ser. Só a negatividade, segundo ela, lhe permite o acesso à verdade.

A sensação de plenitude ao começar um ensaio, quando enumero o que vou escrever. O plano tem o encanto que surge da descoberta do enredo central de um conto que parece já escrito. Essa é a única alegria plena da literatura.

É sempre possível imaginar que ajudamos a corrigir a injustiça social sem pôr em risco nosso filisteísmo literário. A literatura, ao contrário, deveria ser capaz de criticar os usos dominantes da linguagem. Desse modo a literatura seria uma alternativa às manipulações da linguagem e aos usos da ficção por parte do Estado. No momento, o escritor na Argentina é um indivíduo inofensivo. Escrevemos e publicamos nossos livros. E nos deixam viver, temos nossos círculos, nosso público. Então como conseguir alguma eficácia com a única coisa que sabemos fazer? Tudo deve se centrar, repito, nos usos da linguagem. Desse modo, os conteúdos terão um efeito diferente. Não importa o tema, e sim o tipo particular de construção e circulação daquilo que fazemos.

Um bom exemplo é o que aconteceu no congresso de Paraná, em Entre Ríos. Era, em certo sentido, o congresso dos outros. Até que alguém, o Saer, falou por todos nós. Na mesma hora sua ação começou a virar um escândalo e, portanto, a ser vista como uma atitude individual de quem quer se mostrar. Tudo parece ser um espetáculo do qual ninguém consegue escapar.

Um sonho. Estou no meio de uma multidão numa rua de uma cidade desconhecida e falo em outra língua, uma língua que ninguém entende.

Este dia é um resumo, um compêndio destes tempos. Estamos sem dinheiro, sem comida, e a Inés amanhã tem prova e eu rumino o ensaio que quero escrever.

É lícito pensar que somos uma geração, quer dizer, um grupo de pessoas que têm experiências comuns (o peronismo, por exemplo), que leram os mesmos livros e escolheram os mesmos autores, porque a idade – ou a juventude – é também um problema de cultura. Em nosso caso, somos avessos às formas estabelecidas e dominantes das formações culturais. Partimos da lição de Roberto Arlt, que para nós é um contemporâneo. Querem nos apresentar como jovens raivosos que se rebelam e tentam mais uma vez transformar o problema de uma nova literatura numa questão sociológica e de época. Supõem ou imaginam uma particular "loucura" em alguns jovens, nesse caso o Saer; o mesmo método já foi usado com o Arlt. Enquadram o Saer na categoria de jovem raivoso, do tipo esquisito que desvaria, como se o que ele diz fosse falso. O Saer sabe, melhor do que ninguém, que o acontecido em Paraná é um episódio anedótico, um detalhe de uma realidade mais ampla. Somos – dito com ironia – um grupo de escritores que batalham por uma nova cultura na Argentina. Uma nova cultura que reconstrói a tradição e escolhe seu ponto de referência, o Juan L. Ortiz foi citado e defendido pelo Saer, que também poderia ter falado do Macedonio Fernández, porque eles, esses grandes velhos, são nossos contemporâneos.

Quinta-feira 17

Ontem à noite fomos ao Caño 14 assistir ao Horacio Salgán tocando com o Edmundo Rivero. O tango agora é escutado em clubes onde não se dança, a mesma coisa acontece com o *jazz* em Nova York, o *rock* varreu todas as tradições anteriores da música popular.

Juan Goytisolo, assim como Pío Baroja, acredita que no romance "a psique mais complexa cabe num papel de fumo". Estamos perto de Hemingway e de uma narração que constrói os sentimentos a partir das ações.

Um dos paradoxos da época – e não dos menores – reside no fato de que nós artistas lutamos por um mundo que talvez venha a ser inabitável para nós.

Quarta-feira 23

Estou em Mar del Plata, vou à praia; época luminosa ao sol e no mar, onde não é necessário pensar.

Quinta-feira 24

Acabei de acertar e de passar à máquina "As duas mortes". Um bom conto, bem narrado, com muita ação. Vou entregá-lo ao Jorge Álvarez. Talvez "Os autos do processo" seja um título mais acertado.

Sexta-feira 25

Uma coisa que me incomoda no livro de memórias de Hemingway e nos *Trópicos*, de Henry Miller, é o esforço de mostrar a vida como ela é, buscar a veracidade na ilusão de contar sem artifícios, como se a gramática por si só já não fosse um artifício. É como surpreender uma conversa íntima entre duas pessoas e saber que elas falam de suas coisas privadas sabendo que alguém as escuta.

Sábado 26

De repente me lembro das palavras da Inés, ditas à beira da cama, o que ela disse volta como uma bênção mas também como algo que já se perdeu e pertence ao passado.

Procedimento. Alguém narra uma história de modo confuso, quase ininteligível; antes de terminar, alguém entra no quarto. Aquele que tinha estado escutando a história que o outro contava confusamente resume o que ouviu para o recém-chegado que acaba de entrar no quarto. Esse procedimento é típico de Dashiell Hammett.

Segunda-feira 28

Dashiell Hammett narra a ação de fora, precisa detalhar os atos e os objetos, e essa meticulosidade, esse cuidado na inscrição é a única coisa que ele quer contar. A pergunta implícita é: por que se narra dessa maneira? Porque nesse mundo tudo está em perigo, todos se sentem vigiados e a violência pode explodir a qualquer momento. O procedimento narrativo dá a entender tudo isso sem dizê-lo. A técnica vem de Hemingway: tudo é narrado no mesmo nível sem hierarquizar as ações nem os fatos. Narra-se com o mesmo tom um assassinato e uma agradável tarde no campo (que pode ser mais perigosa). Narra-se portanto sem selecionar, e só depois, quando a ação irrompe como uma rajada de vento, pode-se recompor a ordem dos fatos. É um procedimento muito útil para narrar a ação física (brigas etc.), mas apresenta problemas para mostrar as relações entre os personagens, porque os torna opacos e parecidos. Claro que nesses romances o diálogo é o modo central de apresentar as pessoas. Elas são o que dizem (mas ninguém acredita nelas).

Quinta-feira 31

Leio *As palavras*, de Sartre. É puro estilo, no melhor sentido, uma sintaxe sempre aberta que empurra a linguagem para a frente. O estilo salta aos olhos porque também as ideias são malévolas, e portanto insólitas e evidentes. O livro foi escrito contra a literatura, considerada uma representação falsa que um sujeito faz de seu próprio lugar no mundo. Para Sartre, o escritor opta pelo imaginário e descarta o real. Para provar essa tese, que já usou contra Baudelaire e Flaubert, ele apresenta a si mesmo, na infância e na adolescência, nos anos de *A náusea*, como uma espécie de palhaço sentimental que faz de tudo para agradar aos outros. No final, Sartre diz que se salvou dessa doença (a literatura). O livro é tão bem escrito que não importa que ele diga que a literatura é inútil, porque sua prosa o desmente. De qualquer modo, dito com todo respeito, as duas páginas de Borges em seu texto "Borges e eu" dizem a mesma coisa melhor e mais laconicamente. Admiro Sartre, mas não compartilho de seu moralismo e seus bons sentimentos.

Sempre que estou apaixonado por uma mulher me interesso pelo seu passado, como um jeito de ver de que modo ela e eu acabamos nos encontrando num ponto definido e instável do tempo. Como se desde o nascimento até o presente tivéssemos percorrido um caminho cheio de curvas e voltas, que no entanto nos levava a um lugar onde inevitavelmente nós dois iríamos nos encontrar. O amor tende ao pensamento mágico, a gente acredita que o outro estava destinado a ser visto e a ser seduzido porque não havia nenhuma opção diferente.

Não tenho o menor interesse em fazer um balanço deste ano, porque não sou contador no sentido econômico da palavra, e sim, antes, um narrador (quer dizer, claro, um contador que escande seu relato sem reparar nas datas ou na troca do calendário). O que acabou para mim nesta época? Estou prestes a deixar de ser estudante para me transformar em algo que ainda não sou capaz de decidir. Nesse sentido, 1964 é um ano qualitativamente mais valioso que os anos anteriores, e por isso não terminará hoje.

No conto que estou revisando, "Em novembro", aparece essa questão. Começa com a frase: "Não há nada que se compare ao início da primavera, quando os dias escuros do inverno já passaram e a gente pode voltar ao mar". Quer dizer que o narrador está recordando um dia em que foi nadar na praia deserta, conta no presente algo que aconteceu antes. Já na versão que estou trabalhando agora, o narrador conta os fatos enquanto eles acontecem. Está na praia e fala do navio afundado aonde quer chegar nadando para ver se encontra algo nos camarotes inundados. Vou reescrevê-lo, talvez o inclua no livro. É baseado num homem que conheci na praia e que só queria viver dentro da água. Troquei o título, agora se chama "O nadador", e quem narra não sabe o que vai acontecer, quer dizer, o que ele vai encontrar no navio. Um narrador que tende ao presente e conta os fatos enquanto acontecem sem lhes dar o sentido que eles terão no futuro. É a técnica de Hemingway em seus primeiros contos: o narrador não quer recordar, então conta tudo no presente como se não tivesse memória, como se não soubesse o que vai acontecer. É a técnica que Camus usa em *O estrangeiro*. O narrador não tem opinião sobre os atos que comete. Narrar é como nadar, dizia Pavese.

13.
O nadador

Todo mundo me chama de Polaco porque tenho olhos azuis e cabelo loiro, quase branco; durmo em qualquer parte e vivo do que encontro no mar. Chego na praia bem cedo e procuro um canto sossegado, entre as dunas, do outro lado do espigão maior, perto do porto. Daqui vigio toda a orla e posso ver o navio afundado na boca da baía. Está a uns três quilômetros mar adentro, perto da última arrebentação, escorado sobre um banco de areia. Quando o vento vem do sul parece que se escuta o leve rangido das enxárcias, o som enferrujado dos metais sacudidos pela maré. Não há nada mais misterioso que os restos de um navio afundado que se recorta no horizonte, como uma assombração.

Dizem que há um sortilégio no navio e quem chega até ele descobre uma coisa que não consegue esquecer. Parece impossível pensar nisso sob o sol e a claridade desta manhã de primavera em que o ar é transparente e tranquilo.

Tudo está em suspenso e estou à espera. Primeiro vieram os mergulhadores, logo virão os turistas e não vai sobrar nada. Se eu conseguir chegar até ele, talvez ainda encontre alguma coisa.

Às vezes penso que o navio está lá desde tempos remotos, que afundou há trezentos anos, e aí imagino os antigos habitantes que o viram lutar contra as ondas e naufragar. Vejo a solidão da planície que acaba no mar e alguém que se aproxima a cavalo até a praia e fita impassível a imensidão do oceano. Um índio pampa talvez, mirrado, curtido, ereto sobre os lombos do cavalo, que respira, como eu, o vento salgado que vem do sul.

Ao longe gaivotas giram leves no ar; há um abismo lá embaixo, que persiste desde antes da existência da terra. Guardamos a memória dessa imensidão e por isso somos felizes no mar e desventurados na terra. Ao entrar no oceano perdemos a linguagem. Só o corpo existe, o ritmo das braçadas e o clarão do dia na superfície da água. Ao nadar não pensamos em nada, salvo na luminosidade do sol contra a transparência da água.

O mar é perigoso e profundo aqui, mas não é traiçoeiro. É preciso conhecer o movimento subterrâneo das marés e evitar as correntes geladas que arrastam mar adentro. Hoje parece tranquilo, mas a correnteza, escura e pesada, se distingue na claridade da água, como se fosse um animal submerso. Isso significa que as marés estão baixas e que poderei nadar me esquivando das bordas frias da correnteza e cruzar a última arrebentação até alcançar o mar calmo.

Paro à beira da água; o sol já está alto e não há sombras sobre a areia. Mas ao fundo, longe, vejo que chove sobre os restos do navio. É como se uma névoa úmida cobrisse as bordas desoladas do convés. O navio, sob a chuva, parece um navio fantasma, e entro no mar e começo a nadar, decidido, rumo ao centro do temporal. As ondas são lentas e se formam ao longe subindo e subindo até quebrarem com violência. Enfrento a primeira arrebentação, a uns cinquenta metros da praia. Mergulho alguns metros e nado por baixo, tranquilo na quietude transparente da água, e sinto as ondas rompendo acima com força e me sacudindo como se alguém me empurrasse pelas costas.

Saio a mar aberto assim que deixo a proteção do quebra-mar. O canal está à minha esquerda e vou bordejando sua escuridão sombria e, por momentos, quando me aproximo demais, sinto a profundidade gelada da água. Então me afasto para a esquerda, nadando quase na diagonal. Avanço tranquilo, com ritmo, a cabeça vazia.

Enfrento a segunda arrebentação e as ondas me empurram para o canal que reaparece no final da linha de espuma. A correnteza me arrasta mar adentro mas consigo boiar sem fazer força nem tentar me opor à maré que me arrasta com suavidade. O mar mudou de cor e está escuro e morno e puxa para o horizonte numa linha paralela à costa. Aos poucos consigo me afastar da correnteza, nadando e parando, de viés, até que volto a sentir a água cada vez mais transparente e tranquila.

Estou longe de tudo, a uns dois quilômetros mar adentro. Já não se vê a cidade, o reflexo dos prédios altos se confunde com o clarão do sol na superfície da água. Há uma luz limpa e clara, só que mais longe, à minha frente, o mar muda de cor, o céu está escuro e a chuva cai, como um pano cinza. Lá no meio do temporal, mergulhado na névoa, vejo o navio que se agita e range empurrado pela maré.

Toda a popa está embaixo da água, mas metade do convés aflora à superfície. Visto de baixo parece imponente e quieto, como um prédio encalhado. As gaivotas grasnam e revoam sobre as chaminés pintadas de vermelho.

Nado até a parte de trás e subo pela corrente da âncora até trepar na quilha, e consigo pôr os pés no convés. O navio está levemente empinado mas consigo caminhar em direção à proa. Primeiro a água me cobre os pés, mas no final o convés está seco, com os excrementos brancos das gaivotas espalhados sobre as chapas.

Estou sozinho nessa imensidão calada, de pé frente ao horizonte, a água faz um ruído mínimo ao se sacudir contra as obras mortas. Sinto que sou um náufrago numa ilha no meio do oceano. Agito a mão, mas claro que ninguém me vê. Agora o temporal está sobre a cidade e daqui se vê uma massa escura com a chuva como uma luz líquida. Aqui, ao contrário, o sol é pleno e o céu está limpo. A quietude é total. Demoro a perceber que o navio balança de leve.

Num dos costados há uma escotilha aberta, com uma escada de ferro que desce para a sala de máquinas e o porão. A água chega até o segundo degrau. Começo a descer e afundo, de início mantenho a cabeça fora da água mas por fim mergulho e adentro as entranhas do navio.

Nado por um corredor estreito. De cada lado se abrem portas que dão nos camarotes. Tudo está arrasado e a água torna os objetos e os móveis distantes e irreais. Uma mesa boia perto da janela. Volto a submergir e cruzo uma das portas e entro num compartimento coberto de água. Há ruídos estranhos, como vozes ou murmúrios perdidos.

Meu ar acaba e volto para a escada e trato de recuperar o fôlego. Depois volto a mergulhar e cruzo outra vez o corredor para entrar no camarote central. No chão há objetos de metal, são porcas e fivelas e cacos de garrafas. Tento abrir gavetas e armários mas é impossível, porque a pressão me impede de movê-los. Quando volto à superfície, vejo que meu nariz está sangrando. Posso respirar porque a água não chega a cobrir todo o compartimento e há como que uma camada de ar. Permaneço de costas, com o teto bem perto, e respiro tranquilo. Há uma luz de lado, num canto, uma lâmpada acesa. Tenho medo de que haja algum fio desencapado dando curto e que a água esteja eletrizada. Será que há um gerador, um dínamo? Deliro. Mas logo me acalmo e volto a afundar no camarote inundado.

Atrás de uma porta aberta, num canto, perto do corredor que leva ao porão, vejo uma sombra e me aproximo devagar. Toco nela e não entendo, parece um corpo morto. Depois vejo que é um pano, parece um saco ou talvez uma bandeira. Meu ar acaba e volto para cima, mas demoro a encontrar uma luz que me oriente e por um instante sou assaltado pelo pânico de ficar preso. Por fim consigo subir e, quando me ergo na escada, vejo que meu nariz está sangrando de novo. Lavo o sangue e volto a respirar tranquilo. Mergulho e nado direto para a porta e depois de alguma luta consigo soltar o pano.

Na superfície, vejo que é uma jaqueta impermeável. O sol está à minha direita, portanto deve ser por volta das quatro. Deito para descansar num canto do convés e acho que adormeço por algum tempo. Depois vasculho a jaqueta, que está molhada e pegajosa. Não tem uma das mangas, mas mesmo assim consigo vesti-la. Gruda em meu corpo, parece uma pele de cobra. Tem um bolso com zíper. Encontro um lenço e um mapa de Bahía Blanca que se desmancha quando o abro. De início penso que não há mais nada, mas no forro, embaixo, descubro um objeto, chato, metálico, talvez uma chave quebrada, uma pedra. Quando afinal consigo tirá-lo, vejo que é uma moeda. Eu a seguro na palma da mão. Parece de prata, é grega. Não sei quanto vale, tem uma data que não consigo decifrar. Olho para ela, que brilha ao sol. Por quantas mãos terá passado antes que o marinheiro a guardasse no bolso, em Atenas ou em Tebas, e depois afundasse com ela. Uma moeda grega. Talvez me dê sorte. Preciso mesmo de um pouco de sorte. Não seria nada mau.

14.
Diário 1965

É melhor eu contar o que aconteceu nos últimos dias, tudo muito vertiginoso e estranho. Como sempre os fatos funcionam por si mesmos, uma cadeia contingente decide por mim. Há tempos entendi que minha temporada em La Plata terminou. Minha vida sempre está dividida, partida em duas – entre Buenos Aires e esta cidade –, a questão é ver qual parte prevalece.

A Coti começou a vir em casa depois de alguns meses sem termos notícias dela. Mas voltou, tinha comprado uma Vespa e agora percorria as pensões parando três ou quatro dias em cada uma delas. Os rapazes faziam vaquinha para lhe pagar a estadia. Ela comentava, divertida: "Tenho meu próprio harém de homens". Uma tarde ela reapareceu por aqui e ficou com a gente. Todo mundo a chamava de "a garota da Vespa". Sempre divertida e antidramática. Vive dizendo que a experiência – bastante promíscua – serve para enriquecer sua vocação de atriz. Continua estudando atuação com Gandolfo, mas ganha a vida como "mulher da vida", é assim que ela define a si mesma.

Ela estava lá com a gente no dia em que o Bardi sofreu um acidente e machucou as mãos (tinha subido numa escada para pegar umas roupas de calor no sótão e caiu em cima do vidro da janela). A Coti começou a cuidar dele, que teve as duas mãos enfaixadas, e o ajudava a comer, a tomar banho e ficava o tempo todo com ele. O Bardi se apaixonou pela garota e na realidade preferia ter ficado com as mãos enfaixadas para continuar recebendo os cuidados dela. No fim de semana seguinte a Coti apareceu, ficou um pouco com ele e depois começou a circular pelos quartos para fazer "suas gracinhas", como ela diz. Tarde da noite, o Bardi, que é um sujeito muito decidido e tranquilo, teve um acesso de euforia, invadiu o quarto do pensionista de Corrientes que estava na cama com ela e armou um escândalo, quebrou um abajur. Teve um acesso de ciúme, e a Coti não entendeu o que deu nele. Passou uma semana sem aparecer, mas depois tudo continuou igual, aquela rotina e o hábito de vê-la andar pela casa. Às vezes ela se punha a cozinhar para todos e um desses dias, um sábado que chovia sem parar, nos mostrou seu talento de atriz. Pôs uma roupa de homem - vestiu minha jaqueta de couro - e fez o monólogo de Tchékhov "Os malefícios do tabaco". Inclusive se enganou ao anunciar o texto que ia interpretar, dizendo: "Os malefícios do trabalho". Era uma piada, claro, porque ela tem uma inocência e uma alegria natural e é muito encantadora.

Uma tarde a Coti estava no meu quarto, nós dois na cama, estudando as declinações e a morfologia das línguas indo-europeias para uma das matérias que eu pensava terminar em março. Ela achava muito interessante aquela ideia de uma linguagem que seria a base comum de todos os idiomas existentes e a hipótese de que o povo - ou a tribo - que falava essa língua tivesse realmente existido e sido varrido do mapa pelas diversas invasões bárbaras. Estava muito animada com essa história meio fantasmagórica. E, plantada nua no meio do quarto, recitava as raízes indo-europeias dos verbos em castelhano, levando o assunto muito a sério e repetindo as formas gramaticais como se fizessem parte de uma peça escrita numa prosa versificada e incompreensível.

Eu estava quase pegando no sono, mas fui acordado pela voz da Inés falando com alguém ao pé da escada de madeira que leva ao meu quarto no sótão. De repente percebi que ela estava subindo acompanhada do meu pai. Um pesadelo não teria sido mais constrangedor do que essa situação. Não tive como evitar que eles entrassem. E aí meu pai, a Inés e a Coti se amontoaram no quarto e se cumprimentaram de um jeito estranho. A única que não se abalou foi a Constanza (foi esse o nome com que se apresentou ao meu pai ao lhe apertar a mão, muito formal e nua), que se vestiu a toda a velocidade e num piscar de olhos já estava pronta e saindo de cena.

Meu pai tinha telefonado para a Inés perguntando por mim, eles se encontraram num bar perto da pensão onde ela mora em Buenos Aires e a situação ficou tão esquisita, segundo a Inés, que, para aliviá-la, ela propôs que fossem juntos a La Plata para me buscar.

Não lembro muito bem os detalhes do que aconteceu essa noite. Sei que nós três voltamos de ônibus e aí tomei a decisão de me mudar para Buenos Aires e viver com a Inés. Foi isso que fiz. Como sempre, as decisões importantes vêm acompanhadas de uma situação que persiste na minha memória com mais força que os argumentos que me impelem às grandes mudanças. Também não lembro como fiz para me vestir essa noite.

Depois encontramos um lugar onde morar, o Cacho me ajudou na mudança e fomos juntos até La Plata pegar minhas coisas. Ele tinha conseguido – ou "levantado", como dizia – uma perua Mercedes-Benz, ampla o bastante para que nela coubessem meus livros, meus discos e os poucos objetos que eu trouxera comigo. A conversa durante essa tarde da viagem foi inesquecível para mim. O Cacho parecia viver sobre uma superfície instável, e eu notava que ele tinha perdido toda noção de identidade pessoal. Por isso, no caminho de volta de La Plata me pus a falar com ele de política. Fiz uma história da esquerda e dei um panorama da situação geral sem saída, provocada pelo golpe militar contra Perón e pela proscrição do peronismo. Resolvi falar dessas coisas por achar que era um horizonte de sentido que ele podia assumir como próprio. É muito inteligente e escutou com extrema atenção o que eu dizia, fazendo perguntas precisas sobre detalhes ou situações que ele queria entender melhor.

2 de janeiro

Vamos ver que rumo toma minha vida. Talvez este ano seja decisivo, embora não existam anos decisivos.

Começos claros, finais obscuros.

Assisti a *O deserto vermelho*, de Antonioni, grande filme. Narra de dentro de uma mulher alterada, a quem a realidade parece ameaçadora e hostil. De certo modo, lembra a história de Rosetta (de *As amigas*), como se não tivesse se suicidado e estivesse casada, também capturada por diversos fantasmas. (Um tema. O que acontece quando um suicídio fracassa? Como a vida continua?)

Sexta-feira 8

O jovem estudante, em seu esforço de "sossegar". Está preso a uma situação e quer "se salvar". Por exemplo, o Bardi, seu mundo é a música, está parado, imóvel. Não faz nada.

Quinta-feira 14

Até onde minha memória alcança, sempre pensei em mim mesmo como se fosse imortal e tivesse todo o tempo disponível para mim. Não se trata da imortalidade entendida num sentido mágico (como negação da morte), mas como a garantia incompreensível de dispor de um tempo que não precisa ser utilizado enquanto não chega a hora, num futuro que nunca se alcança por completo. É verdade que não tenho pensado seriamente na minha morte (nisso meu pensamento, se é que ele existe, não é nada filosófico, mas também um pensamento que à primeira vista me põe "a salvo", como se já não me importasse mais nada, exceto aquilo que procuro e quero fazer).

Quanto à Inés, eu a aceito sem duvidar, como uma presença que está comigo e que vejo viver com certa distância e desordem.

É absurda essa espécie de necessidade de que os dias passem, indefinidos, à espera. Acho que nunca parei para pensar que na realidade esses dias são tudo o que tenho, e que no futuro darei qualquer coisa por eles. São dias como os outros, mas para mim são como um silogismo ou uma hipótese vazia. Sou imortal, uma vez que tenho memória e deixo testemunho. Agora chove e chove.

Sábado 16

Uma situação. Alguém fica preso num elevador no alto de um prédio. Podemos detalhar as circunstâncias da cena (corte de energia, por exemplo, impossibilidade de pedir socorro) e aí teríamos uma narrativa na qual o protagonista seria secundário. Mas se quem entrou no elevador for, por exemplo, um assassino que acaba de matar alguém no andar de cima, é claro que a situação começa a se desenvolver. Num caso, a narrativa parte do elevador parado; no outro, partimos do personagem que acaba de matar e está fugindo. Preciso continuar pensando nessa questão.

Estive com o Cacho até de madrugada, fomos ao cassino, passamos parte da noite jogando com dinheiro roubado, como ele diz. A sensação de que o dinheiro é como um objeto tomado sem muito esforço dá a ele um toque de estranha leveza e vazio que se vê com toda nitidez em seu jeito de jogar. Apostava na cor, na roleta, e quando perdia dobrava a aposta, e se voltava a perder redobrava a aposta e ficava nisso até que a bola lhe dava razão. Depois fomos a uma mesa de bacará e perdemos cinquenta mil pesos. Tivemos que continuar apostando na banca porque era o Cacho que dava as cartas, mas pegamos uma maré de azar e o ponto ganhou sete rodadas seguidas. Na saída, uma caminhada em silêncio na madrugada com aquela lucidez que às vezes nos invade quando achamos que entendemos tudo.

Encontro o Cacho, acho que já falei do modo como ele me chamou a atenção, mas sua história volta e torna a voltar. Estávamos cursando o secundário, em diferentes colégios, ele um ano na frente, e era amigo de um amigo. Começou a ir ao bar que frequentávamos naquele tempo; ele sempre muito interessado em motos. Corria pela beira-mar batendo recordes que ele mesmo estabelecia. Era um dos nossos e, assim como todos, não sabia muito bem o que fazer da vida. Nos reencontramos em Buenos Aires porque ele era chegado do meu primo Horacio. A essa altura ele já era um ladrão de casaca. Saía nas noites de sábado para roubar as mansões de Olivos ou San Isidro. É loiro de olhos azuis e se vestia com ternos muito elegantes para roubar. Nessas noites ele tomava anfetaminas para ficar mais lúcido e vencer a barreira interior que sempre era um obstáculo mais difícil que as grades nas janelas. Tinha escolhido essa vida como quem decide ser um artista do risco. "Da primeira vez, parece impossível você se decidir a entrar numa casa pulando os muros e avançando sorrateiro, com a intuição de que os donos da casa não estão lá." Da primeira vez, passou várias horas antes de se decidir e, quando afinal entrou, voltou a sair sem levar nada além de uma estatueta de prata. Depois, dizia, tudo foi mais fácil, estudava o lugar e se movia com a certeza de que os donos tinham saído e só voltariam de madrugada. Às vezes ele os via sair e escutava sua conversa na calçada, escondido no escuro. Para entrar não se deve pensar, dizia, é só decidir e se deixar levar.

Agora estou na cozinha de casa, cheia de luz, preparo um café enquanto continua chovendo, estou cansado e contente de estar sozinho.

Segunda-feira 25 de janeiro

Fui a Buenos Aires e depois a Piriápolis para me encontrar com a Inés na casa dela. Acabamos a noite no clube, com os barcos ancorados no cais. Curiosamente, todos aqui sabem tudo de todos e me veem como alguém que ainda precisa ser narrado. Os amigos e os ex-colegas da Inés se aproximavam da mesa onde estávamos para investigar tortuosamente com quem ela estava e quem eu era. O passado vinha à tona e aí ela era uma desconhecida para mim, muitos dos que estavam lá conheciam segredos dela que eu ainda ignorava. A Inés dava risada quando eu tentava lhe explicar o que significa ter ciúmes do passado. "O passado já não existe", ela disse, mas eu não acreditei.

Quarta-feira 27

"A bancarrota moral de Herzen..." e toda a discussão na Rússia daquele tempo corresponde à nossa situação aqui a partir de 1958 (estou lendo Lênin). A noção de bancarrota moral é uma categoria política que deve ser retomada.

Narrar a história de um caudilho fora de moda. Meu tio Gerardo, que conservava os modos altivos e serenos, embora já estivesse liquidado e vivesse do dinheiro da mulher.

Sábado 30

Como sempre, de repente sou tomado de uma agressividade vinda de um lugar que desconheço. Hoje briguei com um funcionário da biblioteca que me respondeu mal e que estive a ponto de esmurrar, mas a Inés pôs a mão nas minhas costas e isso me acalmou no mesmo instante.

Tenho pensado muito nas minhas fantasias sobre o passado da Inés, tem a ver com o fato de ela ser uruguaia. Não faz sentido pensar assim, mas não é um pensamento, e sim um modo pessoal de sentir o que ela é para mim. No final, só cheguei à conclusão de que a sensação de perda resulta de eu viver com a Inés como se ela fosse uma estranha de quem só conheço o presente. Mas a "solução" (se é que há uma solução) é uma só, tenho que entender que somente minha literatura interessa e que tudo que se opuser a ela (na minha cabeça ou na minha imaginação) deve ser posto de lado e abandonado, como sempre tenho feito desde o início. Essa é minha única lição moral. O resto pertence a um mundo que não é o meu. Sou alguém que apostou a vida numa única cartada.

Existem duas tendências em disputa em relação à vanguarda e à política. De um lado, a versão Lênin-Gramsci, ambos resgatando da tradição cultural tudo o que lhes parece útil e produtivo (Tolstói para Lênin, Pirandello para Gramsci); do outro lado estão Fanon e Sartre, que propõem a oposição direta e a destruição da outra cultura (os escritos de Sartre contra Flaubert). Uma, a primeira, fala de dentro da tradição, enquanto a outra atua de fora e parte da terra arrasada das culturas antagônicas.

Domingo 31

Um conto narrado no futuro, como se o narrador conhecesse os fatos antes que aconteçam, por um mecanismo que não se explica, mas que transforma o relato num texto de ficção científica. "Posso garantir que ele vai morrer dentro de cinco segundos. Dentro de cinco segundos ele cairá pela escada rolante com uma bala na cabeça. Agora atravessa o corredor e a morte já está a um passo dele etc."

Terça-feira 2 de fevereiro

A pior coisa do sonho que tive essa noite era a possibilidade de que aquela mulher que eu não conhecia ficasse comigo. Estava insegura, por isso qualquer gesto meu era decisivo. E eu estava tão enredado na situação que só fazia gestos vazios e sem sentido.

Em *Los albañiles*, o romance de Vicente Leñero, a técnica é um mecanismo de relojoaria tão perfeito que se torna maneirista, demasiado visível, e esfria a ação. Mas seu modo quebrado de narrar a história de Jesus C. (enquanto narra seu assassinato) é notável e funciona muito bem.

Quarta-feira 3

Outra vez, como sempre, não consigo romper com aquilo que me sufoca, me livrar dessa permanente sensação de fracasso. Decerto será a Inés quem, mais dia, menos dia, vai fazer alguma coisa que ainda não sei, que nos levará ao final. Aquilo que mais secretamente tememos sempre acaba acontecendo.

Segunda-feira 8

Na biblioteca. Leñero, em *Los albañiles*, tentou "depurar" a técnica de Faulkner, são os personagens que contam a história, misturando os tempos. Escreve com uma prosa ascética, nada barroca. Por isso mesmo a técnica se "nota" demais.

Sexta-feira 12

O criado, de Losey, com roteiro de Harold Pinter. A ameaça e o não dito constroem um clima claustrofóbico. Um cinema do absurdo (quer dizer, com as motivações alteradas e as causalidades invertidas), uma alegoria kafkiana.

Sábado 18

Um conto. Juntar a história do imortal com o tema do homem adiantado cinco minutos a seu tempo. O estado do universo em qualquer instante é uma consequência de seu estado no instante anterior. Essa é a reflexão do homem adiantado, que estudou física mas abandonou a carreira.

"Arrepender-se de um ato é alterar o passado", Oscar Wilde.

É necessário pensar se aquele homem - que violentara o tempo e vivia fora dele, cinco minutos defasado, à frente - tinha a virtude de conhecer seu destino ou a condenação de se antecipar aos fatos. Ambas as alternativas são cruéis, uma o condena à lucidez de saber o que virá, a outra lhe exige viver no vazio uma vida que já não é a dele.

Segunda-feira 15

Um tema. (Ontem de repente me surgiu esta história.) Um velho num asilo assiste à construção de uma parede que o isola da rua, que antes ele olhava com um misto de espanto e interesse. No final, fica sentado sozinho de cara para o muro.

Terça-feira 16

Terminei o conto, chama-se "O muro". Primeiro personagem do meu livro que é um herói silencioso e secreto. Tenho que voltar a encontrar essa forma, a forma do conto baseado na história de um personagem heroico (ainda que fracasse, ou melhor, heroico no fracasso).

O imortal. "Muita gente se deixa enganar por artifícios tipográficos ou sintáticos e pensa que um fato aconteceu só porque foi impresso em grandes letras de forma." Recebi essa afirmação de um homem que conheci por acaso numa viagem de trem ao Sul.

Quarta-feira 17

Ontem à noite a Inés falou, como tantos outros antes dela, da minha distância, do meu afastamento das coisas, da minha indiferença por ela. Tem razão, mas nada é deliberado quando se trata de definir um modo de ser. Por isso ela insiste em imaginar mudanças imediatas. "Já não há prazer na tua vida", disse.

Balzac, no início do século XIX, já sabia narrar modificando o ponto de vista. Em "Uma paixão no deserto", a narrativa é oferecida pelo narrador a uma interlocutora que conversa com ele. Mas a história lhe foi narrada em primeira pessoa pelo protagonista dos fatos, ou seja, constrói vários planos. Uma pessoa vive um acontecimento. Depois essa pessoa conhece um indivíduo e lhe narra o que viveu. Esse indivíduo, por sua vez, conta a história a uma mulher.

O imortal. Tinha combatido nas tropas de Güemes, cavalgado contra Urquiza, contara anedotas de alcova, arcaicas e fora de moda, que atribuiu a seu amigo Lucio Mansilla. Contou que era homem de Leandro Alem, mas não de Yrigoyen, assegurou ter sido preso durante o peronismo. Assim, valendo-se de acontecimentos conhecidos por todos, foi contando os longos anos de sua vida em que protagonizou feitos múltiplos e sucessivos no tempo. No final, estava sentado em um bar na esquina da Las Heras com a Lafinur, mostrando que conhecia muito bem os bastidores do governo de Frondizi e que, portanto, vivia no presente.

"O mundo muda não por aquilo que se diz, ou se reprova, ou se elogia, mas por aquilo que se faz. O mundo nunca se repõe de um ato", G. K. Chesterton.

Ontem à noite, perto daqui, um incêndio. Acima de tudo a imagem de um homem jogando móveis, malas, roupa pela janela.

A Inés falou de minha cicatriz no tornozelo. Ficou pensativa, mas não quis me dizer no que estava pensando. Outra cicatriz na perna de alguém que ela conheceu no passado, pensei.

Um conto policial. Um assassino lúcido constrói "cientificamente" um crime que ninguém conseguirá descobrir. O conto consiste na narração do fato e na sucessiva narração de uma série de acontecimentos casuais, dados imprevistos, rastros alheios, que acabam construindo, inesperadamente e por outro motivo, sua culpabilidade. A questão é que o crime é perfeito, mas o acaso lhe constrói uma série de provas falsas que o levam à prisão.

Como sempre, me espera algo parecido a um mandato (de ninguém), um mandato que construí para mim mesmo (escrever e ser escritor). Também não sei se isso faz sentido. Mas, ainda assim, volta a insistir, sempre.

Sábado 20

Um conto. Um operário peronista está internado num hospital, na UTI, enquanto lá fora se desencadeia a revolução de 1955. Convalescente, toma conhecimento parcial dos fatos que foram se infiltrando enquanto ele estava semi-inconsciente. Os sonhos e suas ideias e convicções o levam a pensar que a revolução foi derrotada. Quando sai à rua e vê uma manifestação, acha que se trata de uma marcha de apoio a Perón, que já fugiu da cidade há vários dias.

Alguém faz algo, mas conta o que fez como se fosse outra coisa, e é o leitor que deve restaurar o sentido ausente. É como se o narrador ignorasse o nome das coisas que devem ser nomeadas, e por isso seu tom é de estupor diante daquilo que narra, porém esse estupor está ligado à sua dificuldade de nomear os fatos, mais do que aos fatos em si. Não consegue hierarquizar os acontecimentos e narra com a mesma distância um crime ou o ato de beber um copo de água num bar. No gênero policial, todos os personagens são abomináveis e eficazes.

Às vezes tenho visões da Inés como se antecipasse seus atos, que na minha fantasia são sempre reprováveis e têm a forma da traição. Devo pensar que esse modo de ver é um efeito necessário do amor, ou seria seu contrário?

Sexta-feira 26 de fevereiro

Mais um verão que vai acabando e, como todos os verões, me deixa a sensação de um tempo leve e luminoso, que dura o tempo de o sol se deslocar até o fim da tarde.

Para mim, só agora termina o ano de 1964.

Segunda-feira 1º de março

Definitivamente, sempre serei alheio às coisas. Ontem à noite em pleno baile, no clube junto ao rio, rodeado de gente desconhecida que fazia parte do passado da Inés.

Terça-feira 2

De novo o povoado, o porto de Piriápolis com os bares vagabundos e a grande ponte sobre o rio, a confeitaria como metáfora do povoado porque mistura tudo aquilo que no lugar está separado. Um sujeito vai com a mulher ao lugar onde ela nasceu e se tornou quem é, ele está lá como o observador de um tempo remoto que persiste em certo ponto do litoral. Ele sabe que há uma infinidade de histórias, e todos os que estão lá observam o forasteiro com curiosidade. Essa figura - o forasteiro - é uma marca da ficção, aquele que chega, que não é conhecido, o viajante de passagem traz com ele um olhar que ninguém conhece. Ulisses foi o primeiro forasteiro, e esta noite imagino que sou o último.

Antes, no sábado, uma caminhada longa e tranquila com a Inés por Buenos Aires, pelas livrarias, pelos bares (aquele bar da Maipú que agora está deserto), seguimos até o Bajo, depois caminhamos pelas arcadas de Alem até Retiro e daí até o porto com o rio marrom, da cor do deserto, que está sempre parado. Fomos à Adam, a bela cervejaria que dá para o parque e a Torre dos Ingleses. Bebemos cerveja e recordamos outros tempos e outras pessoas nesse mesmo bar. Acabamos jantando no Pippo e depois fomos ao corso na 9 de Julio, onde o Aníbal Troilo tocava em um tablado.

Quarta-feira

Bar Iguazú. Fugindo daquele povoado, voltamos ao quarto minúsculo e altíssimo, felizes de novo na cidade. Num esconderijo entre os livros encontrei quatro mil pesos que tinha esquecido ali fazia tempo.

Agora volto a ler Proust, os longos parágrafos, sua cadência magnífica: "Recordar os lugares, as pessoas que ali conhecera, tudo o que delas tinha visto, o que haviam me contado a seu respeito", M. Proust.

Outro símile, ou melhor, outro parentesco: em Proust, assim como em Kafka, o poder é impensado e irracional, é sempre paterno e tem um caráter não humano. "O procedimento de meu pai para comigo conservava esse quê de arbitrário e imerecido que o caracterizava", M. Proust.

Sexta-feira 5 de março

Estou no Las Violetas, quero escrever um conto: passam o verão no povoado natal da mulher, e ela fica; na viagem a caminho do povoado, já se insinuava a ruptura. Os espaços têm um valor afetivo que vai além da paisagem e das experiências. Acho que a história da mulher que fica é o contrário dos contos "Dijo que iba a volver", do Briante, e "Raíces", do Rozenmacher.

O povoado como lugar de trânsito, o forasteiro como o herói moderno, sem casa natal, sempre de passagem, e no fim, talvez sem que ninguém possa prever, descobre o lugar onde nasceu. Como se Ulisses não soubesse que quer ou que deve voltar para Ítaca.

Domingo 7 de março

Ontem no trem, a caminho de San Isidro, um medo novo e inesperado do futuro imediato. Estive a ponto de descer em qualquer lugar. Tinha dinheiro no bolso e este caderno na bolsa. Um ato inesperado, sem razão, pode mudar a continuidade dos fatos. Nada além disso. Depois, no sítio do Haroldo Conti, muitos escritores, escritores demais. Lá estavam o Miguel Briante e também o Enrique Wernicke, com quem tive certa escaramuça verbal, no tom habitual do machismo e das panelas culturais. (Nós dois fomos urinar no jardim e imediatamente surgiu a competição e a comparação, e então vimos que enquanto estávamos lá todos nos observavam da sala através da vidraça dos janelões.) A Marta Lynch aplaudia, eu já estava bastante bêbado, e tudo tinha aquele clima de festa intelectual, abominável.

De manhã, o Alberto Szpunberg e o Jorge Herrera tentando construir uma frente de intelectuais, querendo organizar a filiação ao MIR [Movimiento de Izquierda Revolucionaria], na qualidade de escritores.

Terça-feira

Ontem à noite, com o Pancho Aricó e outros, argumenta-se que a frente de esquerda não funciona se não se considerar a questão do peronismo. Ele insistiu várias vezes em propor minha incorporação à revista *Pasado y Presente.*

Ao falar dos novos narradores (Rozenmacher, Briante, eu mesmo), é importante lembrar que são novos não por uma questão geracional, e sim porque têm uma ideia da arte diferente da dos escritores que os precederam.

É o caso de estudar a cultura argentina posterior ao peronismo? Sim, no conceito pavesiano de "história vivida".

Quinta-feira

Viajo de trem para o Tigre, vagão lotado, perto de mim um homem gordo e imenso, de certa idade, que bebia cerveja "para não deitar a seco", depois de ter passado catorze anos nos Alcoólatras Anônimos e virar abstêmio, "sem beber nada, nem Coca-Cola", voltou a beber e está "assustado com a morte", mas convencido de que não vai morrer como um cachorro, porque guarda dinamite embaixo da cama e dorme com um espiral repelente aceso, mesmo quando o tempo está frio e não há pernilongos, porque diz que basta aproximar a brasa "para tudo voar pelos ares".

Terça-feira 16

Perambulo pelos bares da cidade mesmo sabendo que essa viagem não faz sentido. Trata-se, em suma, de uma existência mal-avinda, e isso é algo que só recentemente consegui entender. *Mal-avinda* quer dizer ter aceitado o risco de apostar tudo numa carta sem saber se ela realmente existia no baralho.

Quinta-feira 18

Pela primeira vez na vida tenho medo do fracasso, mas continuo inerte, sem fazer nada, como se procurasse o fim. Além disso, estamos sem dinheiro e eu escapo do quarto e vou até a cidade para parar de pensar.

Segunda-feira 22

O Miguel Briante lê para mim *Habrá que matar los perros*, uma novela muito boa, brilhante, carregada, faulkneriana. Com ele pelos bares da Corrientes bebendo até de madrugada.

Hoje a experiência de assistir, em Artes e Ciências, ao Oscar Masotta apresentando seu livro sobre Roberto Arlt. Um notável texto autobiográfico, que segue a técnica de Sartre e, como em *As palavras*, quem fala toma a si mesmo como objeto de análise, e então fala de si mesmo mas se refere àquilo que era antes, quer dizer, ao outro que era ele mesmo, sem a lucidez que tem no presente. Recordou suas misérias, sua estranha relação com o pai, sua loucura e seu abandono.

Terça-feira

O Tata Cedrón estreou um tango, "Trocha angosta", e outro com letra de Paco Urondo. Em La Chacarita espero pelo Casco, meu velho contato político dos tempos de La Plata. Agora eu o espero neste lugar cheio de flores, para os mortos, um cemitério concorrido, estranho, como uma antiga feira livre.

Segunda-feira 29

Não quero começar outro caderno porque não tenho dinheiro para comprá-lo. Este aqui serve para me purgar desses dias em que vivi à deriva, sem me prender a coisa alguma e sem esperar nada além da passagem dos dias.

5 de abril

No bar Florida. O garçom tinha um anel de pedra preta na mão esquerda, que se mexia enquanto ele abria a garrafa de cerveja e inclinava o gargalo no copo de modo que a espuma se formasse como ele queria. Depois me disse que fazia tempo que não me via por lá, já seu amigo, disse referindo-se ao Júnior, sempre aparece. É curioso o saber de um garçom, só conhece os fregueses por aquilo que eles fazem ou dizem enquanto estão no bar. Talvez algum cliente (não eu) lhe faça confidências ou lhe conte algum episódio de sua vida. Mas o mais comum é que eles só conheçam restos de experiências que afloram nas conversas mantidas nas mesas, porque cada garçom atende um determinado setor do local e porque – pegando a mim mesmo como exemplo – os frequentadores de um café inconscientemente ocupam sempre as mesmas mesas. Portanto o garçom tem ao seu alcance um conjunto variável de indivíduos que frequentam o lugar e lhe permitem conhecer zonas inesperadas de sua vida num acesso que é sempre casual.

Vivo austeramente com o dinheiro que ganho com as aulas na universidade, viajo para La Plata uma vez por semana e fico lá três dias, às vezes dois, em todo caso sempre passo ao menos uma noite na cidade, e sempre no mesmo hotel. O dinheiro que ganho com minhas duas assistências é suficiente para viver sem nenhuma despesa extraordinária. Mas, assim como todo mundo, só me interessam as despesas extraordinárias, por isso geralmente estou sem dinheiro.

Pela janela, acabo de ver Inés chegar, com a bolsa preta que ela sempre carrega, seu jeito de andar atropelado mas elegante, o cabelo preso com uma fita preta.

De repente me lembrei daquele cinema amplo com um longo corredor lateral que desembocava nos banheiros, com o barulho da rua que penetrava apesar do grosso cortinado da entrada, das sessões da tarde em que eu assistia, um após o outro, aos filmes da série do Tarzã. Era o cinema Brown, e eu na época tinha sete ou oito anos e me orgulhava de ir sozinho ao cinema.

O que conservo daquele tempo tão distante é a ilusão de que cada dia vale por si só e se justifica como se fosse único. A infância é um tempo sem tempo em que só vale o instante de felicidade que a gente tenta repetir em meio à inconcebível série de obrigações que se impõem a uma criança (a escola em primeiro lugar, os ritmos cotidianos da casa como unidade indiscutível). Em termos formais, nada muda quando amadurecemos: sempre se trata de uma combinação de momentos pessoais e de obrigações impostas.

Quarta-feira 7

Escrever a história de Pavese, ligada à vida de um pianista de cabaré que toda noite toca tangos e milongas até que, de repente, uma manhã se suicida.

Agora há pouco, na esquina, na hora de descer as escadas do metrô na estação Medrano para ir ao centro e me perder entre a multidão, resolvi voltar, sem querer, como se tivesse esquecido alguma coisa e voltasse para pegá-la. E agora estou aqui de novo no quarto, encostado na mesa, e posso imaginar vagamente o que teria acontecido se de fato tivesse pegado o metrô e ido até a Callao com a Corrientes.

De novo a sensação de letargia, o mundo se obscurece e se afasta de mim. Perco a noção do espaço (primeira questão), o que é distante está perto e o que está perto é perigoso e se torna quase íntimo (segunda questão); por exemplo, agora a xícara de café, que, quase no mesmo instante em que sinto sua proximidade, cai e se espatifa no chão do bar. Às vezes tenho que inventar um motivo para justificar o estado hipnótico, por exemplo, a mínima demora da Inés. Eu a vi chegar, me cumprimentar e ir até o telefone público do café, e no mesmo instante pensei – entre todas as alternativas possíveis: está ligando para alguém e marcando um encontro com ele. Com isso, embora pareça estranho, ao encontrar uma explicação para meu estado caótico, eu me acalmo. Depois a Inés vem, senta comigo, ri com a história da xícara espatifada no chão e me diz que acabou de ligar para Alicia para marcar de jantarmos com ela. Na mesma hora eu já penso que sem dúvida é um desses álibis que as mulheres urdem com as amigas. Ela combinou essa explicação com a Alicia e na verdade ligou para um homem. A Alicia, por outro lado, é perfeita para essas coisas, pois é casada com um músico e mantém uma relação clandestina de vários anos com um poeta surrealista.

Claro que não revelo meus pensamentos à Inés para que ela não suspeite que descobri suas escapadas.

Quinta-feira 8

Estou no trem para La Plata, muito melhor do que ontem, posso olhar pela janela sem maiores riscos e escutar a conversa dos passageiros que viajam nos bancos de trás sem pensar que estão falando de mim.

Sexta-feira 9

Passei no concurso das minhas duas cátedras porque não se apresentou nenhum outro candidato. Seja como for, o concurso para o cargo é aberto a cada dois anos, portanto minha situação econômica está resolvida.

Ontem, com o gordo Ferrero, longas conversas sobre alguns poetas espanhóis que ele admira e eu também. Poemas de Jorge Guillén e Luis Cernuda. Depois discutimos a primeira versão do conto que estou escrevendo e o Ferrero logo captou a postura pretensiosa da prosa. Quando alguém lê um texto meu e aponta algum aspecto sobre o qual me sinto seguro, deixo para lá; ao contrário, quando a pessoa se refere de modo confuso mas crítico a um aspecto em que me sinto inseguro ou sobre o qual tenho dúvidas, fica claro que preciso voltar a trabalhar nele. Dar um texto inacabado para outra pessoa ler é um modo de conseguir ler esse texto com seus olhos, quer dizer, afastar-se do que se está escrevendo para vê-lo com certo distanciamento.

Tema, uma variante. Um operário ou um funcionário peronista está internado num hospital durante os dias de setembro em que se concretizou o golpe militar contra Perón. Fica sabendo dos fatos de modo confuso, em meio ao torpor dos sedativos e dos tratamentos médicos que mantêm a rotina de todos os dias. Escuta pelo rádio versões divergentes e confusas, e morre sem saber o desfecho dos fatos históricos em que estava interessado mas que não conseguia decifrar.

Sábado 10

O Vietnã é para nós o que a Guerra Civil espanhola foi para meu pai. Um combate no qual está em jogo algo mais que o resultado imediato. Segundo os jornais, todos os exércitos (ocidentais) treinam táticas militares para reprimir a guerrilha.

Domingo 11

Estou no Las Violetas, venho aqui todas as manhãs para escrever nas horas em que o bar está quase vazio. Por volta das cinco da tarde começam a chegar as senhoras do bairro que vêm se encontrar com as amigas para tomar o chá. Hoje está chovendo e a cidade atrás das grandes vidraças parece um aquário gigantesco povoado por uma espécie curiosa de indivíduos que passam correndo pela rua, segurando no alto uns objetos circulares de pano presos a uma bengala que sobe da mão até um enxame de varetas de metal que se viram com muita facilidade quando o vento as apanha de frente.

Seria preciso unir a noção de "destino" em Pavese com o "passado" em Faulkner. São formas cristalizadas de definir uma motivação que os personagens acatam sem entender. Faulkner conta como se os leitores fizessem parte da história que ele narra, nunca narra nada que os personagens já saibam. Por isso o ar de incompreensão abstrata e de magia que os acontecimentos têm nos seus livros.

Segunda-feira

Estou lendo *The Bear*, de Faulkner, uma história de aprendizagem que para mim tem vagos ecos secretos do *Moby Dick*, de Melville. As histórias com animais selvagens são as únicas que vale a pena narrar, embora às vezes nos deparemos com algumas bem pacíficas e familiares protagonizadas por gatos ou cachorros. Os melhores animais da literatura são os de Kafka: "Investigações de um cão", "Josefina, a cantora", "Um relatório para uma Academia". Na verdade, em Kafka os animais são intelectuais ou artistas. Ao passo que o urso de Faulkner e a baleia de Melville são formas da natureza bravia. Agora, que dizer dos cavalos tão abundantes na literatura argentina?

Segunda-feira 12 de abril

Há alguns dias chegou de Rosario uma amiga da Inés que veio morar em Buenos Aires. Percorremos a cidade de ponta a ponta, pelo Bajo até Palermo. Encontramos com o Alberto Szpunberg e o Daniel Moyano. A amiga da Inés escreve uns poemas conceituais bem interessantes. Estava lendo, quando fomos esperar por ela na rodoviária do Once, um romance de Osamu Dazai.

Quinta-feira

Ontem com o Daniel Moyano e o Augusto Roa Bastos, procurando certos lugares que tínhamos lido em livros. Por exemplo, a praça Vicente López, onde se vê a sombra dos fantasmas no conto do Bianco, ou a cúpula do prédio na Talcahuano com a Lavalle onde ficava o hotel de *O brinquedo raivoso* onde Astier se encontra com o rapaz que usa meias de mulher. Para eles, a paisagem tem uma força que se sobrepõe à própria história; o Roa, em *Filho do homem*, e o Moyano, nos seus contos de ambiente kafkiano, encontram no descampado o espaço da ficção.

Sexta-feira

Ontem à noite, uma mesa-redonda na Faculdade de Filosofia e Letras para apresentar *La lombriz*, o livro do Daniel Moyano que editamos pela Nueve 64. A discussão me confrontou com todos. Enquanto eles defendiam a chamada literatura do interior, eu aparecia como o unitário representante de Buenos Aires. O Saer disparou um par de piadas de mau gosto, mas depois continuamos discutindo em vários bares e acabamos jantando no El Dorá.

Segunda-feira

Muitas coisas estão nas minhas mãos, o livro de contos, a revista que edito sozinho, e preciso me apressar, mostrar qual é o caminho que cabe a mim escolher. O que estou fazendo aqui? Tudo isso é absurdo. Eu mesmo me surpreendo no meio de um projeto que não escolhi. Não trabalho nem deixo trabalhar. É como se houvesse algumas questões – ou armadilhas – das quais não quero fugir. Mas já estamos no final, lentamente.

Terça-feira 27

Volto a sonhar o mesmo sonho: alguém põe fogo no meu quarto em La Plata, queimando os livros e meus contos. Esse sonho se repete, como se eu tivesse assimilado os velhos mitos, o incêndio de uma biblioteca, a imagem dos livros queimados, e é claro que não se trata da outra fábula: a do escritor que destrói seus velhos papéis ou seus manuscritos para que não sejam publicados. Embora talvez uma interpretação cuidadosa desse sonho recorrente unifique as duas tradições: alguém queima meus livros, mas eu os queimo também.

Preciso voltar – já que estou no túnel da introspecção – ao corte que significou para mim o fim da infância, um paraíso perdido. Claro que todos os paraísos são imaginários.

Quinta-feira 29

Com "Uma luz que sumia" ganhei dez mil pesos no concurso de contos do Instituto do Livro. Com esse dinheiro é possível viver um mês.

É interessante na literatura atual a oposição entre o artista e o intelectual, vistos como incompatíveis. Cada um deles arrasta suas carências: o artista, sempre inspirado, costuma ser um canalha que imagina ter privilégios e que os outros devem estar ao seu serviço. Por outro lado, o intelectual manipula as pessoas com seus subterfúgios racionais e suas chantagens históricas, explica tudo e tudo serve para justificá-lo. Em suma, é outra materialização da tensão entre a arte e a vida.

Segunda-feira 3 de maio

Invasão americana de Santo Domingo. Em Buenos Aires, várias manifestações de repúdio. Os paraquedistas americanos ocuparam a cidade em uma hora e liquidaram todos os focos de resistência dos partidários de Caamaño. Na mesma hora, meus amigos de esquerda viram com clareza a dificuldade de fundar uma estratégia revolucionária na insurreição urbana (modelo Lênin). Hoje parece impossível resistir numa cidade conquistada, por isso a discussão derivou para a guerrilha rural com áreas libertadas em florestas e serranias. Mas essa estratégia seria suicida na Argentina.

Vejamos a justificativa de L. Johnson: "As nações americanas não podem permitir o estabelecimento de um novo governo comunista neste hemisfério nem tolerar a constituição de uma nova Cuba. Os Estados Unidos não querem enterrar ninguém, mas tampouco se deixarão enterrar por ninguém. A revolução que surgir em qualquer nação é um assunto a ser enfrentado pelo país em questão, e só se tornará um problema que exija a ação hemisférica quando o objeto do movimento for a instalação de uma ditadura comunista".

Quinta-feira 6

Ontem à noite, correrias e bombas policiais na manifestação em apoio a Santo Domingo. Nós, manifestantes, nos agrupamos em frente ao Congresso e os cossacos investiram contra a multidão, que se dispersou em pequenos grupos e tornou a se reagrupar várias vezes. Eu, de minha parte, tenho uma versão confusa dos fatos. Só me lembro do Alfredo Palácios falando contra a intervenção norte-americana nas escadarias do Congresso e depois me vejo sentado a uma mesa do bar La Ópera, na Corrientes com a Callao, mas não me lembro do que aconteceu no meio.

Assisto a *Crónica de un niño solo*, de Leonardo Favio. Notável primeiro filme de grande qualidade. Um intuitivo que sabe narrar e que viu ótimo cinema. Me lembrou o filme de S. Ray.

Estou no London, na Florida com a avenida de Mayo. Circulo pelos bares, obrigado a sentir certo desapego, como se estivesse de viagem. Muito disperso, sem capacidade de trabalho.

Segunda-feira 10

Agora estou no Las Violetas. Trabalho neste bar luminoso que fica bem na frente do hotel onde moro. Estou preparando a apresentação da revista. Também não espero muito disso. Por outro lado, penso que, assim como aconteceu em outras revistas das quais participei, é muito produtivo e divertido trabalhar em grupo, integrar uma redação, mas ao mesmo tempo sei no fundo que o verdadeiro trabalho é sempre solitário. Ontem passei a tarde em Martínez com o Sergio traduzindo a peça de A. Wesker. Agora está tudo pronto, o índice está fechado e posso começar a preparar a apresentação. Não quero que seja um editorial, mas apenas um ensaio dando conta de algumas das questões discutidas na revista. Ainda tenho dúvidas sobre o título da publicação. Poderia ser *Letras/65*.

Reler meus cadernos é uma lição de narrativa: tudo se ordena cronologicamente segundo o corte dos dias da semana. Essa continuidade é exterior aos fatos, portanto a forma que estas notas adquirem depende em certo sentido do tempo que levo para escrevê-las. Mas tudo muda quando as leio e começo a descobrir conexões, repetições, a insistência de certos motivos que reaparecem e definem a entonação destas páginas. Em suma, aqui se combinam os fatos, os personagens, os lugares e os estados da alma; a particularidade é que tudo isso está presente ao mesmo tempo que se narra um dia após o outro. Nisso um diário se parece com os sonhos.

Uma das lições – se é que há lições, porque no fundo é idiota pensar que alguém aprenda alguma coisa da experiência – é o vaivém entre aquilo que se pode fazer ou dizer e aquilo que não se pode nem dizer nem fazer. Um diário deveria estar ligado à segunda parte da frase, ou seja, a gente deveria escrever basicamente sobre os limites ou as fronteiras que tornam impossíveis certos atos ou palavras. Mas de onde vêm esses obstáculos, a sensação de que há algo – um espaço, uma pessoa, uma série de ações – "que não se pode fazer"? Não seria uma impossibilidade "real", mas um lugar onde é proibido entrar. E aí você se pergunta: "proibido por quem?", e começa tudo de novo... Também é verdade que meu passado (aquilo que Pavese chama de destino pessoal) me permite ver ou definir o que posso fazer; o resto das alternativas e opções eu simplesmente não poderia ver nem conceber. A literatura serviria, entre outras coisas, para descobrir ou descrever esses pontos cegos.

Terça-feira 11 de maio

No bar da Rivadavia com a Gascón. Sensação de estar limpo, barbeado, tranquilo, em suspenso. Talvez eu viaje para o sul, até Banfield.

A apresentação da revista se esclarece quando penso nela como uma tentativa de trabalhar a cultura como um campo político específico. A política tem seus próprios registros e modos, que não podem ser aplicados diretamente à literatura ou à cultura. Isso não quer dizer que sejam autônomas, apenas que têm suas próprias formas de discutir e de "fazer" aquilo que chamamos de política, quer dizer, que têm suas próprias relações de poder. Mas não podemos esquecer que a literatura é uma sociedade sem Estado. Ninguém, nenhuma instituição nem tampouco alguma forma de coação pode obrigar alguém a aceitar ou a realizar certa poética artística. As determinações materiais da arte pertencem a seu próprio âmbito: na verdade, mais do que falar de política em geral é necessário falar da dinâmica entre o museu e o mercado. O museu como lugar e metáfora da consagração ou da legitimidade e o mercado como o âmbito da circulação das obras, sempre mediado pelo dinheiro. Nesse marco, o problema da "criação" torna-se ao mesmo tempo mais visível e mais complexo. Esse deveria ser o nó que explica o sentido de uma nova publicação.

Quarta-feira 12

Não é por acaso que agora – enquanto trabalho no artigo para *Literatura y Sociedad*, que será o nome da revista – eu volte a sentir a tranquilidade de meus melhores tempos. Entendo que o ensaio deve girar sobre a letra *y*: trata-se de indagar a diferença que essa conjunção estabelece e também a conexão que ela define.

Quinta-feira 13

No bar Florida. Ontem diante do Congresso, mais um ato contra a invasão norte-americana de Santo Domingo. No meio do ato houve um confronto entre Tacuara, o grupo nacionalista de direita, e o Partido Comunista. O tiroteio durou mais de meia hora, eu me refugiei na entrada da confeitaria El Molino e só vi a confusão e a correria e um rapaz de terno e óculos escuros atirando com uma pistola contra um alvo que eu não conseguia identificar: ele se refugiara atrás de um dos bancos da praça e de quando em quando se erguia, apoiava o braço no encosto e disparava; depois, sem perder a calma – ou pelo menos era o que me parecia – e sem pressa, voltava a se escudar trabalhosamente atrás do banco de madeira. No final houve um morto, um ferido e cinco machucados. Perto da meia-noite a manifestação voltou ao centro da cidade, languidamente. No final, na esquina do Obelisco, um grupo começou a sacudir um cartaz da Coca-Cola que estava no alto de um poste de luz. Conseguiram derrubá-lo e todos festejaram como se fosse uma grande vitória... Depois apareceu um blindado "Netuno" (os policiais também têm sua ironia e conhecem os clássicos), que começou a lançar jatos de água contra todos os que estavam lá. Houve também bombas de gás, cães etc. De minha parte, saí correndo não muito heroicamente pela Diagonal Sur. Estava com a Inés, o Raúl E. e o Sergio.

Domingo

Encontro com o Roberto Jacoby, que me conta algumas de suas experiências em Nova York. Sobretudo o teatro de rua dos grupos que se opõem à Guerra do Vietnã. De surpresa, numa esquina muito movimentada da cidade, três ou quatro atores misturados entre as pessoas simulam uma violenta discussão sobre a guerra, quase chegam a se bater, até que um terceiro ator intervém e depois uma atriz que acirra a violência verbal. Os transeuntes logo vão se somando à discussão e se inicia um debate sobre a situação política em pleno centro da cidade. A essa altura os atores já se retiraram do local, pegam o metrô e vão até outra esquina populosa da cidade. Segundo o Roberto, trata-se de um teatro da violência que não fala dela, mas a encena. Ligado sobretudo ao *Living Theatre*.

Segunda-feira

Estamos sempre sem dinheiro, espero que a revista – onde investimos nossas poupanças – dê certo. O artigo continua pela metade. O fato é que o projeto está em andamento e não é mais possível voltar atrás e só resta arremeter. Espero terminar o texto esta semana para que a revista vá para a gráfica antes do fim do mês.

Ontem, no teatro Solís, fomos assistir ao Osvaldo Pugliese, estavam todos os amigos da revista e nos fotografamos uns aos outros e com os músicos. Muito extraordinário o primeiro bandoneonista, Ruggiero, único mesmo, é chamado de "bandoneon guia" [*cadenero*] porque leva atrás toda a fileira de bandoneons, como o cavalo guia leva as parelhas de um carro. Os bandoneons do Pugliese fazem um som como de um trem em marcha enquanto ele, ao piano, dá a nota lírica. Terminaram tocando "La yumba", na qual escutando bem já está todo o Piazzolla.

Proposta do Alberto Cedrón, que me oferece um quarto no cortiço da rua Olavarría onde vivem todos os seus irmãos, inclusive o Tata. É bem provável que eu aceite a proposta. A casa é uma típica construção de La Boca feita de chapas. Logo na entrada há um pátio onde ficam os tanques e os banheiros, daí saem as escadas que levam ao primeiro andar, onde se alinham os cômodos, todos mais ou menos com a mesma organização. Desemboca-se num corredor que vai até a cozinha e a sala. Dos lados há dois quartos grandes e ao fundo da sala um quarto menor. Eu ocuparia um dos quartos que dão para a rua, muito amplo e bem iluminado.

Quarta-feira

No bar Florida, 20h. Certo nervosismo diante de tudo aquilo que não controlo, o que os outros fazem sem mim. Como se nesse momento (diante de decisões objetivas tomadas pelos outros) eu reconhecesse a opacidade do mundo, a exterioridade que sempre neguei e evitei como se não existisse. Por mais estranho que pareça, por muitos anos agi como se estivesse sozinho no mundo.

La Paz, 22h30. Estranho, Cortázar elogiou meu conto "Desagravo", que publiquei faz tempo, na sua carta a um amigo (A. C.) da revista onde já não estou.

Tema. O moreno se enrolou na manta, parecia um monte de trapos cinza agitados pelo vento gelado que se filtrava pelas frestas da cela. Um soldado trouxera os colchões fazia menos de uma hora. (Narrar assim, seco, sem que se entenda muito bem o que está acontecendo. Ou então, só com diálogos.)

Quinta-feira 20

Redescubro os encantos da distância interior. Ainda assim, passo a tarde com o Sergio Camarda. Está tentando construir uma estrutura: livraria + editora + distribuidora + revista. Faltam vinte mil pesos para comprar o papel. Três mil exemplares com 160 páginas são sessenta mil pesos (que serão pagos a dez mil por mês).

A nota engraçada da tarde foi descobrir que o Sergio tem várias armas em sua casa. Abrimos um baú para procurar umas fotos, mas na verdade só encontramos armas. "São de um amigo", disse, mas não acreditei. Não é difícil encontrar uma relação entre essas armas e o financiamento da revista. Algo remotamente ligado ao dinheiro dos cubanos (acho).

Quinta-feira 27

Em La Boca, na casa do Tata; eu me sinto bem aqui, trabalhando de noite. O artigo está quase pronto. Muita umidade e calor. Tenho vários dias pela frente, estou sozinho, a Inés em Tandil, tenho cem pesos.

Terça-feira 8 de junho

Cada um está dentro do mundo que narra, quero dizer, nunca se deve dizer nada externo ao universo da ação. O narrador deve saber menos que os protagonistas.

Segunda-feira 14 de junho

Estou sempre fugindo. Em La Boca, espero encontrar uma âncora. Uma prova de que estou em fuga é que já quase não escrevo neste caderno. Com a Inés, sempre a mesma distância, como se estivéssemos separados por um vidro.

Sexta-feira

Moro aqui, nesta casa hospitaleira, onde circulam muitos amigos. Temos um quarto que dá para uma rua tranquila.

Terça-feira

Ontem à noite em casa, o Gelman e o Urondo, com o Tata. Depois de gravar "Madrugada", no meio da conversa, sugeri ao Tata musicar os poemas do Juan ou do Paco. Logo se puseram a trabalhar nisso, enquanto nos embebedávamos aos poucos. Mais tarde, depois da meia-noite, chegaram o Tito Cossa e o Germán Rozenmacher, que estão trabalhando numa peça coletiva sobre o mito da volta de Perón: *El avión negro* é o título.

Domingo 27

As coisas vão se ajeitando aos poucos.

Segunda-feira 28

Gosto muito do conto de Cortázar "Instruções para John Howell". Um espectador é gentilmente convidado a entrar num teatro, ele pensa que se trata de algum tipo de pesquisa, mas de repente vê que o levaram ao palco e ele deve participar de uma peça já em andamento. Tem algo de "Um sonho realizado", de Onetti, a mulher que tem um sonho recorrente e procura um diretor de teatro para lhe pedir que leve sua cena onírica ao palco: numa esquina da cidade, a mulher atravessa a rua em direção a um homem que ela conhece e no trajeto é atropelada por um carro e morre "na realidade" da representação teatral.

O Cacho vem me visitar, adora o lugar, vamos comer por aí e depois saímos para dar uma volta num Chevrolet que ele roubou horas antes. Claro que a graça estava no risco de sermos presos por qualquer mínimo incidente de trânsito.

A saída com Cacho me fez desistir da ideia de viajar para La Plata. O Sergio nos telefona, talvez eu tenha que ir à livraria para apressar a saída da revista, já atrasada. Mas eu continuo recluso, à espera, lá fora chove e o verão vai terminando.

Terça-feira 29

Então seria o seguinte: destruir – tentar destruir – deliberadamente o destino pessoal que se manifesta na repetição. Sabe-se que todos nós repetimos para não recordar. Neste caso, se trataria de recordar deliberadamente alguns fatos do passado, uma e várias vezes. Pode ser um único fato – por exemplo, uma tarde jogando xadrez no clube – que se recorda com a intenção de reconstruir tudo o que rodeia essa cena. Outra opção é reler estes cadernos, escolher algo narrado aqui de que já não me recordo e tentar fazer o mesmo, quer dizer, reconstruir tudo o que rodeia esse evento. Nada garante, claro, que se supere a repetição (por exemplo, no meu caso, a tendência ao isolamento que se repete desde minha infância) através da memória, mas em todo caso daria uma nova dimensão aos fatos. É como a reação de um gato que arranha ou morde quando alguém pisa nele sem querer. A memória funciona desse modo, a gente pisa no pé de uma lembrança, e se seguem o arranhão e o sangue. Mas parece não haver solução, é impossível retificar o passado. E é no passado que está o fato que esquecemos mas que se repete de outra maneira – mas igual a si mesmo uma e várias vezes.

Sexta-feira 2 de julho

Ontem, o dia inteiro arrumando a casa. Como sempre, só preciso de uma mesa junto à janela e uma luminária. Passo a noite trabalhando.

Vimos *Pelo Rei e pela Pátria*, o filme de Losey sobre a Primeira Guerra. Às vezes incomoda um pouco a pretensão de "provar uma tese". Excelentes os últimos dez minutos depois da condenação do soldado à morte.

Domingo 4

Leio mais uma vez *Viagem ao fim da noite*, de Céline, o ritmo da prosa constrói a história. Depois, no bar Suárez, na Maipú com a Corrientes, muito uísque para me manter lúcido com a Inés.

"Entrei na literatura quando consegui trocar o 'ele' pelo 'eu'", Kafka. No meu caso, poderia dizer: entrei na minha autobiografia quando consegui viver em terceira pessoa.

Tema. Trata-se de narrar a guerra da perspectiva de quem não foi. Orienta-se pelas "notícias da guerra". Converso sobre isso com o vovô Emilio, que veio me ver. Ele esteve na guerra e nunca fala disso, apenas guarda papéis, documentos, cartas, mapas e fotos, e sempre me diz que um dia vai se dedicar à organização de seu arquivo. E de fato chegou a me sustentar nos primeiros anos da faculdade com a condição de que eu fosse vê-lo na casa de Adrogué para escutar suas histórias fragmentadas. Como sempre, foi uma alegria voltar a vê-lo. Eu o acompanhei até a estação e o vi afastando-se muito ereto e elegante na plataforma iluminada pela luz branca da locomotiva.

Terça-feira

Passo o dia lendo Céline. Foram resolvidas várias coisas da revista ainda pendentes (a capa, a maioria dos artigos). O que me fascina em Céline é o tom confessional com que se narra "o mal". Em certo sentido, é o limite da primeira pessoa: é preciso explicar por que esse indivíduo é capaz de acusar a si mesmo de atos que a sociedade considera deploráveis. Céline constrói conscientemente cenas horríveis, nunca se autoincrimina, nunca se queixa, apenas narra os fatos com um tom levemente cínico para mostrar que na hora de escrever apenas recorda os eventos malditos que narra. Já é outro que parece purificado só por contar a verdade.

Tema. Narrar o sujeito que vai sozinho ao lugar onde sua mulher nasceu. Espera o trem e já durante a viagem encontra alguém no vagão que a conhece e começa a lhe contar histórias obscuras sobre ela. Quando chega ao povoado, de uma maneira quase fantástica, começa a receber por acaso, dos desconhecidos que encontra em diferentes lugares, fragmentos da vida secreta da mulher. Regressa, desce na estação Retiro e se perde entre a multidão. (Ele tinha ido ao povoado para "reconhecer" o lugar.)

Um conto quase fantástico poderia ser construído sobre a existência no presente dos fatos do passado. O protagonista poderia começar o dia com uma pequena lembrança que surge de improviso e que dura apenas alguns segundos e com o avanço da manhã as lembranças se tornam mais extensas, ele precisa, por exemplo, parar e sentar no banco de uma praça para resistir à emoção das coisas que a memória lhe traz. Quando chega a noite, perto do final do conto, o homem vive um minuto no presente – por exemplo, na hora de apagar a luz antes de dormir –, mas, tirando esse instante, o resto do tempo está totalmente tomado por seu passado.

Outro tema. A única pessoa que não pôde observar o fenômeno luminoso que surgiu de repente na noite estrelada foi o diretor do observatório meteorológico, que nesse momento estava de cara para a parede, falando ao telefone com um colega. Ao voltar para casa, todos passam a lhe contar a estranha experiência de ter visto no céu uma luz branca e maligna, que parecia se deter sobre cada um deles. O observador começou a pensar que todos na cidade, exceto ele, tinham visões, já que sua missão no lugar era justamente observar os fenômenos cósmicos.

Sexta-feira 9

Passei a tarde com o escultor Mario Loza, depois saímos juntos e acabamos num boteco perto do estádio do Boca comendo pizza e bebendo vinho. Agora estou tomado por uma espécie de exaltação que poderia facilmente ser confundida com a felicidade. Enquanto isso, chove lá fora e é notável o ruído arcaico da água caindo sobre os telhados de chapa. Que sentido tem esse encontro num bar, e depois num restaurante, bebendo vinho com alguém que mal conheço?

Antes, na faculdade, encontro a Vicky, arisca, sempre frágil, lindíssima, com sua agressividade um pouco infantil. (Já não a amo, é verdade, mas quanto a amei!)

Domingo

Passo o dia com o Miguel na casa dele. Conversas que fluem do passado, como se nunca tivéssemos deixado de nos ver. Ele se casou por esses dias com uma loira, uma espécie de giganta que o fará sofrer.

Segunda-feira

Carta para Daniel Moyano.
Telefone. Ligar para o Eduardo.
Perspectivas. F. Herrera. A. Szpunberg. Ramón.
Roupa para a tinturaria.
Comprar laranjas.
Uma camisa.

De noite, na London, La Porteña Jazz Band.

Terça-feira 13

Em La Plata, vão renovar as cátedras. Assino contrato para Introdução à História e História Argentina I. Minhas aulas se concentrarão em dois dias seguidos, se possível segunda e terça. (Vou passar uma noite num hotel perto da estação de trem.)

Quarta-feira 14

A certa altura, Freud fez uma descoberta importante: parecia haver uma tendência a repetir situações passadas mesmo que tivessem sido dolorosas. "Essa tendência à repetição funciona como uma compulsão, isto é, trata-se de uma repetição automática dissociada das verdadeiras exigências das situações." Freud pensa que a tendência à repetição é uma tentativa de reparar o trauma (muitas vezes – e isso é muito curioso – a repetição recua até o tempo em que o trauma ainda não tinha acontecido). Em suma, para Freud a repetição é uma tentativa de dominar e controlar a experiência.

Tenho 45 pesos para terminar o dia e o Alberto me telefona dia sim, dia não, para me cobrar a suposta dívida de vinte mil pesos que ele supõe que eu lhe devo.

Quinta-feira 15

Um frio absurdo. As manhãs não têm que existir. É necessário sair da cama só de tarde ou no início da noite, a qualquer hora que permita evitar a diluída claridade gelada quando ainda temos o dia pela frente e não sabemos o que fazer.

Palavras sábias: do dito ao feito há um grande eito. Caem como uma luva para mim, que há várias semanas venho anunciando o projeto de coisas que vou fazer e nunca faço. Obviamente, a sentença se escora na aliteração, na repetição do "t".

Fui ao banco, não consegui receber o dinheiro que meu avô me mandou por ordem de pagamento (eram três mil pesos). Passaremos o dia com dez pesos. A base de mate etc.

Sexta-feira 16

Volta a lembrança de um verão em Bolívar, minha própria imagem em pé na beira da piscina, no momento de mergulhar. Caminhávamos sob o sol por ruas de terra desde o casarão perto da estação de trem até o bosque, a piscina ficava junto às árvores, e no final passávamos, lentamente da sombra à luz, o verão na água.

No bar da Olavarría com a Almirante Brown. Longa conversa com a Inés sobre os finais. Cedo ou tarde, tudo desaba. Desde que deixei para trás minha vida de estudante em La Plata e vim conquistar a cidade grande, tenho me sentido levemente inquieto e imóvel. Tudo o que faço parece que faço pela última vez.

17 de julho (1h15)

"Um grande consolo: fazer o aflito analisar sua própria dor; ela diminuirá imediatamente; o orgulho sempre vence, onde quer que ele aja", Stendhal.

Agora, depois daquela tarde quase irreal com a Inés num bar constatando o fracasso, percebo que estes cadernos (suas deformações, seus silêncios) se justificam pela frase de Stendhal.

Agora há pouco, escutando os Beatles, um estilo agressivo, lírico, assexuado, cheio de ritmo. Neurótico. Não sei por que me lembrei da prosa de Céline.

"Trair é como abrir uma janela numa prisão. Todo mundo quer fazê-lo, mas raramente pode", Louis Céline.

Uma única coisa que me recuso a entender: para fazer o que se quer fazer, é preciso ser capaz de recusar e perder outras coisas. Ficar sozinho para escrever não depende de ninguém. O dia de hoje pode servir de exemplo, trabalhei enquanto estava sozinho. Depois, agora, girei sobre mim mesmo e girei sobre a Inés e entrei no quarto fechado dos estúpidos estados de espírito. Não fiz nada que servisse para nada. Salvo tomar um Equanil.

É evidente que essa inquietação me imobiliza, me impede até de ler. Fico remoendo sempre a mesma coisa, me disperso, folheio livros, artigos, mato o tempo antes de afundar e dormir.

Sábado 17

Deixamos para trás aquele tempo luminoso em que parece que tudo nos pertence, onde nada está de fora nem é alheio a nós. Mas, lentamente, aprende-se a gravitação dos outros, aprende-se a resistência idiota das coisas; entender isso pode levar a vida inteira e nunca é possível saber quanto ainda resta aprender. A presença dos outros é uma limitação que também é preciso conhecer. Agora, aqui nesta casa na rua Olavarría, o Alberto Cedrón e o Raúl Escari persistem no seu modo de ser, leem em silêncio, enquanto me sinto observado, como se tudo o que eu fizesse tivesse a ver com eles.

A desordem permanece. Tomei uma anfetamina mas não me decido a trabalhar e hesito entre o artigo para a revista e a novela. Vou de um lado para o outro, sem fazer nada.

Que diferença faz? Tudo tem o mesmo fim. Esforçar-se para provar a si mesmo e aos outros que você tem talento. Por quê? Para quê?

Estou mais intrigado do que "parado", procuro uma fuga como quem, num navio afundado, imagina uma saída. Eu mesmo tento entender o que está acontecendo comigo. Portanto giro submerso, procurando a janela que me levará ao ar livre.

O que fazer? Que ato único, definitivo pode cortar este circuito? Não há nada, quer dizer, ninguém nunca sabe o que realmente lhe acontece. Só podemos inventar razões e motivos. Agora, a Inés está aqui e ela também me incomoda.

Domingo 18 de julho

São quatro horas da manhã. Passei a noite *pensando*. Tudo o que penso é inútil. Rodo no vazio. Como sair daqui? Por onde começar?

Deve-se começar de baixo, não com humildade, mas com orgulho.

Terça-feira

"Foi primeiro um estudo. Escrevia silêncios, noites, anotava o indizível. Fixava vertigens", Rimbaud.

A Inés aquela noite no sofá. Depois saímos para caminhar e tomar cerveja ao ar livre.

Quinta-feira

Levantar ao meio-dia, ir para a rua e ver os outros como sonâmbulos. As coisas por fazer (pagar o telefone, me barbear, escrever cartas) são uma organização exterior da própria experiência. Hoje quero terminar o artigo para a revista. Depois ainda tenho que pensar no editorial. Escrever os textos para intercalar entre os contos e os artigos. Deixo isso registrado para que se veja a perseverança com que tenho me dedicado a perder tempo.

Sexta-feira

A polícia pegou o Cacho. Estavam jogando dados no Acapulco, na Maipú com a Lavalle, o Horacio, o Adolfo, o Costa e ele. Entrou uma brigada de roubos e furtos e levou apenas os quatro. Alguém os delatou. Passei o dia com a Bimba procurando um advogado para entrar com um pedido de *habeas corpus*. Não sabemos em que repartição policial ele está detido e tememos o pior.

Sábado

A verdade de um conto depende dos detalhes circunstanciais que parecem não ter nenhuma função. O baque surdo de um corpo que cai. Depois a imagem imprecisa de um monte de trapos que se movem no escuro.

Domingo 1º de agosto

Escrevo a noite inteira. Deixo pronto "No xadrez" e depois, levado pelo entusiasmo e pelo impulso da própria escrita, escrevo mais um conto, "Vertigem". São nove e meia da manhã e consegui escrever dois contos numa noite.

Segunda-feira

Se eu analisar a noite de sábado para domingo, ou seja, os dois contos que escrevi quase ao mesmo tempo, posso descobrir o modo como foram feitos. Por um lado, a facilidade natural para romper o tempo narrativo e evitar os momentos mortos e as situações sem significado; por outro, narrar o que vai acontecendo, deixando que a prosa defina o argumento.

Sábado 7 de agosto

O Cacho saiu hoje da cadeia. Esperamos por ele na porta da delegacia aqui em La Plata. Apareceu no fundo do corredor, de terno e gravata, fez uns gestos imperceptíveis de cumplicidade. Vi quando ele assinou o alvará de soltura; em seguida, de repente, chegou uma ordem de captura emitida em Córdoba. Foi retido de novo, deu meia-volta e passou a noite outra vez sozinho numa cela. Enquanto isso eu jantava com a Bimba num restaurante da rua 7. Ela me contava sua vida sempre mudando alguns detalhes. Como tinham se conhecido, onde ela estava quando o viu pela primeira vez etc. etc.

Domingo 8

No café La Paz, a Inés sem compreender os três dias que passei em La Plata tramitando a soltura do Cacho, com ciúme da Bimba.

Segunda-feira

Duas e meia da manhã, só agora estou começando a trabalhar. Antes percorri a Corrientes com a Inés, paramos em todos os bares e no fim sentamos para jantar no Bajo. Agora tenho que preparar uma aula sobre Spengler para a próxima disciplina: Problemas de Metodologia Histórica (progresso, morfologia, causalidade etc.).

Terça-feira 10

Na Fausto, encontrei o Constantini comprando às escondidas o livro de Mario Benedetti *Obrigado pelo fogo*. Ressabiado, se desculpou, como se fosse um crime ler escritores contemporâneos.

Levantei às três horas da tarde, caminhei ao largo do rio até a ponte, aqui a cidade parece ser sempre a mesma.

Quarta-feira 11

Ontem o Cacho afinal foi solto de novo. Nervoso, agressivo. Conta de um sujeito que caminha pela Lavalle, depois de ter sido torturado, "marcando gente" escoltado por um policial. Na cadeia, um preso chinfrim que vai ficando abusado até que ele resolve parar o sujeito a tapas. A carta que o Cacho escreve para a mulher de um deles e que todos os outros copiam; de noite falando de mulher embaixo das mantas.

Domingo

"Existem amizades estranhas: amigos que quase querem se matar um ao outro, que passam a vida inteira assim, mas nem por isso conseguem se separar. A separação é para eles impossível", Dostoiévski.

Quarta-feira

Dei minha primeira aula do ano na faculdade para mais de oitenta alunos, falei durante 45 minutos sobre Spengler, disse certas coisas inesperadas e no final saí às pressas sem querer ouvir nenhum comentário, enquanto os estudantes também saíam pelos corredores. Vim para a Modelo tomar uma cerveja e escrever estas linhas.

Quarta-feira 1º de setembro

Ontem a revista finalmente foi para a gráfica. De tarde dei uma boa aula sobre Toynbee.

No fim da tarde com o Antonio Mónaco, avançamos juntos na ideia da peça. Tudo acontece durante a festa, sem tirar os atores de lá.

Sexta-feira

Trabalho num artigo sobre Alejo Carpentier.

"Não devemos ir a um velório de aldeia para tomar notas pitorescas e costumbristas, o que cabe trazer desse lugar é o desejo de saber qual é o conceito da morte que se tem ali", Alejo Carpentier.

Domingo

Na sexta-feira passamos a noite inteira na delegacia da rua Maipú. Presos numa cela que parecia um banheiro gelado. Com o Tata, o Jorge, o Osvaldo e o velho Cedrón. Na realidade, tudo muito absurdo. Estávamos no El Hormiguero, tínhamos ido assistir à Mercedes Sosa, uma folclorista que está começando e tem uma voz que lembra a da Joan Baez. O Tata cantou alguns tangos, estávamos um pouco bêbados e de repente, na saída, começamos a brigar com um grupo de provincianos por um motivo que ninguém lembra. De repente apareceu a polícia e levou todo mundo para a delegacia. Todo mundo não, porque muito injustamente os folcloristas foram liberados. Passamos a noite batendo papo e de madrugada ainda chegou o Alberto Szpunberg, que também não entendia muito bem por que tinha sido preso. No fim, quem nos tirou foi a Bimba, a mulher do Cacho, que tem muita experiência em tirar gente da cadeia.

Adorando os discos que ganhei do Cacho. Como sempre, ele os encontrou numa das suas andanças, pegou tudo e trouxe para mim. O Cacho também me conta de sua paixão por ir ao aeroporto de madrugada ver os aviões decolarem.

Tenho a sensação de estar em meio a objetos que correm e que é preciso detê-los.

Domingo 11

Inacreditavelmente, estive trabalhando em Hegel para umas aulas que vou dar na faculdade sobre sua Filosofia da História. O professor aprende a matéria que deve ensinar dois dias antes de os alunos tomarem conhecimento dela.

"Compreender o real, torná-lo plenamente inteligível, é a finalidade da filosofia; tudo deve ser reconhecido como racional, isto é, cognoscível de forma adequada pela razão", Hegel.

"Quem olha racionalmente o mundo o vê racional", Hegel.

Para Hegel, as categorias do pensamento são ao mesmo tempo as categorias do ser.

Domingo

Noites como esta agora me lembram noites de outra época. Saio para caminhar pela Vuelta de Rocha como fazia antes em La Plata pelos arredores da estação de trem. Procuro acalmar meus "furores abstratos", e caminhar acaba sendo um jeito de pensar.

Segunda-feira

O imaginário. O sonho se dispersa, a fantasia trabalha como uma estrela; dirige-se a um centro para dali lançar novos raios. A fantasia está sempre centrada num objeto. Recordar a ideia fixa.

Como fazer para melhorar este diário? Talvez tenha chegado a hora de passar à máquina estes dez anos para encontrar neles os motivos que se repetem, e os tons.

Quando penso no que fiz ao longo destes anos – além da euforia produzida pelo impulso de escrever livremente e encontrar um tom –, não vejo muitas variantes. O melhor de tudo é "Os autos do processo", uma oralidade arcaica, nada realista, baseada no ritmo e num conjunto de pequenas cenas narrativas encadeadas por um narrador que as conta como se não as entendesse. A mesma técnica em "Suave é a noite", em que também conto muitas situações, num tom mais pessoal, profunda confissão escrita que vem de *The subterraneans*, de Kerouac. A mesma coisa em "Uma luz que sumia" e "O muro"; muitos argumentos numa única história contada em primeira pessoa. A chave é encontrar esse tom pessoal, mas em terceira pessoa. Os outros contos do livro têm a mesma estrutura, contam uma situação enquanto ela acontece, mas em segredo contam outra. (O melhor deles é "No xadrez".)

Formalmente e no seu estilo, *A invasão* não tem nada a ver com Borges - ou tem a ver como recusa de sua maneira de entender a literatura. Nisso eu me diferencio de todos os escritores, que em geral o imitam até no jeito de cuspir. Nada a ver também com Cortázar, a outra praga. Tematicamente a influência é Arlt - demasiadas delações.

Analisar os romances escritos nos mesmos anos por Nabokov, *Sebastian Knight*; Gombrowicz, *Trans-Atlântico*; e Beckett, *Malone morre*. Nos três há dupla narração, uma primeira pessoa baixa, degradada, e uma prosa nascida do esquecimento da língua-mãe que já não se exercita (exílio e linguagem). São o limite último da escrita sem pátria, sem romance. O primeiro valor da narração é o cômico. Por exemplo, a frase de Nabokov sobre "os métodos de composição como heróis do romance". Li *Trans-Atlântico* em italiano faz alguns anos, em La Plata, emprestado do Dipi.

Encontro com Borges. Sensação de estar diante da literatura, ou melhor, de ver em funcionamento uma maravilhosa máquina de fazer literatura. Fala lenta, com estranhos cortes no interior da frase. Absurdamente, eu tinha a tentação de lhe oferecer as palavras faltantes, como se ele parasse porque lhe fugiam. E no fim sempre puxava uma palavra diferente daquela que eu havia imaginado, mais bonita e mais exata que a minha. Pediu que eu lhe apalpasse a cabeça para sentir a cicatriz do acidente que deu lugar ao conto "O sul". Não foi possível perceber nenhuma marca, mas senti que para ele o ato era, em certo sentido, um ritual. A mesma coisa na hora da despedida: ele me segurou a mão por um bom tempo, e temi que fosse eu quem a estivesse segurando demais, mas no fim ele a apertou mais levemente e tornou a sorrir. É menos alto do que eu lembrava e mais bonito: olhos cinza, sorriso suave. Impossível fazê-lo dizer qualquer coisa diferente daquilo que ele sempre diz, e isso não compromete a magia que constrói ao falar para dizer o mesmo que já lemos. Emocionado cada vez que o escutava usar um tom sentencioso e profundo para recitar textos dele ou de outro. (Mãos pequenas e feias, sapatos absurdamente velhos e uma entonação inesquecível ao falar.)

Outubro

Na livraria Temple, consigo *Eloy*, de Carlos Droguett. Agora há pouco na Rádio Municipal com a Rubi Montserrat, lendo alguns textos da *Antologia pessoal* de Borges. O Tata Cedrón também estava no programa.

A Bimba fala do Cacho como quem lembra de um morto. Ela se surpreende com sua lógica perfeita e delirante que a deixa perplexa, mas também é capaz de contar que o surpreendeu se masturbando na cama, ao lado dela.

Estou em La Boca, incomodado com o *affaire* Alberto Cedrón, que insiste em que eu lhe devo quinze mil pesos. Tem o dom de sempre se apresentar como uma vítima das circunstâncias ou do próprio mundo e por isso poder exigir a ajuda dos outros e recriminá-los quando a negam.

Sábado 2 de outubro

Bela frase de Marx: "A morte, essa revanche da espécie contra o indivíduo".

Domingo 3

A dificuldade de morar com outras pessoas reside no conceito diferente de ordem que cada um tem. Daí o vaivém nesta casa, sempre cheia de gente, entre a felicidade da vida social e o desejo de ficar só e isolado.

Interessante a ideia de Ismael Viñas de que durante o peronismo é o exército que cumpre a função de intelectual orgânico.

Estou lendo *A região mais transparente*, de Carlos Fuentes. Trabalha uma estrutura semelhante à de John Dos Passos, em que se mesclam vidas individuais e histórias sociais. Tem dificuldade de fugir de certo esquematismo superficial. Os personagens são explicados, e não narrados. Por outro lado, ele só narra, ou melhor, tende a narrar apenas o extraordinário (guerras, revoluções, catástrofes). Tem dificuldade de encontrar a dimensão curta, breve, o momento significativo, o detalhe que dá realidade. O mais atraente é a amplitude de possibilidades de sua prosa, que vai do ensaio ("Vemos que se cria pela primeira vez na história do México uma classe média estável com pequenos interesses econômicos e pessoais...") ao esboço poético, quase surrealista ("Quanta dor imóvel, cidade da derrota, violentada, cidade da fúria...").

Segunda-feira

Ontem fui passear com a Inés pelos arredores, nós dois tranquilos, sem pressa. Sentamos num bar para tomar cerveja, vendo as pessoas passarem como se fossem seres extravagantes.

Agora tenho o dia pela frente e estou disposto a escrever um conto do qual já tenho a história completa. Um homem que foi – ou pensa que foi – abandonado por uma mulher, viaja até uma cidade qualquer, para esquecê-la. Telefona para ela. Hospeda-se num hotel. Em dado momento, ele a vê na estação da cidadezinha. Pensa que ela veio buscá-lo, mas quando se aproxima percebe que é uma desconhecida que nem sequer se parece com a mulher amada. A partir daí começa a vê-la, num bar, na praça, no saguão do hotel. A perda do amor o deixou louco, ou nem sequer louco, apenas mudou sua maneira de ver. Assustado consigo mesmo, volta para o quarto do hotel e tenta construir uma teoria sobre a semelhança e o "como se". O conto termina de madrugada, quando ao descer ele de fato se depara com sua mulher, que foi até a cidade procurá-lo.

Terça-feira 12

Amanheço com o Cacho em Olivos, de frente para o rio. Os casarões nas ladeiras. Vimos um homem roubando uns dormentes no talude da ferrovia, perto dos trilhos. A Bimba foi embora. Foi caminhar por aí.

Nos últimos dias tenho trabalhado a noite inteira até as sete da manhã num conto chamado "Bajo la luz", que não consigo resolver.

Quinta-feira

A revista está paginada, quase pronta. Aceito o risco de que ela acabe saindo em novembro, à beira do verão, sem que isso me preocupe: me deixa indiferente.

Terça-feira 19

No bar Florida, ao meio-dia. O livro pela primeira vez tem uma forma harmoniosa e certa estrutura. A *Fichas* [*de Investigación Económica y Social*] fez uma resenha anunciando a revista.

Eu não devia pensar assim, mas minha amizade com o Cacho tem também o sentido de um romance que gostaria de escrever. Ele sabe disso e vive brincando sobre o assunto. Nós, os mais chegados a ele (a Bimba, o Costa, o Horacio), nunca sabemos muito bem como ele consegue suportar essa sensação de risco permanente. Por isso não me espanta quando ele toma decisões inesperadas e propõe viagens insólitas ou expedições impossíveis. Faz algum tempo, voltando de Olivos, quase morremos porque ele começou a acelerar e entramos em altíssima velocidade nos bosques de Palermo, muito acima do limite permitido em ruas tão sinuosas. Claro que em momento algum pedi para ele ir mais devagar porque tive a impressão de que queria me testar, ou em todo caso me mostrar que sua relação com o perigo e com a morte era muito diferente da minha. O fato é que depois que passamos as caixas-d'água quase não me lembro de mais nada, só que numa curva no meio do bosque o carro derrapou e seguiu quase sobre duas rodas por um bom trecho em que podíamos ter capotado, mas misteriosamente se endireitou e o Cacho, sem reduzir a velocidade, me olhou pelo espelho retrovisor e piscou o olho.

Quarta-feira 20

Estou na París, em La Plata. Só recebi doze mil pesos e não os vinte mil que esperava. Daqui a pouco vou dar minha aula e sempre me chama a atenção o fato de os alunos terem a mesma idade que eu. Entro no Salão Nobre lotado, subo no estrado e digo: "Então, estamos vendo, em Introdução à História, as hipóteses de Hegel", e a partir daí sigo em frente como que impelido pela forte sensação de caminhar à beira de um precipício.

Sexta-feira 22

Hoje tem greve geral convocada pela CGT. Estou no bar Florida e me pergunto, mais uma vez, por que tenho essa necessidade de registrar aquilo que acontece. Passei na editora, e o Álvarez me confirmou que meu conto sobre Urquiza vai entrar na antologia de crônicas. Pela primeira vez, portanto, minha literatura ultrapassa os ambientes familiares. Lembro dos primeiros tempos, já faz uns dois anos, quando eu esperava que toda a cidade falasse de mim e que por toda parte meu nome soasse como algo próximo para um conjunto múltiplo de desconhecidos. Passávamos a noite com o Horacio, o Cacho e o Júnior, cada um com sua própria fantasia e suas próprias realizações prestes a se concretizarem. É impossível viver sem ilusões, mas é preciso saber que as ilusões são histórias imaginárias que cada um conta a si mesmo.

É necessário isolar as duas características essenciais da concepção hegeliana da história. Por um lado, a continuidade homogênea do tempo e, por outro, a gravitação do *agora* na categoria do presente histórico. "O hábito é uma atividade sem oposição, à qual resta apenas a duração formal e em que a plenitude e a profundidade do objetivo já não precisam se expressar", Hegel.

Domingo 24

Com a Julia Constella esta noite, mesa-redonda sobre violência. Sobre uma mulher que foi jogada do quarto andar pelo marido (ou era o pai?). Talvez o melhor de mim apareça em dias como hoje, caminhando sozinho pela cidade, depois almoçando num restaurante da rua Cerrito com as mesas na calçada, e a estranha sensação de ser um viajante ou viajador de passagem por uma cidade desconhecida.

Um bom método de pensar dentro de uma narração é o procedimento do romance policial, que consiste na reflexão do detetive sobre os fatos já narrados; a chave é que, nessa situação, o personagem anuncia o que pensa que vai acontecer. Em resumo, as ideias numa narrativa sempre devem se referir ao que está para acontecer, e não explicar o que já se narrou.

Quinta-feira 4 de novembro

Estou no trem para La Plata. Ontem à noite, as últimas correções da revista. O custo subiu de 110 mil para 190 mil pesos. Depois veremos como lidar com as dívidas.

Terça-feira

Temas para a prova parcial de Introdução à História:

1. Relações entre a progressão do espírito absoluto e o conceito de progresso na História segundo Hegel.

2. Relações entre o sistema da História de Hegel e a história política na época em que ele lecionava.

Tema. Talvez o final do meu romance sobre o Cacho esteja no apartamento em Montevidéu, naqueles três pistoleiros presos ali dentro, resistindo durante dezesseis horas e enfrentando o cerco de quatrocentos policiais, suportando gases, fogo, balas, água, bombas, até que no fim queimam o dinheiro e gritam: "Venham nos pegar, macacos".

Em García Márquez (*La hojarasca*), assim como antes em Rulfo, descubro as possibilidades técnicas da visão ingênua. Quem narra está afastado da cultura letrada e olha o mundo com assombro. Permitem descobrir um nível quase absurdo e fantástico na realidade. Os dados são oferecidos sem fazer síntese, fatos ligados pelo conhecimento parcial (e mágico) que o ingênuo parece ter das coisas. No romance sobre o Cacho, esse nível tem que ser o da Bimba.

Quarta-feira 10

Na faculdade, aplicando a prova parcial de Introdução à História. Vinte alunos estão escrevendo porque eu dei um tema, porque expus alguns temas. E eles estudaram e se preocuparam etc. Nem é preciso declarar o caráter estranho que essa situação tem para mim.

Sábado 13

Encontro com o Dipi Di Paola, neuroticamente doente, sempre preocupado com os sintomas invisíveis de um mal que nunca se manifesta. Simpático, sedutor, leu para mim um belo conto, mas fala de si mesmo e de seus escritos com uma insistência excessiva, até para ele mesmo.

Segunda-feira

Em três horas reescrevi "O muro", um conto limpo, solto, com um suave ar beckettiano invisível a um leitor comum: o velho num asilo se lamenta porque construíram um muro e não pode mais ver a rua.

Sábado 20

O Cacho acabou de me ligar avisando que vai me pegar para jantarmos na Costanera.

Domingo 21

No bar Ramos, na Corrientes. Encontro com o Miguel, que continua martelando com seu livro de contos pela metade. Muito bons, no meu entender.

25 de novembro

Cortaram a luz, o gás e o telefone por falta de pagamento.

26 de novembro

A revista está pronta, empacotada na gráfica. Falei com o Sergio, só vai retirar a revista na segunda-feira.

Dezembro

Quarta-feira, 18h. Estranha época, muito produtiva (quatro contos, a revista), muito conflituosa (a casa, o dinheiro, o desalento). Vai ser difícil de esquecer.

Sexta-feira

Às vezes não consigo esquecer a imagem, aquela imagem. No entanto, eu mesmo a procuro, a invento. Preciso dela. De certo modo ela me atrai, como os peitoris baixos em volta de um terraço. Se não, como se explica essa permanente tentação? Procuro por ela, daí a variedade das associações que a convocam, o ar de família.

Sábado 4

Depois de resolver algumas coisas (o García, o Tata etc.), quando tudo começa a se acertar, não tenho tempo nem lugar para escrever. Essa cisão marcou minha vida. As definições, as decisões deveriam importar, mas precisam ser configuradas, historicizadas, contadas como se acontecessem com outros. Ilusão de viver em terceira pessoa.

Segunda-feira 6

No bar Florida. Chove na cidade, o sol se infiltra entre as nuvens, ilumina a rua, o pavimento adquire uma cor amarela, muito clara.

Procuro manter à parte o concurso na faculdade para renovar minha assistência nas duas cátedras. Por ora minha economia depende dessas contratações. Tenho os cargos desde 1963 e vivo disso (e do trabalho no arquivo do Nono). Ganho a vida como historiador, mas vivo como um escritor potencial, nos últimos meses tentei unir os dois percursos. Escrever contos que tenham a forma de uma pesquisa e trabalhar no arquivo da província de Buenos Aires. Não se trata de tematizar o que acontece no subsolo dos correios na galeria Rocha, mas de trazer para a narrativa modos de ser que venham de outro lugar (estranhos à tradição literária).

Finalmente este mês vai sair o número 1 de *Literatura y Sociedad*. O editorial que escrevi tenta fazer uma crítica aos estereótipos da esquerda. Sua inutilidade define um modo de ver o mundo. O peronismo parece ser o ponto cego do olhar histórico. O segundo ponto consiste em se opor à noção de "literatura engajada" por acarretar uma postura individualista; trata-se, ao contrário, de pensar a literatura como uma prática social e ver sua função na sociedade. Por exemplo, qual é a função da ficção etc. A ideia sartriana de que toda obra individual deve responder à responsabilidade da arte é ridícula e paralisa qualquer ação. A pergunta de Sartre, o que pode *A náusea* diante de uma criança que morre de fome?, é moralista e é um sofisma. Qualquer coisa que um indivíduo isolado faça por si mesmo, na solidão, nada pode fazer por uma criança que morre de fome. É a mesma lógica usada pela direita quando exige mais repressão e a justifica com a pergunta: o que você faria diante de um bandido que quer matar seu filho? Se a resposta fosse individual, tudo se limitaria a perplexidade e atitudes "pessoais" (que só fazem mudar de assunto). O que um homem pode fazer diante da injustiça do mundo? Unir-se a outros que procuram modos de agir não individuais. Sair do eu e da consciência subjetiva, esse é o caminho de Marx e de Wittgenstein. Num caso é a classe, no outro são os jogos da linguagem que condicionam a ação política. A eficácia – a resposta – não pode ser individual.

A alegria dos fatos: no sentido da ironia que há nos acontecimentos e também da alegria diante do que "é fato", do já feito.

Se, como diz Cassirer, a realidade só pode ser experimentada por meio das formas simbólicas, que são sempre variáveis, e dos infindáveis jogos de linguagem em meio aos quais agimos, a cultura é a soma das normas de conduta aprendidas e incorporadas (como uma segunda natureza), fundamentalmente herdadas: essas normas são transmitidas por meio da linguagem (da lei, dos contratos e dos pactos) e da aprendizagem ("a domesticação", como Sartre chama a educação que as crianças sofrem), de costas para o instintivo.

Quarta-feira 8

Sempre a sensação de desamparo e a "dureza" da realidade imediata. Escrever agora, sozinho, nesta casa vazia, com a microscópica série de pequenas decisões tomadas o tempo todo para sobreviver. Uma palavra após outra, uma palavra e depois outra e mais outra, o fraseado: isso é tudo (uma música).

Ao mesmo tempo, a cultura – a civilização – depende "simplesmente" da amplitude e do tamanho incomum do cérebro. Depende simplesmente da estrutura óssea que deu lugar ao crescimento da "massa encefálica", ou seja, da ampliação da cavidade craniana que ocorreu há dois milhões de anos, quando o pré-homem começou a caminhar ereto pela planície (as florestas onde vivia foram dizimadas por diversas catástrofes naturais), na savana: aprendeu a caminhar e a se defender com o olhar alto dos predadores. A postura permitiu que a mandíbula tivesse o peso necessário para se abrir e dar lugar a um novo uso da língua que permitiu a articulação da linguagem. Receio que eu tenha virado uma espécie de positivista darwiniano como reação à minha tendência idealista abstrata. Passo do materialismo à matéria pura e dura, e aí me perco.

Então, das duas, uma: ou tudo depende da forma do crânio (contingência absoluta), ou tudo depende da realidade espiritual ou imaterial das normas de conduta aprendidas e dos códigos de comportamento (a lei, a proibição, o que não se pode fazer).

Quinta-feira 9

Certa felicidade inexplicável, absurdamente. Melhor deixá-la em suspenso. O que pode falhar é o final, com a piada da morte. Melhor deixá-la sem solução. Procurar uma história para a velhice (ou para um velho concreto, por exemplo, o velho Sócrates ou o velho Borges). E mais nada.

Em dezembro

Escrever "El hermano de Luisa". Quem é ele? etc. Revisar o livro todo. Com o Haroldo Conti, conversa sobre o título do livro. *A invasão.* Mais seco, menos explícito (é outra a invasão e são outras as guerras).

10 de dezembro

No bar Florida. Estou com dor de cabeça, faz calor. Hoje, em La Plata, recebi 27 mil pesos? Inacreditável. Sempre a mesma irrealidade em relação à vida concreta. Seja como for, as coisas vão se precipitar entre 21 e 31 de dezembro. Os concursos na faculdade (terminam no dia 24). Viagem ao Uruguai? Mas e a revista? Além disso, persiste a presença fantasmagórica de *my family*. O pai de Hamlet e Lady Macbeth (*to the bed*, para a cama, diz Lady Macbeth).

Sábado 11

No bar Florida. 18h30. Não devo procurar nem pretender nada fora do trabalho. Único momento de plenitude, a realidade fica em suspenso. Não há outras "satisfações". É absurdo inventá-las ou pedi-las. Se eu não aprender isso, nunca conseguirei evitar a dispersão e a loucura. Procuro o equilíbrio, sem ele não posso viver (os suicídios). Todo o resto (exceto o amor) é ilusório. Mas o amor seria ilusório sem os corpos amados.

Encarar como questão a ser analisada o conceito (atualmente muito em voga) de "nova geração". O que cada geração tem de novo, se todas elas repetem a mesma vontade de anular as anteriores? Ainda assim, é visível a aspiração de se incorporar à linha central da cultura dominante. Enquanto a divisa deveria ser manter-se à margem. Mas o que é a margem? O que nos caracteriza é uma maior formação por fora da literatura, procurando renovar os procedimentos por meio de técnicas que vêm de outra parte; por exemplo, no meu caso, os usos inesperados do material disponível sob a forma da pesquisa e da investigação. O relato se constrói a partir de uma experiência não literária. A passagem do artista para o artífice "intelectual" que fala do que ele faz (e não do que ele é). O papel da revista nesse processo. Falar de uma geração é fazer um juízo cultural, dizia Gramsci, ou seja, a idade é um modo de definir o que se pôde ler e aprender na juventude. Logo o conceito de geração deixa de ter função: o artista já não é analisado em termos do horizonte cultural de sua idade (ou seja, da sua época). A idade de um escritor é um dado da época à qual ele pertence (para além de suas opiniões ou declarações). A idade na literatura é um sintoma. Cada geração lê do mesmo modo uma série recortada de livros, e é isso que a identifica e que se vê em seus escritos.

Domingo 12

São 17h30 no café do Hotel El Castelar. Tenso, esperando pelo Sergio Camarda. Disposto a repensar toda a revista. É necessário que eu me controle e domine a situação. Primeiro preciso deixar que ele fale e comece a desfiar suas críticas, para depois rebatê-lo, tranquilo, porque não é hora de uma ruptura. Ontem, reunião produtiva, sobretudo pela presença – e pelas ideias – do José Sazbón.

A tensão ansiosa (o futuro invade o presente) é uma das poucas emoções que recordo ao longo da vida. Aparece de repente sem mudanças exteriores, em diferentes situações: solidão, força emocional, lembranças, a espera (como agora).

Copiar e tornar a copiar à máquina o livro de contos parece ser minha ocupação delirante e habitual desta estação. Não escrevê-lo, nem corrigi-lo, nem criticá-lo, mas copiar cada uma de suas páginas uma e várias vezes, errar (como agora há pouco) e deixar tudo pela metade. Copiar a si mesmo. Nada muda nem melhora, apenas se repete tudo. Procurando o quê?

Segunda-feira

De quando em quando, uma súbita confiança no livro; agora há pouco, por exemplo, caminhando sob a chuva, depois de tomar um copo de leite e de conversar com o Briante. Ficamos falando e falando sobre o estado da literatura, eu e ele estamos livres da febre por Cortázar que invadiu a maior parte das escritas atuais; claro que o Miguel está contaminado por Borges (por certa ideia de estilo *criollo*) e por certa adjetivação afetada que o impede de encontrar uma voz própria. Eu, de minha parte, avanço às cegas, em meio à espessura, sem guia. Por outro lado, os trabalhos que tenho pela frente (a revista, o livro, certas "ideias" ou presunções que ainda gostaria de escrever) não me deixam tempo para a introspecção. Em contrapartida, a exteriorização de um ato, de uma série de atos, me tira de mim mesmo ("tirar dos gonzos", uma expressão enigmática); publicar a revista, por exemplo, exige ficar atento ao que vem de fora, tenho que verificar as defesas no topo da muralha. Não posso aceitar nenhuma fraqueza, tenho as costas cobertas (apoiadas contra o muro), mas vejo as traições na própria tropa (o Osvaldo me delatou para o Tano), as defecções (o Camarda "se afastando", atribuindo a mim os "defeitos" da revista, que ele "aceita"). Não devem abalar minhas decisões, devo recuperar a firmeza, não cair no desânimo. Ninguém entende o critério que está na base do primeiro número: uma intervenção conceitual muito agressiva para sacudir o estado letárgico da cultura de esquerda, afim aos preconceitos "progressistas" com os quais rompemos (ou seja, a cultura do PC). Comento os efeitos culturais do peronismo e seus mitos com simpatia, mas é evidente que não sou peronista e não me deixo deslumbrar pelo pragmatismo.

É preciso mudar o estado de coisas, que parece muito caótico nestes dias. Quais são os problemas? *A casa*, tenho que sair daqui. Complicações com os móveis e os livros. Possibilidade de ocupar o apartamento do Cacho na rua Ugarteche. Mas o Cacho escapou para Mar del Plata antes que eu pudesse confirmar com ele. Podemos conversar sobre isso lá mesmo, no Natal. Preciso me garantir para janeiro; além disso, há a casa em La Boca. Tenho o verão para resolver a mudança.

De repente encontrei o quarto da rua Medrano, na pensão, e vi a imagem daquele churrasco com o Haroldo Conti, atrás da estação Retiro, passando os trilhos e a avenida que separa o porto da cidade. Fui porque não tinha dinheiro para almoçar, por isso aceitei o convite.

Terça-feira 14

Tenho dormido muito, como se nestes tempos de conflito só pudesse aspirar ao silêncio e à escuridão. Dormir é uma fuga para quem está preso, o Cacho me disse um dia.

É notável experimentar o choque entre a consciência que tenho de mim mesmo e o modo como os outros me veem (o Sergio, o Alberto Cedrón). O olhar inimigo só ocorre entre amigos. Notável esse relativismo. Porque há uma terceira consciência (digamos, de gozação, o terceiro olho) lateral, incerta, na qual me vejo como se eu fosse outro (como se fosse o outro). Além disso percebo, quase sempre com espanto, o quanto eu me amo, no fundo. Quanta certeza eu tenho das minhas "virtudes" e da existência de "forças ocultas" que se opõem ao seu desenvolvimento. Porque valorizo muito essas "forças" (ou porque por meio delas disfarço minha fragilidade), pratico com eficácia o desalento, como se estivesse convencido do fracasso. Portanto, deve-se fundar uma ética e uma poética do não, das impossibilidades que tornam a vida possível.

O equilibrista. "É imprescindível inventar uma ordem. Acreditar nela, em seu valor, seu significado, sua eficácia. Depois, de um salto, entrar nela." Depois disse (o equilibrista, sobre o arame, no alto da tenda do circo): "Eu devia realizar a alteração que sempre se repete diante do mesmo fato. Primeiro a atração que me obriga a me esconder e ficar à escuta. Depois a certeza de que isso que está acontecendo lá – que acontece com outra pessoa em outro espaço – significa ver do alto aquele que eu era em outra época".

Escrever para os inimigos, não para o social, procurar a ocultação. Indagar sobre a sobrevivência do escritor argentino. A exterioridade desta *promoción* [turma de formandos] (e não desta geração). Promoção: que se promove, grupos que surgem numa mesma data.

Quinta-feira

No Florida, 18h30.

Esperando o Szpunberg, por causa da carta aberta em apoio aos presos do Ejército Guerrillero del Pueblo, que estão em greve de fome. São ou não são presos políticos? Não devem ser tratados como criminosos comuns. Uma tarde com vários encontros. Néstor García Canclini está indo a Paris para estudar com Ricœur. Possível entrevista com o filósofo sobre o ato de narrar. Depois com o Héctor Alterio, talvez ele grave sua interpretação do meu conto ("Meu amigo") e acrescente "O muro" (o monólogo do velho beckettiano). Depois me encontro com o David Viñas para tratar de uma possível colaboração na revista.

Sexta-feira

A literatura norte-americana nos interessa porque permite ver como grandes artistas (Salinger, F. O'Connor, Truman Capote, Carson McCullers) são também populares. Caso único na literatura contemporânea. Há dois motivos, penso. A amplitude do sistema de ensino, que inclui suas obras na lista de leitura obrigatória, e uma indústria literária muito desenvolvida. O segundo motivo é a grande tradição narrativa que consegue incorporar a experimentação formal à tradição romanesca.

A impossibilidade de aceitar a convenção, o agudo senso do ridículo que me obriga a escutar a mim mesmo quando falo "intencionalmente", desmantela minhas possibilidades de assumir o matiz estilístico. Telefonar para uma mulher pressupõe um modo baseado em certas pautas que não podem ser nomeadas e estão subentendidas. Agora há pouco, a H. me disse "bom descanso para vocês", e eu esperei em vão ouvir sua risada do outro lado. Mas ela estava falando sério... Como daquela vez que eu disse à Elena "a princesa está triste" no melhor estilo irônico e antirromântico, e ela levou a sério e respondeu: "Como você sabe?".

Nota. Uma linguagem é um sistema arbitrário por meio do qual os próprios membros de uma comunidade interagem e assim aprendem determinado modo de vida. A realidade como a conhecemos é condicionada pela categoria gramatical e sintática da linguagem que usamos (ela dita a ordem, a continuidade, os tempos verbais, ou seja, a consciência da distinção entre presente, passado e futuro). A gramática ordena a ordem do mundo e propõe uma morfologia (que trata da estrutura das palavras) e uma sintaxe (que trata da maneira como as palavras se combinam em orações e frases).

Sexta-feira

Ontem à noite fiquei totalmente bêbado sem perceber. Só fui me dar conta disso hoje de manhã, quando acordei com uma estranha na minha cama. "Oi, lindo", disse, eu fiquei olhando para ela (era loira de olhos claros e peitos grandes) e perguntei: "Você é de onde, mesmo...?". Ela se ofendeu e foi embora, e assim fiquei sem saber seu nome. Tenho lembranças fugazes, o táxi ou o elevador, o travesseiro. O resto é silêncio. As lembranças se apagaram como se estivessem escritas com lágrimas.

Agora há pouco, caminhando pelas arcadas do Bajo, da praça de Mayo até a Viamonte, falando sozinho, voltei a ter certeza de tudo, convencido como antes do meu futuro e da estrela que me protegia, e eu era feliz e cego.

Não existe procedimento narrativo que não seja artificial, quer dizer, que não se imponha à linguagem cotidiana como um uso incomum. Por isso me surpreendeu a declaração do Germán Rozenmacher quando disse que narrar no presente era artificial, querendo dizer afetado, e no entanto as pessoas que a gente escuta na rua costumam usar o presente como base da conversa. "Aí ele vira e diz... e eu digo... e ele responde", um modo bastante "natural" de contar a própria vida.

(A respeito da mesma coisa.) Um homem que, para se impor sobre o passado da mulher, resolve abandoná-la e transformar-se ele mesmo em passado para ela. Um passado mais fresco ou mais valioso que o anterior (do qual ele tinha ciúme). Porque no amor só importa o presente, que é o tempo da paixão pura, ainda que em certas circunstâncias o presente nos interesse pelo menos para destruir o ardor do passado que ele imagina (por exemplo, Otelo). Então é preciso dar o salto, deixar o presente, entrar no passado para estar em igualdade de condições. Como quem entra num quarto alto onde o insultam impunemente e pode enfim ver o rosto de seus inimigos. É esse o momento em que Otelo sufoca Desdêmona com um travesseiro branco, para não ouvir os gritos que vêm do quarto ao lado (na sua cabeça).

É necessário insistir: a evasão (por exemplo, a literatura de evasão) não é em si mesma um defeito nem uma virtude. Tudo depende de como voltamos da evasão: se mais fortalecidos para nossa atitude perante o mundo ou mais deteriorados e desintegrados para nossa vida.

Agora, com o livro quase pronto, vejo chegar a hora do encontro real com a literatura, quase dez anos depois de ter apostado no tudo ou nada. Serei capaz de superar um fracasso?

Os concursos da faculdade também são reveladores e definem a possibilidade real de um trabalho concreto.

As possibilidades da revista: há uma equipe? Até onde sou capaz de encarar a questão e até onde me interessa?

A negação do real como modo de vida...

“Os reacionários eu nem leio, para não me envenenar”, disse Perón.

Quarta-feira 29

Tenho uma inacreditável quantidade de papéis sobre a mesa, que forma o livro que trato de passar, como se diz, a limpo. Ontem a Inés foi visitar, a crer no que ela disse, a mãe. Estou em casa sozinho, com os dias limpos e vazios pela frente. É como se estivesse outra vez nesta cidade, mas nos anos 1958 e 1959. Vejo a mesma paisagem desta janela.

A diferença é que agora finalmente escrevi um livro. Talvez mais definido e mais pessoal do que qualquer um dos melhores livros de contos publicados nos últimos anos (*Las otras puertas*, *Las hamacas voladoras*, *Cabecita negra*), próximos de outros livros também unitários em sua poética e seu mundo narrativo (*Los oficios terrestres*, *Palo y hueso*), mas eu não me comparo com ninguém, comparo o livro que está escrito com o livro que imaginei que estava escrevendo ou que queria escrever.

Sexta-feira 31 de dezembro

Reler meus "cadernos" é uma experiência nova, talvez se possa extrair, dessa leitura, uma narrativa. O tempo todo me espanto, como se eu fosse outro (e é isso que sou).

É impressionante comprovar que decidi meu destino cegamente naqueles dois anos (1958-1959), aqui neste quarto com uma janela que dá para os galhos do jacarandá plantado, antes que eu nascesse, na calçada. Impressionante recordar – já que estamos falando no destino – da importância do acaso.

15.
Hotel Almagro

Quando vim morar em Buenos Aires, aluguei um quarto no Hotel Almagro, na esquina da avenida Rivadavia com a Castro Barros. Estava terminando de escrever os contos do meu primeiro livro, e o Jorge Álvarez me ofereceu um contrato de publicação e algum trabalho na editora. Preparei uma antologia de narrativa norte-americana que ia de Poe a Purdy e, com o que ele me pagou, mais o que eu ganhava na universidade, pude me instalar e viver em Buenos Aires. Naquele tempo eu trabalhava na cátedra de Introdução à História na Faculdade de Humanidades e viajava toda semana para La Plata. Eu alugara um quarto numa pensão perto da rodoviária e ficava três dias por semana em La Plata dando aula. Tinha a vida dividida, vivia duas vidas em duas cidades como se fosse dois sujeitos diferentes, com outros amigos e outros círculos em cada lugar. O que era igual, no entanto, era a vida no quarto de hotel. Os corredores vazios, os aposentos transitórios, o clima anônimo desses lugares onde sempre se está de passagem. Viver num hotel é o melhor jeito de não cair na ilusão de "ter" uma vida pessoal, quero dizer, de não ter nada pessoal para contar, salvo os rastros deixados pelos outros. A pensão em La Plata era um casarão imenso transformado numa espécie de hotel vagabundo, explorado por um estudante crônico que vivia de sublocar os quartos. A proprietária estava internada, e o sujeito todo mês lhe enviava um dinheirinho para uma caixa-postal no asilo de Las Mercedes. O quarto que eu alugava era confortável, com uma sacada que dava para a rua e o pé-direito altíssimo. O quarto do Hotel Almagro também tinha o pé-direito altíssimo e um janelão que dava para os fundos da Federação de Boxe. Os dois quartos tinham um guarda-roupa muito parecido, com duas portas e prateleiras forradas com jornal. Uma tarde, em La Plata, encontrei em um canto do guarda-roupa as cartas de uma mulher. Sempre se encontram rastros de antigos ocupantes quando se vive num quarto de hotel. As cartas estavam enfiadas num vão, como se alguém tivesse escondido um pacote de droga. Estavam escritas com letra nervosa e não se entendia quase nada; como sempre que lemos cartas de um desconhecido, as alusões e os subentendidos são tantos que se decifram as palavras mas não o sentido nem a emoção do que se passa. A mulher se chamava Angelita e não estava disposta a ir viver em Trenque Lauquen, para onde queriam carregá-la. Tinha fugido de casa e parecia desesperada, e tive a sensação de que estava se despedindo. Na última página, com outra letra, alguém anotara um número de telefone. Quando liguei, me atenderam no plantão do hospital de City Bell. Claro que me esqueci do assunto, mas algum tempo depois, em Buenos Aires, largado na cama do quarto do hotel, de repente tive o impulso de me levantar e inspecionar o guarda-roupa. De um lado, num vão, havia duas cartas: eram a resposta de um homem às cartas de Angelita. Explicações eu não tenho. A única explicação que encontro é que eu estava dentro de um mundo cindido e que havia outras duas pessoas que também estavam dentro de um mundo cindido e passavam de um lado para o outro, assim como eu, e, por essas estranhas combinações do acaso, as cartas haviam coincidido comigo. Não é raro encontrar um estranho duas vezes em duas cidades, parece mais raro encontrar, em dois lugares diferentes, duas cartas de duas pessoas ligadas entre si e que não conhecemos. O pensionato de La Plata ainda funciona, e ainda está lá o estudante crônico, que agora é um velho tranquilo que continua a sublocar os quartos a estudantes e caixeiros-viajantes de passagem por La Plata a caminho do sul da província de Buenos Aires. O Hotel Almagro também continua igual e, quando vou pela Rivadavia a caminho da Faculdade de Filosofia e Letras da rua Puán, sempre passo pela porta e me lembro daquele tempo. Em frente ao hotel fica a confeitaria Las Violetas. É bom ter por perto um bar tranquilo e bem iluminado quando se vive num quarto de hotel.

16.
Diário 1966

Sábado 1º de janeiro

O primeiro pensamento do ano foi uma lembrança da infância da Inés, na praia, brincando com um cachorro que entrava no mar quando ela jogava uma bola para que ele a trouxesse de volta. Talvez eu recorra ao seu passado por carecer de memória pessoal. Na realidade, luto contra uma série confusa de lembranças alheias. Ou melhor, tenho presente o que os outros viveram.

Cada um é cada um, mas como os demais o veem de fora? Aí mesmo há uma prova que anula o solipsismo. Percebemos que não estamos sós pela sensação de desconforto que os outros nos provocam.

É preciso estar atento à percepção do narrador pessoal (mas externo à trama), que só se dedica a contar uma história, aparece em terceira pessoa, mas de repente se insinua como uma sombra real no meio da intriga. Por exemplo, a diferença entre a voz que narra em Dostoiévski: "Mas não reproduziremos aqui todo o fluxo de seus pensamentos ocultos. Agora não temos tempo de penetrar nessa alma". E a voz que narra – e escreve – em Saul Bellow: "Não sei de que modo se pode escrever isso". Há maior liberdade em D. porque ele rompe a convenção narrativa que faz do narrador uma figura invisível. D. o faz aparecer de repente como uma testemunha dos fatos: não sabemos quem é nem como se chama, mas está lá para deixar claro o caráter convencional da história (é narrada por alguém). B., ao contrário, trabalha com um procedimento mais previsível: quem escreve a história fala com o leitor desconhecido como se estivesse escrevendo uma carta a um amigo. B. usa a primeira pessoa, o notável em D. é o uso de um narrador em terceira que de repente se transforma numa figura personalizada.

Arlt usou a técnica em *Os sete loucos*, mas identificou esse narrador em terceira pessoa que se faz presente na ação com o nome de O Comentador (que aparece sobretudo nas notas de rodapé).

No meu caso, trabalho narrativamente ao contrário: imagino, construo hipóteses e versões de um evento microscópico. Por exemplo, encontrei por acaso dentro de um livro da Inés a foto de um de seus namorados da adolescência. Um rapaz jogando basquete no clube Peñarol. No mesmo instante fiz dessa foto um fato do presente (ela se fez presente, a foto de sete anos atrás, porque eu a encontrei ontem). Portanto o passado dela esteve entre nós, e não longe, já que a foto era uma presença agora, como um terceiro. Essa é a lógica do delírio. Tudo acontece no presente, e há quem chegue a matar para sair desse tempo absoluto e recuperar uma temporalidade normalizada, o crime é uma consequência lógica do pesadelo do presente, do peso da paixão. Esse é o tempo da tragédia, não o tempo da narração. O que se procura é que esse traço do passado volte atrás, que a foto perca sua imediatez absoluta e se construa uma narrativa em que ela tenha um lugar mínimo numa múltipla sucessão de fatos vividos. Eu já disse isto: não é a quantidade (basta um detalhe: um rapaz numa quadra de basquete), não é o passado, é um único acontecimento pretérito que se conserva como uma foto no presente, é um único momento que perdura e não pode ser apagado. Então – além do crime – há dois caminhos: esquivar-se, afastar as imagens, perder a cabeça. Ou, ao contrário, aprofundar-se na figura, não sair dali, persistir na ideia fixa. Eu tento, como se vê, transformar minha experiência numa lição de ética narrativa. Absorto na foto, o narrador constrói uma história circular que só faz girar sobre uma imagem fixa (é uma foto, não um filme), justamente terrível porque está fixa e não se pode narrar, quer dizer, avançar para outra situação.

Como diz Dostoiévski em *Os irmãos Karamázov*: "De minha parte, volto a acrescentar: chega a ser enfadonho recordar esse acontecimento inquietante e tentador, no fundo intensamente insignificante e natural, e sem dúvida o omitiria se ele não tivesse influenciado de modo muito intenso e notório na alma e no coração do futuro herói de minha história".

Portanto, sinto o que sinto porque o passado de uma mulher em certos momentos é insuportável para mim. Ou sinto que um fato mínimo (uma fotografia de um rapaz idiota fingindo jogar basquete) é insuportável porque estou lendo Dostoiévski e observo tudo aquilo que vivo sob a ótica exacerbada e delirante de seus romances...

Um início de ano que espero que não se repita. Inventando eu mesmo as tragédias e o desalento. Sozinho, nesta casa vazia (a casa *familiar*), sem ninguém para visitar. Vou ao cinema todos os dias e de noite leio Dostoiévski, procurando a saída, o escape. Agora, às três da manhã, cansado, sem conseguir ler mais, sem sono, sem ponto de fuga.

Terça-feira 4 de janeiro

Na praia e no mar com o Cacho, ele me conta de seus planos, veio a Mar del Plata como um ladrão de casaca no encalço dos endinheirados. Eu lhe passo a dica de um paciente do meu pai, um fazendeiro da região que tem um haras e muito dinheiro guardado no fundo de um grande vaso de porcelana verde, os dólares estão escondidos ali, ele mesmo comentou isso com meu pai numa noite de bebida, e meu pai depois repetiu em casa, como algo engraçado, falando ao telefone com sua irmã Gina. E eu escutei. O Cacho fez um mapa mental da casa, da posição dos cômodos e do vaso no patamar da escada. Em troca (mas não foi uma troca, um toma lá dá cá), acertei com ele a possibilidade de ficar no seu apartamento até abril.

Tenho vinte e quatro anos, a idade de Raskólnikov.

"Direi apenas uma coisa: que descreverei todo esse personagem apenas através de seus atos, sem apelar a digressões, e portanto é de se esperar que daí resulte uma personalidade inteiriça", D., carta de 9 de outubro de 1870.

Segunda-feira 10

Defronte às árvores, no alto, sentado no terraço do apartamento do Cacho em Palermo, onde talvez eu fique este ano em paz. Depois de dar umas voltas pela cidade, receber dezessete mil pesos e gastar dois mil em *Cantar de ciegos*, de Carlos Fuentes, e *Herzog*, de Bellow. Passeei pela cidade treinando o olhar de turista. Caminhei até a Florida, depois pela Viamonte, entrando nas livrarias, nos templos de livros usados da avenida de Mayo.

Terça-feira 11

Uma rara felicidade, quase desconhecida, uma tarde em Mar del Plata. Eu descia pela rua España a caminho do mar. Uma janela que desemboca nas árvores, entre os terríveis prédios de quarenta andares, ao fundo. Caminhava sozinho. Queria ficar largado no sofá lendo os contos de Carlos Fuentes, sem pensar, limpo, comendo pêssegos, ouvindo o ruído surdo de um motor próximo.

Não se trata de estimular o autocontrole, e sim de controlar o descontrole.

"Todos aqueles que amamos, detestamos, conhecemos ou somente entrevimos falam por nossa voz", M. Merleau-Ponty.

Este ano tenho que ler todo o Merleau-Ponty. Mas são muitas as coisas que quero fazer este ano.

"A finalidade dos anos de estudo resume-se a que o sujeito assente a cabeça e harmonize seus desejos às relações existentes e sua racionalidade, que ingresse no encadeamento do mundo e nele adquira um ponto de vista adequado", Hegel.

Esta é uma época de citações.

Somos de esquerda não por generosidade, nem por insidiosa piedade, nem por um exercício de compaixão, mas porque – como diz Engels – "o que é certo, em todo caso, é que, antes de podermos tomar partido por uma causa, devemos fazer dela nossa própria causa, e nesse sentido, renunciando a eventuais aspirações materiais, somos comunistas".

Quarta-feira 26

Estou lendo Stendhal e Melville para encontrar o que já havia de nós no século XIX.

A solenidade da prosa de Sabato o leva – sem trégua –, uma e várias vezes, ao ridículo.

Quinta-feira 27

Quero acabar com minha tendência a responsabilizar os outros pelas debilidades e carências de que padeço. Já que não tenho dificuldade em reconhecer "minhas virtudes", e as atribuo aos outros, farei o mesmo com minhas mesquinharias e minha ruindade.

"Nascidos para morrer, nada pode restituir-lhes a imortalidade dos primeiros anos; finda a idade de ouro, resta apenas a degradação", M. Merleau-Ponty (embora pudesse ser uma frase de Pavese). Algumas pessoas sentem uma saudade desesperada da infância porque – agora entendo – então eram, ou se sentiam, imortais.

"Nossos atos do passado", pensou, "chegam até nós vindos do fundo dos anos futuros, irreconhecíveis, porém nossos." Tinha visto essa frase escrita no ar, diante dos olhos, como uma divisa – ou uma citação – psicótica. Estava alucinando, mas só podia imaginar frases escritas. Ele as via no ar, nos corredores do hospital ou nas árvores, no rosto de seus companheiros de cativeiro. Frases e frases e mais frases, inesquecíveis. Pediu à enfermeira o favor ou a graça de poder substituir suas fantasmagorias escritas por imagens sombrias ou atrozes, mas abstratas, desprovidas de toda linguagem. Estava internado numa clínica de desintoxicação, acompanhado de sua "assistente" ou seu duplo, talvez fosse sua filha não adotiva, que ficava com ele dia e noite e dizia ser mexicana.

Ontem com o Edwards, o prof. de História Social e sua amante (uma loira vistosa), mais os colegas do curso (só três deles), no Ricardito, assistindo ao quinteto do Piazzolla.

O Rodolfo Kuhn e o Germán Rozenmacher me convidam para escrever o roteiro de uma das *Historias de jóvenes* que eles e outros escritores estão fazendo na televisão. Talvez eu pudesse escrever a história da Lucía.

Estive pensando em *Herzog*, o romance de Bellow, admirável por sua capacidade de captar uma época de crise, a crise – pessoal, política, moral, filosófica e íntima, mas também de época – de um intelectual liberal, um eminente professor que perdeu suas ilusões (e também suas mulheres), ambíguo, solitário, solto no ar. Assim, diferencia-se de *Rabbit, Run*, de J. Updike, que conta a escapada de um homem comum, ex-jogador de basquete famoso no *college*, de fato um homem físico, um anti-intelectual, formado pela cultura de massas, que é mostrado em plena fuga, desesperado porque se reduziu a um *loser*, que vive de seu esplendor passado – e medíocre.

As lembranças compartilhadas com uma mulher amada povoam as noites de insônia (quando são sempre três da manhã na noite escura da alma) do sobrevivente que nelas só encontra folhas secas, palavras, quero dizer, folhas mortas.

Apesar de tudo, ele disse, no futuro, olhando de lá, esta há de ser uma época feliz, porque o futuro está – potencialmente – nas minhas mãos. Não há maiores agruras econômicas à vista (tenho garantidos três meses de vida, até abril), no plano imediato – apesar dos sonhos recorrentes em que perambulo por "casas alheias" –, tenho o apartamento do Cacho ("pois onde a fera se aninha, o homem também faz praça"), já que depois do verão ele deve ter dinheiro para comprar outra casa. Se não, para onde é que eu vou? Mas nada depende somente de mim, e a espera é minha Beatrice (minha musa). Em todo caso é preciso que eu lute contra essa "inquietação" que não me deixa viver.

Talvez no romance eu possa construir o Cacho a partir de minha própria adolescência; dar a ele a experiência da minha vida naqueles anos, extraí-la dos meus diários. Além disso é necessário encontrar um enredo quase policial (que todo mundo já conheça e eu não tenha que explicar, como os fatos da tragédia grega: todos conheciam os mitos e o argumento em que as peças se baseavam). Por exemplo, o roubo do carro-forte e a fuga dos marginais para o Uruguai. Portanto, usar o pretexto da não ficção para fugir do verossímil e do costumbrismo. Escrever, digamos assim, um drama épico, ou melhor, uma tragédia.

Sábado 29 de janeiro

Os dias passam, vazios, como numa alegoria. Nada que eu tenha "criado", mas, por outro lado, não seriam estes dias inúteis a base, o alicerce que torna possíveis os outros "momentos" fugazes e perfeitos?

Mais uma vez – mais uma vez, como naquela semana de 1961 –, encontro meu corpo, hostil: está aqui, sou eu (quem?), mas me é estranho e tem leis próprias, impõe-se, inexoravelmente, e marca a passagem do tempo de um modo que sempre vi nos outros (eles envelheciam por mim). Como naquele dia na estação de Adrogué, com o Elio Spinelli, quando descobri em uma briga a fragilidade do meu corpo, que não estava à altura da minha coragem. São descobertas que surgem de surpresa e duram pouco, porque logo passo a ignorá-las, deixo que vivam sua vida. Mas no fim é o corpo (um esqueleto, uma carcaça, uma armação, uma casca vazia, sem alma) que tem razão, e eu não posso ignorá-lo.

Um pouco disso está acontecendo aqui, nesta casa, cuja ordem me é estranha mas meus amigos querem impô-la a mim, querem que eu me "amolde" (entrar nos moldes) e a aceite. Claro que é impossível viver sem os outros, sem o corpo. E a solidão é uma ilusão falsa, como a magia, como Platão e o platonismo, como os místicos que desprezavam e repudiavam o corpo não por um austero sacrifício, mas pelo imenso orgulho de poder superar as "limitações" físicas. A vida fora do mundo, o eremita no deserto, são saídas fechadas. Então? Entender que a gente é – se é que alguma coisa é – isso, a forma do rosto, a falta de jeito, a inquietação.

A gente pensa, diz: daqui a trinta anos... e essa é a única consciência possível da temporalidade, ver a partir do futuro (como se isso fosse possível) é uma qualidade da ficção, das vidas paralelas, dos corpos puros: a gente avança para lá, para o futuro, para conseguir suportar o presente. É um jeito de destruir a imagem que temos de nós mesmos, de entender que a ilusão não é mais possível, que ninguém tem a dureza desumana que permitiria viver no puro presente, que a destruição se embosca em tudo e ninguém tem assegurado seu próprio domínio (ninguém tem assegurado o domínio de si mesmo, tampouco de seus domínios territoriais). Mas, apesar de tudo, há objetos, entes, que parecem seguros e a eles devemos submeter nosso espírito absoluto.

Cantar de ciegos, de Carlos Fuentes, um livro brilhante, engenhoso, quase superficial mas muito inteligente, com uma percepção sagaz das relações entre as pessoas. "Un alma pura" é o melhor conto.

A virtude da prosa autobiográfica de Sartre (*As palavras*, *A náusea*, os retratos de Merleau-Ponty ou de Nizan) reside na sua capacidade de transformar os fatos em conceitos, ao contrário de Borges, que transforma os conceitos em fatos.

Segunda-feira 31 de janeiro de 1966

Tudo começa a desabar. O Cacho (e a Bimba e o Víctor) presos. Eu era o único que captava o vazio da vida dele. Roubar, estar em perigo, ser perseguido e se arriscar era seu jeito de sentir que estava vivo. O resto do tempo, se aborrecia, percebia mais do que ninguém o absurdo do mundo. Ia ao cassino para recuperar um pouco do tempo intenso da transgressão e do perigo. Começou a perder de modo demoníaco, apostava contra si mesmo e sempre perdia, buscando apenas sustentar a intensidade da emoção. Outra noite saiu da roleta, atravessou a rua e, numa dessas bibocas de compra e venda que ficam ali perto para caçar os jogadores empedernidos que vendem até a roupa do corpo para continuar jogando, vendeu um relógio Rolex roubado e no recibo escreveu seu nome verdadeiro, o número de seu documento e o endereço da mãe. A polícia o seguiu durante três dias até que o prendeu, ele e todos os seus amigos. Durante o interrogatório lhe disseram que, ao seguir o grupo, descobriram que a Bimba se deitava com o Víctor e que ninguém era leal a ele. Revistaram a casa da mãe do Cacho e recolheram todos os aparelhos eletrônicos que ele tinha roubado, além do dinheiro que guardava escondido num dos sapatos.

Enquanto isso, o Cacho está lá trancado. Toda a sua vida desabou num instante, como num sonho. A polícia apareceu na casa dele às duas da manhã. Recolheram três revólveres, duas malas com joias. Ele deve ter imaginado que alguém o delatou, mas foi ele mesmo quem armou a própria cilada.

Comecei este caderno com a crise na casa de La Boca e agora continuo com a detenção do Cacho e o fim de uma época de ouro, perigosa para ele, porque fiquei a salvo (já que ele, ao ser torturado, não mencionou meu nome nem me envolveu nas suas coisas, embora a polícia, pelo que a Bimba me contou, tenha perguntado por mim).

A primeira coisa que pensei foi que tinha perdido a minha máquina de escrever. Eu a deixei no apartamento do Cacho em Buenos Aires, que a polícia sem dúvida revistou ou vai revistar.

Um dia vou deixar um caderno pela metade (como faço agora com este aqui).

Fevereiro

Estou lendo *Não sou Stiller*, de Max Frisch. Gosto das justificativas delirantes da intriga: um homem que é tomado por outro – ou confundido com ele – escreve o livro como uma defesa e uma prova de sua verdadeira identidade. "Hoje me trouxeram este caderno em branco para que nele escreva a minha vida." A técnica se transforma no tema, a mesma coisa com *Malone morre*, de Beckett, que toda noite recebe algumas folhas de papel e ali escreve, no quarto da mãe, na cama, com um lápis, o romance que lemos. Há no entanto uma diferença sensível entre esses truques e o modo como Pavese, por exemplo, escreve seu diário. Neste caso o artifício se reduz ao mínimo - alguém está escrevendo a própria vida - e se legitima, de modo implícito, com o suicídio do autor.

É preciso evitar a sacralização da literatura transformada num absoluto (por exemplo, Sabato), e portanto uma tolice sem sentido, e também o contrário, como faz Henry Miller, que nos diz que seus romances estão sendo escritos a partir da própria vida - sem forma - (outro embuste). Sabato constrói primeiro sua figura de escritor atormentado, e Miller leu primeiro Thomas Wolfe. Os diários evitam essas duas ilusões e montam um caminho incerto e frágil.

Não sou Stiller é o inverso de *O falecido Mattia Pascal*, de Pirandello. Em ambos os casos joga-se com desdobramentos de identidade e vidas possíveis. Tudo está cifrado no nome, que é a condição do equívoco e da troca de lugar - daí os títulos, onde brilha um nome próprio (que outros romances têm o sobrenome de um homem na capa?). Frisch mergulha num clima kafkiano (porque Joseph K. também parece ter sido confundido com outro), o indivíduo é interrogado e encarcerado por funcionários que desde o início o tratam como se fosse culpado.

Caminhei pela velha galeria manchada de umidade. Cruzei a passagem de parte a parte, abri caminho entre os transeuntes refugiados ali, que se amontoavam fugindo da chuva. A loja, uma espécie de quiosque de vidro, ficava quase na saída para a avenida Rivadavia. Eu sabia que ele andava por lá. Ontem à noite, por exemplo, quase esbarrei com ele no meio da rua e tive que saltar de lado para me safar dele e escapar. Fui rápido e me misturei na multidão e depois comecei a andar devagar para que ele não me descobrisse, enquanto se afastava. Talvez por isso, hoje, antes de entrar, eu tenha espiado através das vidraças. Virei as costas para ele, tentando não fazer nenhum movimento brusco, não quebrar o ritmo dos passantes que se moviam entre as vitrines e os corredores. Ele estava atrás de mim. Comecei a caminhar e a me afastar sem saber se ele tinha me visto. Na nuca e na cintura, perto da espinha, imaginei vividamente o contato gelado que esperava sentir depois do choque produzido pela sua voz mole e cansada.

Quarta-feira 2

Acordei lentamente, às sete da manhã, um tanto assustado, envolto no suor do meu próprio corpo. Tudo desde ontem são queixas com o advogado: o Cacho, preso em Buenos Aires, foi levado para a revista do apartamento na Ugarteche. Não posso fazer nada por ele. Não posso fazer nada por ele? Impossível ir ao lugar combinado no dia 8. Além disso, depois das surras, os policiais descobriram tudo, e ainda lhe disseram o que sabiam: de sua impotência, da relação da Bimba com o Ernesto e o Víctor. Vinham seguindo o grupo todo fazia alguns dias e lhe deram detalhes dos encontros clandestinos da mulher com seus amigos. "Tudo para quebrar sua resistência", disse o advogado em tom fúnebre. Estiveram também no apartamento do Ernesto e recolheram tudo o que estava escondido lá. Desde aquela noite em que o Cacho vendeu o Rolex roubado e deu seus dados, disse o advogado, começaram a segui-lo, a ele e a todos os seus amigos, inclusive eu. Por isso me recomendou que eu "me fizesse ausente". O que eu fiz foi ir para Adrogué, para a casa do meu avô, que antigamente era a minha. Vou sempre para lá quando estou com problemas. O vovô me recebe sempre com o mesmo sorriso cúmplice.

O mais difícil é manter a calma. As "alterações" (emocionais ou materiais) me impedem de pensar e agir eficazmente. Isso eu já sei, o fundamental agora é garantir a base, arranjar dinheiro, procurar um lugar (com o De Brassi, em outra pensão etc.) que não esteja queimado. Aí poderei recomeçar tudo de novo e ajudar o Cacho.

Depois caminhei sozinho, ao sol, pela rua deserta. Encontrei certa paz. Mas agora estou mais uma vez centrado em mim, como naqueles dias de 59, perdido como então. Sinto – com as notícias dos fatos – que todas as certezas desabaram, que não há nada estável, e então dou voltas e mais voltas sobre mim.

Quinta-feira 3

"Em todos os terrenos, o homem verdadeiramente forte é aquele que melhor entende que nada lhe é dado, que tudo deve ser construído, comprado;

que treme quando não vê resistências, e então ele as opõe a si mesmo. Nesse homem, a forma é uma decisão fundamental", Paul Valéry.

"A grande música consiste na satisfação da *obligation* que o compositor assume, por assim dizer, com a primeira nota que escreve", Arnold Schonberg. Trabalha-se a partir de convenções. Na literatura, são as formas gramaticais, sintáticas, implícitas nos gêneros, com os procedimentos e as técnicas já usadas por outros, com os temas, motivos e tramas já narrados e com os personagens estereotipados (o herói, o avarento, a mocinha ingênua, a mulher fatal) que tentamos reviver ao escrever.

Sexta-feira 4

O personagem é "o indiferente", porém socializado. Quero dizer, é preciso mostrar sua personalidade doentia, como ele mancha tudo aquilo que toca e todos aqueles que conhece. Vive fora da sociedade, no vazio, mas quando age não pode deixar de contaminar os outros com sua presença corrosiva. Todos caem em cima dele, o método é a delação. Exemplo: o que aconteceu com o Cacho, traído pelos mais próximos.

Sábado 5

Nos jornais aparece o Cacho, imóvel, detido. Os jornais têm o poder de nos entontecer, ainda mais quando estamos implicados nas notícias que lemos. O mais sinistro é que parecem ser escritos por ninguém, como se fossem pura informação despojada de preconceitos e subentendidos. Ao ler o nome, ver a foto, ler os "crimes", querem que o leitor aceite tudo como se fosse irrevogável.

Para uma história da literatura, o único critério de valor deve ser o presente, quero dizer, o que justifica historicamente um escritor não é sua permanência no ar do tempo, mas o fato de sua realidade ser uma espécie de presente contínuo que o torna contemporâneo em certas épocas e o obscurece em outras. Porque para ninguém, em tempo algum, há valores absolutos.

Domingo 6 de fevereiro

Toda as manhãs essa incerteza, como se eu estivesse no ar. Talvez porque não aprendi a retroceder, mas tenho medo de voltar ao quarto do hotel na rua Medrano.

Ontem, quase sem perceber, mas manifestando um constrangimento que se refletia em certo atropelo nervoso e numa espécie de mania persecutória que durou um bom tempo, aceitei – na casa da mãe dele – os cinco mil pesos que o Cacho tinha deixado para mim antes de ser preso.

A única coisa que devo salvar é o trabalho, eu me fecho para escrever como numa réplica do confinamento do Cacho. Trabalho neuroticamente, apesar de tudo.

Ontem no cinema um filme de James Bond, figura contemporânea essencial que conjuga o aventureiro, o dândi e o conquistador romântico. "Um *gentleman* da vida", como ele diz de si mesmo (mulheres, paixão pelo jogo, boa comida), esquecendo – e fazendo esquecer – que se trata de um espião, 007, a quem é dado o direito de matar e que vive uma vida dupla. Parece uma reencarnação do Super-Homem, mas atualizado ao mundo do consumo moderno. O herói é um consumidor experimentado e um guerreiro secreto que defende não apenas seu estilo de vida, mas também um modo de vida social.

Segunda-feira 7

Ontem no mar, na praia de Sorensen, e depois no Barrilito e, por fim, no hotel melancólico e kafkiano da rua Beruti onde tentei construir um absoluto com ela. Fugir das agruras desta época e da preocupação com a prisão do Cacho. Buscar refúgio dentro de um tempo fechado e perfeito. Mas foi em vão.

Hoje à noite, a viagem, o fim da trégua que já se deteriorava por si só, a volta a Buenos Aires. Vou ver como está a situação por lá: o apartamento da rua Ugarteche revistado pela polícia (minha máquina de escrever estava lá), acho que não convém ir ao hotel da rua Medrano. Portanto, tenho que achar outro endereço, conseguir dinheiro e alguma calma para retomar o trabalho pendente.

Até que ponto os melhores narradores norte-americanos "duros" (Hammett, Cain, Chase e Chandler) destroem, banalizam a técnica narrativa do primeiro Hemingway? Ou será que na verdade a melhoram?

Quarta-feira 9

Estou em Buenos Aires, aluguei um quarto no Hotel Callao, perto da Corrientes. Aqui me instalei sozinho, vamos ver que rumo as coisas tomam. Estou escrevendo no bar Ramos, como sempre, começo procurando os lugares familiares, os bares vazios no meio da manhã, onde posso me sentar quase na calçada e olhar a vida passar. Lendo Pavese (*La literatura norteamericana y otros ensayos*).

À noite, de volta ao hotel, na sacada; lá embaixo a avenida, e as pessoas que caminham na calçada parecem à distância pequenos bonecos de borracha. Usei o dia de hoje para verificar até onde chegou a água da enchente que arrastou o Cacho.

Algumas notícias, o Jorge Álvarez me pediu o livro de contos. O Francisco Urondo, um artigo para a revista *Adán* (em troca de dois mil pesos). O F. Khun e o Germán Rozenmacher insistiram num roteiro para a televisão, eles fazem a série *Historias de jóvenes*, e os escritores vão se revezando. Assim, posso dizer que tenho mais ou menos garantido o dinheiro necessário para os próximos seis meses, e nunca pensei no meu futuro para além desse limite.

Quinta-feira 10

Estou no café La Paz. No jornal, um texto de Félix Luna sobre a antologia faz uma alusão ao meu conto "Os autos do processo". Transcrevo o texto da primeira resenha sobre um escrito meu, feita por um desconhecido: "A obra-prima de E. R. é uma excelente conjetura acerca do conflito espiritual de um soldado de Urquiza no transe de assassinar seu velho chefe, com o qual está decepcionado: um tema fascinante que, assombrosamente, até agora não havia sido aproveitado por nenhum escritor argentino".

Vou visitar o Viñas em seu apartamento da Viamonte, no final da rua, já quase no Bajo. Logo ele começa a criticar o Carlos Peralta, porque lhe deve um texto para a quarta capa do seu romance, que, segundo o David, já está pronto. Num bar, conversamos um pouco sobre as dificuldades de ganhar a vida em Buenos Aires. Uma síntese dos assuntos que conversamos. Romance-cinema. Possível projeção na América Latina. Pautas históricas.

A geração do pós-peronismo. Como se veem uns aos outros. A Europa como espelho, mercado e residência.

De minha parte, como sempre que estou em perigo, gostaria de escrever sobre mim mesmo em terceira pessoa. Evitar a ilusão de "ter" uma vida interior.

Segunda-feira 14
Estou em Piriápolis, na casa dos pais da Inés. Muito calor, muita cerveja. Tenho a impressão de estar dentro de um mundo que sempre tentei negar para poder viver. Como se todas as barragens tivessem rebentado e a água inundasse tudo.

Nestes dias lembro da lição de outros tempos: o trabalho, a literatura – infelizmente – não está descolada da realidade. Não pode ser uma "cura", nem um corte, nem uma realidade paralela.

De certo modo, o erro central dos narradores argentinos salta aos olhos nas suas metáforas "tremendas" e falsamente literárias. Sempre dão uma definição para cada uma das situações, quer dizer, sempre definem as ações dos personagens e lhes dão um sentido enquanto elas acontecem.

Terça-feira 15
O mundo Kafka – que voltei a ler com a mesma paixão de sempre – é o das mediações infinitas. Aí reside sua grandeza. O que se posterga, que é sempre interrompido e desviado é, para ele, a própria realidade. De fato, o mais extraordinário é que quando o lemos tampouco "chegamos" a encontrar o sentido, tudo se posterga e se interrompe também em seus textos.

Um tema. A história do homem que entrega a mulher a um amigo ("Empresto ela para você", disse) não seria a mesma de sempre?

Quinta-feira 17
Ontem à noite, bêbado, briguei feio com a Inés. A fúria tinha outra origem. Às vezes a gente de fato "perde a cabeça" (porque antes arriscou o pescoço).

Dia chuvoso, como sempre não tenho vontade de sair quando não tem sol. Fui me encontrar com o Rodolfo Khun para conversar sobre a proposta de escrever uma das *Historias de jóvenes* para a televisão. Depois fui ao cinema e assisti a *Homens em fúria*, um policial de Robert Wise, muito bem contado.

Saí do cinema e peguei um ônibus que passou pela Medrano na frente do hotel onde moramos e senti certa saudade, como sempre dou mais importância à memória do que à própria experiência. De noite me encontrei com o Noé Jitrik, voltamos a conversar sobre a possibilidade dos cursos e do instituto para substituir a universidade sob intervenção dos militares.

"O consenso é o mais importante suporte da ordem constitucional, não é a força material, é uma força de reserva para os momentos excepcionais de crise", A. Gramsci.

Sexta-feira 18

Muitas coisas a fazer. Procurar um lugar para morar. Tirar os móveis de La Boca, cobrar os exemplares da revista que estão "fora", preparar o número 2, escrever o artigo principal, revisar o livro de contos, rascunhar um roteiro para as *Historias de jóvenes*.

"A única maneira de expressar um sentimento sob forma artística consiste em encontrar um correlato objetivo, em outras palavras, uma série de objetos, uma situação, uma cadeia de eventos que hão de ser a fórmula expressiva da emoção", T. S. Eliot.

Sábado 19

Resta apenas fugir, escapar, como se tudo fosse desabar ao mesmo tempo. E é lógico que tudo desabe de repente. No entanto, lenta, misteriosamente volta a alegria, como se tudo ficasse de fora, do outro lado, por um instante que dura o que dura a felicidade.

Domingo 20

Queria viver sempre nessa névoa frágil, com a cabeça lenta e os olhos cansados, sem pensar em nada, sem futuro.

Lendo Bioy Casares, *O sonho dos heróis*. Uma prosa coloquial, a vontade artística é a decisão de ridicularizar e mostrar as debilidades da linguagem dos setores estranhos à literatura. Ao mesmo tempo, a precaução de escrever num estilo "argentino" (como em Cambaceres ou em Cancela e em Cortázar) os afasta da própria expressão e os aproxima da paródia. Outros, ao contrário – como Arlt ou Viñas –, mostram a marca "estrangeira" de suas leituras através de traduções e perdem assim a cor local (para o bem), mas perdem também aquilo que procuram, uma escrita "livre de literatura".

Um dia lento e vazio. Não consigo enxergar claramente o objetivo do meu ensaio para o segundo número da revista. Daí minhas notas sobre Bioy e minha releitura de Mansilla. Talvez eu procure pôr em questão o conceito de "literatura argentina". Ou em todo caso pôr em discussão o adjetivo (o que quer dizer, depois de tudo, a qualidade argentina de uma literatura?).

Estou lendo os contos de Henry James. Queria superar essa tentação proveitosa de me deixar levar pelas anedotas, pelo fluir dos fatos quando leio narrativas curtas, apesar da minha decisão, e observar sua construção e a maneira como são feitas. James é basicamente um narrador da incerteza. E nesse relato de uma vingança (*Northmore*) reencontra-se aquela contínua duplicidade a partir do excesso de interpretação das ações e das intenções dos protagonistas. O que é ambíguo, claro, não são os fatos, mas sua motivação, e com isso a distorção parece fazer parte da trama. Uma história escutada pela metade ou mal escutada, entrecortada, fragmentada, que nunca se entende por completo. Como alguém que sem querer escuta num bar uma conversa ao telefone e deve, a partir dela, construir a vida dos interlocutores. Por um lado, escuta apenas uma parte da conversa e precisa imaginar as respostas. Mas ainda que acertasse e conseguisse "acompanhar bem" a conversa, mesmo assim não entenderia quase nada. Inacreditavelmente, Henry James narra desse modo. Nesse conto não conseguimos saber se a vingança se realizará ou não.

No caso de *Daisy Miller*, a técnica de James é mais descritiva e vai do maior ao menor. Um observador que narra em primeira pessoa descreve uma região turística e depois "desce" ou vai à área dos hotéis, e depois desce e vai a um hotel específico, e depois desce mais um pouco e vai a um quarto desse hotel, e depois se concentra em duas pessoas conversando frente a frente. Um modo dramático de narrar, quer dizer, de dar a ver os acontecimentos sem dizê-los, colocar-se no lugar de um observador que assiste à conversa fragmentada mas não a sintetiza, como faria um narrador tradicional. James sabe que para narrar com eficácia é preciso respeitar a opacidade do real. É preciso apresentar os fatos e deixar aberta a escolha do sentido (possível).

Segunda-feira 21

Estou aqui sentado em uma poltrona de veludo diante de uma janela que dá para os telhados e terraços de Buenos Aires, lendo Henry James, e ao mesmo tempo os pensamentos mais variados atravessam diante de mim, como se eu os visse, como se minha cabeça estivesse conectada a um canal de televisão pessoal. O canal próprio que funciona paralelo à leitura, como vejo às vezes ao visitar certos amigos e os encontro lendo, mas com a tevê ligada, às vezes sem som, só mostrando as imagens, enquanto toca música em outro aparelho.

Terça-feira 22

Sem inquietação, vou postergando as visitas, as cartas, os telefonemas, o encontro com amigos, permaneço em suspenso, como um trapezista que faz piruetas no alto imaginando que lá embaixo há uma rede que pode segurá-lo se cair.

Uma história que começa. Eu fui o primeiro que se deitou com ela, já faz tempo, quase dez anos; ontem a encontrei na festa do Antonio e não a reconheci. Ela se aproximou de mim sorrindo.

Quarta-feira 23

Passei várias tardes visitando hotéis e pensões na cidade, procurando um quarto para mim. É um exercício muito estranho, porque você precisa decidir sem muitos elementos o lugar onde quer morar. Caminhei e caminhei e caminhei. Os classificados têm uma seção toda dedicada às ofertas de quartos para alugar. Você se orienta pela informação muito sintética que o anúncio oferece, basicamente o bairro, a rua onde fica e o valor do aluguel. No fim, sem hesitar, deixando-me levar pela intuição, escolhi um quarto, no segundo andar de um hotelzinho na Riobamba quase esquina com a Paraguay. Um quarto que dá para a rua, com sacada, um microbanheiro com chuveiro e um fogão de duas bocas embutido entre duas portas. Preço, 220 pesos por dia, ou seja, cerca de sete mil por mês. Amanhã trago minhas coisas.

Quinta-feira 24

Já estou instalado, pus uma mesa encostada na janela, pendurei minha roupa, deixei duas malas em um canto cobertas com uma manta. Gosto de mudar de bairro e começar a caminhar e a percorrer o lugar. Nesse caso estou muito perto do centro, mas ao mesmo tempo bastante afastado para ter mais tranquilidade. Volto à situação em que eu estava ao chegar a Buenos Aires faz um ano: numa pensão, sem dinheiro, com um livro pela metade, no qual deposito minhas esperanças.

Estou lendo James Purdy. Todos os contos são uma longa conversa entre duas pessoas que vão construindo – ao vivo, digamos –, antes de uma história, uma atmosfera.

Acabo de receber um telefonema do Horacio, meu primo, dando notícias do Cacho; surgiu a possibilidade de eu voltar ao apartamento invadido e ficar morando lá até ele sair. Ocupar o esconderijo descoberto seria um modo de correr perigo, sempre atento aos movimentos exteriores. Existe melhor adestramento para um escritor? Instalar-se na guarida do amigo preso e dali contar sua história. Quanta coisa me passaria pela cabeça se estivesse lá. A noite em que o Cacho nos chamou e ao chegar vimos a cama coberta de notas de mil pesos e ele lá sentado, enquanto a Bimba nos convidava a entrar. Tinha entrado sorrateiro num sobrado em Martínez, um sábado à noite, quando segundo seus cálculos os habitantes estavam no cinema ou no teatro ou visitando amigos. Ele teria, pensou, cinquenta minutos para entrar, pegar tudo o que encontrasse e sair amparado pela escuridão. Forçou uma grade com o pequeno pé de cabra que carregava no cinto, embaixo do terno trespassado, e entrou num cômodo do primeiro andar. Atrás de um quadro encontrou um cofre embutido. "Aí eu pensei", ele me disse, "o marido tem uma chave. A mulher tem outra. Onde a mulher esconde a chave? Eu estava frio, tranquilo, mas alerta aos barulhos da rua. Onde a mulher esconde a chave? Na cozinha", pensei, "numa lata de café." Foi até a cozinha, abriu a lata, encontrou a chave e voltou para o apartamento da rua Ugarteche com dois milhões de pesos em dólares e dinheiro argentino. Mas viver lá seria impossível para mim, não somente pelo medo da irrupção da polícia, mas também porque agora nada seria igual àqueles dias em que eu rodava com o Cacho pela cidade, nós dois convencidos de poder conquistá-la juntos, cada um do seu jeito.

De repente recordo aqueles dias no apartamento do Cacho, não há muito tempo, em janeiro, lá sozinho, lendo *Cantar de ciegos* de Carlos

Fuentes e escrevendo; de vez em quando, também, as histórias que eu tinha imaginado lá mesmo tempos atrás. O verão estava começando e tudo era possível.

Agora, ao contrário, em meio à desolação, construo pequenos arrimos para enfrentar o vendaval. Como quem edificasse, absurdamente, muralhas cada vez mais precárias para conter a enchente do rio que o ameaça e vai inundando as defesas, uma por uma, depois de transbordar do leito e arrasar tudo.

Vivo no presente, atento a pequenas pausas tranquilas, impossibilitado de planejar qualquer coisa, de imaginar os dias que virão ou de trabalhar a longo prazo, porque isso sempre implica topar com a imagem do Cacho na prisão.

26 de fevereiro

Relendo os cadernos do ano passado percebo que a técnica que usei nos meus contos – antissentimental, dura e objetiva – serve para as formas breves, em que tudo se resolve na situação narrativa. É ineficaz, penso, para mostrar o devir temporal das relações, ou seja, para escrever um romance.

Ontem revi pela quarta vez *Acossado*, de Godard. Gosto do uso do gênero, aberto, tangencial, mas básico na construção da intriga. E gosto especialmente do uso das citações, alusões, discussões e cortes ligados a saberes diversos que funcionam como contexto da ação pura. Nesse sentido, Godard é para mim o melhor narrador contemporâneo.

Mais uma vez tenho mil pesos para me manter durante uma semana. Questões pendentes: apresentar Orson Welles, terminar o roteiro para o R. Kuhn.

28 de fevereiro

Pendurei uma foto de Roberto Arlt neste quarto onde me instalei, esperando terminar o livro de contos. Escrevo de frente para a janela do segundo andar que dá para a Riobamba enquanto o sol arde no asfalto molhado pelas fugazes chuvas de verão.

Ontem, depois do cinema e no mesmo clima do filme, fiz uma visita furtiva ao apartamento do Cacho para procurar meus papéis e meus livros. Não quis acender a luz, entrei com uma lanterna e fui vendo o desastre intencional que os policiais provocaram ao revistar o lugar: roupa espalhada, o colchão rasgado e aberto, o chão coberto de gavetas, latas... Na mesma hora imaginei o Cacho de mãos atadas, marcado pelas surras, assistindo ao desastre, humilhado, vendo os policiais arrebentando tudo (depois de obrigá-lo sob tortura a revelar o endereço de sua casa em Buenos Aires).

Dublinenses. Em seus contos, Joyce evita de forma deliberada qualquer acontecimento; quase não têm argumento, apenas uma visão oblíqua que deixa entrever o fragmento de um tema mais amplo. Ele não procura as aventuras nem os incidentes dramáticos, se interessa pela rotina do dia a dia e tenta apresentar a maior quantidade possível de material implícito para que a narrativa sempre tenha um vislumbre, uma luz nítida e fugaz que ilumina o mundo inteiro. A medida do sucesso de uma forma tão aberta reside, é claro, no seu grau de concentração. Embora Joyce – de má-fé, no meu entender – tenha dito que desconhecia Tchékhov, seus contos estão ligados aos do escritor russo no seu empenho em narrar histórias sem final, que significaram a primeira transformação importante do gênero depois de Poe.

Acabo de me pegar contando as páginas deste caderno, cujas entradas tendem a ser muito longas e variadas (porque na realidade é a única coisa que estou escrevendo nestes dias), temendo que ele termine. Escrever um caderno em um mês é para mim uma prova de que algo se acelerou na minha vida, da necessidade de ficar em cima de mim mesmo, como se procurasse narrar – sem nunca nomeá-lo – o ponto de fuga que me levou a mudar muita coisa na minha vida, incluindo meu endereço.

"A compaixão de Marat é uma qualidade dos privilegiados", diz Sade na peça de teatro de Peter Weiss.

O indiferente. O protagonista vive trancado num quarto, o sol penetra por uma fresta entre as duas e as três e dez da tarde. Embora seja verão, a maior parte do tempo o homem e o quarto estão gelados. O personagem teme e espera o momento em que poderá deixar o aposento. Vê a si mesmo, pálido, quase cinza, caminhando entre os transeuntes que imagina felizes. Uma tarde, num bar, alguém o interroga com certa violência querendo saber de onde ele vem. Teme que o confundam com um presidiário...

O indiferente II. Um dia ele se posta sob os raios do sol que toda tarde penetram no seu quarto durante uma hora. Faz tudo com método, primeiro põe as duas mãos, depois o braço esquerdo, dali a pouco o braço direito, um dia o perfil de seu rosto, no dia seguinte é outra região do corpo que se aquece e ganha cor. Uma manhã é encontrado morto, e seu corpo parece tatuado com áreas brancas entre as partes que adquiriram uma cor natural.

Terça-feira 1º de março

Fui a La Plata e voltei, pernoitei lá num hotel em frente à estação. Dei minhas aulas, reencontrei os amigos, o José Sazbón, o Alejandro Ferreiro, o Néstor García Canclini, que sempre me parecem iguais, como se só eu mudasse, mas é uma ilusão. Acontece que eles persistem no seu ser, e quando conversamos escuto frases e palavras e também ideias e projetos que já havia escutado antes. Quanto a mim, sou mais de um, e me imagino um homem capaz de mudar.

Como o *Ulysses* de Joyce está escrito no presente do indicativo (Buck se despe, a leiteira serve o leite etc.), o monólogo interior serve para marcar a passagem do tempo.

Quarta-feira 2

Estou no Jardim Botânico, ao meio-dia. Sempre tive necessidade de reter o instante. Agora, neste banco à sombra, embaixo de uma árvore, com os círculos do sol sobre a grama, e também sobre o barro que a chuva da noite produziu. Enquanto isso, leio Bernard Malamud.

Quinta-feira

O mais difícil das manhãs é encontrar uma razão para sair da cama.

Sexta-feira 4

Volto a essa imagem. Esses dias e lugares lembram a enchente do Paraná que arrasta tudo o que encontra pela frente. Mal acabo de erguer as barragens quando já estão em ruínas por causa da água que não para de subir. Ontem à noite o Horacio vem e me conta que o Alberto C. me roubou a geladeira que eu tinha deixado na casa em La Boca. Nunca se deve ficar perto de um "artista", ainda mais se for um lúmpen. Espero que não tenha pegado também as três malas com livros e papéis que deixei lá. Não tenho nada contra os ladrões, mas tenho muito contra os amigos que me roubam.

Enfim, o que realmente me preocupa são os desvios do caminho: provas, trâmites, encontros etc. Para completar, só tenho cinco mil pesos até o fim do mês.

Segunda-feira 7 de março

Depois, sentado à mesa defronte à janela, pensou que era melhor romper de uma vez com todas as ilusões e deixar as coisas como estavam. Mas aquilo que ele tinha de fazer às três da tarde se interpunha como uma espécie de cortina e não havia jeito de fazer nada, como se toda a ordem interna tivesse desmoronado.

Hoje falei com o Alberto C., e a situação melhorou. Não fiz nada em fevereiro, e a revista está parada, apesar da euforia do Camarda, que diz que o primeiro número já esgotou e quer que eu prepare logo o segundo. Também não sei o que fazer com meus contos, talvez deva publicá-los ainda este ano.

Traduzir Joyce. A propósito da dificuldade de certas traduções e da necessidade (em geral) de manter a música e o tom do texto, vale como exemplo este trecho do *Ulysses*: *On the doorstep he felt in his hip pocket for the latchkey. Not there. In the trousers I left off must get it.* Potato I have. *Creaky wardrobe.* O enigma está na frase grifada, que Salas Subirats traduziu como "Sou um banana", que não é de todo ruim, porque é um jeito que ele achou de resolver um problema que não podia resolver, a não ser que já tivesse lido o romance inteiro com lupa. Nesse caso, teria visto a batata aparecer na cena do banheiro público, quando Bloom a deixa num canto ao tirar o sabão do bolso antes de se despir. Por fim, a batata reaparece na cena do bordel, quando o fantasma da mãe lhe pergunta se ele está com a batata contra o reumatismo. Isso prova duas coisas: o modo como Joyce escreve, sem nunca narrar nada que o personagem já conheça, e, por outro lado, a necessidade de o tradutor conhecer o sentido geral da obra. Os motivos que estão no livro funcionam como temas musicais que reaparecem sem explicitação.

Barthes, em *Le degré zéro de l'écriture*, faz uma distinção entre língua, estilo e escrita que é útil – mas um pouco mecânica. Para mim, a questão trabalhada por Joyce tem a ver com os limites da linguagem. Como se a língua fosse um território depois do qual há um vazio, cujo efeito é a literatura. Do mesmo modo que em Joyce o efeito perseguido é muitas vezes de incompreensão e hermetismo, no seu reverso está a língua clara, nítida, transparente que Barthes define como o grau zero, cujo exemplo poderia ser a prosa de Hemingway. Mas Barthes parece não ter reparado na afirmação de Hemingway que depois de Joyce seria preciso recomeçar do zero e trabalhar com poucas palavras simples, com uma sintaxe desarticulada e oral. É o mesmo caminho seguido por Beckett, que também apontou que depois de Joyce era melhor abandonar o inglês e, como sabemos, começou a escrever em francês, porque nessa língua podia escrever mal, isto é, sem estilo. Em ambos os casos, o hermetismo sempre está à espreita: no exemplo de Joyce, o hermetismo é o *Finnegans*, quer dizer, uma ruptura do léxico; Hemingway, por sua vez, trabalhava com a extrema subtração, de modo que seus melhores contos também são herméticos porque as alusões não se explicitam.

Terça-feira 8

Passei para ver o Viñas no seu apartamento, no final da Viamonte, e depois percorri as livrarias que se concentram nesse pedaço, cinco por quarteirão, que começam a definhar depois que a Faculdade de Filosofia e Letras foi transferida para a rua Independencia.

Esses súbitos rompantes de alegria – que já vai passando, agora que tento registrá-la – são como epifanias, inesperadas e luminosas, que para mim estão ligadas ao presente puro da escrita: de repente tudo parece aberto e simples, tudo é possível na linguagem, e essa felicidade dura o que dura um estado instável em que se escreve sem pensamentos.

Sexta-feira

Escrevo estas linhas no bar Florida, ao meio-dia. Procurar uma narrativa que não faça distinção entre sentimentos e razões, que trabalhe com argumentos – no duplo sentido da palavra, isto é, com histórias mas também com raciocínios.

Domingo 12

Se é verdade que, como acontece na física quântica, o experimentador faz parte do experimento que realiza e que sua presença altera a matéria, poderíamos dizer que a experimentação literária implica, acima de tudo, uma renovação para o próprio escritor. É o escritor que experimenta – por exemplo, abandonando um estilo anterior que para ele se tornou natural e arriscando-se a tentar um novo modo de escrever –, sem importar se o resultado será ou não uma obra tradicional.

Em todo escritor se esconde um terrorista potencial. Exemplo, Roberto Arlt. Um terrorista porque nunca consegue se livrar do sentimento de ilegitimidade, de vida clandestina, de homem perseguido.

Segunda-feira 14

Estava com fome, e a fome me distraía, então desci para a rua, o vento gelado parecia cortar a pele. Comprei dois pães, parti ao meio e os recheei com presunto e tomate. Fui comendo com lentidão, tentando não sujar os papéis. Depois amontoei os restos e as migalhas e limpei a mesa para que não ficassem rastros.

"Uma grande obra é hoje impossível, pois o escritor está preso em sua escrita como num beco sem saída", Roland Barthes.

Acaba de entrar pela janela uma brisa suave com um aroma distante de terra regada e de jasmins, que me levou ao casarão de Bolívar na hora da sesta quando um empregado molhava o pátio com um regador de lata. A cor prateada que vinha com essa lembrança me levou no mesmo instante a "ver" os potes de folha de flandres onde os padres vertiam o doce de leite que eles mesmos fabricavam no mosteiro, em Del Valle, um casario próximo cheio de sítios e granjas de leite, digamos, então, um aroma atual que lembrava o cheiro de terra molhada da minha infância, que me fez ver o regador de lata que Don José, o jardineiro, usava na hora da sesta e seu brilho prateado me levou imediatamente à recordação dos padres que fabricavam o doce e o vertiam em grandes potes também prateados.

Terça-feira 15

Ontem, no bar Florida, discussão com o Eduardo Romano e o Alberto Szpunberg, de novo sobre o segundo número da revista. Saí de lá e acabei na praça Rodríguez Peña, sentado sozinho num banco em frente ao Palacio Pizzurno, hesitando entre ir à biblioteca que ficava do outro lado ou voltar para casa. De novo um instante epifânico, um momento suspenso no presente puro, mas desta vez com efeito negativo, um milagre perverso.

Tenho três trabalhos nas mãos. Espero continuar no livro de contos até outubro, reescrever, revisar. Preciso tocar o segundo número de *Literatura y Sociedad*. Por fim, devo me preparar para as provas dos concursos de Introdução à História e de História Argentina, para conservar meus cargos. É possível que eu tenha perdido o rascunho do meu conto "Entre hombres". Devo ter esquecido entre as coisas, os papéis, as revistas que guardei em duas malas que deixei na casa da rua Olavarría, em La Boca. Provavelmente estão largadas no pátio, entre os vasos de plantas e os tanques de lavar.

"Desde sempre, o romance teve como verdadeiro objeto o conflito entre os homens vivos e as relações humanas petrificadas. A mesma situação absurda torna-se um meio artístico para o romance", T. W. Adorno. Como se quisesse dizer que a narração trabalha sempre com os fantasmas e com a recordação dos mortos, como se a história fosse sempre a pausa depois da aparição do fantasma do pai de Hamlet e o momento do monólogo do príncipe.

Apaguei a luz para assistir ao forte temporal que sacode a cidade e que afasta definitivamente o verão.

"O autor não sabia na época (1919) qual seria seu caminho efetivo na vida. Se seria comerciante, ladrão, funcionário de alguma firma comercial ou escritor. Acima de todas as coisas, desejava ser escritor", Roberto Arlt (nota à segunda edição de *O brinquedo raivoso*).

"Não há um único crítico de *Os sete loucos* que não tenha escrito: a maior coisa deste livro é a dor de Erdosain. Pense que essa grande dor não se inventa, pense que eu mesmo posso ser Erdosain", Roberto Arlt (carta à mãe).

"Esta etapa da civilização argentina, compreendida entre os anos 1900 e 1930, apresenta fenômenos curiosos. As filhas dos vendeiros estudam literatura fantástica na Faculdade de Filosofia e Letras, têm vergonha dos pais e de manhã repreendem a criada se descobrem uma diferença de centavos no troco da mercearia", Roberto Arlt, *El amor brujo*.

Quarta-feira

No bar Florida. Encontro com meu pai, sempre tensões surdas. Tento encontrar nele gestos que me parecem virtudes quando os vejo em outros.

Sexta-feira

Ontem jantei com o papai no El Dorá, no Bajo. Depois de falar um pouco de política e de Perón, de repente – como se fosse um estranho para mim – ele começou a fazer confidências e a me contar sua relação com outras mulheres, com uma falsa naturalidade que me incomodava mais que o conteúdo de suas histórias. Estávamos muito distantes desde o tempo em que entrei na faculdade (já faz anos), e aos poucos fomos restabelecendo certa cordialidade e confiança, mas hoje tudo degringolou de novo. Um homem que conta suas aventuras amorosas a outro é um imbecil, e quando o sujeito ainda por cima é seu pai, essa idiotice infantil vira uma coisa sinistra.

Estou no bar da esquina da Lavalle com a Rodríguez Peña. A Inés alugou um apartamento na Uriburu com a Santa Fe, um lugar limpo e bem iluminado para morar. Eu, por meu lado, vou procurar um quarto em alguma pensão próxima onde possa me fechar para escrever.

Segunda-feira

Vou até La Boca para juntar restos, colchões, cadeiras que ficaram no apartamento dos Cedrón, volto e largo tudo, como depois de uma tempestade, sem saber o que fazer.

São quatro da tarde. Só tomei um café desde que acordei. Restam algumas coisas: terminar a mudança, a geladeira e, principalmente, me preparar para os concursos na faculdade. Liquidar a revista. E então, só então, começar a escrever.

Terça-feira 22

A manhã inteira carregando papéis, às voltas com um colchão kafkiano (não tem por onde pegar o trambolho, como num conto de *O veredicto*). As coisas vão pouco a pouco se definindo. Agora só preciso me preparar para os concursos. O dinheiro e o futuro dependem de eu ser aprovado. Tenho um quarto na pensão da Riobamba com a Paraguay. Tirei minhas coisas da casa de La Boca e do apartamento do Cacho. Agora estou cansado e com as mãos sujas de mexer em montes de papéis escritos.

Quarta-feira 23

Sensacional, à maneira de Stephen Dedalus: eu tinha quinhentos pesos para chegar ao fim do mês, parei numa banca, gastei 250 pesos nas *Memorias de Mansilla* e, já assumida a cilada, esqueci o livro no metrô.

Quinta-feira

Depois do meu delírio de ontem no metrô, hoje estou pagando as consequências. Só tenho oitenta pesos para passar o dia e depois, nada. Não tenho como arranjar dinheiro até o dia 10. Vou ver o que faço.

Hoje acordei quase ao meio-dia. Li alguns artigos sobre Brecht em revistas francesas. Me encontrei com o Sergio Camarda, nossas diferenças em relação à revista se acirraram. Comprei pão e um chocolate Suchard, para aplacar a fome; decidi comer primeiro o pão e depois o chocolate, enquanto comia li o seguinte no jornal *La Razón*: uma mulher se suicidou deitando nos trilhos do trem "de braços abertos", tinha quarenta e cinco anos, estava de vestido preto, sapatos pretos e meias marrons. Junto aos seus restos foi encontrado um porta-níqueis com uma nota de cinquenta pesos, um lenço azul-claro e um pequeno papel no qual escrevera com caneta-tinteiro: "Não tenho família, podem me jogar em qualquer lugar, sou sozinha e do interior". Eu aqui tenho quarenta pesos. Agora vou transcrever o conto "O estilingue" para dar uma cópia ao Horacio, que vem me visitar.

Um conto. Naquela tarde de sábado, os dois estavam jogando xadrez no pátio. Contar tudo em terceira. Não revelar de saída a cifra de Pelliza. Estava ali: ele a descobriu de repente. Usar a descrição da partida para descrever o segredo.

Sexta-feira 25

Uma hora plantado na Corrientes com a Montevideo com vinte pesos no bolso, carregado de livros, depois de ter caminhado pela cidade, esperando o Raúl para ir à casa dele. Vendi dois volumes da *Historia* de Vicente F. López a cem pesos cada.

Tomo uma anfetamina e sento para trabalhar. De imediato uma sensação de plenitude que dura uma noite e se apaga de repente.

"Sofremos não apenas por causa dos vivos, mas também por causa dos mortos. Os mortos se apoderam dos vivos", Karl Marx (prefácio a *O capital*).

Domingo
Ontem caminhei pela Callao até a Corrientes. Peguei o metrô. Jantei no Bajo, sozinho. Voltei devagar pelo mesmo caminho.

O prédio em frente é um quadrado escuro; de quando em quando se escuta o ruído metálico de uma janela que se abre; no mesmo instante, com o ruído surge um retângulo de luz que parece pairar no vazio com o clima dos quadros abstratos.

Quinta-feira 31 de março
Escrevo cartas: para o Daniel Moyano, para o José Aricó. Em fevereiro levaram o Cacho, em março me mudei para este quarto, na semana que vem acontecerão os concursos na faculdade, espero ser aprovado em pelo menos um dos dois e viver disso. Passo a tarde fechado neste quarto, sozinho, girando em falso, sem me importar muito com nada.

Abril 1º
Ontem à noite, Norman Briski no Instituto Di Tella. *El niño envuelto*. Ótima interpretação de um texto fraco.

Tema para um conto. O louco que foge com a roupa emprestada por uns pedreiros que estão trabalhando no manicômio e vai à delegacia denunciar o sequestro que ele tinha sofrido. Quem o viu chegar logo notou o brilho louco dos seus olhos. Vestia um macacão azul de trabalho. Tinha acabado de pegá-lo emprestado de um dos trabalhadores, que ele vinha rondando fazia vários dias.

Às vezes queria voltar a certas épocas da minha vida e vivê-las com a consciência que tenho agora. Por exemplo, recomeçar a história em 1956. É uma estranha ilusão porque eu não seria nada se não fosse pelo modo como vivi aquele tempo; essa superstição é um efeito da literatura, em que sempre se pode recomeçar uma história. É também um grande tema romanesco: Lorde Jim, de Conrad, que tenta mudar o passado, voltar ao dia em que se comportou como um canalha e mudá-lo. Borges narra uma história parecida no conto "A outra morte", um soldado que se comportou como um covarde numa batalha faz um pacto fáustico e volta ao combate para nele morrer como um herói. É também o tema de *O grande Gatsby*, de Fitzgerald: um homem pobre, que no passado foi rejeitado por uma mulher, enriquece obstinadamente para reencontrar a moça já como um homem de fortuna e assim conseguir mudar o destino. Em suma, trata-se de pensar o passado com as categorias que usamos para imaginar o futuro. O possível anterior.

Segunda-feira 4

Com cinquenta pesos no bolso e sem comer, viajo de trem para La Plata, preocupado com os concursos e com a revista, sem encontrar a calma que preciso para escrever. Uma calma que para mim se define como a ausência de pensamentos. Não pensar para poder escrever, ou melhor, escrever para chegar a pensamentos não de todo pensados que sempre definem o estilo de um escritor. Pelo menos essa é a tradição do Rio da Prata, Macedonio, Felisberto, Borges, o escritor hesita, não entende muito bem aquilo que narra e é a contraface da figura despótica do escritor latino-americano clássico, que tem tudo muito claro antes de começar a escrever.

Os concursos foram adiados mais uma vez. Passei algumas semanas estudando os programas da bibliografia, me preparando para a prova didática. Vamos ver que fim dá.

Encontro o Dipi Di Paola e vamos tomar um café. Sempre divertido e enfático, constrói belas antologias sobre si mesmo e seus amigos. Lembra o Miguel Briante, que, assim como o Dipi, se instala num espaço que ele mesmo define como sendo o do artista. Somos grandes amigos, mas temos diferentes modos de ver as coisas, não me interessa a pose do "criador" que deve tudo à magia, o que mais me interessa é construir uma figura que se afaste dos estereótipos argentinos do "escritor". Todo escritor se autodesigna, mas os que me interessam são os que não acreditam na autocomplacência. O Dipi andava com *Ser e tempo*, de Heidegger, embaixo do braço porque não é nada bobo e tem confiança na cultura e na inteligência, mas por baixo está a luz do gênio que o ilumina.

Estou relendo "Viaggio di nozze", de Pavese, que li pela primeira vez em 1960. Um homem recém-casado que, na noite de núpcias, deixa a mulher no quarto do hotel e vai para a rua com um pretexto qualquer, deixa-se levar pelo encanto da noite de verão na cidade e volta de madrugada, surpreso ao se deparar com a mulher chorando de desespero. Vê-se aí a cisão da consciência transformada em argumento: o homem que fica com a mulher é também o homem que fantasia com a liberdade de se perder pelas ruas noturnas. Trata-se sempre de versões modernas e atenuadas ou inofensivas de *Dr. Jekyll and Mr. Hyde* (só que na literatura contemporânea as poções mágicas são desnecessárias).

Filosofia

O ser autêntico é o ser que não pode ser dissolvido nem reduzido a outros seres, é o ser em si. Portanto, *ser* significa:

1. Existir, estar aí, em si.
2. Consiste em ser isto ou ser aquilo.

A ontologia responde à pergunta sobre quem existe, ou seja, quem é o ser em si. O ser que funda a si mesmo.

O que é a contingência: o ser para outros.

Perguntar-se o que é o ser em si equivale a perguntar-se quem existe.

O passo seguinte é dado pela distinção entre o que tem uma existência meramente aparente e o que tem uma existência real. Distinção entre essência e aparência. A contingência, o ser dessa existência não é necessário. Aqui a diferença é contingente, necessária.

Sexta-feira 15

No bar Don Julio. Daqui a uma hora começam as provas dos concursos, espero que tudo corra bem.

Fui aprovado nos dois concursos (professor-chefe de práticas em Introdução à História e primeiro auxiliar em História Argentina II), isso significa um ano de estabilidade econômica e calma para escrever. Por outro lado, como sempre que volto a La Plata, logo me vejo rodeado de gente e de amigos que me pedem para ficar.

Sábado

Juncal e Suipacha: *No tempo das diligências*, de John Ford, às 21h45 no cineclube Núcleo.

Ver: Roa, Romano, David V., Szpunberg, Murmis.
Ver: Biblioteca do Instituto Goethe (Walter Benjamin).

Sábado 16 de abril de 1966
A literatura é experiência, e não conhecimento do mundo.

São quatro horas da manhã e, como sempre, ao escrever entendo melhor minha própria concepção da literatura. Ela é o resultado e não a condição do trabalho de um escritor. As ideias não são a condição, e sim o resultado da escrita. O sentido da literatura não é comunicar um significado objetivo exterior, mas criar as condições de um conhecimento da experiência do real.

Domingo 17
Acordo às cinco horas da tarde. Ontem, no quarto da Riobamba, antes de dormir acabei de ler *La costanza della raggione*, de Vasco Pratolini, que me provocou um estranho desassossego com seu final melodramático. Em que consistem - ou como se constroem - os efeitos emocionais da leitura de um livro?

Fui para a rua e caminhei pela Corrientes até a Florida vendo se apagar o perfil dos prédios enquanto anoitecia.

Segunda-feira 18
Está chovendo. Levantei no meio da tarde, ao inverter o horário de sono consigo me transformar num lobo solitário que sai de sua toca quando a noite já começa a cobrir os campos da mente. O dia gira e se perde dormindo até o anoitecer e vivendo com a cidade em sombras.

Com as modificações habituais, agora diante da janela, indeciso, percebo que a experiência está sempre à espera e não depende das nossas decisões.

Terça-feira
Deixei por alguns dias o apartamento da Inés e voltei a me instalar no meu quarto da rua Riobamba. Trouxe minhas coisas, meus livros, e volto a me sentir seguro num lugar que ninguém conhece.

Quarta-feira 19

Dormi ao meio-dia e acordei à noite, como se o dia tivesse sido apagado. Dei uma caminhada breve, agora há pouco, com a luz luminosa e clara, com homens que atravessam apressados, e segui uma linda moça de pernas longas que caminhava levemente adernada, como se navegasse com o vento de frente. Fui atrás dela pela Paraguay até a Callao e quando a abordei respondeu com a maior naturalidade que já tinha me visto algumas vezes no bar da esquina. Estuda Filosofia na Universidad del Salvador e se chama Flora. Tem interesse por teologia, mas não pelos homens, disse com um sorriso.

Domingo 24

Leituras várias (Barthes, Sartre, Edmund Wilson), notas preparatórias para uma discussão sobre a questão do realismo. Ontem viajei a La Plata para dar minhas aulas e voltei à noite, sem dormir, para não retardar o regresso a este quarto onde sempre me sinto protegido. Muito forte a impressão do terminal de ônibus de Constitución na primeira luz da manhã, os homens e as mulheres que desciam para o metrô como se alguém os perseguisse. No bar da estação, enquanto eu tomava meu café da manhã, dois homens jovens bebiam genebra, decerto procurando o ânimo necessário para continuar vivendo.

Um pai. O pai se suicida, ou melhor, tenta se suicidar mas é salvo, passa vários meses sem falar e requer cuidados para não reincidir. Chamam o filho, que mora em outra cidade, para que tome conta do pai. Os dois convivem durante uma semana, e o filho o repreende ou o interroga sobre certos atos que só ele parece conhecer. O pai permanece quieto em seu silêncio. O filho por fim o deixa sozinho.

Segunda-feira 25

Espantado diante dessa realidade instável que eu mesmo estou criando ao sobrepor as noites e os dias em círculos abstratos e escuros que me deixam fora do mundo, como se eu vivesse numa sociedade onde ninguém me vê. O homem sozinho que habita um quarto de hotel no centro da cidade e faz pequenos percursos apenas para providenciar o necessário até o dia seguinte.

Agora há pouco, um telefonema. Estou gelado, paralisado de horror. Às vezes tudo é irracional demais. A Alejandra, filha da Celia, morreu atropelada por um carro e tinha seis anos de idade. Saíra de casa para ir à padaria comprar o pão do café da manhã. Não tenho nenhuma imagem, não posso imaginar nada, só vejo a parede à minha frente. O que dizer?

Pouco depois. São estas coisas que nos fazem ver a lógica sinistra, inesperada do real. Tudo sempre pode ser ainda pior.

Terça-feira

São três horas da manhã, acabei de me deitar. Liguei para a Celia, que já nem conseguia chorar, como ela disse.

De qualquer modo, trabalhei a noite inteira no artigo para a revista e o deixei quase pronto; olhando bem não há nada de novo, e em alguns trechos minhas críticas a Sabato me parecem exageradas.

São seis horas da manhã e é impressionante como se perde a noção do tempo pessoal depois de passar várias noites sem dormir. Às vezes, tento seguir os critérios deste caderno e datá-los, mas nunca sei muito bem em que dia estou vivendo.

Escrevo várias versões de "Suave é a noite", aos poucos vou encontrando o tom e o sentido da história.

29 de abril

Continuo com a rotina de dormir de dia. Hoje me levantei às dez da noite, esse sistema de fuga da realidade é mais perigoso do que eu mesmo supunha.

Segunda-feira 2 de maio

As coisas da minha vida se deformam paulatinamente e permaneço numa indiferença atônita. Hoje começo o dia às quatro da manhã. Ontem acordei às seis da tarde. Poderíamos dizer que faço experiências com o tempo e com a duração; um pouco perdido, dediquei esta noite em claro a recolher alguns restos das reflexões que conheço sobre o tempo.

Terça-feira 3

Levanto às seis da tarde depois de sonhar que estava num hotel à beira-mar. Seguem minhas notas escritas para entender os dias que estou vivendo.

Chegou a um ponto morto, largado na cama, inerte, querendo escapar, vivendo de noite, inseguro de si mesmo, fascinado com o poder do homem que mora no quarto vizinho e sobreviveu a várias catástrofes. Segundo o que me conta, de início o encontrava na escada e uma tarde me parou para dizer que sabia quem eu era porque vivia de noite. No dia seguinte marcamos um encontro no bar da esquina e ele me contou sua vida. Era um industrial mas tinha sofrido, segundo me disse, "vários contratempos". Nunca me explicou nada com outra palavra que não fosse essa. Chama-se Agustín Doncelar.

O que guardei por ora de sua fala é uma fascinação pela palavra *contratempo*. Toda a filosofia sobre a qual venho meditando para me salvar lendo com afinco os grandes filósofos é que nenhum deles disse nada de novo sobre o contra-tempo.

Espaço e tempo são formas do pensamento, são ideias que existem na nossa mente antes de qualquer observação dos fenômenos. Moldes em que vertemos os resultados da experiência. São subjetivos, não independem do observador. O tempo é uma necessidade do pensar.

Quarta-feira 4

Três da madrugada. A duração não é o tempo. Não consigo dormir.

Sábado 7

Não chego a entender contra o que estou lutando, imagino diversos inimigos e os enfrento, como num duelo, um por um. É impossível brigar com todos ao mesmo tempo porque também tenho que brigar comigo mesmo. Tudo é simples, ele disse, desde que se entenda que nunca se deve baixar o sistema de defesa. É preciso estar sempre em guarda, disse, o resto é ilusório.

Domingo 8

Era inadmissível para ele voltar aos climas interiores, como se meu corpo, disse, fosse um palco, ou melhor, um prédio com várias temperaturas.

Durante três meses, disse, senti a pressão da realidade por um tempo excessivo como para agora buscar refúgio na minha vida interior ou em estados de espírito mais ou menos abstratos. Além disso, ele vem tentando há dez dias retomar os horários "normais" de sono, portanto as noites transcorrem com ele estirado na cama, sem dormir, até que chega a manhã e se levanta feito um zumbi, tentando salvar o dia e alcançar uma manhã nova.

Terça-feira 10

São seis e meia da tarde. Estou doente - estou doente? -, tenho acessos de frio, durmo mal, rolo na cama até meio-dia, insone - insone? - e tudo transcorre numa semivigília exaustiva - exaustiva?

Ontem entrei estupidamente no jogo do Autodesignado. E estupidamente lhe pedi ingressos para assistir à sua peça. Ingressos que ele cedeu reticente, ofendido porque eu não tinha ido à estreia etc. etc. Quando cheguei ao teatro, claro que os ingressos não estavam reservados na bilheteria e tive que comprá-los, quando minha vontade era virar as costas e ir embora, mas a Inés insistiu etc. Conheço a selva em que vivo mas insisto em agir como se estivesse num parque de diversões. Quem mandou pedir alguma coisa para o Autodesignado nesse ambiente?

Quarta-feira 11

O vizinho do quarto ao lado deixou o hotel em algum momento desta semana. Já estava acostumado a tomar o café da manhã com ele a qualquer hora do dia e a escutá-lo contar suas contrariedades como se fossem lições de filosofia. Ontem à noite não trabalhei, deixei o tempo passar olhando da sacada as luzes da cidade, que se apagavam aos poucos na distância. No fim só restavam acesas as lâmpadas da rua e os velhos lampiões no Palácio de Obras Sanitárias, na esquina da Riobamba com a Córdoba. No bar, enquanto tomava o café da manhã sozinho, o garçom me avisou que "meu amigo" tinha ido se despedir. "Veio com uma mala e parecia pronto para partir", disse.

Hoje descobri defeitos graves no artigo que escrevi para o número 2 de *Literatura y Sociedad*, estou penando para tirá-lo do buraco em que caiu. Além disso, tenho que ir a La Plata e vou perder dois dias e uma noite lá, expondo aos alunos a hipótese morfológica sobre a história de Spengler e trabalhando no arquivo para a cátedra de História Argentina I, na qual sou um "auxiliar" (kafkiano).

Enquanto isso, consegui em meio a tantas agruras resolver o conto da Lucía, que vai se chamar definitivamente "Suave é a noite". Ela caminha sob a chuva. No final, Lucía tapando os olhos.

Sábado 14

Posso fazer três coisas. 1. Ir pela segunda vez ao apartamento da Inés, aceitar. 2. Ficar lendo e ao mesmo tempo esperá-la. 3. Sair, jantar sozinho e caminhar pela cidade.

Segunda-feira 16

A crise se aprofunda. Faz um mês que não trabalho e custo a achar o ritmo. Nesta época eu me deixo estar, durmo, tento escapar.

Viajo para La Plata. Viajo pela cidade, mania ambulatória. Viajo para Adrogué. Melhor dizer assim: compreendeu que algumas opções que havia encarado cegamente aos dezesseis anos eram a única luz em meio à escuridão que ele mesmo havia escolhido como uma maneira de ser fiel ao que imaginava que queria ser. Pode-se duvidar de tudo, pensou, mas não se pode duvidar do que se escolheu sem motivo, sem sentido, mas com a certeza e a convicção de que tudo o que viria seria para ele um modo de se aproximar do lugar que a luz pessoal lhe mostrara.

Quinta-feira 19

"O conceito de gênio como afim à loucura foi cuidadosamente fomentado pelo complexo de inferioridade do público", Ezra Pound.

Esperando o Sergio, hoje fechamos o número 2 da revista. Está melhor do que o anterior. Vamos ver se o Camarda conseguiu os trinta mil pesos.

Segunda-feira 23

O estilo destes dias é visível numa simples releitura deste caderno. As noites em claro, o conto da Lucía quase pronto. Mas aqui nestas páginas tudo soa muito trabalhoso, porque só escrevo sobre mim mesmo (em terceira pessoa, espero) e sobre a realidade, que cada vez me parece mais hostil e mais indecifrável.

Em todo caso, também este caderno será relido no futuro e então recuperará algum sentido, dentro de alguns meses ou quem sabe amanhã mesmo. Porque o tempo vivido se embeleza justamente por estar no passado. Estes dias escuros parecerão luminosos quando a distância me permitir observá-los como se fossem uma paisagem. A paisagem da alma, ele disse, o senhor está me entendendo?

Tarde de amor. Mas ela atravessara o corredor, como sempre, altiva e bela, sem imaginar que quando voltasse a vê-los estaria nua e aturdida, na cama.

Sexta-feira 27 de maio

Escrevi numa noite o conto "Tarde de amor". Vejamos o começo e o final de "Suave é a noite". Mas agora a Lucía está morta e tudo é inútil. Estou na metade do ano e as coisas não vão muito bem. Econômica, literária e emocionalmente.

Sábado 4 de junho

Estou na sala de professores da faculdade, esperando a hora de dar uma aula de recuperação de Introdução à História, daqui a pouco, à uma. Os alunos espiam pela porta e fazem gestos quando me veem aqui. Eu procuro um jeito de dizer "já, já vou estar com vocês" só mexendo as mãos e fazendo cara de iminência. Fim de semana deplorável, sem dinheiro. Agora, além de estar com fome, estou com sono.

Terça-feira 7

A relação com a Inés está liquidada, nós dois seguimos expectantes, acreditando no poder dos milagres. A agressividade cresce vertiginosamente, estou sempre de visita e me tranco no quarto da Riobamba, único lugar onde me sinto a salvo.

Encontro com a Beatriz Guido. Ela me passou um envelope com desenhos e mil pesos, é o pagamento da síntese do possível filme ou do possível roteiro do filme de Torre Nilsson sobre o antigo casarão que ainda sobrevive na rua Lavalle, perto da Maipú. A Beatriz diz que nessa casa, ou perto dela, ficava a banca de livros que Arlt menciona em *O brinquedo raivoso*.

"A batalha ocorreu atrás do horto, e o choque se prolongou até Játiva e ao passar o Júcar já foram desbaratados e ali os mouros tiveram que beber água, ao seu pesar, esporeando contra a corrente", *Cantar de mío Cid*.

Sexta-feira 10 de junho

Na faculdade. Vou receber? A secretária se atrasa. Situação narrativa, primeiro pensei que podia receber, mas vejo que só vão me pagar em julho e não sei como vou viver este mês. Surgem então os problemas reais que podem atrapalhar ainda mais a relação com a Inés.

Pouco depois na biblioteca da faculdade, talvez fosse necessário terminar assim estes meses tão absurdos. Poucas opções, pedir dinheiro emprestado, pedir um prazo na pensão para pagar o aluguel vencido, viver sem dinheiro. Aprendi a observar minha própria vida à distância. Tudo consiste em valorizar os instantes puros nos momentos em que nossa vida já não faz sentido. Trata-se de pensar "em perspectiva", que é o consolo de quem não tem nada a perder.

Agora, já dissipada a divisa de "escrever para o povo", muitos resolveram "escrever para os críticos dos jornais". Como os críticos hegemônicos são os idiotas da *Primera Plana*, todos escrevem à maneira de Cortázar, narrativas autobiográficas torrenciais, sem forma, sem estilo, mas "sinceras", nos moldes da poética imposta pelos ex-surrealistas que agora ganham a vida em semanários para executivos. Por isso todos se parecem (Néstor Sánchez, Mario Espósito...).

Domingo

Sua relação com a Inés estava terminada. Ele pensara muitas vezes na elegância e na construção de sentido que se concentra nos finais e por isso queria apenas evitar a retórica das histórias que se estendem inutilmente.

No entanto, a tristeza não amainava e não passava, sentia.

Fim de junho

Depois de tudo, as hecatombes nunca são notadas. A separação da Inés parece um acontecimento corriqueiro, mas existe algo mais, ainda espero que ela suba as escadas, isso quer dizer que estou numa etapa de transição. Quer dizer também que ainda estou a tempo de escapar e não me deixar surpreender porque tudo já está pronto e sou eu quem está procurando abrir outro caminho. O que se tenta salvar já está perdido e se conseguem, no máximo, esperas que fazem o passado voltar com força. É preciso aprender a se esquivar, e a deixar passar, o heroísmo e a coragem não são mais que esse desajeitado afastamento, ir se soltando aos poucos até que só os dedos se tocam, depois o vazio, e você já sabe que começou a esquecer essa mulher. Sempre vivi assim e essa é minha vida. Claro que este quarto é frio, mas não me restam muitas outras soluções nem muitos lugares onde ficar.

Estes dias são como as pontes que às vezes me aparecem em sonhos. Uma ponte pênsil por onde avanço devagar enquanto o barulho do rio abaixo me distrai e me assusta. Quero dizer, ele disse, que minhas decisões já foram tomadas. No fundo são os fatos que decidem por ele.

Até o objeto mais absurdo tem um sentido e se encadeia quando descobrimos o eixo, é como aprender um idioma novo, esquecer a linguagem que se construiu com uma mulher, uma linguagem privada que dura o tempo que dura o amor. Depois ela cai como uma língua morta, quer dizer, uma linguagem no interior da qual já não vive mais ninguém. Também descobri nela certos tiques que não conhecia e que me distanciaram no mesmo instante.

Eu sempre soube que o melhor modo de viver era inventando um personagem e viver de acordo com ele. Escolhendo bem, há uma resposta preparada para cada situação. Como alguém que fala uma língua estrangeira que ninguém conhece e espera encontrar por acaso um conterrâneo com quem possa conversar. É preciso escolher o amor de acordo com certo modo imaginário de viver a vida (e não o contrário). E não seria isso a felicidade?

Em paralelo, como naqueles dramas esquemáticos, a realidade segue seu curso. Mundo real, golpe de Estado. Fim do governo Illia. Às vezes imagino que a catástrofe política duplica meu drama privado: o fim do amor vivido como um golpe de Estado. Em resumo, há uma guinada à direita, o fim de um clima cultural aberto. Os próximos anos devem ser duros, e será necessário trabalhar sozinho e em segredo.

Enquanto isso trabalho nos contos do livro. "Tarde de amor" passou de vinte páginas para doze. A melhor coisa que escrevi nestes dias é "Suave é a noite"; escrevi esse conto de um modo estranho, a partir de uma experiência vivida que foi se reduzindo até ser apenas uma imagem.

O pior é quando encontro rastros do passado, hoje um anel, quando uma lembrança se impõe e aí parece que vivêssemos fora do tempo. Não se pode mudar o passado. Não se pode mudar o passado? Jogar fora o anel.

Minha resistência a narrar o conflito e a ruptura se deve à minha hipótese, esboçada muitos anos atrás, de que nunca se pode dizer diretamente o que acontece em momentos de muita dor. É preciso encontrar um objeto qualquer que permita dizer pela metade o que nunca deve ser dito diretamente, por exemplo o anel que dei de presente à Inés, uma água-marinha muito pura que ela me devolveu porque não queria se emocionar ao ver que ainda o levava com ela. Está aqui sobre minha mesa como um rastro de algo que morreu e é portanto um fetiche que não perdeu sua emoção. (Não o joguei fora, está aqui sobre a mesa.)

Sentado no Ramos na calçada da Corrientes, depois de jantar, e nessa estranha atmosfera em que a gente parece flutuar no meio da noite. Escutando dois fregueses que falam de cavalos e discutem as possibilidades de acertar nas corridas, seja estudando a fundo a "barbada", como diz um sujeito magro e chupado de olhos ardentes, ou se deixando levar pelo acaso e pela intuição, como lhe responde um homem pesado e gordo que dá a impressão de já ter visto tudo na vida. "Você pode não acreditar", diz o magro, "mas eu te digo que toda vez que me passaram uma barbada ou que segui as indicações dos entendidos, ganhei. Não foram muitas, mas me valeram como lição." Depois a conversa adquire um caráter técnico e eles começam a falar numa espécie de idioleto que mal consigo decifrar. Constato então que não apenas os amantes constroem uma linguagem pessoal em certos campos da realidade – onde está em jogo a paixão, também a linguagem é obrigada a se ajustar às particularidades de quem a usa. Nesse momento o garçom se aproxima para me servir um café e lê meu pensamento e diz:

"Como assim? Cadê a morena?". Olhei para o sujeito como se estivesse me gozando e respondi: "Está viajando".

Minha relação com a realidade tem um único sentido - definido pela perda -, opacidade e desapego. Meus contos, o lugar onde vivo, Inés, os livros que leio, os amigos, isso que é exterior - a mim - parece estar atrás de um vidro escuro, longe, alheio.

De repente, como se viesse de algum lugar remoto, me deparo com a imagem do meu primeiro encontro com Borges: lembro que ele sorria defasado, a mão acariciava o ar antes de mudar de assunto, uma humildade enganosa e eficaz.

Estou agora num bar na Lavalle, no começo tardio da noite, e penso em assistir a *The Knack*, com a Inés, se ela, como eu, ainda se lembrar do último encontro que marcamos. Numa mesa próxima, um gago chamativo tenta desajeitadamente seduzir uma rotunda moça loira. Acaba de lhe dizer com dificuldade e lentidão que ela é malvada, depois afirmou repetidas vezes que do ódio ao amor há apenas um passo. Frase que a moça não se furta a repetir com ironia enquanto sustenta que não tem outro namorado. A Inés chega ao bar, afobada e linda, e assim que se senta e se inclina para me dar um beijo, noto que já é outra (tornou-se afetada e esnobe).

Se eu conseguisse reproduzir - e fixar - bem de perto o ritmo secreto do que se passa, poderia viver a vida com certo estilo.

Também voltar a fazer amor com ela essa noite, no mobiliado da rua Tres Sargentos, marcava o fim de uma época que ele começava a esquecer.

Sexta-feira 1º de julho

Seria bom voltar ao *Hamlet* para fugir do realismo fotográfico do teatro argentino atual. Seria bom procurar nessa peça a estrutura agressiva e criminosa das relações familiares e assim evitar o clima benigno que essas obras têm. No teatro argentino, as famílias se entediam, melancólicas, e nunca acontece nada. Ao passo que na família de Hamlet a agressividade e o ódio se transformam e definem um jogo teatral. Os personagens giram em suas próprias órbitas, sempre opostas umas às outras.

Estou em La Plata, no velho bar Don Julio, e tudo parece repetir o clima que encontrei aqui quando cheguei em 1959. Naquele momento tudo era novidade para mim, eu estava morando sozinho pela primeira vez, afastado do romance familiar (nada naturalista, muito épico), e agora posso talvez imaginar que realizei o que esperava naqueles dias.

Sábado 2

Como num *flash*, às vezes do nada penso no Cacho na prisão. Quando o visito é ele que me reconforta. Sempre levo um frango assado, um pacote de cigarros, uma lata de pêssego em calda. Relembramos os velhos tempos e eu lhe conto como estão as coisas aqui fora.

Claro que – para voltar ao tema do trágico –, curiosamente, o mais difícil não são as grandes catástrofes que nos deixam gelados e absortos e nos confrontam com decisões decisivas, e sim estes momentos ambíguos e lentos em que um gesto mínimo e contingente – mover uma mão no ar – pode mudar subitamente a realidade, e os fatos parecem depender de nós e não mais do destino. A questão, portanto, é vivermos com a consciência alerta e apaixonados pelo simples transcorrer do tempo, porque, às vezes, toda a vida está em jogo num simples olhar ou numa palavra mal empregada. Não é que o oráculo mal entendido produz tragédias, mas é o próprio mal-entendido que está na vida e não se deve procurar o enigma na esfinge. Tento construir uma realidade assim como Robinson construiu sua vida sem nenhuma esperança, necessitava apenas falar na noite mesmo que ninguém pudesse escutá-lo. Quem busca a salvação é porque já está perdido.

Também parece necessário aprender a esquecer aquilo que imaginamos ser para os outros. Aprender então a abandonar o empenho de ser compreendido. A grande sabedoria é a de Nijinski, que, quando recebia a visita dos amigos no manicômio e eles tentavam confortá-lo com a esperança de voltar a vê-lo no teatro, ele respondia: "Não, eu não vou mais dançar, porque estou louco".

Segunda-feira 4

No monólogo de *Hamlet* no final do segundo ato, há uma teoria do imaginário afim ao bovarismo, quer dizer, uma teoria da ilusão, ou em todo caso um modo de pensar de que forma as ficções interferem na realidade. O príncipe lembra de ter ouvido que pessoas criminosas, ao assistirem a um espetáculo teatral, se sentiram tão profundamente impressionadas pela magia da cena que revelaram seus delitos no ato. Daí a frase que cito agora de cabeça e que traduzo assim: "O drama é o laço com que apanharei a consciência do rei". Voltando à minha anotação de alguns dias atrás sobre o modo como somos vistos pelos outros, poderíamos dizer que não apenas o palco teatral é o lugar da representação – quer dizer, da identificação –, mas que toda a vida, num sentido secreto, é pura representação (para os outros), o que não quer dizer que não seja verdadeira.

Na cena II do terceiro ato, Hamlet pensa que a finalidade da arte dramática, desde sua origem até a atualidade – diz –, foi, e é, apresentar, por assim dizer – segundo o príncipe –, um espelho em que os homens possam ver seu verdadeiro rosto. O peso das ilusões na realidade. O que chamamos real é, para o particular, uma teia de ilusões.

Por isso é lógico que eu custe a recordar a noite de sábado. Meu encontro com o Roberto Jacoby e o Eduardo Costa, a conversa divertida e "moderna", depois a Inés chegou um pouco alterada, e à medida que as coisas se esclareciam, menos segura. Enfim, a notícia da festa no horrível casarão da rua Olleros. Depois no exótico apartamento da Patricia Peralta Ramos, onde o Antonio Gasalla e o Carlos Perciavale recitaram *Romeu e Julieta* revezando-se no papel feminino. Terminei a noite no Gotán escutando o bandoneon de Rovira numa mesa com Piri Lugones.

Quanto à revista, está claro que a situação política instalada com o golpe de Onganía impossibilitará a edição do próximo número. A universidade também foi afetada pelo golpe de Estado. Mais uma vez, será preciso começar tudo de novo.

Quarta-feira 6

O difícil não é perder algo (por exemplo, a Inés), mas escolher o momento da perda. Sempre se trata de uma lenta retirada, como quando começamos a visitar cada vez menos um amigo, a ler cada vez menos um poeta, a ir cada vez menos a um bar, desandando suavemente o caminho de volta para não nos machucarmos. Como quem recua por um corredor escuro tateando e retrocedendo, sempre olhando no rosto e sorrindo sem se despedir de quem o vê se afastar.

As mulheres de início sempre o amavam e admiravam, até que alguma coisa lhes deixava entrever o vazio e refugavam – pensou –, e ele lhes facilitava a retirada, abria a porta para que saíssem sem maiores sobressaltos.

Domingo 10

No fim sempre se sai, sabe-se lá para onde. O mais persistente é a tristeza, como um cansaço que cai sobre quem acorda e o surpreende. Seja como for, no meio do nada, apareceu a Julia, uma aluna das minhas aulas de história. Ela ou qualquer outra daria na mesma, mas calhou de ser ela. Seu rosto incrível, seu passado que ela me contou numa tirada, como se tentasse não esquecê-lo, os dois sentados naquele bar junto à janela que dava para a rua Alem, no Bajo. Agora, como sempre, penso, vou ter que me esconder ou fugir, mas ontem foi muito gostoso, percorrendo os bares que achamos abertos, falando complicadamente, cada um na sua linguagem individual que o outro terá que aprender.

Agora é melhor eu preparar um mate, olhando a luz da rua. Às vezes fico pensando que eu só preciso de um lugar, parar com minhas andanças e nunca mais sair, mas de repente acho que melhor mesmo seria dormir por alguns meses, só acordar em outubro, por exemplo. Mas agora vou tentar dormir mais modicamente até o meio-dia.

Segunda-feira

Há sempre um momento em que as coisas se esclarecem, agora há pouco, largado na cama, depois de ficar um tempo traduzindo um conto de Hemingway, entendi que fatalmente me apaixono por mulheres conturbadas (com um passado intenso, que me atrai). A Julia foge com um músico aos dezoito anos, ele a abandona em Bahía Blanca, ela volta para sua casa derrotada, digamos, e imediatamente se casa com o médico da família e tem com ele uma filha que a Julia abandona aos seis meses. Desde então, ela me diz, não pode ouvir um bebê chorando que logo vê sua filha. Ela a deixou, como uma oferenda, para poder viver sozinha sua própria vida. O que torna sua história circular é o fato de ela ser filha de um homem com quem a mãe teve uma aventura. Ela nunca lhe disse quem ele era, não lhe deu o nome. A mãe depois se casou, teve mais dois filhos, e a Julia foi sempre a filha ilegítima que o marido da mãe – e os irmãos – olhavam com desconfiança. Aí se vê como é difícil contar os vaivéns de uma história familiar. A Julia a contou em fragmentos descontínuos, com ironia e certo cinismo (embora a certa altura tenha chorado, mas foi muito depois, quando já estávamos na rua e tínhamos esquecido seu romance familiar).

"Sim, fujo, fujo sem cessar. Não posso remediá-lo. Em verdade não sei aonde vou, mas sei do que estou fugindo", Montaigne.

Quando penso nos personagens, logo me lembro de Michael Craig, o marido de Claudia Cardinale em *Vaghe stelle*, de Visconti, um homem comedido, que nunca se excede em meio ao caos.

A melhor coisa que eu poderia fazer neste momento seria voltar atrás e começar a revisar os contos. Deixar o livro pronto de uma vez por todas. Como alguém que dissesse "vou aproveitar as férias para pintar o apartamento". O problema é que nesta época também me dá medo escolher a cor com que vou pintar as paredes.

Preparo dois ovos moles, contando no relógio de pulso os três minutos necessários para conseguir um ovo mole perfeito. Imagino que agora o ovo está perdendo sua brancura, entre leitosa e amarelada, para começar a endurecer, mas nem tanto a ponto de virar um ovo cozido.

Quarta-feira

Reunião ambígua com o Jorge Álvarez sobre a edição de clássicos na coleção que vou dirigir. Começaremos com *Memórias do subsolo*, de Dostoiévski (prefácio de George Steiner); depois *Robinson Crusoé*, com prefácio de Joyce; depois *Bouvard e Pécuchet*, de Flaubert, com prólogo de Raymond Queneau. Depois vim ao La Paz e me surpreendi ao ler as opiniões generosas da Beatriz Guido: "Prefiro ler os jovens, por exemplo, Emilio Renzi, autor de contos magníficos, porque não estão comprometidos afetivamente com o passado".

Quinta-feira 14

Será que afinal vou receber? Muitas coisas dependem disso. Agora também é necessário aprender as técnicas para sobreviver.

"Regressarei, com membros de ferro, a pele escurecida, o olhar furioso; pela máscara me julgarão de uma raça forte", Rimbaud.

Quarta-feira 20

Vou me aproximando de um tempo de silêncio, a introspecção acabará de repente. A indiferença mais uma vez.

"Todos os meus romances partiram de contos. Nunca comecei dizendo a mim mesmo, muito bem, vou escrever um romance", Hemingway.

Sábado

Minha questão sempre é encontrar um tom para resolver argumentos vagos. Meus melhores contos sempre dependem do tom da prosa e não do argumento.

Quarta-feira

Como saber qual é a melhor entre todas as histórias possíveis que surgem enquanto estamos narrando? Sempre é uma questão de tomar decisões, narrar é tomar decisões. Nunca sei como será a história enquanto não a escrevo. E enquanto a escrevo, eu me deixo levar pela intuição e pelo ritmo da prosa.

Joyce: "A tarefa que me proponho tecnicamente é escrever o livro de dezoito pontos de vista diferentes e em muitos estilos aparentemente desconhecidos".

Domingo

Às vezes, para me divertir, resolvo caminhar pela rua falando sozinho. Falo em voz alta e gesticulando, os transeuntes se viram para me olhar e isso me diverte, mesmo.

Terça-feira 2

Neste bar amplo com paredes de vidro perto da estação, nestes dias que são para mim todos iguais e passam insensivelmente, sem ideias prévias sobre o que está para acontecer. Inquieto, como em outras épocas, às vezes me pergunto como vou sair deste tempo estéril, cheio de tédio e de um monótono monólogo interior.

Sábado 13

Chego em casa, ela está com outro. Eu já estou com a Julia. Depois de tudo, já não restam nem as lembranças. Para que me serviram esses três longos anos em que estive com ela? Para amá-la. Para terminar um livro, para vir morar em Buenos Aires, para ganhar a vida. O que nos salva é não podermos imaginar as consequências que os fatos vividos terão. A única coisa que posso fazer é tentar me livrar das lembranças. Despojar-me das imagens como quem tira um paletó.

Terça-feira 16

Passo a noite entupido de Librium, travado com sonhos que só me fazem lembrar o que quero esquecer. Procuro arduamente "me acostumar à ideia" de que a Inés não existe mais e de que vai se afastando de mim como se recuasse no tempo, até se transformar numa desconhecida. Passarão dias e dias, diversas experiências que a transformarão em outra pessoa diferente daquela que amei.

Quarta-feira 17

Uma dor leve, imperceptível, feita de imagens, como quem está diante de um desabamento que acabou de acontecer e, envolto na poeira, pensa em como a reconstrução será trabalhosa. Talvez dentro de – digamos – três ou quatro meses, ou seis, esses dias que agora se arrastam lentamente, e que são tão difíceis de suportar, serão apenas uma saudade melancólica. O apaixonado se entrega ao alívio do tempo que passa, única compensação diante da perda.

O único consolo que me resta é saber que tudo estava previsto e que, mesmo quando comecei a escrever neste caderno, a sorte já estava lançada, só que eu não soube escapar a tempo. Quem sabe se eu teria conseguido resistir a procurá-la de novo. É preciso muita coragem para se retirar antes de os alarmes de incêndio dispararem. Decidir antes que seja impossível fazê-lo.

Amanhã termino este caderno e como sempre, magicamente, minha vida vai mudar quando eu começar a escrever numas páginas em branco. Em todo caso, amanhã irei ao Gotán, sentarei a uma mesa com a Julia e farei a "experiência" social do fim da Inés.

Quinta-feira

O último encontro foi melancólico, em El Foro, a Inés de branco, alterada e triste. Nós dois com certa vontade de chorar e sem falar. Trocamos objetos queridos como se fossem palavras. Depois a vi partir e saí para a rua caminhando no sentido oposto.

Endereço do Cacho. Prisão de Dolores, rua 3, número 526, entrada lateral.

Vou ao Gotán com a Julia, os amigos estão acostumados a essas mudanças e nunca pedem explicações nem motivos.

Sábado 20

O desequilíbrio de "O poço e o pêndulo" resulta de um erro de perspectiva, esse conto em terceira pessoa exige (como quase todos os contos de Poe) a primeira pessoa para valorizar o horror da experiência. Os melhores contos de Poe sempre são confissões.

Quarta-feira 24

No fundo é sempre a mesma coisa, reconstruir os prédios desabados para poder viver neles. O que importa é a fortaleza do edifício e não os métodos usados para erguê-lo. Mas também é verdade que os métodos determinam a solidez da construção.

Os contos cruéis de Poe se fundamentam nesta frase de "O sepultamento prematuro": "O que vou contar agora é meu próprio conhecimento real, minha experiência efetiva e pessoal". O outro procedimento reside no caráter científico, não literário, que legitima os fatos (os argumentos se apresentam como extraídos de publicações ou precedidos de minuciosas teorias).

Quinta-feira 6 de outubro

Inesperado interlúdio de felicidade que perdura como uma pausa desde o início da primavera. Por um lado, muita afinidade, física, intelectual, musical e variada com a Julia. Também o modo imperioso e alegre em que escrevi em dois dias "Mata-Hari 55". Nesse conto utilizei microscopicamente o procedimento de narração-verdade que penso usar no romance. Talvez também algumas notícias do espaço exterior estejam contribuindo para meu bom humor. O Samuel Amaral acabou de me contar que no número da revista *Análisis* dedicado à literatura argentina eu apareço como o mais lido entre os jovens de dezoito a vinte e dois anos. São leitores da minha própria geração, pouco mais novos do que eu.

Preciso recordar o modo como saí do universo da Inés e entrei no mundo da Julia, com frieza e sem remorsos. Tudo mudou, o amor também é uma linguagem que deve ser aprendida a cada vez para ser esquecida nos rompimentos e nas separações. Como se a língua da paixão fosse uma só que vai se transformando com cada pessoa, de maneira que esquecemos as palavras do passado e aprendemos as do futuro. Uma única linguagem cuja sintaxe e cujo conteúdo verbal se modificam de acordo com as situações amorosas.

Segunda-feira 10 de outubro

No meio da tarde, encontro por acaso com a Inés no Ramos, na mesma mesa na calçada onde conversamos em fevereiro, no meio do verão, ela com o cabelo bem curto e de brincos amarelos, muito bonita. Eu tinha esquecido as palavras para falar com ela, portanto a conversa de hoje foi várias vezes interrompida pela incompreensão. Um encontro triste para ambos. Cada um começa agora a ser esquecido.

Reluto a revisar os contos, tenho certeza de que estão bem escritos na primeira redação. Como se o estilo se fixasse todo de uma vez e qualquer "melhora" (convencional) destruísse o efeito do conjunto. Seja como for, devo fechar o livro e me esquecer dele para poder começar a escrever a história dos marginais que fogem para o Uruguai. Tão próxima de mim que preciso escrevê-la como se estivesse acontecendo agora.

Quarta-feira 12

Por que ninguém diz nada sobre o sentido reacionário e arcaico do chamado "Dia da Raça"? Imagino que resulte da tradição hispanista: quando perderam as últimas colônias com a guerra em Cuba, em 1898, os espanhóis inventaram o mito da cultura comum entre a metrópole e o que eles chamam de América Hispânica.

Quando por acaso – como quem encontra algumas fotos atraentes e um tanto pervertidas numa gaveta esquecida da casa dos pais – releio alguns destes cadernos onde se cruzam dias de felicidade intensa e imediatas ondas de desolação, distingo, numa inesperada lição de vida, o relativismo emotivo, o vaivém dos sentimentos que não obedece a nenhuma lógica visível. Ao serem fixados por escrito, os estados de espírito se transformam em espaços físicos que se repetem de quando em quando, como quem, na casa da infância – onde encontrou numa gaveta da cômoda fotos perturbadoras da própria mãe –, volta por acaso a percorrer seus aposentos, alguns escuros e tétricos, outros iluminados com a luz plena do sol da manhã. Poderíamos descrever uma paisagem usando o modelo dos cômodos onde fomos felizes (ou infelizes) na mais remota infância.

No mesmo dia assisto, no início da tarde, no cine Normandie, a *Diário de uma camareira*, de Buñuel, e ao anoitecer, no Loire, a *Pierrot le fou*, de Godard.

Quinta-feira 13

Há uma ausência de gravidade nestes dias de espera, parece não acontecer nada notável, e no entanto se anuncia algo que não consigo imaginar.

Por que é que tudo sempre vem de tão longe? Ontem, por exemplo, a Inés saindo do cinema com o G., no final do Godard, em meio à garoa, uma desconhecida, enquanto eu entrava no carro com a Julia, o Nene e o Alberto, já em outro território, falando outra língua, no estrangeiro. Eu também não sou uma imagem, e também não tenho contundência e sentido? Então, por que pensar a significação a partir de um só lugar hostil onde sou invisível?

Sexta-feira 14

Insisto na minha relutância em revisar os contos, temo romper um equilíbrio instável em que se sustentam, imperceptíveis, os argumentos.

Presencio uma situação ultrajante. Dois catedráticos alemães falam com uma professora repudiada pelos colegas. Ela os convida a se sentarem à mesa, ficarem à vontade, "abrirem o peito" (estão ali para lhe dar notícias atrozes, e ela sabe disso).

Domingo 16

Como quem põe à prova a própria coragem ou o alcance de suas decisões impensadas ou toma a si mesmo como objeto de experimentação, saí caminhando lento e desdenhoso, sem olhar para ninguém, e fui embora sem pagar a conta do restaurante caríssimo de paredes de vidro.

O que vale em Faulkner é a presença constante de quem está contando a história, os narradores se alternam, mas todos têm o mesmo tom elegíaco e enfurecido.

Segunda-feira 17

Faz um mês estávamos morando na casa do Dipi Di Paola. Sempre senti atração pelos lugares que não me pertencem e onde alguém morou antes de mim e deixou sua marca nos móveis, nos quadros, nos livros. Lá estávamos eu e a Julia, como dois amantes furtivos que habitam em segredo a casa do amigo que estão traindo.

Voltei aos dias difíceis em que custo a voltar à vida, como se não quisesse acordar. Será que me perturbou tanto meu encontro – chamemos assim aquele cruzamento de dois estranhos – com a Inés na quarta-feira passada, na saída do cinema? Parece que não posso suportar que ela continue vivendo sua vida sem que eu esteja lá.

Terça-feira 18

Agora ela também me aparece em sonhos. Estranhamente marco um encontro com a Inés, que aparece com o G. Acho que me enganei. Além disso, eles têm que ir a um lugar e eu não quero acompanhá-los.

Quarta-feira 19

Passo a noite sem dormir, recorro, ao que parece, à insônia: toda a vida fui imune a perder o sono. Não me lembro de nenhuma noite como a de ontem. Pensei que estava viajando num trem de longa distância, tinha me instalado no beliche de cima da cabine em que me dispunha a passar uma semana. A sensação de movimento, o ruído dos trilhos e a luz dos povoados desertos que cruzávamos velozmente me fizeram adormecer perto da madrugada. A semivigília, a etapa imediatamente anterior ao sono, tem um ar onírico, mas somos nós que imaginamos aquilo que vemos.

Também passei parte da noite urdindo dedicatórias do livro que ainda não publiquei nem acabei de escrever. Não haveria, nessas imagens em que a gente entrega pessoalmente um livro que escreveu para um amigo – ou para alguém – e assina um exemplar depois de rascunhar uma frase, um remoto sentido da literatura? Sempre escrevemos para uma pessoa concreta, e seria preciso escrever um ensaio sobre o sentido das dedicatórias.

A louca lucidez das cinco da manhã, depois do longo encontro com o Ramón T. bebendo genebra. Ele quer me convencer a continuar com a revista

Literatura y Sociedad. Tem uma noção clara do que deve ser feito, pois está empenhado em construir o que ele chama de "situação revolucionária". Uma revista literária ou o assalto de um quartel têm para ele a mesma função, sempre que alguém for capaz de ligar um fato ao outro. Em certo sentido, é um clássico pensamento paranoico. Como os loucos, os revolucionários profissionais estão convencidos de que "tudo tem a ver com tudo".

Anoto uma das dedicatórias que me ocorreram durante a noite. *Para Lucía, culpada por 87% deste livro.* (Gosto de incluir um número numa dedicatória.)

Saí da insônia com os olhos vendados e uma certeza: não consigo aceitar minha decisão de perder a Inés.

Mas hoje em dia, ela me disse, a pessoa pode se livrar mecanicamente desse corpo cindido. Numa época, disse, em que existem os estimulantes e os sedativos, é inconcebível ter mágoas de amor que durem mais do que seis horas. Estava sorrindo, jovem e bela, quando continuou anunciando cinicamente as verdades do mundo e disse: "Numa época em que existem as cirurgias plásticas e os institutos de beleza, é insensato que você prefira uma mulher a outra. Numa época", acrescentou, "em que existem as pílulas anticoncepcionais e a inseminação artificial, não é possível ainda transmitirmos nossos defeitos, nossas angústias e nossa feiura a filhos próprios ou alheios". Inclinou-se sobre a mesa e me perguntou se eu não concordava.

Sábado 22

Um tempo especial da minha vida, direi, sem introspecção, somente com fatos. Passo os dias com a Julia nesta cidade onde vivi anos atrás e onde já ninguém me conhece. Bebo genebra com ela depois do amor para conseguir dormir. E toda noite tenho pesadelos com a Inés. Um homem de costumes arraigados, um homem que não quer perder nada, nem o que ele mesmo abandona.

Domingo 23

O conto que mais trabalho está me dando é "Tarde de amor". Continuo a revisá-lo uma vez após outra. Parece um mecanismo de relojoaria com pêndulos que é preciso equilibrar. Nesta última versão aproximada, há dois finais possíveis. Não sei se isso é um mérito ou um fracasso.

Terça-feira 25

O gato morreu. Seu nome era El Cónsul (porque parecia sempre bêbado). Ontem à tarde ficou olhando para mim de um banco onde descansava. Eu pensei, esse gato está esquisito, aconteceu alguma coisa com esse gato, e ele já estava morto (de olhos abertos).

Quarta-feira 26

Uma época de felicidade subterrânea. Dias e dias sem sair deste quarto enorme e luminoso, assistindo aos novos ensaios de uma paixão amorosa com a Julia. Por ora trocamos palavras cada um no seu idioma pessoal e os encontros são, acima de tudo, físicos.

Estou contente com essa nova história, apesar da saudade, compreendo aquela outra mulher que para mim foi a primeira que amei de verdade. A realidade ou a estrela pessoal sempre nos dá uma ajuda, apesar de nós mesmos, e eu me obrigo, digamos assim, a seguir em frente depois de romper com a Inés e encontrar uma nova paixão viva etc.

Correr é um fim em si mesmo, dizia o Cacho. A velocidade sensibiliza, aguça, intensifica tudo. A paisagem, a mulher, a vida cotidiana, os amigos. Tudo ganha uma nova dimensão durante a corrida e depois, quando se fecha a porta do carro, e então você e ele passam a ser a mesma coisa. O homem se integra aos metais, sente-se sozinho, livre, a duzentos quilômetros por hora a vida é mais limpa. Ele disse isso depois de ter corrido de moto desde muito jovem, depois andou em carros "envenenados" (que tem a precaução de roubar antes).

Quinta-feira 27

Guardo lembranças da origem dos contos desse livro.

"No xadrez". A primeira lembrança é de uma tarde de 1961 no Tiro de Guerra de Mar del Plata, um soldado, lembro de sua cabeça raspada, me contou a história.

"Meu amigo" surgiu estranhamente quando fui com um amigo visitar a Helena, e ele retificou uma opinião elogiosa que dei sobre Bioy Casares. Como assim, se você me falou que não gostava?, disse, me entregando.

"No barranco". Quem me contou o argumento foi a Lina Flores no Bosque de La Plata, e eu gostei do final duplo.

"O estilingue". Caminhando por uma rua de terra vi uns operários trabalhando em pleno domingo, e de repente descobri a história.

"Mata-Hari 55". Quem me contou a história foi o Manolo Comesaña, no ano passado. A sucessiva troca do nome da protagonista foi sugeria pela Inés, sem querer, quando a descobri falando ao telefone e dizendo que se chamava Enriqueta.

"Os autos do processo". O argumento surgiu nas aulas de História Argentina da Beatriz Bosch, em 1963. Houve várias versões. Uma discussão com o Julio Bogado me fez tirar o que estava sobrando; uma conversa com a Inés (que não gostava da história contada no plural, por um "nós") me levou a inventar um narrador e a justificar seu tom, fazendo dele o executor da morte de Urquiza.

Segunda-feira 31 de outubro

Romance. (Os personagens expõem o procedimento e isso produz certo efeito na verdade daquilo que contam.) "Muito do que é narrado por Costa ele foi conhecendo na presença de sua voz no gravador, e portanto pode ter havido distorções."

A função de incluir "ideias" ou pensamentos numa narrativa é aumentar a complexidade das motivações. A reflexão distorcida, levemente arbitrária, justifica-se por não valer somente como hipótese, e sim como parte do argumento (quando é emitida ou pensada por personagens ou narradores implicados em outro mundo, ou seja, nas relações tecidas no interior do romance).

A questão para mim é reproduzir – como se a gravasse – a percepção da realidade em meio à ação e ao risco, que definem "a filosofia" de vida do Cacho (que é antagônica à realidade e portanto vai se "chocar" contra o muro de pedra do real).

Quarta-feira 2 de novembro

Faz um tempo que vivo de modo precário, com cem pesos por dia, muito pouco dinheiro, sempre com uma leve inquietação provocada pela fome. Mas nunca penso no futuro, não me importa a economia se sei que vou trabalhar a noite toda (uma economia contra a outra, a necessidade e o desejo, digamos, como Laurel e Hardy – o Gordo e o Magro).

Encontrei um começo mais fluido para meu conto "O estilingue": "Eu não caio em conversa de moleque. Sei que todos mentem, sempre fazem cara de santinhos para depois rir da gente pelas costas".

Quinta-feira 3

Lembrei de uma despedida e de um encontro, de repente a imagem da qual eu mesmo faço parte. Primeiro não a vi naquele bar na frente da estação, mas depois falamos alteradamente de *faits divers* (um crime na véspera naquele mesmo lugar). No fim chegou o trem e nos separamos, sossegadamente. Antes, eu tinha recebido uma carta.

Confrontada com o caminho do romance que expõe a convenção e diz "isto é um romance", pondo em crise a crença na ficção, por exemplo, Günter Grass, Néstor Sánchez (dizem, por exemplo, "Agora está chovendo ou talvez fosse melhor dizer que no romance o sol está alto"...), há uma tradição menos visível mas muito experimental (Conrad, Faulkner) que justifica o narrador explicando as razões pelas quais narra essa história e implicitamente aponta as possíveis deformações. (Em Faulkner não há um narrador que ordene e hierarquize o material, os personagens tomam a palavra e contam sua versão.)

Lendo Conrad, com seus diversos narradores numa mesma história, com uma prosa alta e literária, compreende-se a admiração de Faulkner. Em Conrad a ficção sempre está presente, ou melhor, o caráter já narrado do que se vai contar ("esta história lendária", em *O duelo*), e além disso há as interrupções e comentários do narrador secundário (Marlow), que ressalta a presença de alguém que está narrando para um grupo de ouvintes a história que já aconteceu. Os cortes e interrupções e explicações permitem saltar no tempo, dão à narrativa o tom de uma experiência vivida. Em *O duelo*, o narrador situado narra uma história já parcialmente conhecida, que sofre deformações ao ser interpretada de fora por quem não a conhece bem (mas que a narra fascinado pelo mistério daquilo que não sabe sobre as motivações dos personagens, embora registre os fatos acontecidos).

Quinta-feira 17

Certos contos não podem ser corrigidos porque a estrutura e o tom se encaminham diretamente para um desenlace equivocado. Corrigi-los implica o risco de justapor vários "sentidos" que, em todo caso, não enriquecem a história.

Já não acredito nos temas "engajados" como justificativa para um conto. Por isso não vou incluir "Desagravo" no livro, embora seu tema seja o bombardeio da praça de Mayo pela Aviação Naval em 1955 e tenha ressonâncias políticas. Para dar o tom do peronismo tenho que narrar minha própria experiência, ou melhor, a experiência do meu pai.

Paul Valéry recomenda, numa carta a André Gide, *O discurso do método* como um modelo do romance moderno. Narra a vida de uma ideia e não, como é usual, a vida de uma pessoa.

Segunda-feira 21

Ontem com a Beatriz Guido, sempre estrambótica e divertida. Vertiginosa na sua casa barroca, móveis antigos e conversas circulares. O Edgardo Cozarinsky estava lá, e me passou o original de um romance de Manuel Puig.

Preparo sete cópias do livro de contos para mandar ao concurso de Casa de las Américas. Um trabalho insano, com papel-carbono que a máquina portátil só aceita em pequenas doses. Isso me obriga a bater o livro inteiro três vezes. Decido dar ao volume o título de *Jaulario* (me incomoda que lembre o *Bestiário* de Cortázar e o *Crepusculário* de Neruda, mas não encontro um nome melhor e não quero usar o título de um conto para o livro todo) (por que não?).

Terça-feira 29

Ontem à noite entreguei o livro para o Jorge Álvarez, agora entendo o vazio que se segue ao momento em que finalmente terminamos algo depois de meses.

Até quando vou suportar a incerteza de viver no aperto? Mas talvez esteja aí o mérito da coisa, não pensar no futuro ou pensar que não vou chegar vivo até março.

Tem um carroceiro, um trapeiro, que todas as manhãs passa a esta mesma hora anunciando a plenos pulmões que compra materiais em desuso.

"Compro camas velhas, compro colchões, compro cadeiras quebradas, compro estufas, aquecedores." É um comprador que anuncia sua vontade de encontrar objetos excluídos do mercado; parece um colecionador, e me lembra, numa correlação sonora, a voz de outro roupa-velheiro que eu escutava ano passado em La Boca, falando sozinho, sempre às oito da manhã, quando eu estava a ponto de me deitar depois de trabalhar a noite inteira. E eu só ia para a cama depois de ouvi-lo passar pela rua Olavarría.

4 de dezembro

O Ramón Torres Molina me diz, amistoso, que meu livro é o melhor livro de contos da década. É a primeira impressão de leitura que recebo. Dei o livro à Celina Lacay, ao José Sazbón, ao Jorge Álvarez e à Beatriz Guido, pedindo que o lessem.

Um dado. Entre 1875 e 1907, a Argentina importou uma quantidade de arame suficiente para contornar 140 vezes as fronteiras da República com uma cerca de sete fios. Como costumo dizer às vezes – para assustar os praticantes do determinismo aplicado à literatura –, ao se cercarem as terras, acabou-se o *gaucho*...

Quarta-feira 7

Ontem à noite, o José Sazbón me falou do livro. Reparos a "Meu amigo", "No barranco" e "O estilingue". Enxerga problemas no final de "No xadrez". Gosta muito do tom do livro, da qualidade do estilo, da sobriedade para narrar. Na opinião dele, os melhores contos são: "Tarde de amor", "Suave é a noite" e "Os autos do processo".

Sábado 10

Mais uma vez me encontro com uma mulher com quem vivi para repartir os livros da biblioteca. Agora com a Inés, deixo que ela leve tudo o que quiser, porque não me importa. Não vale nem sequer como metáfora do que se leva e se deixa quando o amor acaba. Por fim, na rua, bebendo cerveja na calçada feito um idiota.

Fui pela Diagonal Sur e mandei o livro para o concurso em Cuba via aérea, ou melhor, em cópias de papel aéreo. Elogios ao livro vindos do Jorge Álvarez e da Beatriz Guido.

Domingo 11

Vejo a mim mesmo, sentado no chão do corredor da casa desmontada, dias antes de deixar Adrogué para ir morar em Mar del Plata. Tenho um caderno e escrevo nele a primeira entrada deste diário.

Várias coincidências entre os leitores do livro. Os melhores contos: "Suave é a noite", "Mata-Hari 55" e "Os autos do processo". Todos reprovam "Meu amigo". O que me preocupa são os reparos a "No xadrez", que para o José Sazbón são problemas formais e para os outros (Álvarez, Frontini) são de conteúdo, "violência gratuita". Não compartilho essa crítica, mas preciso revisar esse conto.

Em Cortázar, a marca comercial que acompanha os objetos na narrativa tem uma conotação fetichista, no sentido de fortalecer a ilusão mágica da publicidade (que se funda na marca). O choque entre um objeto e sua designação produz um desajuste no estilo, evidencia demais a "pose de entendido", profundo conhecedor dos objetos privilegiados do mercado. Acontece a mesma coisa com o *jazz* e os livros. Objetos que fulguram e iluminam o consumidor em seus romances.

Ontem à noite - como diria o Cortázar, para ganhar prestígio de entendido - fui assistir ao Piazzolla no Nonino com vários amigos (que me são indiferentes): o Frontini, a Mae, o Humberto Riva.

Outra função dos objetos: num conto de Dickens, o narrador conserva, como prova de sua incursão num universo imaginário, um par de óculos (que trouxe de lá).

Mae, uma mulher que tem um saber literário nômade e prende ao seu redor o esnobismo provinciano de La Plata. Ela me lembra Hilda Edward de *Contraponto*, de A. Huxley, e Mrs. Headway de *The Siege of London* e as fagulhadas de ironia da velha Miss Bordereau de *Os papéis de Aspern*, de Henry James.

Uma decisão. O piloto de corridas Juan Gálvez se nega a usar o cinto de segurança por medo de morrer queimado em caso de acidente, mas acaba morrendo numa corrida porque o carro o arremessa contra o cimento.

Em *Acto y ceniza*, M. Peyrou cai nas mesmas esquematizações tacanhas de qualquer romancista social "de esquerda", mas com o discreto cinismo de um escritor de direita. É um tipo de escritor que não sabe o que faz e confunde seus romances com os editoriais dos jornais políticos. É um problema de poética falsa. Ou será que é possível escrever bons romances nessa linha, com uma tese política explícita (e banal)? A questão não é o personagem ser politicamente definido, mas o livro ter como *a priori* a demonstração de uma tese já pronta (na maioria dos casos, política).

É curioso que *Under the Volcano*, por trás de sua tremenda enxurrada de palavras, consiga preservar a ambiguidade. Os diálogos são fluidos e estão soltos e, apesar de serem explícitos e de quando em quando transmitirem pensamentos e ideias, o romance sobrevive como um grande afresco ambíguo e cheio de matizes e subentendidos que se reconstroem trabalhosamente no mar revolto de sua linguagem dipsomaníaca e faulkneriana. A virtude do livro é avançar num presente narrativo (não se trata do verbo) de pura ação – embora a ação seja mínima e apareça borrada –, que dura um dia inteiro e se encerra com a morte do Cônsul, anunciada claramente no primeiro capítulo. Ele vai morrer, já se sabe.

Sexta-feira 16

Depois da separação, faz algum tempo, fui me refugiar em La Plata. Primeiro na casa do Dipi e depois na casa de uns amigos, até que por fim aluguei este quarto enorme e luminoso com uma sacada que dá para a Diagonal 80. Tomo nota disso para sintetizar minha situação e registrar que passei o dia de hoje e de ontem carregando de Buenos Aires duas pesadas malas cheias de papéis, cadernos e alguns livros. O homem que leva consigo tudo o que vale em sua vida – um valor que, como todos os valores verdadeiros, só ele entende. Se tem uma coisa que me individualiza e sustenta minha concepção da literatura, minha marca pessoal, é que nunca tive – nem pretendi ter – um lugar meu (ou próprio), moro em hotéis, em pensões, na casa de amigos, sempre de passagem, porque este é para mim o estado da literatura: não existe um lugar próprio, nem propriedade privada. Escreve-se, digo eu comicamente, a partir daí. Homem de lugar nenhum.

Domingo

Agora há pouco, driblando os carros na esquina da 1 com a 60. Embaixo da garoa, péssimos pensamentos sobre meu futuro econômico. O que fazer depois de março?

Um dos jogos sociais mais surpreendentes é tentar adivinhar o que os outros pensam dos fatos que os aguardam e daquilo que hão de fazer.

29 de dezembro

Vim a Mar del Plata visitar minha mãe. Passo as manhãs na praia e as tardes na Biblioteca Municipal. O relógio com grandes números romanos continua lá, na quieta felicidade deste ambiente que me sustentou na busca delirante de um mundo em que me instalei por decisão própria. Você "decide" ser escritor e depois tem que dar um jeito sozinho de conseguir ser o que disse que era. Nessa biblioteca, muito boa, fundada pelos socialistas que amavam a cultura – e que a gente agora ridiculariza –, onde encontro tudo o que procuro, quer dizer, encontro aquilo de que precisava quando tinha dezessete ou dezoito anos e lia dois ou três livros por dia.

Sexta-feira 30

É bom voltar a La Plata, onde começa de fato minha vida, como eu diria se estivesse contando minha própria história. Sozinho, sem ninguém, com amores cruzados e fugazes, morando em anônimos quartos de pensão, construí o espaço que imaginava e vivi ali com intensidade e comecei então a escrever meus primeiros contos. De repente me lembrei do final do ano passado no apartamento do Cacho na rua Ugarteche, enquanto ele fazia sua vida secreta em Mar del Plata, onde no fim foi preso: todo o futuro estava disponível para mim; agora, ao contrário, voltei como se nunca tivesse saído deste lugar.

Romance. Lembrança involuntária. Corrida de carros e motos, mundo "varonil" de vadiagem veloz na noite com o Cacho, perto do rio: paraíso perdido.

Bimba: de início, a ingênua, figura que ela usava em seu trabalho (mulher de vida fácil), depois, aos poucos se vê sua verdadeira personalidade. A Inés me contou algum tempo depois que a Bimba a seduziu e a levou para a cama. Por que não me convidaram?, perguntei. Agora, com o Cacho já preso, ninguém sabe quem o delatou. A Bimba é possessiva, maldosa. Uma mulher muito valente e agressiva, mas que o ama (ela conta sua história na frente dele, e isso a torna mais perversa).

É preciso insistir no sentido deste ano, ao qual dou uma importância transcendente. Recordo o quarto no Hotel Callao com a Inés deitada na cama lendo, enquanto eu olhava da sacada as ruas amadas da cidade onde afinal estava morando. Agora estou procurando um lugar onde morar (o apartamento do Cacho, uma pensão, seja lá o que for, mas longe da dispersão suicida).

Vou encerrar o ano com uma citação do livro que estou lendo mais uma vez. "Não entendo nada – continuou Ivan como se delirasse –, e nada quero entender agora. Quero ater-me aos fatos. Já há muito tempo que decidi não entender. Quando tento entender algo, logo começo a alterar os fatos, portanto resolvi ater-me a eles", F. Dostoiévski, *Os irmãos Karamázov.*

17.
A moeda grega

Várias vezes me falaram do homem que esconde, numa casa no bairro de Flores, a réplica de uma cidade na qual vem trabalhando há anos. Ele a construiu com materiais diminutos e numa escala tão reduzida que podemos vê-la de uma só vez, imediata e múltipla e como que longínqua na suave claridade da aurora.

Sempre está distante a cidade, e essa sensação de distância ao olhar tão de perto é inesquecível. Veem-se os edifícios e as praças e as avenidas e vê-se o subúrbio que declina em direção ao oeste até se perder no campo.

Não é um mapa nem uma maquete, é uma máquina sinóptica; toda a cidade está ali, concentrada em si mesma, reduzida à sua essência. A cidade é Buenos Aires, mas modificada e alterada pela loucura e pela visão microscópica do construtor.

O homem diz chamar-se Russell e é fotógrafo, ou ganha a vida como fotógrafo, e tem seu laboratório na rua Bacacay, e passa meses sem sair de casa reconstruindo periodicamente os bairros da zona sul da cidade, que a enchente do rio arrasa e inunda a cada início de outono.

Russell acredita que a cidade real depende de sua réplica e por isso está louco. Ou melhor, por isso não é um simples fotógrafo. Alterou as relações da representação, de modo que a cidade real é a que ele esconde na sua casa, enquanto a outra é só uma miragem ou uma lembrança.

A planta segue o traçado da cidade geométrica imaginada por Juan de Garay, com as ampliações e modificações que a história foi impondo à remota estrutura retangular. Entre as ladeiras que se avistam do rio e os altos edifícios que formam uma muralha na fronteira norte perduram os rastros da velha Buenos Aires, com seus bairros arborizados tranquilos e seus baldios de capim seco.

O homem imaginou uma cidade perdida na memória e a repetiu tal como a recorda. O real não é o objeto da representação, e sim o espaço onde um mundo fantástico tem lugar.

A construção só pode ser visitada por um espectador de cada vez. Essa atitude incompreensível para todos é, no entanto, clara para mim: o fotógrafo reproduz, na contemplação da cidade, o ato de ler. A pessoa que a contempla é como um leitor, e portanto deve estar só. Essa aspiração à intimidade e ao isolamento explica o segredo que até hoje cercou seu projeto.

Sempre pensei que o plano oculto do fotógrafo de Flores era o diagrama de uma cidade futura. É fácil imaginar o fotógrafo iluminado pela luz vermelha de seu laboratório pensando, na noite vazia, que sua máquina sinóptica é uma cifra secreta do destino; e o que ele altera na sua cidade logo se reproduz nos bairros e nas ruas de Buenos Aires, porém de modo amplificado e sinistro.

As modificações e os desgastes sofridos pela réplica – os pequenos desmoronamentos e as chuvas que alagam os bairros baixos – se realizam em Buenos Aires sob a forma de breves catástrofes e acidentes inexplicáveis.

O fotógrafo age como um arqueólogo que desenterra restos de uma civilização esquecida. Ele só descobre e fixa o real quando este já é um conjunto de ruínas (e nesse sentido, é claro, ele faz, de modo elusivo e sutil, arte política). Guarda certo parentesco com aqueles inventores obstinados que mantêm vivo aquilo que deixou de existir. Sabemos que a denominação egípcia de escultor era justamente "aquele-que-mantém-vivo".

A cidade diz respeito, portanto, a réplicas e representações, à leitura e à percepção solitária, à presença do que se perdeu. Diz respeito, enfim, ao modo de tornar visível o invisível e de fixar as imagens nítidas que já não vemos, mas perduram como fantasmas e vivem entre nós.

Essa obra privada e clandestina, construída pacientemente no sótão de uma casa em Buenos Aires, tem um vínculo secreto com certas tradições da arte de ler no rio da Prata: para o fotógrafo do bairro de Flores, assim como para Pierre Menard ou o editor anônimo das memórias de Marta Riquelme, de Martínez Estrada, para Xul Solar ou Torres García, a tensão entre objeto real e objeto imaginário não existe: tudo é real, tudo está aí e nos movemos entre os parques e as ruas, deslumbrados por uma presença sempre distante.

A diminuta cidade é como uma moeda grega afundada no leito de um rio que brilha sob a última luz da tarde. Não representa nada, salvo o que se perdeu. Está lá, datada mas fora do tempo, e tem a condição de arte; desgasta-se, não envelhece, foi criada como um objeto inútil que existe para si mesmo.

Tenho recordado nestes dias as páginas que Claude Lévi-Strauss escreveu em *La Pensée sauvage* sobre a obra de arte como modelo reduzido. A realidade trabalha em escala real, "*tandis que l'art travaille à l'échelle réduite*". A arte é uma forma sintética do universo, um microcosmo que reproduz a especificidade do mundo sem passar pela mimese. A moeda grega é um modelo em escala de toda uma economia e toda uma civilização, e ao mesmo tempo é apenas um objeto perdido que brilha ao entardecer na transparência da água.

Faz alguns dias resolvi finalmente visitar o estúdio do fotógrafo de Flores. Era uma tarde clara de primavera e as magnólias estavam começando a florir. Parei diante do alto portão gradeado e toquei a campainha, que soou ao longe, no fundo do corredor que se entrevia do outro lado.

Pouco depois um homem muito magro e tranquilo, de olhos cinza e barba cinza, vestindo um avental de couro, abriu a porta. Com extrema amabilidade e em voz baixa, quase num sussurro em que se notava o tom áspero de uma língua estrangeira, ele me cumprimentou e me convidou a entrar.

A casa tinha um vestíbulo que dava num pátio, e no fundo do pátio estava instalado o estúdio. Era um amplo galpão com telhado de duas águas e no seu interior se amontoavam mesas, mapas, máquinas e estranhos instrumentos de metal e vidro. Muitas fotografias da cidade e desenhos de formas incertas cobriam as paredes. Russell acendeu as luzes e me ofereceu assento. Em seus olhos de sobrancelhas bastas ardia uma cintilação maliciosa. Sorriu, e então lhe dei a velha moeda que levara para ele.

Observou-a de perto com atenção e depois a afastou dos olhos e balançou a mão para sentir o peso leve do metal.

— Um dracma - disse. — Para os gregos era um objeto ao mesmo tempo banal e mágico... A *ousía*, palavra que designava o ser, a substância, significava também riqueza, dinheiro. - Fez uma pausa. — Uma moeda era um diminuto oráculo privado, e nas encruzilhadas da vida era lançada para o alto para saber que decisão tomar. - Levantou-se e apontou para um canto. Em uma planta de Buenos Aires, uma cidade se destacava entre os desenhos e as máquinas. — Um mapa - disse - é uma síntese da realidade, um espelho sinóptico que nos orienta na confusão da vida. Deve-se saber ler nas entrelinhas para encontrar o caminho. Repare. Ao consultar o mapa do lugar onde moramos, primeiro temos que localizar o ponto em que ele se encontra ao olharmos o mapa. Aqui, por exemplo - disse -, fica minha casa. Esta é a rua Puán, esta é a avenida Rivadavia. Agora o senhor está aqui. - Fez uma cruz. — Este aqui é o senhor. - Sorriu. — Nossa gramática carece de visão sinóptica. A representação sinóptica produz a compreensão, e a compreensão consiste em ver conexões. Daí a importância de encontrar e de inventar casos-exemplo intermediários. - Abriu um livro. — A leitura nos ensina a ver sinopticamente. O conceito de representação sinóptica designa nossa forma de representar, o modo como vemos as coisas. Há representações que se ligam às coisas de que são signos por meio de uma relação visível. Mas nessa visibilidade fazem o original desvanecer. Quando se observa um objeto como se fosse a imagem de outro objeto, ocorre o que resolvi chamar substituição sinóptica. Assim é a realidade. Vivemos num mundo de mapas e réplicas. O conceito de representação sinóptica é de fundamental importância. Designa nossa maneira de representar, a maneira segundo a qual vemos as coisas. Essa representação sinóptica é o meio para a compreensão, que consiste em ver as conexões. Ver "como se".

Era essa - disse - a paixão que animava os leitores.

Os *serial killers* matam réplicas, séries de réplicas que se repetem e as quais é preciso eliminar, uma após outra, porque reaparecem inesperadas, perfeitas, em uma rua escura, no meio de uma praça abandonada, como miragens noturnas. *Jack the Ripper*, por exemplo, procurava descobrir no interior de suas vítimas o elemento mecânico da construção. Aquelas moças inglesas, belas e frágeis, eram bonecas mecânicas, substitutos.

Ele, ao contrário - diferentemente de *Jack the Ripper* -, resolvera deixar de lado os seres humanos e só construir reproduções do espaço que as réplicas habitam.

Falava cada vez mais rápido, em voz baixa, e eu só conseguia captar o murmúrio das palavras, que ecoavam como quietas alucinações.

— A ideia de uma coisa que se torna outra que é ela mesma e que se substitui em seu duplo nos atrai, por isso produzimos imagens. Mas enquanto o desdobramento representativo remete ao desenvolvimento de uma relação articulada sobre um relevo, a substituição sinóptica, o que eu chamo substituição sinóptica, significa a supressão do relevo imediato. A réplica é o objeto transformado na ideia pura do objeto ausente.

Depois disse que seu verdadeiro nome era um segredo sobre o qual a cidade se sustentava. Esse era o centro íntimo da construção.

— O cruzeiro do sul... - acrescentou, com um sorriso.

Seguiu-se um silêncio. Pela janela chegou até nós o grito remoto de um pássaro.

Russell pareceu despertar e se lembrou da moeda grega que eu tinha levado e a segurou de novo na palma da mão aberta.

— Foi o senhor que fez? - Olhou-me com um gesto de cumplicidade. — Se for falsa, é perfeita - disse, e se pôs a estudar com lupa as linhas sutis e as nervuras do metal. — Não é falsa, olhe. - Viam-se leves sinais feitos com uma faca ou uma pedra. Uma mulher talvez, pelo perfil do traço. — E olhe aqui - disse -, alguém mordeu a moeda para verificar se era legítima. Um lavrador, talvez, ou um escravo.

Depositou a moeda sobre uma placa de vidro e a observou sob a luz crua de uma lâmpada azul, depois instalou uma câmera antiga sobre um tripé e começou a fotografá-la. Mudou várias vezes a lente e o tempo de exposição para reproduzir com mais nitidez as imagens gravadas na moeda.

Enquanto trabalhava se esqueceu de mim.

Andei pela sala observando os desenhos e as máquinas e as galerias que ladeavam o edifício, até que avistei ao fundo a escada que levava ao sótão. Era em caracol e era de ferro e subia até se perder no alto. Subi tenteando na penumbra, sem olhar para baixo. Segurei no corrimão escuro e senti que os degraus eram irregulares e incertos.

Quando cheguei no alto, a luz me ofuscou. O sótão era circular e o telhado era de vidro. Uma claridade nítida inundava o lugar.

Vi uma porta e um catre, vi um Cristo na parede do fundo, e no centro, distante e próxima, vi a cidade, e o que vi era mais real que a realidade, mais indefinido e mais puro.

A construção estava lá, parecia fora do tempo. Tinha um centro, mas não tinha fim. Em áreas dos subúrbios, quase nas bordas, começavam as ruínas. Nos confins do extremo oposto, fluía o rio que levava ao delta. Numa de suas ilhas, uma tarde, alguém imaginara uma ilhota infestada de lamaçais onde as marés acionavam em intervalos regulares o mecanismo da recordação. A leste, perto das avenidas centrais, erguia-se o hospital com paredes de azulejos brancos onde uma mulher iria morrer. A oeste, perto do parque Rivadavia, estendia-se, calmo, o bairro de Flores, com seus jardins e suas paredes envidraçadas e ao fundo de uma rua de paralelepípedos desiguais, nítida na quietude do subúrbio, via-se a casa da rua Bacacay e no alto, quase invisível na extrema visibilidade do mundo, a luz vermelha do laboratório do fotógrafo tremulando na noite.

Fiquei lá durante um tempo que não consigo recordar. Observei, como alucinado ou adormecido, o movimento imperceptível que pulsava na diminuta cidade. Por fim, olhei para ela pela última vez. Era uma imagem remota e única que reproduzia a forma de uma obsessão. Lembro que desci tenteando pela escada de caracol até a escuridão da sala.

Russell me viu entrar, da mesa em que manipulava seus instrumentos, como se não me esperasse, e depois de uma leve hesitação veio até mim e apoiou uma mão no meu ombro.

— Viu? - perguntou.

Assenti, sem falar.

— Tome - disse, devolvendo-me a moeda grega.

E foi só.

— Agora, então - ele disse -, pode ir e contar o que viu.

Na penumbra do entardecer, Russell me acompanhou até o vestíbulo que dava para a rua.

Quando abriu a porta, uma brisa suave de primavera entrou vinda das sebes quietas e dos jasmins das casas vizinhas.

Caminhei pelas calçadas arborizadas até chegar à avenida Rivadavia e depois entrei no metrô e viajei atordoado pelo rumor surdo do trem, olhando a imagem indecisa do meu rosto refletida no vidro da janela. Aos poucos, a microscópica cidade circular se perfilou na penumbra do túnel com a fixidez e a intensidade de uma lembrança inesquecível.

Então entendi aquilo que eu já sabia: o que podemos imaginar sempre existe, em outra escala, em outro tempo, nítido e distante, como num sonho.

Russell sempre recusou que sua obra fosse divulgada, e essa decisão converteu seu trabalho na mania de um inventor extravagante. E havia mesmo um pouco disso nele. Mas eu sei (e outros sabem) que esse trabalho maníaco, realizado ao longo de décadas, é um exemplo da revolução que sustenta a arte desde sua origem.

Russell faz parte daquela linhagem de inventores obstinados, sonhadores de mundos impossíveis, filósofos secretos e conspiradores que se mantêm à parte do dinheiro e da linguagem comum e que acabaram inventando sua própria economia e sua própria realidade. "Em geral (escreveu Óssip Mandelstam), quando um homem tem algo a dizer, vai até as pessoas, procura quem o entenda. Mas com o artista ocorre o contrário. Ele escapa, esconde-se, foge até a beira do mar, nos limites da terra, ou procura o vasto rumor dos espaços vazios onde só a terra calcinada do deserto lhe dá guarida. Por acaso seu andar não é evidentemente anormal? Sobre o artista sempre paira a suspeita da demência."

Até o fim Russell manteve vivo esse espírito de inventor de bairro e de amador: passava os dias em seu laboratório no bairro de Flores fazendo experimentos com o rumor surdo da cidade. Sua obra parecia a mensagem de um viajante recém-chegado a uma cidade perdida: o fato de que essa cidade seja a cidade onde todos nós vivemos e que essa sensação de estranhamento tenha sido conseguida com a maior simplicidade é outra prova da originalidade e do lirismo que caracterizaram seu trabalho.

O projeto foi visitado na oficina do artista durante vinte anos, individualmente, por 87 pessoas, a maioria mulheres. Algumas gravaram depoimentos da sua visão e já faz algum tempo que esses relatos e descrições podem ser consultados no livro *La ciudad próxima*, editado por Margo Ligetti em março de 1965, com uma série de doze fotografias originais do artista.

Muitas obras argentinas são homenagens secretas a essa cidade enigmática e reproduzem seu espírito sem nunca nomeá-la, em respeito ao desejo de anonimato e simplicidade do homem que dedicou a vida a essa infinita construção impossível.

A arte vive da memória e do futuro. Mas também do esquecimento e da destruição.

A cidade - como se sabe - pegou fogo em fevereiro deste ano e ganhou notoriedade imediata, porque só os escândalos e as catástrofes interessam aos donos da informação.

O fotógrafo morrera dois anos antes, no ostracismo e na pobreza.

Da cidade sobrevivem agora apenas seus restos calcinados, o esqueleto de alguns edifícios e várias casas dos bairros do sul que resistiram em meio à destruição. A cineasta Luisa Marker filmou as ruínas e os últimos incêndios, e as imagens que vemos fazem pensar num documentário que registra e percorre uma cidade que arde em meio a um eclipse nuclear.

Na penumbra avermelhada, perdura a construção em ruínas, espectral, alagada e semiafundada no barro. Certos indícios de vida começam a se insinuar entre os restos calcinados (casas em que as luzes ainda brilham, sombras vivas entre os escombros, música de *jukeboxes* nos bares e a sirene de uma fábrica abandonada que soa ao amanhecer). Parecem as imagens nervosas de um noticiário sobre Buenos Aires num futuro remoto, e o que vemos é o lampejo da catástrofe que todos nós esperamos e que certamente se avizinha.

Faz alguns dias revi essas imagens e descobri algo que não tinha notado. Vi a praça de Mayo. E na praça de Mayo vi o cimento rachado e aberto, e num canto – junto a um banco de madeira – vi a moeda grega, o dracma grego: um ponto, pude ver, calcinado e quase fincado na terra, enegrecido, nítido.

Às vezes, nas noites de insônia, eu me levanto e observo pela janela as luzes intermináveis da cidade que se perdem no rio. Então abro a gaveta da minha escrivaninha e levanto a moeda grega que a Lucía me deu, e seu peso leve é como o leve peso da lembrança.

Acho que qualquer dia desses, uma tarde talvez, vou me decidir e descer à cidade ruidosa e febril e caminhar pelas ruas fervilhantes e, depois de margear a avenida, cruzar a praça de Mayo e deixá-la no mesmo ponto onde Russell a deixou na sua réplica, a salvo e meio escondida, num canto, junto à trilha de cimento, dissimulada à sombra do banco de madeira. Tenho que procurá-la, penso às vezes. Mas passam as noites e não me decido. Logo mais, penso. Quando o outono chegar e começarem as primeiras chuvas.

18.
Diário 1967

Segunda-feira 2 de janeiro

A melhor coisa desses dias foi uma carta que recebi de Julio Cortázar: no tom falado de *O jogo da amarelinha*, ele comenta os contos que tinha me mandado e transmite a nítida imagem de uma vida cotidiana sem sobressaltos incômodos, uma vida construída em função de seu trabalho.

Estou lendo fragmentos da *Poesía vertical* de Juarroz, bem cingidos, como se diz dos toureiros que lidam pegados ao touro. (Definição que vale também para certas prosas que admiro.)

Vasculhei armários e gavetas até encontrar as folhas que estava procurando – enormes e cobertas de linhas –, para começar a escrever à mão – desta vez vou escrever o romance à mão.

Quero voltar às noites que são como aqueles quartos que ficam fechados por muito tempo; ou melhor, como aqueles recantos frescos e escuros que a gente descobre quando é criança e adota como esconderijo. Avançar na noite que me ajuda a escapar e me instala num território pessoal em que posso trabalhar sem interrupções.

Hoje comecei as notas preliminares para o romance dos bandidos que fogem para Montevidéu.

Também me subjuga a presença de um narrador que observa os acontecimentos, implicado à distância (como em Henry James, em Conrad e Fitzgerald): gostaria que ele fosse o autor destes cadernos; com um estilo claro e eficaz, resenha os fatos da minha vida, de fora, e poderá existir por meio das referências ambíguas dos meus conhecidos que também falarão dele (quando se referirem a mim).

Agora há pouco, a estranha recordação de uma viagem de ônibus (talvez vindo de Adrogué), desconfortável, com as pernas apertadas contra o peito por culpa de uma roda que invadia o banco, mas feliz por aliviar o cansaço de uma caminhada que eu acabara de fazer por uma estrada de terra, no início da noite, embaixo dos eucaliptos, depois de estar com a Elena num hotel dos arredores.

Também uma tarde com a Inés em La Plata, os dois sentados ao pé da Catedral, a tarde caía e a noite parecia vir de muito longe sem que ninguém pudesse suspeitar, porque a luz do sol ainda iluminava a praça e as flores.

Portanto, sempre recordo as situações e me vejo nelas, mas não posso reconstruir o conteúdo dessas recordações, ou melhor, dessas experiências que muitas vezes antecedem a recordação e outras vezes são sua consequência.

O que persiste na memória é a emoção, um sentimento que dá forma à imagem e lhe assegura a intensidade: por isso perduram aí os livros que li e as mulheres que amei, figuras – ou temas – que resistem ao esquecimento. Como alguém que dissesse: sonho apenas com pássaros e trens que atravessam a noite.

E agora a Julia rola na cama, iluminada pela luz deste abajur, e posso imaginar que ela sonha que está doente, como esteve alguns dias atrás. A persistência dos fatos se transforma em imagens que nunca envelhecem.

Há um risco mas também uma graça na dispersão que me leva das notas fragmentárias do romance à busca de um tom neste caderno. Procuro uma prosa de meia distância que me permita sair das formas breves.

Quarta-feira 4

Ontem trabalhei até as três da manhã tomando nota de algumas situações. Alguém delata o golpe ao banco de San Fernando. Faz um acordo pelo qual, em troca da informação, receberá uma parte do dinheiro roubado. Essa situação não será contada diretamente, só aparecem seus efeitos.

Quinta-feira 5

O admirável Thomas De Quincey, no final de sua homenagem aos crimes de J. Williams, usa a multiplicidade de pontos de vista e textos ambíguos e possíveis que vão se reconstruindo em rajadas; uma técnica que tem um pouco da crônica jornalística e um pouco da técnica do gênero policial, que lembra o "moderníssimo" *A sangue frio*, de Truman Capote, quer dizer, os procedimentos atuais do novo jornalismo e do romance de *non fiction*. Revisa entrevistas, notas, reportagens e notícias e reconstrói um crime "real". É notável a semelhança no tom e na técnica com que os dois vão se aproximando progressivamente do fato narrado, com rodeios parecidos. Enquanto Capote se disfarça de romancista para legitimar o trabalho jornalístico, De Quincey se disfarça de jornalista para legitimar seu trabalho de romancista. E é isso, exatamente, o que imagino que quero fazer num romance.

O que vai de De Quincey a Capote é o que vai do meu romance às gravações verdadeiras de *Os filhos de Sánchez*, de Oscar Lewis. Contraposto à *non fiction*, contraposto ao romance-reportagem, o que imagino seria um romance "disfarçado" de ficção verdadeira.

É uma técnica que vem de longe, descende de ilustres antepassados, a origem do romance inglês é o falso documento autobiográfico de um náufrago que sobrevive numa ilha deserta e conta sua epopeia, como Defoe imagina em *Robinson Crusoé* (e aí inventa a história, mas também o procedimento de narrá-la como se fosse um documento real). O mesmo acontece no melhor Borges, o de "Tlön, Uqbar, Orbis Tertius". O curioso desse aparente verismo é que ele justifica, com os fatos "verdadeiros", uma narração imaginária. São escritores decididamente antirrealistas (De Quincey, Capote e também Borges), que usam essa técnica para contrabandear histórias extremas. Procuro um *tour de force*, tornar verdadeiro um mundo real e me apoiar em fatos que aconteceram para construir um romance no qual tudo é imaginário, exceto os lugares, alguns eventos e o nome dos protagonistas.

Voltar ao romance de ação passando por algumas tendências antirromânticas que transformam a história num tema de pesquisa e investigações jornalísticas. O êxito maior seria, como no caso do Pierre Menard de Borges, que os primeiros críticos resenhassem o romance como um livro de não ficção.

Trata-se, enfim, de fazer da técnica narrativa um universo verdadeiro, tão verdadeiro quanto os fatos narrados.

No romance que imagino, a dificuldade maior é transmitir a interioridade, ou melhor, a consciência com que os personagens vivem os fatos. O maior desafio será reconstruir e imaginar o mundo pessoal de personagens completamente diferentes do romancista e dos leitores. Tentar escrever um romance que vá muito além da experiência habitual de quem o lê e de quem o escreve.

Penso num possível título para esse romance imaginado: *Campo de batalha*, e uma epígrafe de William Faulkner que traduzo agora: "O campo de batalha está em toda parte para revelar ao homem sua própria loucura, e seu desespero, e sua violência".

Depois de ter publicado "Desagravo", em 1963, encontro esta citação em Thomas De Quincey: "Conceber a ideia de um assassinato secreto por um motivo secreto, incluído num pequeno parêntese na vasta cena de matança numa batalha geral, assemelha-se ao sutil artifício de Hamlet de uma tragédia dentro de uma tragédia". (Tradução minha.)

Mais um pouco do mesmo. A realidade só pode ser representada num romance por meio de artifícios muito complexos. Por isso a técnica narrativa é um elemento central da elaboração do argumento. É necessário inventar as testemunhas, dar voz aos protagonistas, são necessários os relatos, as notícias isoladas para conseguir que a ficção sobreviva ao manto medíocre do culto jornalístico aos acontecimentos verdadeiros e aos fatos reais. O romance luta hoje contra a onda de falsa realidade produzida pelos *mass media*. Tudo parece real e a ficção está cada vez mais desvalorizada pelo senso comum geral. As mentiras crescem no mundo, mas os leitores são cada vez mais incrédulos e pedem histórias que sejam iguais à vida (como se não lhes bastasse a pobre realidade e a vida em que existem).

É isso que me interessa, narrar a história como se eu não pudesse inventá-la, como se a história já estivesse lá, já tivesse acontecido na realidade e eu devesse encontrar os protagonistas e as testemunhas presenciais para conhecê-la. Em suma, tenho que agir como um historiador. O que me interessa é que essa perspectiva define para mim o procedimento no qual se fundará a crença do leitor.

Sábado 7 de janeiro

Eu me deixo levar pelo esquecimento e pela saudade (que é uma memória falsa) toda vez que caminho por Buenos Aires. Esqueço os fatos mas recordo com excessiva nitidez os sentimentos que reencontro e recupero nos lugares que me evocam "histórias pessoais". Por exemplo, hoje as calçadas largas, os bulevares arborizados da Cerrito, com as mesas na rua, eu sentado ao ar livre e tomando cerveja. A mesma coisa nas caminhadas noturnas e nos jantares de madrugada com homens e mulheres que vivem com o tempo trocado, e que se empenham em que a noite nunca termine e peregrinam pelos bares tentando adiar a chegada da manhã; a descida da Corrientes em direção ao rio, as luzes que cercam a praça San Martín e o som distante dos sinos da Torre dos Ingleses; ou as livrarias abertas até o amanhecer (as livrarias que eu imagino abertas até o amanhecer).

O Jorge Álvarez parece empolgado com os contos. Na semana que vem será instaurado um "tribunal" presidido pelo Walsh para julgá-los. Gosto dessa metáfora porque veladamente alude à periculosidade literária que eu gostaria que meus escritos tivessem.

Terça-feira 10

De repente, como uma música, como o tique-taque de uma bomba-relógio, começo a ouvir rondando a primeira frase do romance. "Era um jeito como outro qualquer de matar o tempo, sair da cela, atravessar o corredor e entrar na fila do refeitório, todos olhando para a frente com o prato de lata na mão."

O argumento central do romance é a reclusão do bando, os três dias que eles passam fechados no apartamento em Montevidéu. De repente chega a polícia e começa o cerco e a batalha que dura a noite inteira.

Quinta-feira 12

Tenho somente seiscentos pesos que precisam durar até quem sabe quando, mas só me interessa o dia de hoje. Coloquei um quilo de pêssegos na geladeira e espero trabalhar até a noite. Hoje vou escrever o começo do romance e o capítulo do gravador.

La Razón (12.1.1967) AFP. Havana. “Escritores de vários países latino-americanos divulgaram um comunicado defendendo a urgente transformação da literatura na América Latina e apelando à luta armada. Pela Argentina assinaram Julio Cortázar e David Viñas; pelo Peru, Mario Vargas Llosa.” Não fica claro se a literatura será urgentemente transformada pela luta armada ou se a literatura narrará a luta armada. Também não se entende bem em que direção a literatura deverá ser urgentemente transformada.

Sábado

A exaltação crispada do Donatelli, o estudante de veterinária que vive num dos quartos da casa, que a namorada abandonou por um “pé-rapado, um fracassado de trinta anos, um boêmio que só sabe tocar bandoneon”. Está nervoso, não consegue dormir e pensa que “a loucura é contagiosa” e que sua namorada está doente. “Está louca”, diz. “Você me aborrece, ela falou bem assim, entende?” Louca como aquela moça, também de Lobos, que saía com outro estudante de veterinária e também o abandonou, e dali a pouco já estava dançando solta no Club Social, um sábado à noite, descalça e com um forasteiro.

Ou o policial que fora abandonado pela mulher e que aos sábados dava plantão justo no baile do Club Social aonde ela ia com outros homens. Ele a olhava dançar e sair com outros, imutável, sem dizer nada, até que uma noite estourou a própria cabeça com um tiro.

Ou o palhaço que animava as festinhas de criança do lugar, que um homem ameaçou com um revólver, exigindo que o divertisse, e como depois de várias tentativas, cada vez mais desesperadas e inúteis, ele fracassou, o sujeito lhe acertou um tiro no joelho esquerdo. “Agora, manco, tu vai ter graça.”

Também seu irmão, dono da uisqueria do lugar, que ria dele e achava ridículo passar a juventude estudando, e lhe dizia “eu, meu caro, começo a trabalhar às seis horas da tarde e olha aqui”, e lhe mostrava o rolo de dinheiro sobre a mesa. “Mas o que você faz pela nossa gente?”, lhe perguntou. “Eu os embebedo, meu caro, embebedo. Sou tão importante quanto o hospital.”

E enquanto ele continuava falando e contando casos de Lobos, eu me recostava na parede, espiava com o rabo do olho minha cara no espelho do guarda-roupa e tentava fazê-los parecer interessada. E o deixava falar porque precisava dos quinhentos pesos que tinha lhe pedido emprestado.

Domingo 15

O perigo na literatura de Norman Mailer (*The Naked and the Dead*) ou no romance de Sartre, e que chega às raias do insuportável em David Viñas, é a insistência no sentido das ações narradas. A motivação é sempre muito explicada e as razões ou a inteligência não se aplicam à sugestão, à elipse e ao não dizer, mas se tornam visíveis na explicação do que se narra no livro. Caberia analisar o modo como Vargas Llosa estraga seus romances com o excesso de "inteligência" nos truques da estrutura (por exemplo, esconder a identidade do Jaguar em *A cidade e os cachorros*).

Segunda-feira 16

As mortificações para mim são sempre bruscas, terminei o domingo com oito pesos e hoje sou obrigado a ir a pé até o correio. Meu avô me mandou um vale postal de 18.885 pesos. Telefono para lhe perguntar qual o motivo desse valor, e ele me diz com sua voz azeda e divertida: "Fiz um cálculo das horas e dos minutos que você trabalhou comigo arrumando meu arquivo". Quer saber quando vou voltar lá, talvez neste sábado. Decidiu organizar os documentos e as cartas em cômodos separados. Com isso a casa ficou parecendo um museu. Na porta pendurou uns cartazes escritos à mão. *Isonzo*, *Fosalta*, locais onde esteve lutando na guerra. Numa sala maior, ao fundo, pôs *Último correio*; ali estão as cartas dos soldados mortos. Em outro lugar reuniu os mapas, e na biblioteca deixou somente os livros dedicados à guerra. Imagina que ele é a única pessoa que pode contar a verdade. "A minha verdade", diz. Às vezes quer escrever um livro, às vezes só uma carta aberta ao papa no Vaticano.

Tomei umas cervejas na calçada sob o toldo com o gordo Ferrero, que convoquei para me manter em contato com a poesia espanhola da geração de 27. Jorge Guillén, Pedro Salinas e Luis Cernuda. Ferrero sabe os poemas de cor e os recita quando pedido. Hoje fez uma pequena trapaça, recitou um soneto muito bom, eu hesitei, não lembrava qual desses poetas tinha escrito o poema. Acabou revelando que o poema era dele. Chamava-se, ou melhor, chama-se "La luz del día". Ele escreve *em* uma tradição, seus poemas são e não são iguais aos poemas dos poetas que ele admira, mas sem dúvida são melhores do que os que poderia escrever por conta própria, sem referências.

Terça-feira 17

O romance. O pistoleiro e a mocinha, uma história de amor. Só que lá atrás, em segredo, ela se deitava com outros, incentivada por ele. No final ela morre com um tiro nas costas. Quase por acaso, uma bala ricocheteia e a mata no banheiro. O amor, portanto, romântico e ao mesmo tempo, é claro, como sempre muito perverso, entre o Inglês e Moira, a morte dela no final, quando quase se odeiam e só resta o remorso.

Chove sem parar, eu sofro as consequências do álcool de ontem à noite. Vejo uma bolinha de cristal azul que parece flutuar precariamente no gargalo de uma garrafa. Vista nublada. Quando fecho os olhos e torno a abri-los, a bolinha escorrega para um lado e se espatifa no chão, quebrando a harmonia da imagem.

Uma história. No meio da tarde, tinha visto a edição da Pléiade dos romances de Flaubert. Decidi não comprá-la, achei que era muito cara, embora tivesse aquele dinheiro; continuei fazendo as coisas pendentes. Parei um pouco no Tortoni e aí senti que precisava daquele livro de qualquer maneira. Voltei à Hachette, mas já tinha sido vendido... Incrível. Vou passar minha vida pensando naquele livro que eu não quis comprar, ele vai durar na lembrança mais do que todos os livros da minha biblioteca.

Quinta-feira

Estou em La Plata há algumas semanas por causa da Julia. Mas hoje o Lalo Panceira veio me ver, e voltei a sentir a alegria de morar em Buenos Aires. Ficarei sossegado aqui até o fim do verão e depois volto para a cidade.

Quinta-feira 26

A turma ou gangue de jovens que se diverte com o surdo-mudo do lugar, no bar da estação. Ficam ameaçando o sujeito com um revólver para fazê-lo reagir, "para ver como reage", e no fim o matam. "Deixam escapar um tiro."

O casal que está separado há muito tempo e aluga um quarto num hotel da cidade e fica ali fechado por uma semana. Contado pela irmã dela.

Terça-feira 31 de janeiro

Releio velhos cadernos em que a Inés aparece de vez em quando até sumir e não reaparecer mais.

Gastei vinte mil pesos em quinze dias (sem ir às corridas).

Quarta-feira 1º de fevereiro

Ponho na balança certas virtudes e meus inconvenientes (40 e 60%, digamos) e me convenço de que posso escrever o que eu quero e como quero...

Dostoiévski sustenta que nossa noção de realidade é a responsável por acharmos os fatos "excepcionais" ou inacreditáveis (nos seus romances).

O conhecimento em literatura é considerado uma perda da inocência. Para o narrador significa um paradoxo, algo se perde quando se sabe que não vale a pena narrar "como quem canta". Essa convicção deve estar na prosa. O temor desse conhecimento pode nos fazer fugir da "aventura" e desviar o caminho para não toparmos com o dragão.

Quinta-feira 2

Ontem uma reunião muito divertida na casa do Edgardo Frontini. Tensões entre a Rubi e a Julia, que o Antonio Mónaco e eu acompanhamos como quem vê uma cena conhecida num filme a que assiste pela primeira vez.

"Você há de pintar o vinho, o amor, as mulheres, a guerra, com a condição, meu caro amigo, de que não seja um bêbado, um Don Juan ou um soldado das trincheiras, um marido. Se estiver mergulhado na vida, não poderá vê-la com clareza, sofrendo-a ou gozando-a em demasia, em prejuízo de sua arte", G. Flaubert, *Correspondência*.

A ironia é um procedimento vedado à esquerda. Demasiada solenidade, demasiada gravidade nos objetivos. Todos levam demasiado a sério aquilo que dizem. Só quem não tem nada a perder pode rir de si mesmo.

Sexta-feira 3

O romance como indagação da realidade. Distanciado tanto do enredo tradicional como do romance sem argumento, uma vez que a história já está no real e é necessário poder reconstruí-la e narrá-la, como se não fosse inventada. Não se copia a realidade, o que se copia – se transcreve – é uma história fictícia, contando-a como se fosse verdadeira, ou melhor, fazendo com que ela passe por real.

Sábado

Hoje, estranha experiência. Velório da filha de um colega de laboratória da Julia. Depois, caminhada pelo cemitério sob o sol. A dor à luz do dia.

Duas ideias repentinas sobre a morte. Uma ideia grosseira, a felicidade de estar vivo. Uma ideia metafísica, não se vive na morte, a angústia é para os sobreviventes.

Ser imortal seria não ter laços afetivos, morrer sem ninguém que experimente a dor dessa morte. Morrer seria então um salto no vazio.

O tom da prosa destes cadernos resulta da inversão do ato de escrever conscientemente. Não há preparação, de súbito você se senta e escreve umas palavras sobre algo que aconteceu ou que você lembra, ou sobre algo que pensou, tudo acontece no meio da vida e da ação, escrever um diário é estabelecer uma pausa, uma temporalidade própria, definida pelos registros cronológicos. Escrever o dia é o único signo formal que identifica um diário. Tudo o que se escreve aí é verdade, é outro pacto, e no entanto muitas vezes você escreve o que acha que aconteceu, e a realidade pode desmenti-lo. É preciso vencer a inércia, sentar-se à mesa e escrever. Isso é tudo, um movimento puro do corpo, uma intenção sem objetivo claro nem forma prévia.

Segunda-feira

Carnaval. Há um corso na Diagonal e posso vê-lo da janela. Antigamente esses dias de liberdade garantida me empolgavam, ia aos bailes, fantasiado, para que ninguém soubesse quem eu era e pudesse então me imaginar com outras atitudes e outras palavras. Mas isso é passado, e agora me debruço na sacada, escuto o barulho, vejo passar cordões patéticos e analiso com a certeza de ser outro enquanto escrevo.

Terça-feira

Ontem à noite, na calçada do Teutonia, as confissões do Ricardo W. me lembraram aquela festa na casa das irmãs Villarreal, os lamentos pelo "fim da esquerda"; a vida já não tem sentido, diziam, que é que se há de fazer?, nunca saberemos se é lucidez ou farsa. Em todo caso, sempre impressiona o relato do desespero (seja ele qual for).

E quando descíamos pela Corrientes e atravessávamos o Mercado de Abasto para os lados do Once, toda noite, e depois pela Medrano, ela caminhava na frente e eu a desejava.

Um dos motivos mais repetidos por Beckett é o do fim das possibilidades de expressão: o fim da linguagem é o fim do mundo conhecido, como se os personagens - Molloy, Malone - tivessem chegado ao limite e daí olhassem o deserto inóspito e silencioso.

Sábado 11

Na quarta-feira, encontro engraçado no Edelweiss com o Jorge Álvarez, que diz que meu livro é "o melhor livro de contos dos últimos anos, o melhor que vou editar". Quer imprimir oito mil exemplares, mas também quer que eu feche um contrato de cinco anos de exclusividade sobre o que eu escrever depois deste livro. Conversamos sobre possibilidades de trabalho: publicar um conto na revista *Adán* de maio, um artigo sobre Malcolm Lowry para a *Marcha*, um volume coletivo de ensaios sobre Hemingway e o compromisso de escrever os textos de apresentação de uma antologia de contos dos Estados Unidos.

Segunda-feira 13 de fevereiro

Às oito da manhã fui acordado pela campainha. Um carteiro com um telegrama da Casa de las Américas. "SEU LIVRO PRIMEIRA MENCAO PREMIO CASA. PUBLICAREMOS NOS PROXIMOS MESES. PARABENS."

Sem dúvida, e eu sei disso melhor que ninguém, essas alegrias são sempre incômodas, demasiado "sociais" e no fundo não contam. Em todo caso, era o que eu queria, o que eu mesmo procurava, um acesso, uma ponte para a "literatura" entendida como um território remoto da escrita. Digamos que sou duas pessoas, aquele que escreve e aquele que quer ser publicado. Para o segundo de nós, surgem agora algumas chancelas: um prêmio (que não é um prêmio, e sim uma menção) e a promessa de uma dupla edição: o livro sairá este ano em Havana e em Buenos Aires. Essa confirmação (o telegrama que chega às oito da manhã anunciando que fui "mencionado" no mundo da literatura) era algo que eu esperava antes mesmo de escrever o livro. Talvez porque eu já desse isso como certo, agora não entendo se tem outro sentido além dessa vaga sensação de irrealidade. Para mim as coisas sempre se deram com excessiva "facilidade", parece que há mesmo uma estrela que me protege, ou talvez seja a supersticiosa convicção de que sempre estarei a salvo.

Mas as coisas não são tão mágicas como quero desejar. Olhando o livro com cuidado, reconheço os motivos: um livro concreto, com uma poética lacônica e nada fácil nem complacente.

Em Buenos Aires, longo *travelling* pela zona conhecida e vários primeiros planos: a livraria, a praça Lavalle, os amigos. Encontro com o Ismael Viñas e também com o Álvarez, que festeja a notícia. O Tata Cedrón fica contente, mas insinua que foi uma injustiça não premiarem também o livro do Miguel Briante. Eu concordo. Os concursos, digo, são uma loteria com poucos números; a sorte conta mais do que a qualidade da prosa.

Depois no Politeama um encontro com a trupe do Castillo, incluindo o Battista, que também recebeu uma menção. Brincamos de ser famosos e maldosos. Eles pensavam que, quando deixei a revista que eles publicam, a literatura tivesse acabado para mim...

Terça-feira 14

Estou escrevendo as minibiografias de "todos" os escritores norte-americanos. É quase um livro de apresentações ou retratos que vão de Sherwood Anderson a James Purdy.

A Piri está organizando uma antologia de contos selecionados por escritores, entre eles Borges e Walsh. Quais eu escolheria? Dois contos gêmeos: "A morte de Ivan Ilitch" e "As neves do Kilimanjaro". "O Sul" também faz parte dessa série. O que faz um homem que está para morrer? Como vemos a vida de alguém quando sabemos que já está para morrer?

Quinta-feira

Ontem, longos passeios com o Lucho Carneiro, que descobriu os vinhos da vinícola Sergi e ainda encontra algumas garrafas nas mercearias do subúrbio. Tudo faz parte das celebrações dos meus amigos pelo livro de contos.

Domingo

Na sexta-feira, notável travessia por Buenos Aires, primeiro sozinho porque falhou um encontro com a Inés, que tinha me mandado um telegrama me cumprimentando pelo prêmio. No final, novo encontro com a turma do Castillo no Tortoni, como nos velhos tempos de minha juventude. Depois fomos ao El Hormiguero assistir à Mercedes Sosa, uma jovem cantora de folclore, com uma voz linda. Acabamos tomando o café da manhã em La Cultural enquanto amanhecia. As mesmas conversas circulares (triangulares?) de três anos atrás...

A lista de escritores influenciados por William Faulkner é tremenda: Onetti, García Márquez, Rulfo, Sabato, Dalmiro Sáenz, Saer, Rozenmacher, Miguel Briante. Mantenho distância dessa onda, procuro uma prosa lacônica e elíptica. Nisso, pelo menos, sou único nestes tempos tão retóricos.

Terça-feira 21

Estou trabalhando em divertidos e eruditos esboços biográficos de escritores norte-americanos do século XX, quase um panorama da narrativa atual. Comecei com Truman Capote. Numa visita rápida ao Jorge Álvarez recebi quinze mil pesos por esses textos. Propus traduzir *In Our Time*, o livro de Hemingway que não se encontra em castelhano.

The Sun Also Rises é de longe o melhor romance de Hemingway, mas não alcança o esplendor de "Macomber", de "Kilimanjaro". Assim como seu romance sobre o pescador cubano é uma pálida versão de "After the Storm".

Quinta-feira 23

Descubro que tenho um talento natural, digamos assim, para escrever retratos de escritores que admiro. Há nesse gênero um pouco daquilo que procuro nos ensaios (são narrativos), mas estão ameaçados pela rapidez e têm ecos da prosa de Borges. Escrevi sobre Truman Capote, Hemingway e Scott Fitzgerald.

Sexta-feira 24

As dedicatórias assinadas seguem uma técnica infalível: dedicar o livro como se você agradecesse os méritos do *outro* (quer dizer, daquele a cujo nome entregamos o livro por escrito).

Oh, os sopros de felicidade são breves, intensos, têm algo de luminoso e lúcido. Não duram nada, quando tento retê-los é porque já se foram. Mas fica a lembrança, por exemplo, agora há pouco na poltrona com a Julia. Depois aspiramos a essa felicidade instantânea, e sua iminência – ou sua promessa – nos mantém vivos.

O narrador deve expressar o que todos os homens alguma vez sentiram ou vão sentir. Quer dizer, deve ser capaz de transmitir as emoções que alguma vez experimentamos ou imaginamos que eram nossas.

Segunda-feira 27

Gastei os 35 pesos que me restavam em meio quilo de uvas e voltei para casa a pé. Pus os cachos numa tigela com gelo e fui comendo no pátio, com uma cadência indefinível, cada uva já anunciava a próxima, como se o cacho encerrasse um ritmo – ou uma forma – invisível que as ordenava.

Escrevo ou tento escrever sobre James Baldwin, enquanto a Julia foi à casa de penhores para trocar por dinheiro toda a música de Brahms, os discos da Deutsche Grammophon, porque precisamos de dinheiro para chegar até sexta-feira.

A fome é uma sensação voraz que nos deixa monotemáticos, é impossível trabalhar ou tentar pensar em outra coisa. Terminadas as uvas, agora espero pela Julia, que ainda não voltou e já são quatro da tarde.

Quinta-feira 2 de março

Trabalho horas a fio sem parar, a literatura norte-americana tem escritores *demais*. Já escrevi sobre cinco autores e ainda tenho sete ou oito na fila.

A imaginação também tem seu lado tenebroso, costumo imaginar calamidades com a mesma facilidade austera com que imagino argumentos ou biografias escritas por encomenda.

Sábado 4

Ontem encontro o Tata Cedrón e seus irmãos em La Boca. Lamentos que compartilho pela injustiça sofrida pelo Miguel Briante, que foi rejeitado no concurso da Casa de las Américas e pelo editor Jorge Álvarez, que não quis publicar seu livro (mancha que jamais se apagará). Ninguém poderá usar um amigo cuja prosa aprecio para me afrontar ou insinuar injustiças literárias que reconheço, mas com as quais não tenho nenhuma relação.

Antes, caminhada com um fotógrafo da *Primera Plana* que me incomoda profundamente, colocando-me contra paredes de textura antiga para tirar fotos que não quero ver nem lembrar. No meio dessa exposição, perco minha caneta. Comprarei uma mais cara e, se a perder, comprarei outra mais cara ainda, e assim seguirei gastando dinheiro em objetos que para mim são o único fetiche real. Depois me encontro com o Álvarez e fazemos os últimos acertos e retoques nas *Crónicas de Norteamérica.*

Terça-feira 7

Consegui pagar a dívida de dezesseis mil pesos que vinha arrastando há dias. Recebi no total, pelas apresentações e os prefácios, 26 mil pesos, em vez dos dezessete mil que tinha calculado.

Escrevo sobre Sherwood Anderson e depois sobre Faulkner, que é o melhor de todos.

Quinta-feira 9

Escrevo estas linhas com outra caneta Parker, presente malvado e auspicioso da Julia. "Vê se não perde", disse, "porque senão você vai me perder também."

Ontem à noite, longa conversa com o Dipi Di Paola, sempre espirituoso, conta muito bem histórias que viveu ou imaginou. Uma tarde, eufórico, saiu para comprar tinta nas lojas de ferragens de Tandil, tudo fiado, porque queria pintar de azul a fachada de todas as casas de seu quarteirão. "Não estava louco, só estava contente." O pai dele ia atrás, tentando cancelar as vendas e recuperar as latas de tinta azul, que era obrigado a pagar depois de usá-las. O Dipi, o Briante e o Saer são meus amigos mais próximos, em cuja literatura acredito tanto quanto na minha.

Agora estou num bar, muito alto, no prédio onde funciona a redação da *Primera Plana*. Fica no 13º andar, abaixo se vê a cidade e mais abaixo o rio. Venho aqui com minha segunda personalidade, com o sujeito que publica e faz trâmites que o outro que escreve abomina. Todos os meus contemporâneos acham que sair nessa revista escrita com prosa altissonante e borgiana é a glória. Rio dessa pretensão, a aparição semanal obriga o Cousté e toda sua corja de medíocres da seção de cultura a descobrir ou inventar semanalmente um novo gênio, cuja vida literária durará uma semana.

Trabalhei portanto durante um mês nos breves retratos dos narradores norte-americanos. Eram textos de mil e quinhentas palavras, nos quais sintetizei tudo o que sei e tudo o que li nos últimos dez anos.

Sexta-feira 10

Na revista *Primera Plana*, Mastropasqua, o fotógrafo do cineclube de Mar del Plata, me entregou as cópias das fotografias que tiraram de mim faz alguns dias. Vou usar uma delas no livro. A Piri estranhou que eu tivesse cortado o cabelo bem curto para sair nessas fotos. "Quero parecer qualquer coisa menos um escritor", expliquei. Na editora, o Álvarez me encomendou as *Crónicas de Latinoamérica*. Agora vou escrever sobre James Purdy, o último escritor da série, mas ainda faltam Nelson Algren, Thomas Wolfe, John Updike e Ring Lardner.

Um conto em potencial. Começou como uma sensação completamente normal. Quem nunca sentiu alguma vez diante de um fato (diante de qualquer fato) que já o viveu antes? O sentimento de repetir um momento anterior da vida tem uma veemência insuspeitada. Não é uma lembrança, não há imagens, é apenas um estado de graça, como quem regressa a um quarto querido na casa da infância. Assim começa o relato, o narrador vive simultaneamente em dois tempos distintos, aos poucos a sensação de *déjà vu* vai crescendo até dominar toda sua vida. Ele sabe o que virá, porque já o viveu e não pode evitá-lo. (Talvez possa ser a história de um crime que o protagonista comete para escapar do círculo fechado, da reminiscência platônica ou da reencarnação.) Seja como for, em nenhum momento se explica o porquê da dupla temporalidade e da vida repetida.

Domingo

Andei pensando ultimamente na noção de *prazo*. Ter um prazo, uma fronteira futura que não se pode evitar, em inglês, recebe o nome, muito apropriado, de *deadline*. Não se distingue da imaginação do que virá, mas tem a particularidade de ser definido por um estranho. Alguém nos dá um determinado prazo para fazer algo, para completar ou cumprir um acordo num tempo futuro. Podemos nós mesmos acreditar nos prazos que fixamos? Difícil, nunca são como as demais encomendas ou vencimentos que parecem inevitáveis ou inexoráveis. Então o tempo adquire outra dimensão e é muito difícil "se deixar levar", viver cada dia por si mesmo e não como a promessa ou a condenação de algo que está por vir. Esse sentimento se encarna culturalmente no mito do pacto com o diabo. "Tão a longo me fiais", como diz a comédia espanhola de *Don Juan*. (A noção de *vencimento*.)

Quem já me conhecia parece não perdoar o fato de eu ter realizado aquilo que desejava – digamos assim. Vem daí certo rancor e certa agressividade que percebo nos velhos amigos, que me veem diferentemente do que eles imaginavam. Quem me conhece agora só vê as coisas que faço na minha vida como uma virtude, e não como, para aqueles, uma surpresa que os enche de inquietação, diante de um desconhecido que ainda assim continua sendo "familiar".

Se Deus não existe, só resta, então, o julgamento dos "outros".

Noite na casa do Edgardo, velocidade mental e muito uísque. No meio da bagunça me ocorreu, como uma iluminação, o tema de um romance com um homem que vive sua vida como se fosse a de outro. Tenta ocultar sua vida falsa etc.

Segunda-feira 13 de março

E lá se foi o verão, nesta manhã o sol está pálido e fraco e um vento gelado vem do sul.

Percebi que escrevendo sobre os escritores norte-americanos defini ou entrevi por meio deles minhas próprias vidas. Esses textos são meu tributo à amizade de Steve R.

A piedade é um sentimento terrível. Fala-se da paixão do amor, mas a piedade é a pior das paixões. Os adolescentes não se compadecem. A pena é uma paixão da maturidade.

Terça-feira 14

O frio, entre nós. Mais uma vez confirmo uma velha intuição, o melhor modo de pensar um problema é pesquisá-lo em razão de um trabalho concreto. Permite sintetizar e aprofundar tudo o que se tentou conhecer, como se fosse algo que se recorda. Isso explica meu percurso veloz pela literatura norte-americana (eu já sabia disso).

Hemingway tenta fazer do leitor um contemporâneo da ação, enquanto o romancista escreve em tempo passado. Mas não se trata do tempo verbal, e sim de uma alteração da sintaxe do relato.

Uma coisa que vem me acontecendo, que é meus amigos ou conhecidos começarem a confessar que, para além de suas vidas concretas, o que eles querem é ser escritores. Nos últimos dias, o Frontini, o West, o Lacae. A literatura parece uma saída ao alcance de qualquer pessoa que tenha aprendido a escrever na escola. Claro que escrever não é a mesma coisa que redigir. Concordo que todo sujeito que escreve pode ser escritor, não acredito na existência de "eleitos", só que sempre haverá escritores muito bons e também muito ruins.

Em muitos casos, o recurso à literatura como saída ou salvação é efeito da crise da esquerda ou do início da maturidade. Confrontados com o ceticismo, pensam que esse olhar desencantado basta para transformá-los em escritores. Mas não é possível escrever sem entusiasmo e sem confiança no que virá.

Há muito tempo eu sonhava com uma viagem de trem no meio da noite, num dos velhos carros-leitos dos trens de longa distância. Imaginava um trajeto quase interminável, as estações iluminadas no meio do campo, os povoados que se atravessam velozmente. Recordei ainda há pouco essa ilusão de estar à parte mas em movimento, olhando o janelão do quarto como se fosse a janelinha de um trem parado.

Agora dei para ter medo do *surmenage*, a imagem da mente em branco, sem lembranças, uma lagoa que cintila sob a luz.

Quarta-feira 15

Ainda não conheço meus limites, tenho que começar a delimitar o espaço da minha vida. Às vezes me vejo como se eu fosse uma máquina que serve para todas as funções. E no entanto a única máquina que conheço de perto é a Olivetti em que escrevo, é nela que devo provar meu alcance.

Sexta-feira 17

Longa marcha de dois dias pela cidade; no meio, um quarto cheio de arestas, com uma claraboia no alto e a Julia ensimesmada na sequência de uísques que bebia um atrás do outro no meio do temporal que também durou dois dias. A Piri se oferece para ser minha agente literária e cuidar dos meus contos. Depois me encontrei com o Dalmiro Sáenz, que me trouxe notícias do concurso, diz que até o final meu livro ficou em primeiro lugar, mas acabaram premiando o cubano Benítez. Seja como for, decidiram publicá-lo pela Casa de las Américas ainda este ano.

Sábado 18

Ontem com o Dipi Di Paola relembrando velhos tempos, velhos projetos. Ele está melancólico porque a mulher, uma lolita com cara de japonesa, fugiu com seu melhor amigo. Lembranças da pensão que em 1960 eu dividia com o José Sazbón, quando o Dipi me apresentou a tradução italiana de um romance de Gombrowicz, naquele tempo tudo era confuso para mim, e dois anos depois estava em bloco com o Briante, o Constantini, o Castillo. Agora sinto que trabalho melhor e sei o que quero e me sinto na vanguarda dos escritores da minha geração (ainda que eu não diga isso em voz alta, nunca, ao contrário deles, que alardeiam seu gênio a qualquer um que quiser escutá-los).

Agora há pouco, visita surpresa do Ramón T., que começou a se despedir de mim "misteriosamente" e evaporou ao entrar na clandestinidade. Eu o acompanhei até o táxi, e ao se despedir deu a entender, por indiretas, que ia "fazer a revolução". Pensei que não voltaria a vê-lo. No meio, a Celina, desamparada, tensa, com uma infinidade de problemas. Mas não vou me aproveitar da ausência do meu amigo, mesmo sabendo que ela ficaria comigo sem problemas, agarrada à decisão de tocar sua vida (sem virar ela também uma guerrilheira).

Quarta-feira

Passei a noite sem dormir trabalhando no romance até de manhã. Retomo assim o projeto principal.

Um tema. Uma mulher recrimina o amante por ele não ter sido capaz de fazer o que prometera. Aos poucos se percebe que eles estão falando de suicídio, que nunca deve ser mencionado, mas deve estar presente no peso que a conversa vai adquirindo. Seria uma versão subjetiva da situação do sábado, quando a Celina viu que o Ramón estava indo embora e que provavelmente não voltaria a vê-lo. Decerto ela preferia que fosse assim, e não que ele descesse do táxi dizendo que desistia de suas ideias políticas para ficar com ela.

Quinta-feira

Meus sonhos eróticos mais constantes são engraçados: faço amor com a filha na frente da mãe, tudo em meio a risadas e piadas sobre a tradição grega.

Estou relendo depois de alguns anos *Cantar de ciegos*, de Carlos Fuentes, um bom livro, mas não, em nada é "melhor contista que Cortázar" (como diz o Dipi). Bom domínio de situações frívolas e sem importância, mas desfechos truculentos e apelativos.

Sexta-feira 24

Olho criticamente certas decisões da minha vida que foram tomadas em razão do futuro da minha literatura. Por exemplo, viver sem nada, sem propriedades, sem nada material que me prenda e crie obrigações. Para mim, escolher é descartar, deixar de lado. Esse tipo de vida define meu estilo, despojado, veloz. É preciso ser rápido e estar sempre disposto a abandonar tudo e escapar.

Estou vendo agora as primeiras provas da minha pequena história da narrativa norte-americana, com pontos altos e muitos furos.

Como sempre, vivo agora num sossego provisório, não terei maiores dificuldades econômicas nos próximos seis meses. Depois, veremos.

Março 27, 1967

Estou em La Plata, no Don Julio, e esse bar que é tão estudantil, a meia quadra da faculdade, suscita em mim introspecções que nos últimos tempos andei evitando para poder viver mais intensamente este belo verão, sem parar para pensar. Mas era aqui que eu costumava me sentar há sete anos, e de novo a lembrança tem a forma de um instantâneo no qual vejo a mim mesmo naquela época e ao mesmo tempo sou quem olha a imagem. Eu vivia então numa realidade desconhecida, morando sozinho mas já acompanhado de uma rede de relações novas, e também confuso, sem saber claramente como encontrar o que procurava, mas convencido da minha vitória final. Essa certeza sem garantia nem lógica me manteve firme na minha nova vida. Agora tenho quase tudo o que eu podia desejar naquele tempo, mas estou numa nova encruzilhada. Digo isso meio de brincadeira, porque as coisas não são tão claras e, na verdade, eu só queria reciclar a coincidência de uma imagem na lembrança com minha presença no local da lembrança.

Terça-feira 28 de março

O medo de os óculos quebrarem "porque os tenho há muito tempo" é curioso. Por que não aplicar o mesmo critério a tudo? Às relações, por exemplo, o tempo é igual a desgaste. Podemos imaginar um sujeito apaixonado por uma mulher que começa a se aterrorizar porque eles já contam vários anos de relação perfeita. Esse terror faz com que ele se volte contra a mulher, e então começa a assediá-la com tentativas de detectar nela sinais de desinteresse e de tédio, e acaba por sufocá-la metaforicamente. Ela não resiste à perseguição e o abandona. A relação se rompeu como ele pressentia. Espero que meus óculos escapem dessa fatalidade. Um dia desses, por pouco não os abandonei num ônibus – não fosse porque tentei colocá-los na hora de entrar na faculdade, não teria dado por falta deles –; saí voando, peguei um táxi, seguimos atrás do ônibus, emparelhamos com o motorista, fiz sinais para que parasse na esquina, desci do táxi, subi no carro e encontrei os óculos num canto da última poltrona. Quando desci, com eles no rosto, os passageiros me aplaudiram como se eu tivesse sido enviado pela empresa para diverti-los durante a viagem. Um *número vivo*, como se dizia antigamente.

Marquei com meus pais aqui, cada reencontro com eles é um distanciamento, reencontro a mim mesmo vinte anos atrás, dou um salto cruel tentando me livrar dessa imagem e ser eu mesmo, contra eles. Minha mãe se diverte e capta a fachada da minha vida, e aí, para deixar bem claro que sabe do que se trata, me chama de *Nene*; já meu pai me observa com certo rancor porque não me tornei – como ele – um médico peronista, disposto a "dar a vida por Perón".

Quarta-feira 29

Premonições e sonhos desagradáveis sobre meu futuro econômico sempre incerto e cada vez mais fora do meu controle. O medo tomou conta de mim desde que deixei a universidade, logo depois do golpe de Onganía, e me somei aos professores que pediram exoneração, cortando assim a possibilidade de um emprego estável. Não faz muito sentido e é absurdo eu me apavorar com um futuro que se estenda além de seis meses. Tenho que viver com uma economia que garanta alguns meses seguros, não a vida toda, isso seria ridículo. Agora tenho pronto o livro de contos e duzentos mil pesos reservados (como adiantamento pela edição). Essas ideias surgem porque gastei 22.500 pesos num casaco italiano que comprei ontem.

Tecnicamente, Borges está ligado à mais pura narrativa em língua inglesa, a mesma justificativa do material narrativo, a clara presença de um narrador comum a toda a obra (o próprio Borges), o marco que prepara a ação. Sua inteligência consiste em erigir sobre essas estruturas de sentido mundos complexos e irreais. Outra qualidade de Borges é que a realidade nunca está dada, sempre é obscura e intrigante, por isso torna-se objeto de uma investigação, daí as buscas (sobretudo bibliográficas, no caso dele) que completam os fatos. Sua "humildade" faz dele um transmissor perfeito de livros escritos por outros, de histórias que já existem, de personagens espectrais que ele encontra, reconstrói e revela. O exemplo mais alto desse procedimento é "Tlön, Uqbar, Orbis Tertius", a melhor coisa que Borges já escreveu. Uma mínima reconstrução bibliográfica desemboca num mundo paralelo. A história meticulosamente montada com precisão cronométrica se embaralha, cai no vazio, na irrealidade, no sonho e no pesadelo. O mais valioso em Borges é a trilha que sobe pela ladeira do mundo até essa comprovação irreal e mágica.

Visão inédita da Inés que recebi ontem através dos meus pais. Magoada, muito nervosa, falando muito de mim, foi três vezes em casa, repetindo que me ama muito, que as relações acabam, que eles "têm que amar a Julia etc.". Um melodrama digno das páginas da *Radiolandia*, mas, ao mesmo tempo, a surpresa de um afeto que ela faz questão de demonstrar.

Quinta-feira 30

Ontem apareceu o Horacio, meu primo, que é quase meu irmão, nascemos no mesmo ano com uma diferença de poucos dias e crescemos juntos.

Muitas vezes pensei que ele é meu duplo, ficou morando na mesma casa onde eu nasci, estudou medicina, como meu pai queria que eu fizesse, e não sai daquele pedaço onde vivíamos quando pequenos. Sempre pensei nele como a vida que eu teria vivido se tivesse permanecido em Adrogué. Toda vez que me vejo em momentos difíceis, volto a pensar nele e na sua vida como um refúgio que resolvi abandonar. Se eu tivesse ficado lá, poderia sem dúvida ter sido igual a ele. Imagino que ele me veja do mesmo modo, como o irmão aventureiro que rompe com a família para inventar seu caminho. De quando em quando me faz uma visita e aí a conversa volta a fluir como entre dois amigos que sempre se encontram. Ele acaba de voltar de férias no Brasil, e eu o ponho a par da minha nova situação. Me separei da Inés, digo, e agora moro com outra mulher em Buenos Aires, a Julia. Ele, em compensação, se casou com a namorada da juventude e continua fiel às paixões da infância. Saímos para comer e depois perambulamos pela cidade e acabamos a noite no Gotán escutando o Rovira. Nos despedimos quase ao amanhecer, e voltei a ter a sensação de que ele vive a vida que eu poderia ter vivido etc.

Tento revisar trabalhosamente o livro de contos e preparar a versão final. É um momento em que você, com a mesma determinação, pode mandar o livro para a gráfica ou deixá-lo para sempre numa gaveta. Para mim, é impossível fazer um juízo de valor. O que mais gosto do livro é ele estar escrito na contramão da moda estilística atual (que deve tudo a Borges); no meu caso, a obra de Borges me interessa tanto que devo tentar me afastar dela para começar de novo com uma linguagem que não guarde nenhum vínculo com a "literatura" nos moldes que ele impôs. Preciso revisar principalmente o conto "Tarde de amor". É o mais ousado e às vezes penso que todo seu efeito depende de uma vírgula bem colocada e de um ritmo que se assemelhe à música. Penso "tocar" de novo o livro enquanto o passo a limpo, quer dizer, volto a copiá-lo e, enquanto o transcrevo, vou tentando afiná-lo.

Abril

Ontem me encontrei no bar Florida com o Miguel Briante, longas conversas sobre o livro que ele acabou de escrever e de que gosto muito. Chama-se *Hombre en la orilla* e espero conseguir publicá-lo no Editorial Estuario nos próximos meses. Demos uma passada no escritório do Jorge Álvarez e entreguei ao Miguel um exemplar do meu livro, apesar de ele conhecer todos os contos, a não ser os dois últimos. Antes recebi três mil pesos e cheques pré-datados para a semana que vem, no total de vinte mil. Desde que me demiti da faculdade é o primeiro trabalho que eu consigo. No momento, estou preparando uma coleção de clássicos e projetando uma série policial.

Segunda-feira 3

Ontem à noite assistimos ao Edmundo Rivero no Nonino. Tem muita qualidade e consegue disfarçar seu declínio. Cantou de um modo esplêndido "Mi noche triste", num meio-tom com muita "interpretação". Grande sensibilidade para cativar o público, que no final o levou a um repertório mais demagógico e estridente. No público, vários amigos e as garotas que amei: Cecilia, grávida; Vibel, incômoda, tentando aparecer; Susana M., casada.

Um conto. Ligação internacional, conversa entre um homem e uma mulher, mal-entendidos, silêncios. "O que temos a dizer um ao outro?" etc. Ela está na Califórnia, ele em Buenos Aires, o diálogo tem várias interpretações possíveis. No final se descobre que ela não é sua mulher, e sim sua prima - sua irmã? -, que amava desde um dia, muitos anos atrás, quando na hora da sesta, numa casa de campo, ele a descobriu - encontrou - nua numa bacia colocada no pátio, e com quem teve um romance apaixonado e impossível.

Quarta-feira 5

Hoje conversa com o Noé Jitrik sobre um possível curso focado na narrativa norte-americana. Começaríamos em julho. Penso abrir com Thomas Wolfe e fechar com Kerouac e a *beat generation*.

Quinta-feira

À medida que avanço na versão final do livro, como era de se esperar, surgem dúvidas sobre o estilo. Isso sempre acontece quando se analisam as frases isoladas e se perde de vista o tom geral do texto. Para mim, essa é a diferença entre uma literatura decorativa, que só pensa nos efeitos isolados, e uma escrita mais direta que trabalha o estilo em blocos e o constrói como quem ergue um muro com pedras de vários tamanhos. De fato, acabo passando o livro mais uma vez à máquina, febrilmente, como se tivesse alguém no meu encalço, tenso por mudar frases ou palavras sem correr o risco de afetar a prosa. Curiosamente, ninguém lê um livro com tanta atenção como a própria pessoa que o escreve.

Sexta-feira

Dia de trabalho firme e feliz à tarde na Biblioteca Lincoln estudando a narrativa norte-americana, construindo hipóteses sobre livros que comecei a pensar nove anos atrás, quando abri os primeiros contos de Hemingway e segui com Fitzgerald e Faulkner.

Hemingway entendeu que depois do que Joyce fizera com a língua inglesa era preciso começar do zero. Em 1938, Ezra Pound dirá de Hemingway: "Não passou a vida escrevendo ensaios de um esnobismo anêmico, mas logo entendeu que o *Ulysses* era um fim, e não um começo". Procurava uma prosa conceitual, elíptica, "mais difícil que a poesia", e ele conseguiu isso em seu primeiro livro.

Domingo 9

Por mais que nos períodos de trabalho intenso eu me distraia destes cadernos, fatalmente uma hora terei que – aqui também – procurar um tom que unifique o registro de todos os dias, sair de certo imediatismo na contramão que me leva a anotar por impulso o que me vem à cabeça, sem discriminar nem escolher. Se bem que, às vezes penso que essa espontaneidade deve ser a forma central destes diários.

Depois de algumas idas e vindas, reordeno a ordem dos contos no volume. O primeiro será "Suave é a noite" e o último, "Tarde de amor".

Terça-feira 11

Decidido a me mudar mais uma vez, a visita a locais oferecidos para alugar em hotéis e pensões me faz percorrer a cidade como um aventureiro em busca de um canto onde eu possa ter sossego. De repente preciso mudar de bairro e agora decidi abandonar o quarto na Riobamba com a Paraguay e procurar algo mais ao sul. Por fim, depois de bater perna por Barracas, encontro um quarto amplo e luminoso na Montes de Oca com a Martín García, perto do parque Lezama.

Quarta-feira 12

De novo em meio a malas e papéis espalhados pelo chão, a estranha sensação da mudança de lugar, sempre vivida como uma fuga. A figura do homem sem endereço certo, para mim um herói do mundo contemporâneo.

Sem propriedade, sem lei, sem se fixar em nenhum lugar. Ontem, mágico encontro de um lindo quarto em Barracas. A Julia olhou os classificados porque um minuto antes passou um jornaleiro e aí achou o anúncio, quando já estava praticamente decidido que alugaríamos outro menos luminoso. É divertido notar que o aluguel custa treze mil pesos por mês, vamos mudar no dia treze e o quarto, claro, é o de número treze.

Sexta-feira

Carregando malas que parecem cheias de chumbo, fugindo do outro quarto em La Plata (quase) sem pagar. Entrando aos poucos na cidade, com certa insegurança econômica e muita vontade de começar algo novo aqui. Escrevo nesse espaço incrível que dá para duas avenidas, com uma janela enorme, cheio de luz. Para mim, a literatura depende muito do lugar onde escrevo os livros. Poderia imaginar um homem supersticioso que antes de escrever um novo livro muda de bairro, abre um mapa, escolhe um ponto ao acaso e se muda para lá e vive alguns meses até terminar um romance, e depois volta a realizar o mesmo ritual.

Segunda-feira 17

Diante dessa sacada aberta para a cidade úmida de garoa, começo a trabalhar. Preocupado com a Julia, que vai viver parte da semana em La Plata.

Algumas descobertas: a baleia branca é o mal para o capitão Ahab. O tema central de Edgar Poe é o vampirismo (do amor).

Acabo de ver o Jorge Álvarez, que me telefonou para confirmar um trabalho como coordenador editorial, em troca de vinte mil pesos por mês. Vou continuar com a coleção de clássicos, fazer algumas antologias e projetar a série policial. A proposta dele é que eu passe três horas por dia na editora. Vamos ver. Economicamente garantido, já instalado no sul da cidade, enfim posso começar a escrever o romance sobre o roubo do carro-forte em San Fernando.

Terça-feira

Remexendo em velhos cadernos achei um tema que quero voltar a transcrever aqui. O indiferente, afastado de tudo, que numa praça vê uma pessoa que está prestes a cair de uma torre em que subiu para consertá-la, e enquanto o vê descer e ir pisando num travessão quebrado não o avisa e o deixa cair. Um relato minucioso que nunca expõe a questão central: qual é o caráter de alguém que em dado momento *não faz nada*? O assassino por indiferença.

Quarta-feira

Ontem, na galeria Ver y Estimar, algumas amostras da arte *pop* e cinética argentina. O melhor, as obras conceituais de Jacoby e Carrera. Também uma instalação do Víctor Grippo. Encontro com a Patricia Peralta e a Alicia Páez, amigas de outro tempo, ou deveria dizer de outra era geológica. As duas eram colegas da Inés na faculdade e nos víamos com muita frequência. Você se separa de uma mulher e perde metade dos amigos e da biblioteca.

Borges como Hemingway. Alguém lhe pergunta: qual é sua maior preocupação antes de escrever um conto? Imaginar honestamente uma ação ou uma série de ações, responde Borges. E em seguida acrescenta: esquecer o que já se escreveu sobre o tema e esperar que outra imaginação a convoque. E à pergunta: qual é sua técnica para escrever contos? Responde: interferir o mínimo possível. Omitir, para o bem da brevidade, uma parte das coisas que imaginei. De algum modo, isso se há de sentir. E Hemingway, referindo-se a um de seus primeiros contos, diz a mesma coisa: "Numa história muito simples chamada 'Out of Season' (Fora de temporada), omiti o verdadeiro final em que o velho se enforcava. E o omiti com base na minha teoria de que é possível omitir qualquer coisa quando se sabe o que omitir e que a parte omitida reforçará a história e fará com que o leitor sinta algo além daquilo que entendeu".

A chave para o artista é, digamos, refletir sobre a necessidade. Não necessitar de mais do que se tem para viver. Para esquecer "as necessidades", deve-se aprender a viver no presente.

De novo nublado e frio, acabei de comer um pouco de presunto com um copo de vinho e agora estou sentindo o gosto áspero e ardente do presunto e do vinho na garganta, e essa lembrança que persiste no presente me distrai da leitura de Katherine Anne Porter.

Quinta-feira 20

Continua chovendo, e faço hora esperando o meio-dia, quando abre a casa de penhores, onde vou deixar minha máquina fotográfica em troca do dinheiro de que necessito para chegar até o fim do mês.

Poderia resumir assim a manhã de hoje. Dormi até as dez e me barbeei devagar e me demorei no chuveiro, e no meio da manhã tomei um café duplo no bar aqui de baixo, enquanto lia o jornal com desinteresse, até que no fim saí pelas ruas úmidas da cidade em busca da casa de penhores.

Sexta-feira 21

Vou a La Plata acompanhando a Julia e nos corredores da faculdade encontro a agitação de sempre e a lembrança volta mais uma vez como uma rajada. No primeiro dia que entrei aqui dei de cara com o Jiménez, meu professor do colégio em Mar del Plata, mas fiz de conta que não o vi e segui em frente, apesar de seu gesto amigável ao me reconhecer. Como sempre, vejo a cena como numa fotografia e, como sempre, eu me pergunto o que há na memória que não vejo na imagem.

Sábado 22

"Como pode um prisioneiro escapar a não ser atravessando o muro à força?", H. Melville.

Nos narradores que admiro, como agora, por exemplo, Osamu Dazai, o que mais me agrada é que tudo esteja narrativamente justificado: cadernos, diários, cartas, confissões, o relato se sustenta em documentos que o narrador põe à disposição de quem quiser interpretá-los. Por isso, tento escrever um conto a partir do diário de Pavese, narrar o pensamento, dramatizá-lo.

Dazai está na linha de Pavese: "Em última análise, meu suicídio deve ser visto como uma morte natural. Um homem não se mata apenas por suas ideias", disse.

Domingo 23

Encontros: com o David Viñas no seu apartamento do Bajo, na Viamonte, e depois num bar da rua Florida com o José Sazbón.

Trabalho no prefácio das *Crónicas de Latinoamérica*. Basicamente me interessa fazer um registro dos escritores experimentais. Recordemos que a tão falada crise do romance não é mais do que a crise do romance do século XIX, e que as formas breves já eram mais inovadoras do que os romances (Poe,

Bierce). Leio com interesse Guillermo Cabrera Infante, Fernando del Paso, Vicente Leñero, renovação nos procedimentos e busca de novas formas.

Segunda-feira 1º de maio

A cidade meio vazia, as ruas desertas, e na 9 de Julio, da Corrientes até a Córdoba, uma multidão assistindo à resistência desesperada de um assaltante cercado pela polícia no alto de um prédio. Como se o dia vago e sem trabalho tivesse predisposto as pessoas para um espetáculo ao vivo e para serem espectadores da morte de um homem.

Terça-feira 2

O quarto cheio de luz e oito horas de tranquilidade pela frente para trabalhar no novo conto, provisoriamente intitulado "A torre". Começa assim: "Às vezes, no alto do mirante, com o vento batendo selvagem contra as chapas, senti que a torre estava viva, como se fosse um animal enfurecido".

Sábado

Ontem encontro com o Roa Bastos, conversamos longamente sobre seus projetos e também sobre os meus. Ele é um romancista que, como exilado, já tem definido o campo da sua narração: todos os seus textos se instalam no lugar que ele perdeu. No meu caso, digo, o exílio é o tema, o narrador está preso em seu território e anseia viver perdido e como um estrangeiro em outro país. Nessa linha, o Roa me pede um conto para as crônicas do outro país (Conti, Moyano, Saer). Bem, o que os une? Certa monotonia no modo de narrar, certo interesse nas zonas marginais da vida e no mundo provinciano. Eu não tenho nada a ver com essa poética da prosa lenta e descritiva e não afirmo – nem faço alarde de – ser um homem do interior.

Segunda-feira 8

Ontem à noite, no Gotán, assistimos a *La pata de la sota*, a nova peça de Tito Cossa. Algumas mudanças na sua poética (tempo flutuante, a mãe que lê a Bíblia) não bastam para resolver os conflitos internos do teatro realista, de novo o *a priori*. Partir de um conceito para chegar ao mesmo conceito (crise da classe média refletida numa peça que trata da crise da classe média). Bom domínio das situações, dos diálogos. Sair do teatro é como sair de uma visita à família: não acontece nada, e isso é tudo.

Prólogo aos contos latino-americanos. O encontro com a língua falada de cada país (Cabrera Infante, Rulfo, Cortázar etc.), ao mesmo tempo que nos separa da suposta língua-mãe (o espanhol), recorta e unifica a literatura da América Latina. Tendência ao realismo linguístico e à mimese da oralidade.

Terça-feira 9

Talvez se devessem institucionalizar na Argentina os ritos de iniciação, pelo menos essa é a impressão que tenho ao ver como se constrói uma cultura juvenil ligada ao *rock* em certos modos de vestir, definidos com leis próprias e com seus próprios códigos.

Quanto à relação entre vida e literatura, é preciso ver de que lado se coloca o sinal positivo: ver a literatura a partir da vida é considerá-la um mundo fechado e sem ar; ao contrário, ver a vida a partir da literatura permite perceber o caos da experiência e a carência de uma forma e um sentido que permita suportar a vida.

Quarta-feira 10

A partir de fevereiro do ano passado, com a prisão do Cacho, entrei em parafuso, ou melhor, num vago turbilhão, e cheguei ao fundo do poço; em agosto, "The End of Something" me fez avançar no escuro em busca da luz que só agora começa a brilhar. Quando você pensa em si mesmo e tenta reconstruir o que viveu, naturalmente, usa uma forma narrativa e encadeia os fatos com uma lógica causal, mas a vida não obedece a essas regras e tudo ocorre de modo confuso e simultâneo.

Segunda-feira 15

Trabalhei todo o fim de semana, meio gripado, e só hoje, agorinha, terminei o texto sobre a juventude para a revista *Extra*, em troca de cinco mil pesos.

Terça-feira 16

Encontro afetuoso com o Haroldo Conti e depois uma entrevista para a Venezuela; me perguntaram sobre a autenticidade, e respondi: "Para ser sincero, é preciso ser insincero, pensar na técnica, evitar as confissões. É preciso ser autêntico com o leitor por meio de um estilo convincente (mas não necessariamente sincero nem espontâneo). A técnica, segundo Ezra Pound, é uma prova da sinceridade do artista".

Trabalho na antologia de literatura latino-americana. Reescrevem-se os velhos em outro cenário. Começou-se a criar uma língua literária múltipla, ligada à ruptura do predomínio espanhol.

O segundo livro do Briante está escrito num idioma emprestado que nunca chega a ser uma linguagem pessoal. O que não impede que seu livro seja muito bom, mas acho que lhe dificulta – ou dificultará – seguir em frente e escrever outros livros.

Sábado 20

No bar Florida, o oásis de sempre nesses lugares anônimos e ao mesmo tempo familiares. Recupero certa paz depois da confusa explosão de hoje com a Julia, os dois sem dinheiro, ela agora sozinha no quarto. Estou lendo um livro sobre o cinema *noir* americano. Narrar um interrogatório policial como se fosse uma cena de ciúme (em geral é o contrário: o que você fez ontem à noite? Onde estava? Quem é a outra ou o outro? Fala, confessa...).

Ela lhe consagra um amor ferozmente exclusivo e dedica todas as suas energias a prendê-lo para sempre, mas, obviamente, toda essa energia na verdade serve para perdê-lo.

Ao cair da noite. Uma mulher quase inválida e presa à cama, isolada numa grande casa vazia, tenta localizar o marido pelo telefone. São dez da noite. Por acaso pega uma linha cruzada: dois homens, na realidade, duas vozes, planejam um crime que terá lugar dali a uma hora. Com uma série de telefonemas a vários lugares e cada vez mais nervosa e assustada, a mulher consegue descobrir – ou imagina – que esse assassinato será o seu próprio.

Terça-feira 23

Desde domingo, longas travessias. Às seis da tarde, com um capital de quarenta pesos, telefonema da Piri Lugones me convidando para uma reunião em sua casa. Arrebanhei alguns livros e os vendi num sebo em troca de trezentos pesos. Fui então até a casa dela em Flores e passei a noite lá. Reunião com o Rodolfo Walsh, o Ismael Viñas, o Horacio Verbitsky, discutindo sobre a polícia a partir do sentimentalismo do Paco Urondo. Às seis da manhã, voltando com o Carlos Peralta, algumas conclusões. Segundo o

Carlos, parece que a reunião tinha a ver com a ideia de organizar uma espécie de revista *Marcha* em Buenos Aires.

Alguns dados que o Carlos me transmite e que transcrevo aqui, entre surpreso e constrangido. Para o Ismael Viñas, "E. R. é o mais brilhante, o único escritor que vale a pena na nova geração". Segundo o Urondo, este ano a Casa de las Américas, de Cuba, vai me convidar para ir a Havana, por instâncias e recomendação dele, do Noé Jitrik e do César Fernández Moreno.

Depois de tanto uísque, acordo ao meio-dia e vou à casa de penhores. Duas horas de espera, e eu ameaçando desmaiar. Tinha passado 24 horas sem comer, e mais a noite em claro regada a uísque. No fim, decerto ao reparar na minha cara, um policial me enquadra para me interrogar sobre a origem da máquina fotográfica que fui lá penhorar. Nada grave, apenas a prepotência. Afinal, por volta das três horas da tarde, peço um *bife de chorizo* com batatas fritas no Pippo, depois de uma dispersa e extremamente lúcida - por causa da fome, do cansaço e do álcool - visão da cidade: tudo parecia mais extenso, o céu era de vidro e os prédios estavam todos com as persianas e as gelosias fechadas. A visão altera a realidade, crise das certezas urbanas. Agora quero trabalhar, de uma vez por todas.

Trabalhei razoavelmente a tarde toda, deixei o prefácio da antologia quase pronto.

Sexta-feira

De novo sem dinheiro. Trabalho agora nas minibiografias dos escritores que escolhi para a antologia. Como é feita em Buenos Aires, não incluí escritores argentinos. O León R. me recrimina quando lhe explico esse meu critério: "Você só fez isso", diz, "para não incluir o David...". "Bom", respondi, "também não incluí o Borges."

Cortázar: quando deixa de ser Borges, é naturalista (a mesma coisa acontece com Bioy Casares).

Em todo caso, o pior é sempre esta louca atitude que me mantém preso à mesa, teclando feito um sonâmbulo na máquina de escrever, com a sensação idiota de que não devo parar. Dias inteiros trabalhando sem sair do quarto, e ao puxar a linha encontro uma série de páginas escritas com paixão que só posso reler passados dois ou três dias. Escrevi portanto dois capítulos do romance, biografias de escritores norte-americanos, o artigo impossível sobre o que é ser jovem, o prefácio para a antologia latino-americana, a revisão e a reescrita dos contos de *A invasão*. Mas talvez esteja cegando a mim mesmo e a única coisa que importa seja a atividade em si mesma, sem falsos utilitarismos e sem perseguir resultados.

Sábado 27

Disposto a tirar algo do fundo dos contos de *A invasão*, depuro obstinado, mas tenho que aprender a me conter quando me sento à máquina para não escrever um conto diferente a cada vez que reviso o que vou publicar. Procuro construir uma progressão para os contos do livro, dar-lhes uma estrutura orgânica.

Domingo 28

Um moroso passeio com a Julia pelos arredores de Constitución, a pracinha escura, as vielas transversais, as ruas baixas e amareladas, as recordações da chegada à estação em vários momentos da minha vida, primeiro de Adrogué, e depois de La Plata, e sempre ao encarar a cidade uma sensação de desafio, o louco afã de conquistá-la. Como se a literatura fosse também uma arma e um modo de abrir caminho em Buenos Aires.

A torre (Diário de um soldado). Às vezes me deixo levar por uma estúpida esperança e quero pensar que estou sozinho na torre, com o mar ao fundo. A noite vai chegando, parece presa entre os montes porque no sul não tem crepúsculo, as sombras desabam, e num instante tudo é escuridão.

Segunda-feira

Longas caminhadas por Buenos Aires procurando a *Historia de la literatura latinoamericana* de Anderson Imbert para terminar as crônicas. Fui à Biblioteca Nacional, ao Instituto de Literatura, à Faculdade de Filosofia e Letras e ao jornal *La Prensa*. Era como se estivesse procurando um livro inexistente, e, embora seu conteúdo seja bastante inexistente, não entendo por que não conseguia encontrá-lo.

Na Viamonte vi um rapaz correr atravessando as poças da rua e se molhando sem parar de correr e virando a cabeça com medo, até que uma mulher com uma sacola na mão gritou e o rapaz continuou correndo desajeitado, perseguido agora por um policial que o apanhou meia quadra à frente.

Terça-feira

Ontem encontro com o Edgardo, uma inteligência neurótica. O que isso quer dizer? Um pensamento - um pensar - sinuoso, ameaçador, que sempre parece a ponto de anunciar algo que nunca é dito. Circular, autocentrado, concêntrico.

O José Sazbón me emprestou mil pesos com que eu contava para aguentar até sexta, mas ontem à noite lá se foram seiscentos. Agora estou gelando, não tenho dinheiro para alimentar a estufa, vesti duas calças e duas malhas de lã e quero terminar a antologia da América Latina.

Quinta-feira 1º de junho

Estou em La Plata, na biblioteca da universidade que conheço muito bem e onde consigo tudo o que procuro. Admirado com os livros por ler, com as revistas e as publicações que agora estão em cima da minha mesa.

Os lugares me empurram para velhas lembranças e às vezes sinto que sou vários homens diferentes, ou melhor, às vezes é como se eu fosse vários homens diferentes. Uma vivência intensa, íntima, que me permite ver alternativas e realidades conforme quem sou a cada momento. Parte da verdade da minha vida está nessa impressão, como um *homem impresso*, um homem que pode ler sua vida em diversos registros, ou melhor, em diversos gêneros. Não se trata de uma confusão psíquica - o que também não me falta -, mas de uma experiência luminosa.

Domingo 4

"O maior feiticeiro seria aquele que trabalhasse até o ponto de tomar suas próprias fantasmagorias por aparições autônomas", Novalis.

Um domingo congelado, com dois graus abaixo de zero, o quarto amornado pelo aquecedor onde no meio da tarde fizemos um puchero, enquanto eu terminava o prefácio e as biografias dos escritores latino-americanos e a Julia caía no choro de vez em quando, furiosa por causa de um resfriado que a derrubou na cama o fim de semana inteiro.

Segunda-feira 5

Estou trabalhando no livro de contos. Agora há pouco, morto de frio, terminei a última revisão antes do prelo. Já estou muito cansado desses contos.

É notável, mas cada conversa, seja com quem for – agora há pouco, por exemplo, com a Piri –, acaba em um mal-entendido, sou eu quem interpreta mal o que me dizem, a conversa é, no entanto, um surpreendente exemplo da nossa capacidade de usar a linguagem sem prévio aviso. Falar ao telefone e conectar-se, portanto, com uma voz sem corpo é um exercício muito interessante; ao não ver os gestos e as expressões do interlocutor, podemos tranquilamente distorcer o sentido daquilo que escutamos. O jeito seria falar na frente do espelho e tentar fazer os gestos e adotar as expressões que acompanham as palavras que escutamos. Já quando sou eu quem fala, sinto que me precipito à frente e nunca sei aonde vou chegar; quando, como agora, consigo ser preciso e eficaz, tenho uma sensação imediata de alegria, como se a linguagem tivesse funcionado à perfeição.

Terça-feira 6 de junho

No bar Florida, recebendo golpes de vento porque esta mesa perto da janela está grudada na porta de vaivém. Depois de pelejar para aquecer o quarto à força de paciência, a zeladora do hotel aproveitou um momento de descuido para se esgueirar e abrir as janelas para fazer a limpeza, transformando meu local de trabalho num iglu. Por isso agora estou neste bar tão simpático, trabalhando com calma na carta a Cabrera Infante. Ontem comecei a ler *Cem anos de solidão*, o romance de García Márquez que acabou de sair.

Mudei de mesa porque a mulher que estava sentada na minha frente saiu e pude ocupar o melhor lugar do bar. Tenho grande experiência na disposição dos cafés onde me sento para trabalhar. Para mim são um anexo do lugar onde moro, um misto de escritório e sala de reunião. Sei a que horas os bares estão vazios e podem ser ocupados sem problemas, desfrutando da tranquilidade de um local limpo e bem iluminado. Como sempre, em casos assim, venho com o livro que estou lendo e um caderno de anotações, e isso me basta para passar a tarde. Portanto estou lendo García Márquez, sentindo o aroma inconfundível do café, com o ruído surdo da rua ao fundo e uma jovial sensação de alegria, com o tempo parado à minha frente e convencido da "bondade" da minha vida nestes tempos.

Num certo nível – ainda indefinível para mim –, o romance de García Márquez me lembra o Borges de *História universal da infâmia*. Aqui se trata da história universal das maravilhas do mundo, um romance otimista, que mantém a perspectiva e a distância mítica e assombrada entre quem narra e os heróis, que também está no livro de Borges. Os protagonistas são heróis, aqui da felicidade, e nos contos de Borges da ignomínia. É isso que os dois têm em comum, os personagens já estão dados e agem segundo uma convenção que só o narrador conhece. Por exemplo, García Márquez conta o cotidiano como se fosse fantástico (como na excursão para ver o gelo) e conta o extraordinário como se fosse corriqueiro (as mulheres voam sem o menor problema).

Quinta-feira 8

A mesma mesa de quatro anos atrás no Teutonia de La Plata, onde estou agora. Naquele momento eu estava com a Susana M., às vésperas da prova final de História Medieval com a Nilda Guglielmi, vendo o rosto sorridente de Hemingway na capa do jornal *Época*. Para mim, a saudade é um ato quase onírico. Como já disse outras vezes, as imagens da recordação às vezes vêm ligadas ao lugar onde estou e às vezes surgem sem motivo, como se alguém as enviasse do passado, como um cartão-postal de um bar de estilo alemão onde alguém escreveu no verso isso que acabo de escrever aqui.

Para entender a noção de "figura" em Cortázar (laços entre diferentes personagens ligados pela coincidência num espaço comum), basta sentar por meia hora perto de um telefone público e escutar – por acaso, sem querer – as mais íntimas e variadas conversas e assistir assim ao tecer monocórdio dos destinos, encontros, combinações, rupturas, desacordos. Por ser oral, essa trama é inevitavelmente "literária": o mundo se reconstrói a partir da linguagem e dos ditos de um conjunto heterogêneo de narradores fragmentários e desconhecidos.

Sexta-feira 9 de junho

Estou na faculdade para receber o salário do início do ano, antes de eu me demitir por causa da intervenção da universidade pelo governo militar. Recebo metade do dinheiro que me devem e a promessa de que tentarão agilizar "meu caso", como o chamam. O mais engraçado é que, tirando as altas autoridades da universidade, por assim dizer, as secretárias e os funcionários administrativos da faculdade continuam sendo as mesmas pessoas simpáticas que conheci quando era calouro. Meus compromissos com o Jorge Álvarez e meu novo trabalho com ele devem substituir a vida acadêmica, que parece ter acabado para mim definitivamente. Deixei de ser professor para ser um *editor*, no sentido inglês do termo, quer dizer, um assessor editorial que dirige coleções, faz pareceres de leitura, mas trabalha em casa como *freelance*, outro termo inglês que não tem tradução em nosso mundo.

Domingo 11 de junho

Estive fazendo algumas anotações sobre *Cem anos de solidão*, um livro do qual todos estão falando e que li com muita rapidez e com sensações discordantes. Por um lado, acho que é demasiado – profissionalmente – latino-americano: uma espécie de cor local festiva, com um pouco de Jorge Amado e também de Fellini. A prosa é muito eficaz e também muito demagógica, com términos de parágrafo muito estudados para provocar um efeito de surpresa. Estou escrevendo uma resenha do livro para o *El Mundo* e espero terminá-la esta noite. Ontem à tarde perdi meu tempo na casa do Noé Jitrik, que quer organizar um grupo de estudos (com Ludmer, Romano, Lafforgue etc.) sobre literatura argentina. A ideia é construir uma alternativa à universidade sob intervenção da qual todos nós professores nos demitimos e construir uma instituição alternativa, o Instituto de Artes e Humanidades. Seja como for, hoje não arredei pé deste quarto onde o vento gelado penetra, tentando terminar os trabalhos pendentes.

Queria também terminar logo este caderno com tantos acontecimentos e, por isso mesmo, tão estranho e elusivo para mim. Mudanças, novos bairros onde circulo como um estrangeiro, renovando meu interesse pela cidade. Já faz algum tempo, Barracas, os velhos prédios das fábricas – por exemplo, a da Bagley –, tão abundantes por aqui, junto com os armazéns próximos do porto velho, que dão nome ao bairro. Também fica perto o parque Lezama, que tem uma atmosfera serena, com alguns velhos bares e restaurantezinhos muito agradáveis. Sempre faço a experiência de ficar sem dinheiro e conhecer a cidade a pé, procurando locais baratos, viajando de ônibus, uma experiência mais direta, mais conflituosa, não mediada pela qualidade mágica do dinheiro que alivia todo desconhecimento da realidade, porque quando tudo pode ser comprado não há enigmas. (Poderia pensar que o romance de García Márquez tem sua graça por contar a vida de uma família numerosa e sem dinheiro que mantém uma relação arcaica, pré-capitalista, com a realidade, e portanto - para a mídia - romântica e mágica.)

Posso fazer uma lista das coisas que fiz, e seria um jeito de contar como ganho a vida (por exemplo, a resenha do romance de GGM em troca de dois mil pesos), para ver que o romance continua parado e que o mundo pessoal (as paixões) deve se financiar a por conta própria, quer dizer, à parte delas, de fora da literatura e da vida que quero viver.

Às vezes eu penso que ainda não devia publicar o livro de contos, e sim esperar mais uns dois anos e ver o que acontece, mas me deixei levar pelo entusiasmo de certas leituras e pela minha convicção de que o livro não tem nada a ver com o que está sendo escrito hoje na Argentina. Isso para mim é uma virtude, mesmo que ninguém perceba. Tenho certeza de que o volume está à altura do melhor que tem sido publicado no gênero (digamos, *El inocente*, *Palo y hueso*, *Cabecita negra* e *Los oficios terrestres*), mas é claro que isso não quer dizer nada ou, em todo caso, não sei se basta para justificá-lo.

Ao reler este caderno encontro uma ficha da Biblioteca Nacional que vou transcrever como um rastro da minha vida nesses anos.

Biblioteca Nacional - Buenos Aires - 29 maio 1967
Título da obra: *Tratados en La Habana*
Autor: José Lezama Lima
Número: 339.260
Nome e sobrenome do leitor: Emilio Renzi
Endereço: Martín García 896
Documento de identidade: 186.526
Data de nascimento: 24 de novembro de 1941

No verso da ficha há os seguintes dados:

Acervo da Biblioteca tombado em 31 de dezembro de 1959	
Livros, revistas, jornais e outros periódicos	496.604
Folhetos	110.495
Cópia Arquivo das Índias	6.000
Mapas	6.555
Gravuras	1.995
Partituras	36.112
Fotografias	366
Microfilmes	68
Total de peças bibliográficas	658.155

Aumento comparativo	
De 1810 a 1934 se reuniram	276.477 peças bibliográficas
De 1934 a 1952 se somaram	376.908 peças bibliográficas
De 1953 a 1959 se somaram	44.947 peças bibliográficas
Total	698.332 peças bibliográficas
Menos manuscritos	40.177
Total atual	659.155 peças bibliográficas

Segunda-feira 12 de junho

Passei pela revista para receber pelo texto sobre a juventude, quatro mil pesos. Depois fui à dilapidada Biblioteca Nacional, voltei para casa com os sapatos furados, mas não foi por ter caminhado demais. Agora me preparo para ler as novelas de Onetti.

Ontem à noite a Julia me disse com ar indiferente que o fundamental dos meus cadernos é que, ao escrevê-los, imagino que posso mudar a realidade, e que sua leitura depois será um jeito de eu voltar a viver o presente. O memorável não é o gesto tedioso de me sentar para escrevê-los: só o futuro os justifica, segundo ela.

Terça-feira 13

Um frio inacreditável, vários graus abaixo de zero na cidade, tento aquecer o quarto sem sucesso.

O debate atual que anuncia o fim do romance, sufocado pela voracidade popular dos *mass media*, tem um pouco de verdade. Certo público está abandonando o romance e procurando a ficção no cinema ou na televisão. Ao mesmo tempo, o romance pode ser um reduto empobrecido de resistência e negação do estado de coisas. Uma cultura de oposição pode surgir isolada da "indústria" da propaganda. Justamente por isso, o escritor pode embarcar numa jornada na contramão, guardar para si o desajuste e as tentativas de ruptura com o que está dado. Mesmo que as técnicas e as descobertas formais se universalizem, o romance pode conservar a paixão por uma experimentação livre.

Não estou negando a possibilidade de incluir o pop na tradição literária. Outra coisa é que os escritores vivem "perseguidos" pela política. Não se deve esquecer que a literatura narrou à sua maneira e antes que ninguém esta tensão, ou melhor, as consequências dessa perseguição (Stendhal foi o primeiro a captar esta questão).

É claro que essa discussão nasce da forte presença de Marshall McLuhan, filósofo dos meios de comunicação, que escreveu: "Estamos na iminência de uma era em que o próprio ambiente que nos rodeia será ordenado como uma máquina de ensinar. Os artistas deverão trocar a torre de marfim pelas torres de controle".

Dito de outro modo, na era da eletrônica desaparecerão os livros (máquinas muito primitivas de difusão do pensamento) e os escritores se transformarão em tecnocratas. A questão, claro, é saber quem controlará o sistema das máquinas de difusão.

Um bom exemplo da padronização industrializada e impessoal da prosa é o estilo que unifica os artigos da revista *Primera Plana*: tudo é calcado em Borges, a adjetivação insólita, os verbos indecisos, a construção barroca. Basta ver o que os jornalistas da revista escrevem ou escreveram em outro tempo ou em outro lugar, como Silvia Rudni em *Mundo Nuevo* número 8, ou as velhas colunas de Ramiro de Casasbellas no jornal *El Mundo*, ou os textos sobre cinema de Tomás Eloy Martínez em *La Nación*, antes de aprenderem a escrever a prosa genérica calcada em Borges.

Domingo 18

Ontem, conversa desalinhavada com o Noé Jitrik, que terminou com uma mútua leitura de contos – e como sempre, a certeza da minha vantagem intuitiva na situação da literatura.

Quarta-feira 21

Refugiado na Biblioteca Nacional, entre muros barrocos e ar gelado, leio Mansilla.

"Só uma alma grande ousa ter um estilo simples", Stendhal.

Segunda-feira 26

Estou na Biblioteca Nacional. Depois de caminhar pela Corrientes e vender *Contraponto*, de A. Huxley, *A bastarda* de V. Leduc, vários livros de crônicas e alguns policiais, levantei quinhentos pesos que devem durar até o fim do mês. Depois, no escritório do Jorge Álvarez, assinei o contrato de edição do meu livro de contos. Ele já havia me encomendado uma antologia de contos latino-americanos em troca de vinte mil pesos. Antes, a Piri Lugones, velada alusão a uma possível revista literária com o Walsh, o Gelman e o Rivera. E encontro com o Allen, um crítico norte-americano interessado nos meus contos, por indicação da Beatriz Guido e do Walsh. Depois encontro com o Viñas, que me ofereceu assumir um *reading* sobre a nova narrativa latino-americana. Quando desci, topei com o José Sazbón e acabamos os três no café Japonés. O Viñas, meio surdo, xingando o Sabato e elucubrando sobre a literatura argentina.

Terça-feira 27

Conversa divertida com a Beatriz Guido, que me crivou de propostas generosas e me "obrigou" a mandar um conto para a *Mundo Nuevo*, segundo ela, por "insistência" do Rodríguez Monegal, "enlouquecido" com "Os autos do processo", e agendou um encontro com o tal Allen, professor norte-americano que veio estudar a literatura argentina. No final falei dos meus problemas de trabalho, e ela automaticamente me perguntou: "Você quer a *Primera Plana*?"... as *relations* movem o mundo (novo).

Quarta-feira

De noite, encontro na casa do Jorge Lafforgue com um grupo de estudos sobre Borges, coordenado pelo Noé Jitrik, ligado ao projeto de criar um

Instituto de Artes e Humanidades como alternativa à universidade sob intervenção militares.

Domingo, na casa da Beatriz Guido, conheço Juan Manuel Puig, autor de um romance que o Edgardo Cozarinsky tinha me arranjado. Hoje com o León Rozitchner, que me oferece dirigir uma coleção de literatura argentina no Editorial Lautaro. Depois com o Jorge Álvarez, que subiu para vinte mil pesos meu pagamento pela organização das crônicas da América Latina e, no final, numa livraria da Corrientes onde consegui *Zona sagrada*, de Fuentes, antes de me encontrar no metrô com o amabilíssimo Horacio Verbitsky.

Quarta-feira 19

Ontem, reunião na casa do Rozitchner com o pessoal da Lautaro, muito interessados no meu projeto de uma coleção de novelas. Boa possibilidade de trabalho.

Segunda-feira 24

Hoje finalmente assinei o contrato por *A invasão* com o Jorge Álvarez. Por três anos.

Na sexta, reunião de toda a esquerda: Ismael e David Viñas, Rodolfo Walsh, León Rozitchner, Andrés Rivera, Roberto Cossa, para discutir a criação de uma revista da qual eu seria um dos diretores.

Hoje entreguei o prefácio e as notas da antologia latino-americana.

Várias reuniões nos últimos dias na casa da Piri, discussões sobre peronismo e cultura com o Ismael Viñas e o Rodolfo Walsh.

Encontros com a Beatriz Guido e o L. Torre Nilsson, vou com eles assistir aos ensaios da peça de Pinter que os dois estão preparando.

O estilo do Borges é um coloquial escrito, e não falado (como o que eu procuro). A linha, para mim, é *Martín Fierro* e *Los ranqueles* de Mansilla.

Uma lista das coisas de que eu gosto:

Nadar no mar.

Clifford Brown com Max Roach.
Remexer em sebos.
Escutar o *Réquiem alemão*, de Brahms.
A pintura de Policastro.
A prosa de Borges.
Aníbal Troilo tocando no Caño 14.
Ignacio Corsini cantando "Pensalo bien".
Ir ao cinema à tarde e sair com o dia ainda claro.
O vinho Sergi safra 40.

Telefonema da Piri, está com as provas de *A invasão*.

Quarta-feira 30
Longa conversa com o Haroldo Conti caminhando na zona sul, pelos lados de San Telmo.

A partir de uma opinião da Piri Lugones sobre minha segurança no futuro, comecei a pensar seriamente no meu trabalho. Parece que em algum momento falei para o Rodolfo Walsh: "Em dez anos serei o melhor escritor argentino". Então, cuidado, porque dou como certa a realização daquilo que procuro fazer. Veremos o que vou pensar daqui a algum tempo destas linhas escritas caoticamente.

Quinta-feira 7
Começa o estrondo, a fúria. O Rodolfo Walsh me lembrando com demasiada exatidão daquela minha profecia (que eu tinha esquecido) de que vou me tornar o melhor escritor argentino num prazo de dez anos. O Esteban Peicovich toma a dianteira e começa a dizer que sou "o melhor contista argentino". Meu livro é publicado em Havana e fica claro que era o melhor livro do concurso. O Álvarez decide imprimir dez mil exemplares de *A invasão* e fala do meu livro com todo mundo.

Indico o livro do Miguel Briante *Hombre en la orilla* ao Editoral Lautaro.

Romberg, B. *Studies in the Narrative Technique of the First-Person Novel*.

Segunda-feira 4 de setembro

Ontem no edifício com cúpula dourada que se avista na Carlos Pellegrini, do outro lado da Rivadavia, depois de subir por uma escadaria circular que partia da rua, reunião noturna organizada pelo Álvarez e pela Piri Lugones em homenagem a García Márquez. Muita gente, muitos amigos, o Tata Cedrón cantou alguns tangos, muito uísque, pouco espaço. Num dos giros pelo apartamento dei de cara com o García Márquez. O Rodolfo Walsh nos apresentou, apelando ao joguinho competitivo, *à la* Hemingway, e me anunciou como uma promessa do boxe nacional, como se eu fosse um peso meio-médio com muito futuro e a missão secreta de derrotar os campeões da categoria, entre eles García Márquez e o próprio Walsh. Um jeito amistoso e "varonil" de ressaltar a impiedosa concorrência que marca o mundo da literatura. Imagino que esse estilo seja compartilhado por García Márquez. O fato é que, depois desse preâmbulo desportivo, logo estávamos comentando o resultado do concurso de romance Primera Plana-Sudamericana, no qual o colombiano tinha sido jurado. Premiaram *El oscuro*, do Daniel Moyano, mas o García Márquez disse que tinha hesitado muito porque gostava de *El silenciero*, do Antonio Di Benedetto, mas que não o premiara porque era uma novela e não um romance. Mas isso não tem sentido, retruquei mais ou menos, *Pedro Páramo* ou, se me permitem, *Ninguém escreve ao coronel* também teria sido desclassificado num concurso de romance, para vergonha de todos. A conversa ficou interessante porque começamos a distinguir entre as formas breves, as narrativas de meia distância e os romances. O García Márquez entrou com tudo na discussão, mostrando que conhece bem os procedimentos e a técnica da narrativa, e durante um bom tempo a conversa girou exclusivamente em torno da forma literária, e deixamos de lado a demagogia latino-americana dos assuntos próprios desta região do mundo, e falamos de estilos e modos de narrar, fazendo um breve catálogo dos grandes escritores de meia distância, como Kafka, Hemingway ou Tchékhov, e dos problemas do excesso de palavras necessárias para escrever um romance. Uma discussão sobre literatura entre escritores é uma coisa rara entre nós nesta época, e por isso me interessei pelo que conversamos. O Walsh também desconfia do romance como forma sem controle. (Sobre o romance de García Márquez, parece que Borges, que sempre está a par de tudo, disse a Enrique Pezzoni: "É bom, mas tem cinquenta anos de sobra".)

Segunda-feira 11 de setembro

Algumas escolhas se impõem com nitidez. Acabo de recusar o emprego que o Esteban Peicovich me ofereceu no jornal *La Razón*, 38 mil pesos por mês para um horário das nove às dezessete. Eu disse não, apesar das minhas incertezas econômicas com um salário de doze mil por mês. Prefiro dever tudo a mim mesmo. Abandonei tantas coisas pela literatura que continuar nessa já é uma espécie de destino. A escolha inicial definiu todas as outras e, como sempre acontece, essa escolha foi impensada e inesperada. "O que você está pensando estudar?", me perguntou a irmã da E., com quem naquele tempo eu estudava francês. "Bom, vou ser escritor", respondi, aos meus dezesseis anos, quando a possibilidade de eu ser escritor era a mesma de ser piloto de avião ou mercenário. Viver a literatura como um destino não garante a qualidade dos textos, mas assegura a convicção necessária para fazer as escolhas que se impõem. Você vive uma vida de escritor porque a decisão já está tomada, mas depois os textos, têm que estar à altura dela.

Tudo isso soa sentimental, mas é resultado do fato de eu me ver sempre sem nenhuma segurança exceto aquela que invento para mim mesmo. Imagino que um dia terei tempo para refazer estes cadernos, recuperar o ritmo destes anos que escorre entre minhas mãos. No limite, se não houver nada além dos diários, eles poderão ser vistos como o projeto de alguém que primeiro decide ser escritor para em seguida começar a escrever, antes de mais nada, uma série de cadernos em que registra sua fidelidade a essa posição imaginária. Em algum momento tentarei dar forma a eles e deixar um fio solto, visível e forte, de cuja ponta se desenrole a meada de minha vida. Talvez por isso os escreva, e às vezes me incomodam, mas sigo em frente, como que cumprindo um pacto que encontrará seu sentido ao final (do quê?). Na literatura, pode-se ver mais claro do que em qualquer parte aquilo que, sem pensar demais, aqui chamarei de "meu caráter": pareço o mais racional e consciente dos homens, mas nunca vou saber por que escolhi dedicar a vida à literatura nem que forças ou que ares permitem que de vez em quando eu consiga produzir algumas páginas válidas. Eu me deixo levar por um instinto bem século XIX – escolhi algumas mulheres ou as deixei, me vi na faculdade estudando outra coisa (História) para que nada perturbasse minhas leituras espontâneas –, por isso, quando estou diante das decisões que exigem lucidez, não me abalo e decido de uma maneira espontânea e instintiva, sem a menor hesitação. Agora é melhor eu me arrancar desta mesa azul contra a janela aberta à brisa que prenuncia o verão para evitar novas efusões confusas; levanto, acendo o fogo, ponho a chaleira em cima e preparo uns mates.

Todos os contos que deixam alguma marca são construídos a partir de algo oculto, por exemplo, em "Homem da esquina rosada", Borges esconde o crime – em todo caso, esconde o resultado da luta –, não o narra, tudo acontece no escuro e não se vê, insinua-se de maneira imperceptível. Neste caso trata-se de uma ação escamoteada, é preciso pensar quais outros elementos de um relato podem ser retirados para que sua carga implícita seja maior. Em "O blusão de couro", de Pavese, o garoto que narra tem meia consciência e conta a história de sua tristeza pela perda do amigo, enquanto a verdadeira história (centrada na mulher) não é narrada, mas se entrelaça secretamente por trás da outra.

Kafka: "Uma pessoa que não tem um diário está numa posição falsa em relação ao diário de um outro". Quando Kafka lê no diário de Goethe que este passou o dia inteiro ocupado com seus afazeres, pensa que ele nunca fez tão pouca coisa durante o dia inteiro. No futuro alguém poderá ler esta minha reflexão sobre o diário e verá aqui uma reflexão de Kafka sobre o diário e também uma reflexão de Goethe sobre um dia de sua vida.

No diário de Pavese, o "tema" parece ser a impossibilidade de se suicidar ("Nunca conseguirei fazê-lo, é mais difícil do que um assassinato"). R. Akutagawa: "Será que alguém não quer apertar meu pescoço, silenciosamente, enquanto durmo?". Trabalhar sobre os diários, narração fragmentária, final aberto.

Quanto ao *A invasão*, começo a me afastar desse livro de um modo cada vez mais imperceptível. Tenho plena confiança em seu futuro, mas isso de nada me adianta agora. Você está sempre desamparado ao começar um livro novo e, em todo caso, mesmo que domine melhor a técnica ou tenha aprendido a ser mais espontâneo, nada disso adiantará grande coisa na hora de recomeçar.

Para escrever uma história de loucos, ou uma história de loucura, é fundamental evitar o estereótipo alucinatório. Por isso espero poder narrar um conto lógico, geométrico, em que tudo esteja organizado de maneira que somente na última cena baterá o vento desenfreado da demência. Não se trata de um final inesperado, mas de um vento que começa como uma brisa imperceptível e vai crescendo em meio aos fatos até se transformar numa espécie de rodamoinho que espalha pelos ares todas as palavras.

Terça-feira 12

Estou lendo o diário de Virginia Woolf.

Queria recuperar, no romance que espero escrever, aquele ímpeto um tanto irracional com que eu escrevia os contos, de uma sentada. A experiência mais próxima da inspiração que já tive foi a daquela noite na casa de La Boca em que escrevi três contos, um atrás do outro.

Depois de terminar o livro, minha relação com os livros escritos pelos outros mudou. É para mim cada vez mais difícil ler "desinteressadamente", é impossível não começar a mexer no texto ou pensar em como eu mesmo o escreveria.

Quarta-feira 13

Uma lista:

Telefonar para o Noé Jitrik (livro de crítica).
Sara Goldenberg (direitos de "Isabel vendo chover em Macondo", de GGM).
Juan Gelman (trabalho sobre o mundo novo para a revista).
León Rozitchner (recado mulher do Jorge).
Miguel Briante (ligar para o Martini para ver edição de *Hombre en la orilla*).
Marta Gil (gravuras prontas amanhã).
Juan de Brasi (cancelar encontro).
Acabar de transcrever gravação do Rozenmacher.
Versão conto de Salinger.
Revisar provas.
Preparar conferência.

Não consigo entender o que me desagrada em "O perseguidor": aí estão todos os temas de Cortázar, mas o contraste entre o misterioso gênio de Johnny e a banalidade do biógrafo, entre a vida mesquinha de Bruno e a loucura genial do artista, chega a me irritar de tão demagógico e banal.

Terça-feira 19

Dou uma passada na casa da Beatriz Guido para procurar material sobre Salinger. Ela simpática, divertida e sem maquiagem por causa do resfriado. Conta que lhe ofereceram cem mil pesos na revista *Atlántida* por uma reportagem com, ou sobre, o jóquei Irineo Leguisamo, na onda da *New Yorker*. De minha parte, satisfeito com as calças de veludo que comprei na Giesso hoje de manhã.

Agora há pouco, aparição espectral de dois policiais procurando o ladrão de não se sabe muito bem o quê. Tocaram a campainha e falaram comigo, mas espiaram por cima do meu ombro para ver a disposição do lugar. A desagradável cumplicidade que o chefe tentava estabelecer e à qual respondi secamente. Sempre desconfiamos da polícia e sempre nos consideramos infratores da lei (não importa qual), por isso qualquer contato com um sujeito fardado acaba sendo uma cena complicada. Isso dá lugar a uma possível reflexão sobre os "condicionamentos".

O roubo é, digamos, uma história suja, porque tudo se altera na fuga. Narrá-la no plural, em coro, mas sem ninguém para ditar o sentido dos fatos. Eles planejam o ataque ao carro-forte em cumplicidade com a polícia e depois fogem, quebrando o pacto.

A teoria do *iceberg* de Hemingway não implica a escamoteação dos dados, mas, antes, a ausência de explicações. Melhor dizendo: os fatos estão presentes, mas faltam os elos.

Quinta-feira 21

Segundo um telefonema repentino da Marta Gil, a capa do livro já está pronta. É amarela e com letras brancas. Ontem à noite, provas paginadas de *A invasão*.

Domingo 24

Reviso as provas e me deixo levar pela ambígua atração dos meus próprios contos, procurando não reparar nas suas deficiências. Kafka afirma: "Quanto tempo eu perco com a publicação e quanta perniciosa e ridícula vaidade me provoca a leitura destas velhas páginas no intuito de publicá-las. Em todo caso, depois que o livro for publicado terei que ficar mais longe ainda das revistas e da crítica, se não quiser me limitar a molhar apenas a ponta dos dedos na verdade".

De certo modo, o argumento do romance passou a ser o processo de enlouquecimento dos personagens. Uma demência que eu chamaria de heroica; o excesso, a desmesura, a *hybris* era um pecado mortal para os gregos.

Segunda-feira 25

O Laucha Benítez. Plano. Seu rosto encerra a história (descrevê-lo), mostra alguma coisa que leva sob a roupa, um recorte de jornal. Boxeador. Archie Moore. Não cair. Sua beleza. Da primeira vez que o derrubaram, caiu de susto, sacudiu a cabeça e mexia o rosto sem entender. Depois disso começou a olhar esquisito. Lutador. O Viking. O Club Atenas. O Laucha Benítez.

Acordei com a Julia às seis da manhã. Deixei que o dia fosse clareando o quarto enquanto quebrava o jejum com mate, tomava um banho e depois lia o jornal.

Nunca vou entender direito de onde essas coisas vêm, mas o fato é que agora, de repente, encontrei o que estava procurando na história do Viking. Tudo gira em torno da morte do Laucha, que ele amava, e por isso volta a contá-la repetidas vezes. Só agora posso dizer que resolvi a escrita do conto.

Terça-feira 26

Ontem à noite, lançamento do livro do Walsh. Muita gente amontoada, muito barulho, muito uísque. Em todo caso, quero lembrar a conversa amigável e calorosa com o Rodolfo W. e o Haroldo Conti antes de sair pela cidade e voltar para casa.

Romance. Deve ser narrado pelo coro, quer dizer, deve ser mostrado do ponto de vista da fatalidade ("Eu lhe falei que se ele fosse lá..." etc.). O investigador, o jornalista e o narrador se sobrepõem com a voz do coro (testemunhas, amigos, cúmplices, policiais).

Quarta-feira

Poderia enumerar os dados. 1. Começou a lutar. 2. O ponto alto de sua carreira... Procurar um tom objetivo, informativo.

São duas horas da manhã, estou bastante cansado e prefiro deixar o final do conto para amanhã. Me incomoda a sensação furtiva, escrevendo à noite, com o barulho da máquina ecoando no silêncio, criando uma estranha relação com os vizinhos do quarto ao lado, que sinto acordados e alertas.

Quinta-feira 28

Depois de dez dias de trabalho, tenho pronta a primeira versão de "O Laucha". Lembra a frieza e a distância com que trabalhei no conto de Urquiza.

Outubro 2

Às vezes penso que eu deveria publicar o livro com outro nome e assim cortar todos os laços com meu pai, contra quem, de fato, escrevi este livro e escreverei os que se seguirem. Descartar seu sobrenome seria a prova mais eloquente da minha distância e do meu rancor.

Coloquei em dia meus compromissos atrasados: carta ao Daniel Moyano, entrevista com o Rozenmacher, tradução do conto de Hemingway.

Quarta-feira 4

Não consigo escrever nada sobre meu livro, de jeito nenhum; passei dois ou três dias batendo cabeça com o texto da quarta capa que o Jorge Álvarez me pediu, e no fim encontrei a solução, contando com a amizade e o entusiasmo do Haroldo Conti. Ele vai escrever o texto de apresentação. Daqui a pouco passo no Di Tella e em seguida vou tirar as fotos para o livro.

Terça-feira 10

Ontem à noite, os cumprimentos da Piri Lugones. *Martín Fierro* na televisão. Reunião com amigos, Miguel Briante, Dipi Di Paola, Vicente Battista. Fala-se em dinheiro, nos trabalhos obrigatórios, nos pretextos que cada um inventa para si mesmo.

Sexta-feira 13

Se for mesmo verdade que mataram o Che Guevara na Bolívia, algo mudou para sempre na vida dos meus amigos e também na minha. Semana sombria, com notícias desencontradas. Choveu sem parar. Lembro que eu estava caminhando com o Ismael Viñas pela rua Libertad, pulando poças e atravessando pinguelas improvisadas, quando recebemos a notícia. Grande comoção.

Segunda-feira 16

Fidel Castro confirmou a morte do Che Guevara. A pergunta agora é por que Guevara saiu de Cuba e por que foi ao Congo e depois, sem apoio, embarcou na guerrilha boliviana. A outra pergunta é por que os cubanos não o resgataram quando o exército começou a descobrir todo o plano e caíram seus contatos em La Paz, suas fontes de abastecimento. É evidente que um grupo especial poderia resgatá-lo e tirá-lo pela fronteira, mas não saberemos de nada enquanto não recebermos notícias de primeira mão dos dois ou três guerrilheiros que sobreviveram ao cerco e que viram quando o Che foi preso para, mais tarde, ser fuzilado friamente.

Segunda-feira 23 de outubro

Agora há pouco o Ramón T. me ligou, já se passou quase um ano desde aquela tarde no ponto de táxi da 1 com a 60, em La Plata, quando nos despedimos e eu fiquei sabendo, sem que nenhum dos dois dissesse nada, que ele estava embarcando para Cuba a fim de se preparar para uma nova aventura guerrilheira, que agora vejo ligada aos contatos argentinos que o Che esperava que o acompanhassem na Bolívia. Não falamos sobre isso, mas notei que o Ramón estava abatido e distante.

Quarta-feira

Plano: terminar "O Viking". Prefácio ao livro sobre Hemingway e à antologia de contos latino-americanos. Carta ao Daniel Moyano. Ver a Beatriz Guido, o Jorge Álvarez (Sartre).

Domingo

Agora há pouco, telefonema da Piri, trechos do livro em duas revistas, expectativas, planos. Não penso nem quero fazer uma apresentação do livro, já avisei.

O romance do assalto vai se chamar *Entre homens.*

Dia opressivo, só com um prato de macarrão com azeite, porque acabou o dinheiro.

Terça-feira 31 de outubro

De repente me surgiu na memória, como costuma acontecer, uma imagem de mim mesmo, recém-chegado a La Plata, seis anos atrás, sentado na confeitaria Paris com o Alvarado. A lembrança onde há algo em jogo que eu não consigo descobrir tem sempre a mesma forma: um instantâneo, um *flash* que atravessa na minha frente como uma iluminação e vejo a mim mesmo na cena da lembrança. Como se eu fosse o sujeito que vê a cena e ao mesmo tempo o que participa dela. Não é a memória involuntária de Proust, parece antes uma espécie de cinematografia privada, de vez em quando o projetor começa a funcionar e vejo um par de cenas da minha vida. Isso acontece sem preparação e sem que eu saiba o que provocou a aparição da imagem.

Hoje recebi vinte mil pesos do Jorge Álvarez, com os quais poderei sobreviver com certa segurança e sem susto até dezembro. Enquanto isso vão chegando os ecos do livro, notícias da edição de *A invasão* em Havana, o Andrés Rivera me traz de Montevidéu um folheto da Casa de las Américas com comentários sobre o livro, uma resenha e uma foto onde vejo a capa do livro impressa em verde. O primeiro livro é o único que importa, tem a forma de um rito de iniciação, uma passagem, uma travessia de um lado para o outro. Sua importância é meramente privada, mas a pessoa nunca consegue esquecer, tenho certeza, a emoção de ver pela primeira vez um livro impresso com aquilo que ela escreveu. Depois, resta tentar não virar "um escritor".

Quinta-feira 2 de novembro

Sobre Guevara. A comoção por sua morte está dissolvendo as razões que o encaminharam até ela. Suas críticas aos soviéticos e, portanto, a certas linhas da revolução cubana o levaram a se demitir de seus cargos e voltar à luta. Alguns dos meus amigos (o Elías, o Rubén, o Ramón T.) têm essa mesma convicção, como se assumissem uma ética própria, ou melhor, uma ética que encontra seu sentido no futuro. Depois de tanto padecer a secularização e o fim das ideias transcendentais – ou a morte de Deus, como disse Nietzsche –, alguns encontraram na história um modo de recuperar o sentido perdido. A possibilidade desse significado, que redefine a própria vida, obviamente justifica que se arrisquem a morrer.

Terça-feira 8

Fim de semana confuso na casa da Piri Lugones, que me propõe que passemos a morar lá; sua casa é grande e ela aluga um dos quartos para ajudar nas despesas. O Ismael Viñas, que morava nessa casa, anunciou que estava indo para outro lugar e ela nos ofereceu o quarto vago. No domingo, o Walsh me fez uma entrevista (entre litros de uísque e discussões absurdas) para seu artigo sobre os novos narradores na *Primera Plana*.

Agora, saindo da empolgação dessa época de grandes festejos, retomo as atividades, escrevendo sobre os contos de Hemingway.

"Wash" (que vou incluir na coleção de narrativa breve). O conto de Faulkner antecipa e volta a narrar o tema central de *Absalom, Absalom!* e dá outro significado à vida do coronel Sutpen. Os personagens de Faulkner (Quentin, Shreve) imaginam aquilo que não sabem, que ninguém lhes contou, que irremediavelmente não admite variantes nem alusões. Poderiam até prever a morte de Quentin Compson. A técnica é simples, consiste em atribuir a narradores distintos – no tempo e no espaço – o conhecimento daquilo que o narrador em terceira pessoa, de modo inusitado, não conhece. Não afirmar nada como definitivamente certo, pôr toda a ação em potencial.

Segunda-feira 13 de novembro

Biblioteca Nacional. Nas minhas mãos, *Tristram Shandy*, de Laurence Sterne: *was born on the 24 of November 1712*. (Nasceu no mesmo dia que eu.)

Quarta-feira 15 de novembro

No estilo parece haver dois caminhos (quando se quer evitar, como eu fiz em *A invasão*, a gravitação da prosa de Borges). Um tom neutro, impessoal, transparente, sem resistência, mas cheio de matizes e de falsa simplicidade sintática. Ou um estilo calcado na oralidade, muito subjetivo. Em ambos os casos tenta-se apagar o signo escrito, com o laconismo ou com uma verbalização coloquial. No fundo se trata, para mim, de uma arte que intensifica a síntese e que, por outro lado, mostra que se trata de um livro, não de uma realidade, e sim de um objeto artificial que foi provado como real.

De modo assombroso, o relato sobre Lazarus Morell do primeiro Borges pressupõe, adivinha, sugere – no âmbito geográfico, na estirpe e nas "atividades" – Sutpen antes de sua chegada ao território.

Sexta-feira 17

Reunião da revista. O Rodolfo Walsh faz elogios a *A invasão*, "ótimo livro, muito coeso, os melhores: 'Suave é a noite' e 'Mata-Hari 55'", "grande construção formal".

"O próprio som de suas palavras, de seu depoimento sincero, reforçava sua convicção de que a linguagem não lhe poderia mais ser de utilidade alguma", J. Conrad.

Conrad e H. James definem um tipo de narração em que a visão conta mais do que a história. A imaginação não parte de uma história convencional, já totalmente ocorrida, e sim de uma situação ambígua que nunca se entende por completo.

Quinta-feira 23

Já instalados na casa da Piri, neste quarto que dá para a avenida Rivadavia, cheio de luz, com grandes janelas. Como sempre, tenho dificuldade para me adaptar às mudanças. Ontem, com o Jorge Álvarez, as últimas provas do livro que sairá "no início de dezembro".

Milhares de coisas para fazer, e eu nesse marasmo, como se tudo tivesse parado, atônito, sem vontade de ir pela última vez até a pensão da avenida Montes de Oca pegar os objetos que faltam.

Segunda-feira 27

Agora há pouco, um telefonema animado do Juan Gelman para me pedir um trecho do livro que ele quer publicar na revista *Confirmado*. "Livro excelente, muito bem escrito, fiquei fascinado"; citou a expressão "o chefe de todos" – "No barranco" – como exemplo de síntese.

É curioso, mas o melhor de Onetti, sempre tão desmedido, tão verboso, tão faulkneriano, são suas histórias curtas (*Para um túmulo sem nome*, *O poço*, *Os adeuses*).

Dezembro 2

Tenho aqui sobre a mesa uma prova da capa do livro, aberta, amarela, com meu próprio rosto.

11 de dezembro

No bar El Rayo, antigo, escuro e fresco, em frente à estação de trem de La Plata: eu passava muitas noites aqui bebendo genebra e olhando a vida obscura que se aglomera perto dos terminais. As moças do bar, copeiras, garotas de programa, vinham à mesa dos estudantes como eu estabeleciam uma cumplicidade imediata porque se afastavam dos "clientes", caixeiros-viajantes, funcionários públicos, homens saídos do hipódromo, com quem elas iam aos hotéis da zona. Depois voltavam e se sentavam para conversar comigo, que lia sentado a uma mesa. "Que é que você está lendo, meu amor? Vai estragar a vista." Punham a mão sobre as páginas abertas e me convidavam para sair. Às vezes eu esperava até o bar fechar e as convidava para tomar um café com leite num bar japonês da rua 1, e às vezes também passava a noite com alguma delas só para ouvi-la contar com dignidade suas histórias mirabolantes.

12 de dezembro

Mais um dia de espera, lendo os contos de Carlos Fuentes, matando o tempo, paralisado. Por momentos, tranquilidade diante da futilidade dessa expectativa, distância em relação ao livro e saudade da mansa facilidade com que escrevi os contos, sem pensar demais e com eficácia.

Entre homens. Estes são os primeiros resultados de uma pesquisa mais ampla que iniciei a partir das experiências de Oscar Lewis (*Os filhos de Sánchez*, *A vida*). Como se sabe, Lewis renovou o campo da antropologia ao utilizar o gravador de fita no intuito de registrar histórias de vida, fatos reais, e narrá-los com a voz e o estilo dos protagonistas. Antes de mais nada, quero expor aqui algumas considerações. Como se sabe, o uso do gravador altera o nível da exploração da experiência e gera uma distância em relação a quem narra os acontecimentos. Procurando fortalecer esse critério, reconstruí neste livro os fatos ocorridos a partir do assalto ao carro-forte de um banco de San Fernando e da posterior fuga dos bandidos a Montevidéu, que acabaram acuados pela polícia em um cerco que resultou de uma delação. Meu primeiro contato com os protagonistas desta história ocorreu em

11 de janeiro de 1965, quando li a notícia do assalto no jornal *La Razón*. A partir daí entrevistei todas as testemunhas e participantes dos acontecimentos e tive acesso às gravações realizadas por um radioamador das conversas que os marginais mantiveram enquanto resistiam ao ataque da polícia. É desnecessário fatigar o leitor com o relato das dificuldades que tive de enfrentar para realizar as gravações e conseguir uma aproximação pessoal com os protagonistas. Foram necessárias várias entrevistas até começar a conhecer os fatos com algum detalhe. Finalmente, pude reunir um grupo de cinco testemunhas, com quem entabulei as primeiras conversas sem gravador, estabelecendo assim uma relação de confiança, e quando começamos enfim a trabalhar com o registro de seu relato já mantínhamos uma relação muito fluida.

Quarta-feira 13

Trabalhos por fazer, questões diversas. Plano do romance. Antologia norte-americana e latino-americana. Série no Editorial Estuario. Projetos no Editorial Tiempo Contemporáneo. Ganho a vida como editor, ou melhor dizendo, como diretor de coleções, quer dizer, sou um leitor profissional.

Quarta-feira 15

Ontem, telefonema inesperado do Francisco Urondo para me avisar do convite da Casa de las Américas para viajar a Cuba. Já foi emitida uma passagem no meu nome. Desolação com a Julia. Segundo a Piri, o livro sai hoje.

Dezembro 17

Com o livro finalmente nas mãos, e também com a edição das *Crónicas de Norteamérica*. Não posso viajar com a Julia e também não tem sentido que eu fique com ela.

Segunda-feira

Jorge Álvarez, livro. Depois o Germán no Florida. Depois o Ludmer no almoço. Sara, antecipar reunião da editora. Passaporte hoje às seis (ligar para o Paco). Conti.

Para melhorar, este mês se tornou muito argentino e estou lendo autobiografias de escritores e heróis para organizar uma antologia baseada em narrações em primeira pessoa. Vou incluir textos variados, cartas, confissões, fragmentos de diários pessoais, e estou trabalhando com um registro muito amplo, que inclui políticos, aventureiros, escritores. *El Yo*. Esse será o título do livro. A ideia é que a autobiografia é uma forma que todos praticamos em algum momento, deliberadamente ou não. Não conseguimos viver se de vez em quando não pararmos para fazer um resumo narrativo e tangencial de nossa vida. Localizar esses momentos, quando escritos, será o conceito dessa antologia. Surpreender os protagonistas no momento em que se referem a si mesmos.

Terça-feira
Apresentação do livro de contos de Torre Nilsson.

Na Biblioteca Nacional, passo a tarde consultando livros velhos, montando uma nova versão do conceito de autobiografia. Nova porque imagino os escritos reunidos por gênero e não pela noção contingente de "literatura". As escritas pessoais transbordam essa categoria e se apresentam, de fato, como testemunhos. Outra coisa é que habitualmente somente os textos de ficção são considerados literários (seja qual for sua orientação).

Argentinos segundo eles mesmos. Uma antologia de prosa autobiográfica. "A meu ver, todos cometiam um grande erro: relacionavam-se muito bem com a classe ilustrada, mas desprezavam os homens das classes baixas, os da campanha, que são a gente de ação. Desde o começo reparei nisso e me pareceu que, nos lances da revolução, os próprios partidos deviam permitir que essa classe se sobrepusesse e causasse os maiores males, porque é sabida a disposição que sempre há naqueles que nada têm contra os ricos e superiores. Pareceu-me, pois, muito importante conseguir uma grande influência sobre essa gente para contê-la, ou dirigi-la, e me propus a adquirir essa influência a todo custo, e para tanto foi preciso que eu trabalhasse com muita constância, com muitos sacrifícios, e tornar-me *gaucho* como eles, falar como eles e fazer tudo aquilo que faziam, protegê-los, tornar-me seu procurador, cuidar dos seus interesses, enfim, não poupar trabalho nem meios para granjear sua maior confiança." Juan Manuel de Rosas, 9 de dezembro, 1829, dia de sua eleição para governador de Buenos Aires.

(Perón pensava exatamente igual e fazia o mesmo que Rosas, em outro contexto, mas com o mesmo conceito paternalista popular.)

Terça-feira 26
A situação é a seguinte: vou viajar com o León R., o Rodolfo W. e o Paco Urondo, via Paris-Havana.

Comprar
Agenda. Caderno preto. Cartuchos de tinta. Camiseta. Botões. Alpargatas. Gillette. Creme de barbear. Pasta de dentes. Sapatos. Mala. Roupa. Lenços. Livros (Álvarez).

Ver: Miguel (botas).

Bilhete (Tucumán sete mil).
Vacina.

19. Quem diz eu?

Como nos ensina a linguística, de todos os signos da linguagem, o Eu é o mais difícil de controlar, o último que a criança adquire e o primeiro que o afásico perde. A meio caminho entre ambos, o escritor adquiriu o hábito de falar de si mesmo como se falasse de outro.

Ainda assim, ele tenta em certos livros esquecer essa máscara, então uma subjetividade concreta mostra o rosto, é assumida.

Exorcismo, narcisismo; numa autobiografia, o Eu é todo o espetáculo. Nada consegue interromper essa zona sagrada da subjetividade: alguém contando sua própria vida, objeto e sujeito da narração, único narrador e único protagonista, o Eu parece ser também a única testemunha.

Entretanto, pelo simples fato de escrever, o autor prova que não fala apenas para si mesmo; se assim fosse, bastaria uma espécie de nomenclatura espontânea de seus sentimentos, posto que a linguagem é imediatamente seu próprio nome. Obrigado a traduzir sua vida em linguagem, a escolher as palavras, o que está em jogo já não é a experiência vivida, e sim a comunicação dessa experiência, e a lógica que estrutura os fatos não é a da sinceridade, e sim a da linguagem.

Reconhecida essa ambiguidade, é possível intentar a tarefa de decifrar um texto autobiográfico; trata-se, no limite, de resgatar os significados que uma subjetividade deixou escapar, que iluminou no ato de se contar; espelho e máscara, esse homem fala de si mesmo ao falar do mundo e ao mesmo tempo nos mostra o mundo ao falar de si. É preciso encurralar essas presenças tão esquivas em todos os cantos, saber que certos escamoteios, certas ênfases, certas traições da linguagem são tão relevantes quanto a "confissão" mais explícita.

Como nenhum outro texto, a autobiografia necessita do leitor para completar o círculo de sua expressividade: fechada em si mesma, essa subjetividade torna-se cega, é o leitor que interrompe o monólogo, atribuindo-lhe sentidos que não eram visíveis.

Basta reler algumas das páginas incluídas nesta antologia (a forma como Borges e Macedonio Fernández tematizam o problema; a tentativa de Mansilla de instaurar um diálogo natural com seu leitor etc.) para perceber que, por trás do tom e do ritmo de uma voz, por trás de uma referência circunstancial ao dinheiro ou à literatura, por trás do relato de um acontecimento político, é possível entrever não somente a espessura, o clima, as ilusões de uma época, mas também o nível de consciência (de si mesmo e do mundo) que tem aquele que fala, o modo como a realidade foi vivida, interiorizada e recordada por homens concretos, numa circunstância concreta.

Longe de querer esgotar uma espécie literária que tem na Argentina uma tradição tão fértil, este volume tenta propor uma leitura significativa, por isso inclui textos que, embora não tenham sido escritos intencionalmente como autobiografia, conservam essa abertura, essa respiração carregada de gestos e subentendidos, essa cumplicidade que acaba encurtando as distâncias, ao comprometer o sangue-frio das ideias na cálida densidade do vivido. Nesse sentido, podem ser lidos como capítulos de uma autobiografia em curso.

20.
Seixo rolado

As histórias proliferam na minha família, disse Renzi. As mesmas são contadas repetidas vezes, e quem as conta e as repete vai melhorando, polindo cada uma como um seixo que a água cultiva no fundo dos rios - um seixo rolado. Alguém canta, e seu canto vai rolando de um lado para o outro ao longo dos anos. Minha mãe, por exemplo, hoje mora no Canadá com meu irmão, e quando quero saber alguma coisa preciso telefonar para ela, e aí a narração perde o sentido secreto dos gestos, e principalmente do olhar da minha mãe, seus olhos azuis, meio opacos mas muito expressivos, que comentavam os fatos e lhes davam outros sentidos. Minha mãe, durante muitos anos, foi a mais fiel depositária das histórias da família, e essas histórias eram muito boas porque se sustentavam no lado pessoal, havia figuras fixas, por exemplo meu tio Marcelo Maggi, que sempre reaparecia e nunca será esquecido.

Ela, minha mãe, uma tarde, nos dias do enterro do meu avô, de repente, no quintal embaixo da parreira, à sombra, resolveu me revelar o segredo, quer dizer, a verdade da vida do Emilio, como ela o chamava, sempre um pouco contrariada com o fato de eu ter o mesmo nome do pai do meu pai, e isso lhe provocava uma espécie de fúria, como se ela previsse ou temesse que a identidade dos nomes pudesse afetar o destino do seu filho. Por isso ela só me chamava de "Emilio" quando estava zangada ou irritada, e então modulava meu nome como quem risca um vidro e produz um guincho insuportável: *Emmiliiio*, dizia até me ensurdecer. Mas o resto do tempo, antes da morte do meu avô, ela sempre me chamava *Em* ou *Nene*, ou simplesmente nada, falava sem mencionar meu nome, apenas com uma entonação carinhosa que tornava inevitável minha presença na frase que ela me dirigia. Ninguém podia duvidar que aquele que ela não chamava pelo nome era seu filho preferido. Não me chamando como todo mundo me chamava, e sim fazendo uma leve pausa – uma modulação silenciosa – em que era nítida sua intimidade comigo. Assim que meu avô morreu, naquela mesma tarde ela começou a me chamar de *Emilio*, com uma cadência nova, e em seguida, como se quisesse tirar o morto de cena, passou a me contar a razão, ou melhor, o motivo pelo qual meu avô se alistou como voluntário na Primeira Guerra Mundial. Uma decisão insana que por muitos anos, para mim, foi a maior prova de sua coragem e de sua hombridade. Porque o Nono foi à Embaixada Italiana em Buenos Aires e pediu que o embarcassem imediatamente para a frente de batalha. Como era um homem culto e estava no auge do vigor físico, foi nomeado oficial e assumiu responsabilidades nem bem chegou à primeira linha de fogo.

Emilio Renzi estava então no mesmo bar aonde ia todas as tardes, sentado diante da mesma mesa, junto à rua, contra a janela que dava para a esquina da Riobamba com a Arenales, e parecia ter acabado de descobrir, ou recordar, um fato perdido de sua vida que lhe permitia entender melhor a experiência do seu avô.

A pior coisa da guerra, dizia meu avô, continuou Renzi, era a imobilidade, afundados na trincheira, naquelas valas alagadas, lamacentas, tinham que ficar quietos e esperando. Esperando o quê?, perguntava meu avô, dizia Renzi, e ficava calado, com os olhos vagando pelas flores do quintal, com ar atento, mas se perdia nas recordações. A história do meu avô que havia feito a guerra era um dos casos-chave do romance familiar que se contava em coro e no qual minha mãe era a narradora essencial, nela se concentrara a densa mitologia coletiva, porque era a mais nova de muitos irmãos, e como caçula foi recebendo em levas, a cada nova geração, o relato ou os relatos, porque às vezes uma dessas histórias era contada ao longo de meses, por exemplo, o caso do seu sobrinho Mencho (filho do seu irmão Marlon), que quando o pai morreu tentou resgatá-lo das trevas, tão abalado que naquela noite, horas depois de o pai ter sido sepultado no mausoléu da família no cemitério do povoado, uma cripta, embora não fosse bem uma cripta, e sim uma construção destinada a que depositassem ali os mortos da família, o Mencho saiu na sua caminhonete, arrombou o portão do cemitério e avançou pelas amplas ruas interiores até parar junto à construção funerária e, com a chave que cada um dos parentes guardava, com o direito de abrir a porta de ferro e vidro biselado, que além disso era lavrada, a porta, com filigranas de aço branco imitando uma árvore, meu primo entrou, fez o sinal da cruz e retirou o caixão com o cadáver do pai e o carregou no ombro para em seguida depositá-lo com delicado cuidado na caçamba da caminhonete, sem parar de falar com o cadáver, ao luar. Atravessou o povoado com o morto, com seu pai tão querido, e foi até a beira da lagoa, porque não podia suportar a ideia de que seu pai passasse a noite sozinho. A história do rapaz que roubou o féretro e passeou com ele pelas ruas até que, ao meio-dia, a polícia o encontrou na lagoa, onde, sentado junto ao ataúde, falava com ele sem que ninguém pudesse entender o que dizia, era contada com um sorriso, como se fosse uma comédia. Porque minha mãe contava essa história com elegância e respeito, mas também com certa ironia. O Mencho, dizia minha mãe, soube honrar o espectro do pai morto. Concorda, querido?, ela me perguntava, sugerindo com seu olhar cheio de luz que eu devia fazer o mesmo quando ela, por fim, passasse, como ela dizia, *desta para melhor vida*.

A história da prisão do meu pai também tinha um lugar de honra reservado na versão oficial do passado de todos, embora minha mãe contasse a história com sarcasmo, reconstruindo os fatos despojados de toda épica e, para piorar, com meu pai presente na sala. Mas ele já não se preocupava em desmentir a versão e deixava a narração da sua mulher fluir.

A diferença, no caso do meu avô Emilio e sua aventura na guerra, era que minha mãe tinha escondido um ás na manga. Meu avô foi destinado à linha fortificada nos Alpes, uma faixa de trincheiras instalada no alto da cadeia montanhosa. Era impossível ficar lá, um frio atroz, trilhas estreitas entre rochas geladas, e no entanto mantiveram a posição por meses e meses.

Essa história era contada animadamente pelas costas do meu avô, quando ele não estava por perto, porque sua versão dos fatos era fragmentária e lacônica, e na realidade se concentrava na temporada em que esteve à frente do escritório postal do Segundo Exército, a experiência que mais o marcara e quase o levara à demência. Mas minha mãe foi capaz de guardar o segredo durante muitos e muitos anos, porque era esse o seu estilo, sempre muito fiel aos compromissos e aos pactos. Meu avô confiava nela, e eu herdei essa confiança, embora meu avô nunca tivesse me contado o porquê de sua decisão de largar tudo e se alistar como voluntário naquela guerra;

cheguei a contar parte da sua história num dos meus romances, ele disfarçado sob o nome de Bruno Belladona. Foi chefe de estação num ponto desolado do pampa, e fundou um povoado e foi chefe político e caudilho do lugar, e comprou terras e enriqueceu, ajudado por seus contatos políticos, e sua decisão de ir à guerra foi entendida no povoado como um exemplo de patriotismo e valentia. Naquele tempo, muitos jovens imaginavam que ir à guerra era um modo de ganhar uma experiência que superava o que qualquer um deles poderia sonhar na vida civil.

Renzi fez uma pausa e olhou para a rua quase deserta naquela tarde de verão e depois continuou falando com o mesmo entusiasmo com que começara a contar a história. Se eu me tornei escritor, quer dizer, se tomei essa decisão que definiu toda a minha vida, foi também por causa dos casos que circulavam na minha família, aí aprendi o fascínio e o poder que se esconde no ato de contar uma vida ou um episódio ou um acontecimento para um círculo de conhecidos que compartilham os subentendidos daquilo que está sendo contado. Por isso às vezes digo que devo tudo à minha mãe, porque para mim ela foi o exemplo mais convincente do modo de ser de um narrador que dedica a vida a contar sempre a mesma história, com variantes e desvios. Uma história que todos conhecem e que todos querem voltar a escutar uma e várias vezes. Porque essa é a lógica do chamado romance familiar, a repetição e o conhecimento do que está para acontecer na crônica da vida que todos começaram a escutar no berço, porque um dos exercícios mais persistentes na família da minha mãe era contar às crianças aquelas histórias terríveis de mulheres lindas e alcoólatras, como minha tia Regina, a mãe do Mencho, que a certa altura resolveu nunca mais sair de casa e passava os dias fumando e bebendo uísque e ouvindo uma rádio uruguaia que 24 horas por dia só tocava os discos de Carlos Gardel; escutava os tangos, minha tia, e monologava sozinha na casa diante do olhar apavorado ou talvez fascinado de seu filho Mencho. Essa história, por exemplo, partia desse núcleo fechado: uma bela mulher alcoólatra que não sai de casa e só escuta tangos de Gardel. Por que ela não sai, por que se tranca, é algo que nunca se esclarece, nunca, disse Renzi, nunca se esclarecia porque todos sabiam muito bem como se narra uma história, toma-se um fato ou uma imagem, por exemplo, uma linda mulher que fuma e bebe em sua casa e ouve o rádio, esse fato era contado e polido como essas pedras que a água transforma em joias herméticas, mas sem nunca explicar o motivo. Alguém apenas o narra e o deixa ali, pairando no ar limpo da tarde como um sonho ou uma aparição. Foi isso que aprendi nas histórias da família que minha mãe contava: a insistência e a falta de razão.

Todos os romances que escrevi vêm daí, narram episódios dessa épica familiar. O primeiro começou com a história do meu tio Marcelo, que largou tudo por amor a uma dançarina de cabaré. Depois, quando retomo e volto a contar esses episódios, seu argumento muda e eles já não têm nada de autobiográficos, mas eu nunca conseguiria escrever uma ficção que no fundo não tivesse uma experiência própria. Sem isso, disse, sem um rastro da minha vida, é impossível narrar, ou eu pelo menos não posso acreditar naquilo que conto se não estiver pessoalmente envolvido. Depois tudo se resume a apagar o rastro e seguir às cegas os sentimentos e as emoções que me vêm das histórias que me contaram.

O mais engraçado era que a gente estava dentro das histórias que circulavam. Não só as escutava e as conhecia, como também podia aparecer nelas. Eu passei algumas tardes na casa da minha tia Regina e conversei com ela e a vi perambular pelos cômodos, sem nunca sair para a rua, enquanto no rádio se escutava Gardel cantando. Ela mesma, às vezes, também cantava alguns tangos com uma voz comovida que nunca pude esquecer. Portanto, era possível escutar a história, conhecer suas variantes e mudanças e as conjeturas que circulavam sobre seus núcleos obscuros, e ao mesmo tempo entrar neles, vê-los viver, vê-los acatar o que a trama conhecida indicava. Por exemplo, uma tarde de primavera, eu me lembro como se fosse hoje, fui visitar minha tia Regina e de um modo ladino comecei a convidá-la para tomar um sorvete na praça, e então pude ver o modo curioso como ela se esquivava ao convite, sem recusá-lo, mas teimosamente, com pretextos banais. Justo naquela hora ela estava esperando uma ligação, e por mais que o telefonema nunca acontecesse, ela podia assim se negar a sair sem dar maiores explicações. Essa qualidade única de estar dentro e fora de uma história, e vê-la enquanto acontece, marcou toda a minha literatura e definiu meu modo de narrar. A vivência do argumento é uma experiência única, a história está aí e você é testemunha dela e ao mesmo tempo um protagonista tangencial. Em alguns casos eu mesmo intervim na história e fui também um de seus heróis. Por exemplo, quando viajei até Concordia, em Entre Ríos, para buscar meu tio Marcelo, e assim pude não somente participar de sua história, mas também transformá-la.

Há portanto histórias pessoais em que você mesmo é o protagonista, e que nunca são muito interessantes para quem as vive, e há também histórias personalizadas das quais você participa sem que ninguém veja, como se fosse apenas um convidado ou um intruso, mas sentisse no corpo a emoção que a define. Porque narrar, disse, meu caro, é transmitir uma emoção. Isso que é narrar, disse enfurecido de repente, transmitir uma emoção pessoal daquelas histórias que você viveu de forma íntima e breve. Bem breve mesmo, disse, não é preciso muito para ter os sentimentos de uma história, basta você surpreender sua mãe beijando um desconhecido para escrever *Anna Kariênina*, ficou claro?, perguntou sorrindo. Sim, ficou claríssimo, disse depois, é preciso viver e não viver, estar lá e passar despercebido, para então poder narrar uma história como se fosse própria.

Agora, por exemplo, tenho uma musa mexicana. Uma amiga muito querida, com quem convivi durante alguns anos em Princeton, foi minha colega lá e fiz muitas coisas com ela naqueles anos e continuamos nos escrevendo de vez em quando; ela, a Lucía, me mandou, digamos assim, me enviou uma de suas filhas, bela como ela. E se deteve na frase: *bela como ela* é um verso, uma aliteração poética, melhor dizendo. E sua filha, María, veio a Buenos Aires porque sua mãe já não suportava tê-la por perto e de fato fez de tudo, disse coisas que a machucaram, teve atitudes grosseiras, foi indiferente e sarcástica, até que a filha, ofendida, farta da mãe e dos tenebrosos conselhos da mãe, resolveu fugir para a outra ponta do continente, no extremo sul, e apareceu em Buenos Aires com o projeto de um trabalho de campo para estudar a singularidade ou o matiz próprio dos usos da linguagem em territórios distantes. No México, disse Renzi, que parecia ter começado a variar um pouco, como vinha lhe acontecendo cada vez mais desde que estava doente, não doente, ele nunca usou essa palavra, estava, para dizer nos termos dele, *un poco embromado*, meio atrapalhado, como ele dizia louco de pânico, "não sinto dor, só uma pequena perturbação na mão esquerda, que é minha mão boa, ou melhor dizendo, foi minha mão boa, porque sou canhoto, tirando isso e um cansaço que parece vir do princípio dos tempos, estou perfeitamente bem". Por isso teve que contratar uma assistente para ditar seu diário, seus cadernos acumulados por anos e anos. Pensou que ditar sua vida tal como estava escrita naqueles cadernos miseráveis poderia distraí-lo, mas acima de tudo ajudá-lo a procurar a causa, o motivo, a razão pela qual começara a sentir que seu corpo lhe era alheio. Essa expressão, "meu corpo me é alheio", era frequente nos seus diários, desde sua remota juventude ele começara a viver no corpo de um outro. "Por isso me tornei escritor", disse, "para marcar de perto e observar com atenção esse estranho que se apossou do meu corpo." Estou usando uma metáfora, um símile, agora há tantos idiotas no mundo, com seus pequenos telefones celulares que vão pela rua falando sozinhos, já me aconteceu muitas vezes pensar que um desses cidadãos, um transeunte, ficou louco e está falando sozinho pela rua, e às vezes dá risada ou diz "Estou indo para aí", e até chega a detalhar suas coordenadas, como costumam dizer agora os imbecis para se certificar de que estão em certo lugar, e para isso dizem, já os ouvi dizer "Eu lhe dou minhas coordenadas, estou na Malabia, altura do 1.400 e estou indo para aí, me dê dois", indignava-se Renzi, porque essas bestas, em vez de dizer estou chegando aí, diziam, dizem, porque isso continua acontecendo, "Estou em dois", para dizer, para querer dizer "Chego daqui a dois minutos". E dizem "me dá dois" porque a decadência da cultura mundial chegou ao fim. Eu conheço muitos lugares, sou um homem sedentário e por isso mesmo viajei sem parar, sempre a contragosto, quanto mais sedentário você é, mais viaja. No mesmo sentido que um nômade só quer ter um lugar para viver, um canto próprio, pois então, olhe que coisa, os nômades só querem ficar parados, enquanto os sedentários como eu passam a vida viajando. É o chamado turismo cultural que me distrai, e também as excursões acadêmicas, por isso um escritor como eu, que só quer ficar sozinho no seu canto, viaja muitíssimo, porque há congressos internacionais, colóquios, conferências magistrais, professores visitantes que estão o tempo todo em cima de um avião revisando os famigerados *papers* que vão ler em auditórios, salas de aula, anfiteatros, que são sempre iguais, um estrado e um microfone e uma plaquinha que diz, por exemplo, *Emilio Renzi*, e são tantos os conferencistas que é preciso pendurar em cada um deles um crachá, em geral um cartão plastificado com a foto do delinquente que vai falar, e embaixo da foto seu nome e sua origem. Nessas viagens como professor visitante ou conferencista convidado, percorri muitas cidades, e em todas elas me deparei com pessoas que vão pela rua falando sozinhas, gesticulando e sorrindo. No início eu me virava surpreso, achava que estavam falando comigo, e cheguei a parar no meio de um calçadão para dizer: "Desculpe, que foi?", como se tivessem me abordado ou me conhecessem, mas não, continuavam caminhando depressa com seus aparelhinhos cada vez mais minúsculos, em geral com um microfone na gola que lhes permite manter a conversa telefônica e gesticular com as duas mãos, como se o interlocutor pudesse vê-los ou como se ainda estivessem na velha cultura, quando as pessoas se falavam pessoalmente. Eles talvez pensem que não é uma metáfora e que quando eu digo "vivo no corpo de um outro" seja isso mesmo, tal e qual, são literais, entendem tudo ao pé da letra, por isso faço questão de dizer que tenho *a sensação* de que meu corpo não me obedece, de que estou são, lúcido, digamos assim, mas meu corpo está avariado. Nada grave, não precisa se preocupar, digo aos meus amigos. Sou um ferido de guerra, um veterano, vivi na Argentina e muitos de nós, meus amigos, meus camaradas, morreram no campo de batalha, jovens, com a vida pela frente, feridos gravemente, mortos porque neste país os escritores, e não só os escritores, estamos sempre na zona de perigo, nos instalamos na fronteira psíquica da sociedade e de lá informamos o que se passa. Mandamos mensagens, escrevemos livros, somos correspondentes de uma guerra imaginária, brutal, sanguinária. Meus amigos, Miguel Briante, uma baixa; Juan José Saer, uma baixa, na longa lista dos mortos na vanguarda, na terra de ninguém onde há anos são travados os combates. "Ali onde o sol se esconde/ terra adentro há que puxar", recitou emocionado Renzi os versos do *Martín Fierro*. Garçom, disse em seguida, e levantou com dificuldade a mão esquerda e fez um círculo muito defeituoso no ar, que parecia mais um quadrado, ou melhor, um paralelepípedo, e disse: "Mais uma rodada" olhando para o balcão do bar. "No México", retomou a oração que tinha deixado em suspenso, suspensa, como um trapezista que espera, alucinado, o sinal de seu parceiro para então se arremessar no ar e sem rede num duplo salto mortal que culmina quando apanha as mãos de seu ajudante que o espera, suspenso no alto, e se segura nele, como se diz, no ar. Isso que é narrar, disse em seguida, arremessar-se no vazio e acreditar que algum leitor vai segurá-lo no ar. "No México, como eu ia dizendo, as mulheres são mais inteligentes do que os homens. *Muitíssimo*", frisou, "mais inteligentes e mais rápidas e mais espertas do que os indivíduos mexicanos do sexo oposto."

Por isso, continuou depois que o garçom lhe serviu mais uma taça de vinho branco, por isso estou trabalhando agora com minha musa mexicana. Eu dito, e ela evidentemente escreve outra coisa, melhora o que eu lhe digo, mal entende, ela, que fala um espanhol puríssimo, e também às vezes para me divertir diz frases ou faz piadas em nauatle, ela, María, filha da Lucía, entende pela metade o que eu lhe digo na minha gíria bonaerense agravada por certa dicção alcoólica, porque agora não consigo trabalhar se não estiver um pouco bêbado, e aí ela escreve o que acha que eu falei. Não tão rápido, ela me pede às vezes, mas eu não consigo falar devagar, tenho que me apressar para suportar aquilo que digo, e ela recolhe minhas palavras e as escreve como as sente, por isso quando depois eu lhe peço para ler o que escrevemos, ela, com seu espanhol mais nítido, lê para mim algumas páginas onde o que eu ditei é apenas uma vaga sombra em meio às palavras puras e precisas com que ela melhorou minha leitura do que está escrito à mão há anos em meus cadernos. Onde eu digo *poemas*, ela escreve *problemas*; onde eu digo, referindo-me aos meus amigos alfonsinistas, *cívicos*, ela traduz muito apropriadamente *cínicos*. Nem sempre tem que haver uma sinonímia, às vezes a María, minha assistente mexicana, transforma e melhora aquilo que eu digo. Por exemplo, onde eu ditei "Nesses dias de solidão criativa...", e ela, que não suporta essas expressões de autoexaltação, corrige reprimindo um sorriso: "Nesses dias um só criminoso..." e eu, encantado com a solução que ela encontrou, continuo a partir daí e dito: "Nesses dias vírgula um só criminoso vale mais que duzentos aflitos escritores argentinos dois-pontos em itálico com maiúscula: *É assim mesmo*". Mas em outras ocasiões, ela, que é uma datilógrafa diplomada e escreve sem olhar o teclado do computador porque observa minha boca para poder, como ela diz, ler meus lábios e aí, como digita a toda a velocidade, às vezes olhando para a tela, às vezes para o meu rosto e às vezes para a janela que dá para o jardim, tudo sem parar de teclar ritmadamente, acontecem algumas confusões. Por exemplo, se a enfermeira que cuida de mim está na sala ao lado e eu lhe digo: "Margarita, por favor, cubra minhas pernas com uma manta", María escreve como se isso tivesse a ver, natural e logicamente, com a entrada que estávamos escrevendo: "Terça-feira. Para mim, é cada vez mais difícil transmitir nestes cadernos Margarita, por favor, cubra minhas pernas com uma manta", o que soa estranho mas não é impossível, poderia perfeitamente ser uma tirada de matiz surrealista no diário de um escritor argentino um tanto esnobe. Também muitas vezes a exclamação "Entre!" aparece nos meus diários, e também as frases "Está chovendo lá fora" ou "O telefone tocou?" são transcritas com prontidão, e como ela é linguista de formação, nada a surpreende. Por outro lado, María, a filha da Lucía, tem uma risada contagiante e ri de tudo com simpatia, de mim em primeiro lugar, e às vezes também de si mesma ou das coisas que acontecem no mundo. Por isso em meus diários, onde evito pôr o nome real das pessoas, eu a chamo de "a moça trácia", evocando a garota que lavava os cabelos numa fonte quando viu o filósofo Tales passar absorto, observando o firmamento no intento de captar a verdade oculta do universo, e cair num buraco, o que provocou a risada da jovem camponesa. E muitos disseram depois que há mais filosofia nessa risada jovial do que nos profundos pensamentos do filósofo que despencou em uma cova porque não olhou por onde andava.

Tínhamos voltado do cemitério naquela tarde de agosto ou setembro de 1968, entramos na casa familiar em que meu avô Emilio tinha vivido em solidão durante dez anos e onde morreu depois de arrumar cômodo por cômodo, na parte dos fundos, até transformá-la num arquivo da Grande Guerra na qual ele lutara, ou melhor, montou na casa um museu pessoal, quase em segredo, com documentos, cartas em vitrines e mapas nas paredes, com bandeirinhas indicando a posição dos exércitos confrontados nas altas montanhas geladas da fronteira com a Áustria. Havia também muitas fotografias, porque a guerra de 14 foi a primeira a ser filmada e fotografada infinitas vezes, por cinegrafistas dos exércitos e fotógrafos profissionais ou espontâneos, portanto no museu havia uma grande quantidade de imagens das batalhas, das trincheiras, das ofensivas, da terra de ninguém, e meu avô conservava tudo com grande zelo e chegou algumas vezes a nos reunir, ao meu primo Horacio, à Susy e a mim, para projetar, numa tela improvisada, cenas da guerra que ele ia explicando, localizando os lugares, falando atrás do projetor, atrás da luz branca, como se fosse a voz de um fantasma, um espectro da guerra, e às vezes lia em voz alta algumas cartas de soldados mortos ou informes de guerra que os generais atarantados ditavam e divulgavam, sem nunca dizer, dizia meu avô no fundo da peça, que estavam perplexos, que não sabiam o que fazer, porque os oficiais fracassavam e havia milhares de mortos cada vez que um general, do seu gabinete no alto comando, dava a ordem de atacar, quer dizer, de avançar em campo aberto contra as fortificações inimigas. Por isso a guerra atolou, dizia meu avô, todas as táticas militares foram ao diabo com a terrível eficácia das armas modernas. A guerra subjugava os generais, que no fim se limitavam a manter a posição nos buracos infectos onde os soldados morriam como moscas, e assim, dizia meu avô enquanto as imagens terríveis se sucediam na parede, a guerra estancou e se transformou numa guerra de trincheiras, e foi aí que os alemães começaram a fazer experiências com gases tóxicos, que foi o jeito inventado para matar os soldados inimigos nas trincheiras, como quem joga veneno num ninho de ratos ou na boca dos formigueiros.

E naquela tarde minha mãe, quando todos os parentes e os amigos do meu avô e os conhecidos do meu pai se retiraram, com aquela estranha e ambivalente sensação proporcionada pelos enterros e pelas longas horas sem dormir acompanhando o morto na sua primeira noite na morte, certa desolação mas também certo alívio e o perturbador sentimento de alegria por estar vivo que se sente nesses casos, depois que meu pai se retirou, um pouco atordoado pela dor que lhe causara o falecimento ou o desaparecimento de seu pai, ficamos sozinhos, ela e eu, no quintal. A Susy veio nos trazer um chá com bolachas para que nos repuséssemos da noite interminável, e lá estávamos, naquele lugar tão querido, à sombra da parreira, sentados nas cadeiras de lona diante de uma mesa redonda de mármore, quando minha mãe, inesperadamente, como era seu estilo, mudou de repente o tom tranquilo da conversa intranscendente que mantínhamos e começou a falar da situação que tinha levado meu avô a se alistar como voluntário na guerra.

O primeiro indício estranho, disse minha mãe, contava Renzi, foi a ideia de mandar a mulher grávida para a Itália, para que lá tivesse seu filho, quer dizer teu pai, ele queria que o filho nascesse na Itália, dá para acreditar?, e não só na Itália, mas também, mais exatamente, em Pinerolo, a aldeia onde teu avô tinha nascido e onde nasceu o doidivanas do meu ex-marido. Os italianos são extravagantes, disse minha mãe, parecem muito emotivos mas são também cruéis e maquiavélicos, e minha mãe fez uma pausa para pegar a xícara de chá e olhar o jardim florido, com seu belo rosto altivo voltado para o jasmim-dos-poetas com suas flores brancas e seu perfume inesquecível, e disse: é gostoso aqui, senti muita saudade desse jardim por anos e anos, quando tivemos que fugir para Mar del Plata para que teu pai não fosse preso outra vez, e do que eu sentia mais saudade, disse, sempre, era do perfume do jasmim pairando na tarde. E então, depois da pausa, numa das guinadas características do seu jeito de falar, voltou àquilo que estava me contando, à iminência da revelação de um segredo. Teu pai nasceu na Itália em setembro de 1915, quer dizer, se a mãe dele embarcou já grávida, se ela estava grávida, ou melhor, se estava *prenhe*, disse minha mãe, que adorava as palavras fora de circulação, estava prenhe, disse de novo com uma entonação alegre, isso quer dizer, Nene, disse minha mãe, que teu avô viajou do povoado do pampa onde morava e foi de trem até Constitución e dali até Puerto Nuevo para que sua mulher embarcasse para ter seu filho, ou seja, teu pai, em Pinerolo, ou seja, fazendo as contas, isso foi em dezembro de 1914 ou janeiro de 1915. E se deteve indignada. Quer dizer que ele a mandou num navio para a Itália quando já fazia alguns meses que a guerra tinha começado e os submarinos alemães afundavam ou tentavam afundar os navios que atravessavam o Atlântico. Estava louco, disse minha mãe sorrindo, louco varrido. Que ideia foi essa de mandar a mulher grávida para a Europa que acabava de mergulhar na guerra? Insana, inacreditável, enigmática, pode chamar como quiser. Mas foi uma decisão pensada, porque teu avô, meu querido, era muito inteligente e muito racional e vivia calculando cada um dos seus passos e seus movimentos.

Minha mãe, Ida Maggi, tinha uma virtude como narradora que eu sempre tentei usar na minha literatura, porque a chave, ou uma das chaves da arte de narrar, é não julgar os personagens. Minha mãe nunca julgava a conduta de um membro da família, não importa o que fizesse, ela contava os fatos mas não condenava ninguém, desde que pertencesse ao clã, e por isso, acho, esperou até que meu avô já não fosse deste mundo para contar o segredo da sua vida. Não queria condenar, e agora, naquela tarde, ao contar as ações incompreensíveis do meu avô, para não ter de julgá-lo, esperou que estivesse morto. Ou talvez ela e meu avô tivessem feito um pacto de silêncio sobre esse assunto crucial. E ao retomar o relato continuou sendo objetiva e direta, só intercalando algum comentário irônico para ressaltar o caráter surpreendente da decisão do meu avô de despachar a mulher grávida para a Europa assolada pela guerra. Qual o motivo desse gesto? Sobre isso agora ela não disse nada, limitou-se a narrar os fatos e reservou para o final a explicação, ou melhor, a descrição do motivo pelo qual meu avô fizera *aquilo*, como ele dizia. Imaginava a cena no porto, a despedida, a mulher, jovem e grávida subindo pela prancha do navio e meu avô que permanece no cais vendo o navio zarpar e logo se afastar lentamente até sumir no horizonte. Era possível, segundo ela, imaginar a cena e ver meu avô postado no cais, vestido com um terno inglês, com colete, magro e alto, muito elegante, com um chapéu de aba fina que possivelmente agitou na mão enquanto o navio se afastava do porto, uma saudação ou quem sabe uma despedida definitiva.

Depois voltou para o povoado e retomou suas atividades habituais, mas quando a Itália entrou na guerra, em abril ou maio de 1915, as coisas se complicaram vertiginosamente. Ele perdeu contato com a mulher, as cartas não chegavam, a censura militar interceptava toda a correspondência e além disso, o que é pior, não conseguia mais enviar o dinheiro para a esposa, as ordens de pagamento que lhe mandava voltavam recusadas, os laços com a Itália estavam cortados.

Meu pai e eu tínhamos decidido conservar os arquivos do meu avô, eu ia cuidar da sua classificação, meu avô deixara uma conta de banco destinada a me pagar um salário para que eu me dedicasse a organizar seus documentos e eventualmente os publicasse e divulgasse. Por isso, na própria noite do velório na funerária Lasalle de Adrogué, de madrugada, sozinhos meu pai e eu, desvelados e meio intoxicados com o café que tomávamos a três por dois e com os cigarros que fumávamos um atrás do outro, decidimos não vender a casa e, caso a puséssemos para alugar, arrendar, como disse meu pai, só a parte da frente, para deixar os cômodos dos fundos com o arquivo, livres e disponíveis para o trabalho de conservação dos papéis do meu avô.

E lá estávamos minha mãe e eu, horas mais tarde, sentados no quintal à sombra da parreira, quando meu pai já se retirara e todos os supostos enlutados também tinham ido embora, decerto a festejar que eles não tivessem sido chamados desta vez, e sim meu avô. Ele, que sempre dizia com um sorriso malvado a seus netos e às crianças da família, dizia a todos, certo de que ninguém lhes revelaria a verdade, que vivessem intensamente a vida, porque todos, dizia meu avô, somos mortos com permissão, e frisava *com permissão*, e as crianças escutavam com certo temor indefinido e sem entender por completo a advertência, perplexos diante daquele homem alto, de olhos claros, que dizia coisas tão estranhas e lhes falava de um modo pessoal, e claro que nenhum deles esqueceria essa sentença gravada na mente como uma charada que só muito mais tarde, já adultos e tendo sofrido o suficiente, poderiam decifrar com clareza. Assim falava meu avô, a morte e a infelicidade nos rondam. "Não se esqueçam disso, meninos", dizia sem que em seu rosto houvesse nenhum sinal de amargura, porque nos falava alegremente, como quem dá uma boa-nova. Eu recordava essas coisas, disse Renzi, e as contava para minha mãe, porque no dia seguinte à morte de "um ente querido", como se diz, quando o sol volta a brilhar e você sente a dor da perda e tem no corpo a ressaca da noite em claro, é natural que fale de quem se foi e o relembre para retê-lo do lado de cá, com casos e ditos que o mantêm, de um modo frágil, ainda com vida. E lembro que minha musa mexicana, a María, a filha da minha colega e amiga Lucía, quando lhe ditei uma versão da tarde remota em que eu recordava do meu avô, me falou de um cachorro que os habitantes do México pré-hispânico enterravam com o morto para que o bicho os guiasse no seu regresso ao mundo dos vivos. O cachorro era um Xoloitzcuintle, um nome extraordinário, impronunciável, um cachorro sagrado, uma espécie de cão-guia que conduzia os fantasmas de volta à vida. E como se quisesse me aliviar a dor que me embargou ao ditar o dia que se seguiu à morte do meu avô, para me distrair, procurou rapidamente na internet a figura do cão-guia, um bicho muito esquisito, misto de gato e cachorro, parecido com as figuras egípcias que se veem nas tumbas dos faraós. Mas naquela tarde minha mãe e eu não tínhamos nenhuma esperança de que meu avô, tão querido, voltasse para nós guiado por qualquer animal mágico que lhe permitisse nos visitar e assim nos aliviar a dor que sua morte nos causou. Talvez por isso minha mãe, que era uma narradora de grande sensibilidade, muito atenta a transmitir as emoções da história que contava, decidiu provocar um anticlímax e me sacudir a desolação causada pela morte do meu avô Emilio.

A tarde estava caindo, e no bar se acenderam as luzes, apesar de que lá fora, nas ruas, ainda brilhasse o sol e uma luz mortiça ardesse na cidade. Renzi fez uma pausa, tomou fôlego e em seguida retomou a história com novo ímpeto. Meu pai tinha ido embora, já se divorciara da minha mãe, e os dois não se falavam, evitavam um ao outro, como acontece nesses casos, quando duas pessoas que se conheceram intimamente se separam e tentam se esquecer. Portanto meu pai se retirou naquele dia, e aí minha mãe veio à casa da família e se sentou comigo no quintal e de repente me revelou o segredo que explicava ou, em todo caso, permitia deduzir a razão pela qual meu avô tinha lutado na Grande Guerra. Ele tinha outra mulher. Teu avô despachou a esposa grávida para a Europa por causa de uma amante, estava apaixonado por uma *criolla*, a jovem filha de um fazendeiro do lugar, com quem manteve uma relação clandestina durante meses. Ele não podia se separar, não queria se separar, e imaginava que conseguiria manter uma amante, ter duas casas, duas famílias, levar uma vida dupla, como era bem comum no interior naquele tempo, mas a moça, Matilde Aráoz, não permitiu isso e, quando soube que a mulher do teu avô estava grávida, o enquadrou, era uma mulher decidida e não concordou em sustentar a mentira do teu avô, que vivia prometendo que ia se separar, mas, como costuma acontecer nesses casos, nunca cumpria. Portanto não quis mais vê-lo, o amaldiçoou, e há quem diga que uma tarde, quando teu avô chegou com seu carro, um reluzente Ford T, pela alameda de terra, a moça foi até a porteira, com uma espingarda, e disse para ele, muito tranquila e muito bonita com suas calças de montar e suas botas de cano alto, que desse meia-volta, porque senão ia matá-lo com um tiro.

A tarde estava fresca e minha mãe se deteve, admirada, na imagem da moça que vai até o caminho e põe seu homem na mira de uma espingarda porque o ama e não vai permitir mais desculpas ou pretextos. Ela o enquadrou do outro lado da porteira, e teu avô deu ré e voltou para casa. Foi aí, contou minha mãe, no trajeto da estância dos Aráoz até a estação onde ficava o casarão do teu avô Emilio, que ele tomou a decisão de mandar a mulher para a Europa. É uma característica dos homens da família, nunca tomam decisões, não têm coragem de fazer o que querem, tentam manter abertas todas as alternativas, postergam. Teu avô era assim, e teu pai igual, e você também, Emilio, é igual, indeciso, inseguro, não em relação àquilo que pensa, e sim àquilo que sente. São incapazes de se deixar levar pelas emoções mais autênticas, portanto teu avô pensou que, se mandasse a mulher para a Itália, poderia manter ao mesmo tempo a dupla situação. Na certa pensou, vou ver que rumo tomam as coisas com a Matilde, se não forem adiante, sempre me resta a possibilidade de trazer minha mulher de volta, mas se a história der certo, eu a deixo lá na Itália, e que seus parentes cuidem dela. Posso até ver a cara dele naquela hora, disse minha mãe. Dirigindo o carro, com as duas mãos aferradas ao volante, pensando nas possíveis soluções e descartando uma por uma até descobrir como enganar as duas. Dizer a uma que se separou da mulher, e que ela decidiu voltar para a Itália, e dizer à outra, muito sentido e com expressão sincera, que seu maior sonho era que seu filho primogênito nascesse no seu vilarejo natal, na Itália. Um completo doidivanas, como teu pai e como você também, Emilio, se não tomar cuidado.

Minha mãe descreveu a situação, e suas condenações e críticas eram feitas em nome de um dos protagonistas da história, ela, Matilde, decerto pensava assim, e minha mãe usava o discurso indireto livre para falar com as palavras de um dos sujeitos na história que contava. O que ela fez foi deslocar, e aquela tarde, de repente, ela deu uma guinada e começou a recordar a experiência do seu irmão Anselmo. Um médico, muito querido, muito sociável, na época era presidente do Club Social onde a elite do lugar se reunia, não era qualquer um que podia entrar lá, e ele era o presidente, a figura mais destacada e mais visível do lugar. Mas de repente começou a se fechar, não era mais visto em lugar nenhum, descuidou do consultório, deixou de ir ao hospital e de assistir às reuniões sociais da família e começaram a dizer, a murmurar que estava doente, que tinha alguma coisa na pele. Minha mãe voltou a me contar naquela tarde a história do homem que se recolheu, que se resguardou por pensar que tinha uma moléstia na pele do rosto que o transformara num monstro. O primeiro indício do seu mal ou da sua doença foi que na casa da família desapareceram os espelhos e qualquer superfície que pudesse refletir um rosto. Foram retirados ou cobertos, e assim apagaram todo vestígio de imagem pessoal que pudesse haver no lugar. Eu conhecia essa história porque minha mãe já a contara outras vezes e porque conhecia bem meu tio, com quem convivia de perto quando ia passar o verão no povoado, e ele muitas vezes me levou para nadar na lagoa. Eu gostava dele, por isso uma tarde, um domingo, insisti para visitá-lo e fui até sua casa, e um dos aposentos interiores, na realidade toda uma ala da residência, estava, digamos, interditada, só entrava um enfermeiro de confiança do meu tio que lhe servia de elo com a realidade, uma espécie de secretário, que falava em nome dele, cuidava de seus assuntos, e às vezes, depois de consultar meu tio, receitava alguma medicação aos pacientes que insistiam em continuar se tratando com *El Doctor*, como o chamavam. O fato é que uma tarde de verão fui lá vê-lo, eu tinha quinze anos e queria muito vê-lo, e ele me recebeu. Na realidade, fui recebido pelo enfermeiro, um homem baixo, chupado e moreno, com cara de índio, vestido com um jaleco branco. Estévez era seu nome, que aparecia numa plaquinha no bolso superior do uniforme de enfermeiro. Cruzamos um cômodo e depois outro e atravessamos um jardim de inverno e desembocamos no quarto do meu tio. Um quarto amplo, de grandes janelas e pé-direito alto. Meu tio estava de costas, olhando para o pátio, e quando se virou vi que ele protegia o rosto com um pano branco que o cobria por completo. Ele mesmo o segurava na frente com as duas mãos. Mantivemos uma conversa banal, sem nunca nos referirmos nem aludirmos ao fato de que ele estava falando comigo em seu tom jovial de sempre mas segurando diante de si com as duas mãos um pano branco que lhe ocultava o rosto. Portanto foi um diálogo bem estranho, porque sua voz vinha de trás daquela espécie de cortina pessoal que ele mantinha a certa distância do rosto para não ser visto por ninguém. Eu estava um pouco inibido pela sensação de falar com um fantasma ou com uma mascarilha levemente agitada pela brisa da tarde e pelo leve tremor dos braços do meu tio, já cansados de segurar o pano. Ao sair, Estévez, seu enfermeiro e secretário, me disse, em tom confidencial, que meu tio estava passando uma temporada de descanso em seus aposentos pessoais.

Por isso, quando minha mãe me contou a história, eu já estava a par do assunto e sabia que um ano ou um ano e meio depois meu tio, *El Doctor*, voltou a levar sua vida normal, superada a doença que ele imaginou que tinha, porque minha mãe tratou de arrematar a história com o esclarecimento de que o rosto do Anselmo não tinha nenhuma marca nem sintoma nem perturbação que justificasse sua reclusão. Ele estava ótimo, disse minha mãe naquela tarde, mas sentiu que seu rosto se transformara numa massa tumefacta e amorfa. Ele pensava que estava assim, disse minha mãe, ou melhor, acrescentou, acreditava que estava assim, e quando a gente acredita em alguma coisa é difícil mudar de opinião, minha mãe também não julgava nem explicava a atitude do meu tio, apenas contava os fatos, mas naquela tarde, no quintal embaixo da parreira, ela me contou essa história como um modo de dizer tangencialmente, mudando de assunto, que era isso que meu avô Emilio devia ter feito diante da dor que causara a duas mulheres e das reviravoltas que havia sofrido na sua vida por se alistar como voluntário no Exército italiano e ir para a guerra, por culpa de uma história de amor mal resolvida. Assim que chegou à Itália, no final de 1915, meu avô foi enviado para o *front* e não conseguiu obter uma permissão para ver a família e conhecer o filho, quer dizer, meu pai, e permaneceu no Exército até 1919, quando a guerra terminou e ele passou alguns meses num hospital militar, fazendo relatórios sobre os soldados afetados pelo trauma da guerra. Homens aterrorizados que corriam a se esconder embaixo dos móveis do hospital quando ouviam algum ruído mais forte e, às vezes, em alguns casos nem isso era necessário, bastavam seus próprios pensamentos para sentir que estavam na trincheira bombardeada sem pausa e saíam correndo para se atirar embaixo de uma mesa com as mãos nos ouvidos e um gemido dilacerante nos lábios.

Um homem vai à guerra por motivos pessoais, e embarca numa épica por motivos sentimentais. É uma história extraordinária. Parecia a vida de um herói romântico que realiza façanhas impossíveis e luta durante anos por motivos privados e sentimentais. Um novo tipo de herói, o homem interior, o apaixonado e sentimental enfrenta a batalha e é ferido a bala e volta ao combate por amor a uma mulher. Claro, concluiu, que nunca saberemos se essa façanha passional era dedicada à sua mulher, quer dizer, à minha avó Rosa, ou foi feita como homenagem ou expiação para sua amante argentina, a bela Matilde Aráoz.

Renzi ficou calado, permaneceu algum tempo sem falar olhando a noite que já tinha caído sobre a cidade e depois sorriu. Uma história extraordinária, não é verdade?, disse. Um homem que vai à guerra por motivos sentimentais. Voltou a ficar calado e depois chamou o garçom, pagou a conta e saímos para a rua. O ar estava fresco, o calor tinha deixado um rastro, como uma neblina que persistia nas paredes, mas a noite era agradável e leve. Transcrevo meu diário sem seguir uma ordem cronológica, isso seria terrível e muito tedioso, disse. Viajo no tempo, pego os cadernos ao acaso e às vezes estou lendo minha vida em 1964 e de repente já estou no ano 2000.

Descemos pela Riobamba em direção à Santa Fe, e Renzi ia contando a experiência de ditar seus cadernos a uma assistente que os copiava tal qual ele os lia. Não poderia voltar a escrevê-los, seria impossível, são páginas e páginas, mas ler tudo para uma moça é outra coisa, como se estivéssemos espiando a vida de um desconhecido que se move pela cidade em círculos, ou melhor, que se move e vai de um lado para o outro, perdido pela vida. Paramos antes de atravessar a Santa Fe, esperamos o sinal verde e aí Renzi voltou a dizer que gostaria de tomar um café no Filippo, na esquina da Callao. E voltou a aproveitar a pausa, agora em pé junto ao balcão do bar, para acrescentar um epílogo à história que tinha contado naquela tarde.

Sua mãe, passados uns dois anos da morte do seu avô, numa carta lhe falou de Matilde, a jovem que seu avô tinha amado e por causa da qual, em certo sentido, ele foi à guerra. Foi a *criolla*, na verdade, que o transtornou e lhe fez tomar a decisão, ao mesmo tempo heroica e imbecil, de ir a uma guerra que lhe mudaria por completo a cabeça, que o tornaria delirante, meio louco, obcecado com a experiência de ter sido o mensageiro que devia entregar para a família a carta anunciando a morte de um filho, um irmão ou um marido tombado no *front*. Tinha que escrever essas cartas à mão, com sua letra elegante de aluno de um internato jesuíta onde se educara e onde passara tardes intermináveis fazendo exercícios de caligrafia, quer dizer, copiando páginas e mais páginas com diferentes tipos de letra, gótica às vezes e às vezes redonda, e por isso suas cartas estavam escritas com muita elegância, se expressava com grande destreza retórica, procurando que fossem pessoais, não uma mensagem burocrática ou intranscendente, mas uma carta breve porém sentida, anunciando a terrível notícia. Devia ainda enviar os objetos pessoais do soldado morto e também as cartas inacabadas que se encontrassem na mochila do soldado. Esse trabalho o tirou de si, disse Renzi olhando seu rosto no espelho do bar.

Naquela carta, sua mãe lhe disse que sabia o paradeiro de Matilde Aráoz, a mulher que seu avô amara. E uma tarde Renzi foi visitar a moça que já era então uma velha e estava reclusa, ou melhor, vivia numa casa de repouso nos subúrbios da cidade, sua mãe tinha anotado com precisão o endereço da casa onde a garota estava internada, esperando o fim. Emilio registrara a visita em seu diário de maio de 1972, e essa noite no bar voltou a contar o encontro com a emoção da primeira vez.

Ela estava, disse Renzi, alojada num desses residenciais ou casarões com jardim que são tão numerosos na zona norte da cidade, perto do rio. A mulher estava perdida, sem memória, era muito bonita, e a idade tinha afinado seus traços e em seus olhos ardia a mesma luz apaixonada que fascinara seu avô Emilio. Estava sentada numa cadeira de balanço de palhinha e se movia ritmadamente e falava num tom delicioso e alegre e seu monólogo era ao mesmo tempo desatinado e belíssimo. Parecia viver num dia exato do passado, um dia que ela recordava nos mínimos detalhes. Num dia no campo, de madrugada, saíra a cavalo com um grupo de amigos do pai, jovens do povoado, mais duas garotas inglesas recém-chegadas que estavam levando a percorrer a estância, e tinham acampado numa pequena mata perto da lagoa e estendido uma toalha xadrez vermelha e branca, sobre a qual colocaram sanduíches, bolos e taças de cristal; tinham levado duas garrafas de vinho branco, que puseram para refrescar na água clara do lago, na margem. Tudo isso foi escutando Renzi, que a mulher ignorava ao falar ou confundia, ele pensou, com um médico ou um administrador de estância que estava com ela no campo na sua juventude. Por isso, de quando em quando a mulher dava ordens a Emilio, mandava por exemplo que fosse buscar o chapéu que ela havia esquecido num mourão do curral onde tinham soltado os cavalos. É bem comum uma pessoa que por efeito da idade perde a noção do tempo e do espaço construir como refúgio um dia de sua vida e recordá-lo com total exatidão, de tal maneira que para recordar, ou melhor, para revivê-lo, precisa de um dia inteiro. Aquilo que se recorda dura 24 horas, portanto, ocupa o lugar do dia presente, que dura o mesmo que durou o dia recordado, que por outro lado, esclareceu Renzi, repete-se interminavelmente, sem cessar, e se parece com a felicidade, porque se recorda um belo dia da vida ou um dia perfeito que persiste e que gravita eternamente na desrazão da velhice extrema. Portanto, ela estava contente, divertia-se, feliz, voltando a viver um dia inesquecível de sua juventude. Então aconteceu algo que Renzi recordou com assombro, e também com horror. Percebeu que naquela tarde de campo estavam esperando por um pretendente da moça que chegaria atrasado, direto da estação, como Renzi conseguiu entender daquilo que a mulher dizia falando em voz alta com interlocutores ausentes e já mortos. E assim, de repente Matilde escutou o ruído do motor do Ford T que vinha pela estrada da colina e que agora estava estacionando na beira da lagoa. E pediu que a penteassem e lhe pintassem os lábios, disse às amigas que não tinha levado espelho e que elas deviam ajudá-la a se preparar para o encontro com o homem que acabava de chegar de carro. E Renzi a viu sorrir entusiasmada e olhar para ele pela primeira vez como se não o tivesse visto até esse momento, porque avançou o corpo e pegou na sua mão e lhe disse: Emilio, como você demorou, vida minha, e depois num sussurro íntimo, com a boca muito perto do seu rosto lhe disse: vou beijar esse teu corpo tão amado. E então Emilio percebeu que a mulher o confundia com seu avô e a semelhança era tão grande que a moça tinha conseguido que, no dia vazio de sua velhice, surgisse o corpo jovem do seu namorado. Eu notava, disse, que ela me tomava por ele porque éramos iguais e eu era ou parecia ser o que ele tinha sido na minha idade quando ele e a moça se amavam.

Saímos do bar e descemos pela Santa Fe em direção à Ayacucho, caminhando tranquilos na noite, paramos um momento para olhar a vitrine da livraria El Ateneo e Renzi aproveitou a pausa para voltar a criticar o estado do mundo, usou como pretexto os livros exibidos na vitrine. São os mesmos livros intranscendentes dos mesmos autores idiotas que escrevem só para que seus livros sejam exibidos na vitrine das livrarias de todo o mundo. Porque neste momento as mesmas capas horríveis dos mesmos livros intranscendentes são exibidas em Londres, ou em Paris, ou em Nova York, e os mesmos autores, as fotografias com as caras dos mesmos idiotas são vistas neste mesmo momento em todos os aeroportos, supermercados, redes de livrarias e bancas de jornal. E se enfurecia repetindo os nomes odiados daqueles escritores como se fosse uma ladainha.

Depois me puxou pelo braço e literalmente me arrancou do lugar porque de súbito lhe deu medo de que alguém o reconhecesse e o visse postado na frente de uma livraria como se estivesse verificando se seus próprios livros e sua própria cara estavam sendo exibidos, e poderiam pensar que sua indignação se devia ao fato de que nenhum dos seus livros era exibido ali, nem brincando. Por isso caminhamos apertando o passo para nos afastar das luzes da calçada da loja, como ele dizia, e embora avançasse com certa dificuldade, uma leve coxeadura que lhe atrapalhava a marcha, mesmo assim, rapidamente, viramos na Ayacucho em direção à Marcelo T., como ele dizia para se referir com desprezo à rua onde tinha seu estúdio.

Por isso estou transcrevendo meus diários, porque quero que saibam que hoje, aos 73 anos, continuo pensando igual, criticando as mesmas coisas que criticava quando tinha vinte. Agora estou rodeado de convertidos que mudam de ideia a cada temporada para se adaptar ao senso comum geral. Abandonaram várias vezes suas convicções e suas bibliotecas, enquanto continuo fiel às minhas ideias e portanto ao ler meus cadernos – se os publicar – poderão saber, ou adivinhar, ou imaginar o que foi minha vida. Já tenho por volta de novecentas páginas transcritas num arquivo de computador. Fizemos, a moça trácia e eu, várias cópias de segurança. Várias, repetiu com entusiasmo, em diferentes *pendrives*, que só podem ser abertos escrevendo um código que permite o acesso. María até me aconselhou a passar meus diários ao que ela chama de "nuvem", um espaço virtual, no ar ou na atmosfera, para onde você pode enviar o que escreve e deixar lá e baixar quando quiser, mas eu me recusei, claro, porque me horrorizava a ideia de que qualquer navegante ocioso pudesse se infiltrar no meu lugar na nuvem e dedicar-se a ler a verdadeira história da minha vida.

Estamos transcrevendo as entradas sem seguir uma ordem cronológica, eu vou e volto no tempo, como já disse, meus cadernos são minha máquina do tempo. Eles são, disse, e se deteve na porta de um supermercado chinês, ou coreano, e mais tarde diria, quando recordasse em seu diário a conversa que mantivemos no bar, em El Cervatillo, e depois no Filippo: *Venho estudando a conduta dos supermercadistas chineses ou coreanos. E hoje constatei, quando parei indignado na porta da loja, que a caixa, uma anã oriental, escutava com muita atenção o que eu dizia. Portanto devo tomar cuidado*, escreveu em seu caderno poucas horas depois, *com o que digo em voz alta quando vou ali comprar uma garrafa de vinho*. Eles são, repetiu, voltando para o presente da conversa, agora eles são, para mim, a máquina do tempo. Passo de uma época a outra, ao acaso, tenho os cadernos guardados em caixas de papelão, sem indicação de data nem de lugar. Portanto, disse, abro uma caixa às cegas, poderíamos dizer, e às vezes estou no passado remoto. Mil novecentos e cinquenta e oito, por exemplo, digamos, e dali a pouco estou lendo o que fiz em 2014, ou seja, no ano passado. Em certo momento, decidira percorrer um dia de sua vida, um dia qualquer, digamos 16 de junho, e ver o que acontecia nesse dia, ano após ano. Esse tinha sido um dos formatos em que tentou organizar sua vida seguindo uma ordem que não fosse cronológica.

A essa altura já tínhamos deixado para trás o supermercado chinês e depois de virar na Charcas (Ex-Charcas, como ele teimava em dizer às vezes) percorremos, sempre num passo decidido porém lento, os oitenta metros que nos separavam do prédio onde Emilio passava a maior parte do seu tempo. Pediu para eu entrar e subir com ele até o décimo andar, onde ficava seu apartamento. No elevador, começou a me explicar por que desejava que o acompanhasse, queria me mostrar, disse, se eu encontrar, acrescentou, a segunda parte de sua autobiografia futura. Agora ia publicar a primeira parte dos seus diários, como estava escrita nos cadernos desde 1957, quando começou, até 1967, quando publicou seu primeiro livro e a morte do seu avô Emilio já era iminente. Então me olhou no espelho e explicou como pensava que ia ser a segunda parte dos seus diários editados por ele. "Por mim", disse. "Os anos felizes da minha vida, que vão de 1968 até 1975, sete anos", disse. "Número cabalístico. Nesses cadernos tem muitas histórias", fez uma pausa, "você vai ver como continua", fez um gesto e me olhou. "Continuará", disse enquanto saíamos do elevador. "A história continuará", fez uma pausa. Procurou no chaveiro pendurado na cintura uma chave prateada, e depois de algumas tentativas conseguiu enfiá-la na fechadura. "Se eu não morrer antes", acrescentou sorrindo, como quem anuncia uma notícia que o enche de felicidade, e abriu a porta.

Grafia atualizada segundo o Acordo Ortográfico da Língua Portuguesa de 1990, que entrou em vigor no Brasil em 2009.

capa
Pedro Inoue
imagem de capa
Arquivo do autor
preparação
Silvia Massimini Felix
revisão
Amanda Zampieri
Ana Alvares
produção gráfica
Aline Valli

Dados Internacionais de Catalogação na Publicação (CIP)

——

Piglia, Ricardo (1941-2017)
Anos de formação: Os diários de
Emilio Renzi: Ricardo Piglia
Título original: *Los diarios de Emilio Renzi: Años de formación*
Tradução: *Sérgio Molina*
São Paulo: Todavia, 1ª ed., 2017
384 páginas

ISBN 978-85-93828-19-5

1. Literatura argentina 2. Diários
I. Molina, Sérgio II. Título

CDD 868.9932

——

Índices para catálogo sistemático:
1. Literatura argentina: Diários 868.9932

todavia
Rua Luís Anhaia, 44
05433.020 São Paulo SP
T. 55 11. 3094 0500
www.todavialivros.com.br

fonte
Register*
papel
Munken print cream
80 g/m²
impressão
Geográfica